KB051862

2084

La fin du monde
by Boualem Sansal
© Éditions Gallimard 2015

Korean translation copyright © 2017 by Book21 Publishing Group

The Korean edition was published by arrangement with Éditions Gallimard
through Sibylle Books Literary Agency, Seoul.

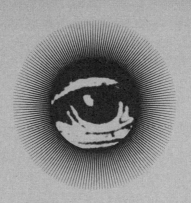

세상의 종말

부알렘 상살 장편소설 | 강주헌 옮김

arte

종교는 신을 사랑하게 하는 동시에,

인간을 혐오하게 만드는

가장 강력한 도구이다.

**차
례**

| 일러두기 |

이 책에 쓰인 이야기가 사실이거나 이미 알려진 흔한 현실 상황에서 끌어온 것이라고 섣불리 생각하지 않기를 바란다. 분명히 말하지만, 등장인물과 사건 및 그 밖의 모든 것이 지어낸 것이다. 이야기가 현재의 우리 세계와 어떤 면에서도 닮지 않은 먼 세계에서 먼 미래에 전개되는 게 그 증거이다.

내가 여기에서 묘사하는 비가예의 세계는 순전히 창작된 세계로 현재에도 존재하지 않으며, 미래에도 존재해야 할 하등의 이유가 없다. 조지 오웰 선생이 『1984』에서 상상하고 완벽하게 창조해낸 빅 브러더의 세계가 그의 시대에도 존재하지 않았고 우리 시대에도 존재하지 않으며, 미래에도 존재해야 할 하등의 이유가 없는 것과 다를 바가 없다. 선량한 사람들이여, 편히 주무시기 바란다. 모든 것이 지어낸 것이고, 설령 그렇지 않은 것도 모두 통제하에 있으니까.

제1부

아티가 2년 동안 떠났던 고향이며 아비스탄의 수도인 코드사바드에 돌아간다. 1년은 우아 산에 있는 신 요양원에서 보냈고, 1년은 여러 카라반을 따라 곳곳을 돌아다니며 지냈다. 고향에 돌아오는 길에 아티는 나스를 알게 된다. 나스는 고문서와 신성한 경전과 성스러운 기억을 관리하는 기관의 조사관이다. 나스는 대성전, 즉 '샤르' 이전의 것으로 추정되는 새로운 고고학 발굴지에 대표단의 일원으로 파견된다. 그 발굴지가 발견됨으로써 아파레유 내에서 예사롭지 않은 동요가 있었고, 당연한 말이겠지만 정의로운 형제회 내에서도 상당한 술렁임이 있었다.

아티는 불면에 시달렸다. 하루가 다르게 불안에 사로잡히는 시간이 앞당겨졌다. 소등하면 여지없이, 심지어 그 이전부터 불안감이 밀려왔다. 석양이 희끗한 장막을 펼치면, 공동침실에서 복도로, 복도에서 테라스로 하루 종일 지루하게 방황하느라 지친 환자들이 발을 질질 끌며 각자의 침대로 돌아오기 시작했고, 밤을 무사히 넘기게 해달라고 간절히 기도했다. 적잖은 환자가 내일을 맞지 못하겠지만, 욜라는 위대하고 공정하므로 자신의 뜻에 따라 목숨을 취하거나 다시 준다.

　곧 밤이 되었다. 산속이라 어둠은 당혹스러울 정도로 신속하게 내렸다. 그에 못지않게 급격히 매서운 추위가 닥치며 입김이

뭉실뭉실 떠다녔다. 밖에서는 바람이 무엇이든 할 듯한 태세로 쉬지 않고 몰아쳤다.

요양원의 낯익은 소리들은 결국 인간의 고통과 귀를 밍하세 하는 경보음, 혹은 인체의 부끄러운 작동을 뜻했지만, 그는 그 소리들에서 약간 위안을 얻었다. 그러나 그 소리들도 산속에서 꿀렁거리는 유령 같은 소리들을 완전히 덮지는 못했다. 아티는 정상적인 귀로는 들리지 않는 곳, 아득히 멀리에서 들려오는 메아리, 땅속 깊은 곳에서부터 밀려올라와 악취와 온갖 위험을 띤 메아리가 아닐까 생각했다. 제국의 끝자락에 있는 우아 산은 규모에서도 음산하고 위압적이었지만, 골짜기에서 퍼지다가 1년에 두 번씩 신 지역을 방랑하다가 온정과 식량을 구하려고 항상 진료소 쪽으로 방향을 트는 순례자들의 발자국을 따라 올라오는 이야기들 때문에도 음침하고 억압적으로 보였다. 순례자들은 멀리서, 제국의 방방곡곡에서 걸어 왔다. 누더기를 걸치고 열병에 걸려 위태로운 지경에 있는 사람도 적지 않았다. 하지만 그들의 수수께끼 같은 이야기는 경악스럽고 추악한 범죄의 냄새를 물씬 풍겨, 그들이 나지막한 목소리로 소근대다가 작은 소리에도 이야기를 중단하고 사팔눈으로 어깨 너머를 두리번거리면 더욱더 섬뜩하게 들렸다. 순례자와 환자는 누가 앞선다고 말할 것도 없이 무척 주의를 기울였다. 감독관들, 특히 인정사정 없는 V들에게 발각되어, 치욕적인 당파 '불신당'의 선전꾼 '마쿠프'로 고발당하지 않을까 두려워했기 때문이다. 아티는 오래전부터 이런 여행자를 만나는 걸 좋아했고, 그런 기회를 놓치지 않았다. 그들은 여행하는 과정에서 듣고 본 이야깃거리가 많았기 때문이다. 제국은 땅덩이도 어마어마하게 드넓은 데다 전혀 알려지지 않아 자칫하면 오리무중에 빠지기 십상이었다.

순례자들은 정확한 시간표에 따라 제국을 순례했지만, 언제라도 제국을 돌아다닐 수 있는 유일한 사람들이었다. 그러나 경계표지가 설치된 길을 벗어날 수 없었다. 그런 길을 따라 척박한 고원, 끝이 보이지 않는 대초원, 협곡의 바닥, 아무도 살지 않는 곳 등 그야말로 아무 데도 아닌 곳의 한복판에 휴식처가 푯말처럼 세워져 있었다. 이런 곳에서 순례자들은 머릿수가 헤아려졌고, 모닥불을 둘러싸고 야영하며 집합과 출발 명령을 기다리는 야전군처럼 여러 무리로 나누어졌다. 간혹 휴식이 한없이 길어지면 고해자들은 끝이 보이지 않는 판자촌에 정착해 잊힌 난민처럼 살아가며, 꿈조차 잃어버리고 하루하루를 보냈다. 이런 지경에 떨어지기 전에 순례자들이 얻는 교훈이 있다. 중요한 것은 더 이상 목적지가 아니라는 것이다. 한편 휴식처는 일시적이지만 평안과 안정을 보장하고, 그렇게 함으로써 아파레유 행정부의 실질적인 지혜와, 백성을 향한 '대리인'의 사랑을 간접적으로 보여준다는 것이다. 무감각한 군인들과, 사향고양잇과 동물처럼 학대받아 예민한 신앙 관리관들이 순례로를 따라 상대적으로 취약한 지점들에 교대로 자리잡고 순례자들이 지나가는 걸 지켜보며 감시했다. 지금까지 알려진 바에 따르면 누구도 순례로를 벗어난 적이 없었고, 그를 추적하기 위한 인간

사냥도 없었다. 순례자들은 그저 지정된 길을 따라 걸었고, 피로가 몰려오며 신분의 차이를 희석하기 시작할 때에야 불평을 늘어놓았다. 모든 것이 규칙에 따라 움직였고 섬세하게 조율되었기 때문에 아파레유의 명백한 의도를 벗어난 일은 일어날 수 없었다.

이런 제약들이 정해진 이유는 누구도 몰랐다. 오래전에 규정된 제약들이었다. 따라서 누구도 그런 제약의 존재에 대해 의문을 품지 않았고, 먼 옛날부터 조화로운 삶이 지배한 까닭에 불안감을 가질 이유가 없었다. 질병과 죽음 자체가 평소보다 빈번하게 나타나더라도 "욜라는 위대하고, 아비는 욜라의 충직한 대리인이다"라는 사람들의 생각에는 별다른 영향을 미치지 못했다.

성지순례는 제국을 합법적으로 여행할 수 있는 유일한 근거였다. 물론 행정적이고 상업적인 이유로도 제국을 여행할 수 있었지만 그 일에 종사하는 사람들에게는 안전통행증이 발급되었고, 임무를 수행하는 단계마다 동행증에 확인 도장을 받아야 했다. 무한히 반복되며 많은 창구 직원과 검인 직원을 동원해야 했던 이런 관리 방식은 특별히 존재할 이유가 없었고, 잊힌 어떤 시대의 잔재에 불과했다. 당시 제국은 납득하기 힘들고 충동적인 전쟁을 반복적으로 겪었다. 분명한 것은 적이 사방에 있어, 동쪽이나 서쪽에서 혹은 북쪽이나 남쪽에서 돌발적으로 등장할 수 있었다는 것이다. 적이 누구와 닮았고, 무엇을 원하는 지도 몰랐던 까닭에 경계심을 품고 조심하는 수밖에 없었다. 그 적은 '원수'로 불렸고, 발음을 강하게 함으로써 차별화된 뜻을 분명히 전달했다. 적을 다른 식으로 부르는 건 적절하지 않다는 발표가 언젠가 있었다고 기억하는 사람도 있었고, 합리적으로 생각하면 누구도 본 적이 없는 것에 특별한 이름을 붙여야 할 이유가 없었기 때문에 적을 원수라 칭하는 건 당연하고 마땅한 듯했다. 원수는 전설적이고 무시무시한 존재라는 의미를 띠었다. 그런데 어느 날, 아무런 예고도 없이 원수라는 단어가 어휘에서 사라졌다. 적이 있다는 자체가 약점의 인정이었다. 승리는 전부가 아니면 전무였다. '불신당'이란 단어가 등장했고, 어디에나 존재하지만 보이지 않는 배교자들을 뜻하는 '마쿠프'라는 신조어도 등장했다. 내부의 적이 외부의 적을 대체한 셈이었고, 때로는 정반대의 현상도 있었다. 그러고는 밤마다 인간의 피를 빨아먹는 뱀파이어와, 잠자는 여자를 덮치는 악령의 시대가 닥쳤다. 따라서 큰 의식이 열릴 때마다, 온갖 두려움을 주관하는 시탄이란 이름이 거론되었다. 시탄만이 아니라 그를 섬기는 회중도 사람들의 입에 오르내렸다. 시탄과 그 회중이 결국에는 '배교당'과 그 추종자들을 가리키는 다른 이름, 즉 사람들에게 더 쉽게 이해되는 표현이라 주장하는 사람들도 적지 않았다. 그게 전부가 아니었다. '악마'의 이름을 엉겁결에 말한 사람은 땅에 침을 뱉고 "욜라님! 악마를 물리치시고 악마에게 영벌을 내려주소서!"라고 세 번 외쳐야 했다. 그 후 이런저런 방해를 극복한 후, 사람들은 악마, 시탄, 배교당 등으로 불리던 마귀의 명칭을 최종적으로 '발리스'로 결정했다. 또 발리스의 추종자들, 즉 배교자들은 발리스당으로 불렸다. 그러자 모든 것이 한결 명확해진 듯했지만, 잘못된 명칭들이 과거에 오랫동안 사용된 이유에 대한 의문까지 완전히 종식되지는 않았다.

전쟁은 지루하게 오랫동안 지속되었고 잔혹하기 그지없었다. 여기저기에, 사실대로 말하면 어디에나(그러나 전쟁 이외에 지진을 필두로 다양한 천재지변까지 겹쳤던 게 분명하다.) 예술가들이 대중에게 장엄하게 공개한 초대형 작품들처럼 전쟁의 흔적들이 경건하게 보존되고 다루어졌다. 크게 파손된 주택단지, 구멍투성이로 변한 담들, 파편으로 뒤덮인 구역, 내장이 완전히 드러난 시신들, 연기가 피어오르는 쓰레기장이나 악취를 풍기는 늪지로 변한 거대한 분화구, 뒤틀리고 긁히고 녹아버린 고철들이 어마어마하게 쌓인 곳이 대표적인 사례였고, 사람들은 그런 곳을 찾아가 미래의 징조를 읽으려 했다. 어떤 곳에는 면적이 수백 킬로시카 혹은 샤비르에 달하는 금지된 구역이 있었다. 그런 구역에는 통행 구역과의 경계를 따라 굵은 밀뚝으로 울타리가 둘러져 있었지만, 헐벗은 지역에서는 차갑거나 뜨거운 바람에 말뚝이 뽑힌 까닭에 지적인 이해 범위를 넘어서는 사건들이 벌어진 듯했다. 예컨대 태양 조각들이 지상에 떨어지고, 흑마술이 특히 지옥불을 불러일으킨 듯했다. 흙과 바위는 물론이고 인간의 손이 빚어낸 작품 등 모든 것이 깊은 땅속에서 유리처럼 변했다. 무지개빛으로 반짝이는 이 반액체 물질이 지글거리며 발산하는 온몸을 찌르는 듯한 소리에는 모골이 송연해지고 귓속이 앵앵 울리며, 심장이 제멋대로 두근거린다. 이런 현상이 호기심 많은 사람들을 끌어들였다. 그들은 그런 거대한 거울이 있는 곳을 일부러 찾아가 자신의 털들이 열병행진이라도 하듯이 똑바로 곤두서고, 피부가 빨개지며 눈에 띄게 부어오르고, 코에서 피가 뚝뚝 떨어지는 걸 지켜보며 좋아했다. 그런데 그 지역의 주민들과 동물들은 어디에서도 들어본 적이 없는 질병을 앓았고, 그들의 자손들은 온갖 기형의 형태로 태어났다. 이런 현상에 대한 설명이 없어도 사람들은 두려워하지 않기는커녕 욜라의 은혜에 감사하고, 자비로운 중재자의 역할을 다하는 아비를 찬양할 뿐이었다.

　목이 좋은 곳들에 세워진 안내판의 설명에 따르면, 샤르라 일컬어지는 위대한 성전, 즉 전쟁이 끝난 뒤에도 파괴는 한없이 확대되었고, 죽음을 맞은 새로운 순교자는 수천만 명에 이르렀다. 전쟁이 계속되던 동안에는 물론이고 그 후에도 오랫동안, 정확히 말하면 꼬박 수십 년 동안, 건강한 사람들은 시체를 수거해 한곳에 옮겨 쌓은 후에 화장하거나, 생석회로 처리한 후에 끝이 보이지 않는 웅덩이에 묻어버렸다. 혹은 버려진 광산이나 동굴에서도 깊고 깊은 곳에 차곡차곡 쌓은 후에 다이너마이트로 입구를 막아버렸다. 당시에는 어쩔 수 없는 상황이었던 까닭에, 신앙인들의 장례의식과 무척 동떨어진 이런 관습까지 아비의 명령으로 합법화되었다. 시체를 수거하는 직업과 화장하는 직업은 오랫동안 인기가 좋은 직업이었다. 건강한 근력을 지닌 사람은 누구나 상근직이나 임시직으로 두 계절가량 그 일에 종사했지만, 결국에는 진정으로 힘세고 튼튼한 사람이 현장에 남겨졌다. 그들은 수습 일꾼들을 데리고 이 지역에서 저 지역으로 돌아다녔다. 그들은 손수레와 밧줄, 도르래와 표지등 같은 작업 도구를 갖고 다녔고, 운이 좋은 경우에는 역축(役畜)까지 끌고 다녔으며, 그들의 능력에 따라 작업량을 할당받은 후에 일을 시작했다. 옛 사람들의 기억에는 금욕적이고 온화한 그 거인들이 오솔길과 고갯길을 넘어 먼 곳을 찾아가는 모습이 고스란히 남아 있었다. 그들은 두꺼운 가죽 앞치마로 굵은 넓적다리를 가린 채 짐을 잔뜩 실은 수레를 끌어당겼고, 수습 일꾼들이 그 뒤를 따랐다. 때로는 가족까지 데리고 다니는 경우도 있었다. 그들이 지나는 곳마다 그들의 직업을 폭로하는 냄새가 곳곳에 스며들었다. 부패된 살, 불에 탄 지방, 부글부글 발포하는 생석회, 오염된 흙, 좀처럼 사라지지 않는 증기 등이 뒤섞이며 구토를 유발하는 고약한 냄새가 그들의 앞뒤에서 맴돌았다. 한참 시간이 시나자, 그렇게 시체를 처리하던 직업도 사라졌고 제국은 청결함을 되찾았다. 결국에는 진료소와 요양원 및 공동묘지에 고용되어 가난하게 살아가는 과묵하고 느릿한 몇몇 노인만이 드물게 남았을 뿐이다. 길거리에서 죽음을 청소하던 영웅들의 서글픈 종말이 아닐 수 없었다.

'원수'도 깨끗이 사라졌다. 제국의 어디에서도 과거에 원수가 지나갔다거나, 이 땅에 그 가련한 존재가 있었다는 흔적이 발견되지 않았다. 공식적인 교육 자료에 따르면, 원수에 대한 승리는 "완전하고 결정적이며 되돌릴 수 없는 것"이었다. 욜라가 말했듯이, 어느 때보다 강한 믿음을 보인 백성들에게 태초부터 약속한 지배권이 주어졌다. 또 2084라는 한 날짜가 주어졌다. 하지만 그 날짜가 어떤 이유에서 어떤 방법으로 인간의 머릿속에 각인되었고, 유물들 근처에 세워진 기념판에 쓰였는지는 누구도 몰랐다. 전쟁과 관계있는 숫자일까? 그럴 가능성이 높았다. 2084라는 날짜가 전쟁의 시작을 가리키는지 아니면 끝을 가리키는지도 확실하지 않았다. 물론 전쟁 기간에 있었던 특정한 사건과 관계된 연도일 가능성도 있었다. 사람들은 이런저런 가능성을 상상했고, 그런 상상은 점점 정교해진 끝에 그들의 신성함과 관련된 이론까지 만들어냈다. 수비학이 국민적 오락거리가 되었다. 관련된 숫자를 더하고 잘라내고 곱하며 2-0-8-4라는 숫자들을 조합해 만들어낼 수 있는 온갖 가능성을 도출해냈다. 그 결과로 2084가 아비의 탄생년을 가리킨다고 생각하던 시대가 있었고, 아비가 신성한 빛의 개입으로 큰 깨달음을 얻은 해, 따라서 50세가 되던 해라고 생각하던 시대도 있었다. 하지만 인류의 역사에서 그때까지 없었던 유일무이한 새로운 역할을 아비에게 하느님이 주었다는 사실을 의심하는 사람은 아무도 없었다. '하느님을 믿는 사람들의 나라' 이외에 다른 적절한 명칭이 없었던 제국은 이 시대부터 아비스탄이라 불렸고, 이 우아한 명칭은 당국자들, 즉 '정의로운 형제회'의 성직자들과 아파레유의 관리자들이 주로 사용했다. 반면에 하층계급은 '하느님을 믿는 사람들의 나라'라는 과거의 명칭을 계속 사용했고, 일상적인 대화에서는 그에 따른 위험을 망각한 채 짧막하게 줄여 '제국', '하느님 나라', '우리 나라'라고 칭했다. 백성들은 이처럼 무심했고 상상력도 거의 발휘하지 않았으며, 현실이란 경계 너머로 시선을 두지 않았다. 물론 그들의 관점에서는 예절을 지키는 한 방법이라 말할 수 있었다. 다른 곳에는 그곳의 주인이 따로 있었기 때문에, 다른 곳에 눈길을 던진다는 것은 그곳의 생활을 침범하는 것이고 계약을 깨뜨리는 짓이었다. 하지만 단수로는 아비스타네, 복수로는 아비스타니라는 명칭은 스트레스를 유발하는 관료적인 냄새를 풍겼기 때문에, 달리 말하면 짜증과 경계심을 유발하고, 게다가 법적인 소환을 떠올려주었기 때문에 그들은 자신들을 간단히 '사람'이라 칭하며, 그런 명칭으로도 자신들을 차별화하기에 충분하다고 확신했다.

그런데 2084라는 연대가 아파레유의 창립, 더 나아가 '정의로운 형제회'의 창립과 결부되던 때가 있었다. 하느님에게는 이 냉에서 사신을 믿는 백싱을 다스리고, 백성 모두를 다른 삶의 세계로 데려가 심판의 천사에게 이 땅에서 행한 행위에 대한 심판을 받도록 하는 원대한 과업을 도와줄 대리인이 필요했다. 하느님은 그 일의 적임자로 아비를 선택했고, 아비는 하느님으로부터 그런 선택을 받은 후 믿음이 신실한 사람들 중에서 선택한 40명의 고위 성직자로 이루어진 성의회(聖議會)가 '정의로운 형제회'였다. 정의로운 형제회의 빛이 비치면 어떤 것도 어둠에 감춰지지 않았고, 따라서 정의로운 형제회는 그 자체로 계시자로 여겨졌다. 재앙과 재난이 연이어 계속되던 시대에 사람들은 하느님에게 '욜라'라는 새로운 명칭을 부여했다. 태곳적 약속에 따르면, 시대가 바뀐 것이었고, 새로운 세계가 잉태된 것이었다. 정화되고 진리에 바쳐진 땅에서는 하느님과 아비의 보호 하에 모든 것이 다시 명명되고 다시 쓰여야 했다. 그때부터 과거의 역사는 무효화되고 아예 존재하지 않았던 것처럼 지워질 것이기 때문에 새로운 삶이 과거의 역사에 의해 더럽혀지지 않기 위해서라도 그런 조치는 필요했다. 정의로운 형제회는 아비에게 지극히 겸손하지만 명백한 뜻이 담겨 있는 '대리인'이란 명칭을 새롭게 부여했고, 아비를 위한 간결하면서도 감동적인 인사법을 고안해내기도 했다. "대리인이신 아비시여, 그분에게 구원이 있기를!"이라고 말하고는 왼쪽 손등에 입을 맞추는 것이었다.

무수한 이야기가 떠돌았지만, 결국 모든 소문이 가라앉았고 질서가 회복되었다. 역사는 아비의 손에 의해 다시 쓰였고 최종적으로 확정되었다. 삭제된 기억들의 바닥에 희미하게 남아 있던 과거의 흔적들이 치매에 걸린 노인들에게 어렴풋한 착란을 불러일으켰다. 신시대의 세대들에게 과거의 사건들과 책력과 역사는 중요하지 않았다. 그런 것들은 하늘을 휩쓸고 지나간 바람과 다를 바가 없었다. 현재의 순간은 영원한 것이므로 항상 오늘이고, 시간은 온전히 욜라의 손에 있다. 욜라는 전지전능하여, 만물의 의미를 결정하고 자신이 원하는 사람을 가르친다.

여하튼 2084는 정확히 무엇과 관련된 날인지는 누구도 몰랐지만 제국의 기초가 놓인 날인 것은 분명했다.

단순한 사건이나 복잡한 사건이나 불합리한 면이 없지 않았다. 예컨대 성지순례에 나서려는 사람이 이름을 등록하면, 아파레유가 순례할 성지를 대신 결정해주었다. 그렇게 명단에 이름을 올린 사람은 해당 성지를 향해 출발하는 카라반에 합류하라는 연락을 손꼽아 기다렸다. 그 기다림이 1년에 그칠 수도 있었지만 평생 부름을 받지 못하는 경우도 있었다. 그런 경우에는 고인의 장남이 등록증을 물려받았고, 둘째 아들이나 딸들에게는 물려지지 않았다. 신성함은 나누어지지 않는 것이며, 성별이 바뀌는 것도 아니기 때문이었다. 그렇게 장남이 등록증을 물려받으면 큰 잔치가 뒤따랐고, 고행이 아들을 통해 대대로 이어진다는 이유로 가족의 명예가 더욱 높아졌다. 60개 주 전체에서 연령과 생활수준을 불문하고, 일컬어지는 출발일을 하루하루 헤아리며 순례의 차례를 기다리는 사람이 제국 전역에서 수백만 명에 이르렀다. 일부 지역에서는 그런 사람들이 일 년에 한 번씩 대규모로 모여, 못이 박힌 채찍으로 서로 채찍질하며 환성을 지르는 관습이 자리잡았다. 그런 육신의 고통은 조베를 기대하는 행복감에 비교하면 아무것도 아니라는 뜻이었다. 한편 순례의 차례를 기다리는 사람들이 보이스카우트의 유명한 야영대회 형식으로 모이는 지역도 있었다. 이때 기다림에 지쳤지만 희망까지 버리지는 않은 늙은 후보자들이 책상다리로 무릎을 맞대고 둥그렇게 앉아, '엑스펙타시옹'(기대)이라 일컬어지는 지루하지만 행복한 시련의 기간에 대한 경험을 귀담아들었다. 한 순서가 끝날 때마다, 강력한 확성기를 손에 쥔 지도자의 응원이 어김없이 뒤따랐다. 지도자의 선창에 따라 수많은 사람이 감동에 젖은 목소리로 소리쳤다. "욜라는 공정하시다", "욜라는 인내하신다", "욜라는 위대하시다", "아비는 그대를 기억하신다", "아비는 그대와 함께하신다"……. 그 후에는 모두가 팔꿈치를 맞대고 기도했고, 목청이 터지도록 성시를 낭송했으며, 아비가 직접 썼다는 송가를 불렀다. 집회에 참석한 사람들은 이런 과정을 지칠 때까지 반복했다. 집회가 최고조에 이르면, 살찐 양과 황소가 한꺼번에 제물로 바쳐졌다. 그 지역에서 솜씨가 가장 좋은 백정들이 동원되어야 했다. 희생의 제물을 바치는 과정은 쉽지 않았다. 가축을 제물로 바친다는 것은 그 가축을 단순히 도살하는 게 아니었다. 신을 찬미하는 행위였다. 제물로 바친 가축을 절단한 후에는 그 고기를 굽는 과정이 뒤따랐다. 고기를 굽는 불들이 멀리에서도 보였고, 주변의 공기는 기름이 타는 냄새로 가득했다. 고기가 구워지는 향긋한 냄새는 사방 10샤비르 내의 사람만이 아니라 돼지와 개 심지어 가금류의 코까지 자극하며 간지럽혔을 정도였다. 따라서 끝없이 계속되는 통속적인 잔치와 약간 비슷했다. 냄새에 끌려 구름떼처럼 달려온 거지들은 모닥불 위에서 기름을 뚝뚝 떨어뜨리는 살코기의 유혹을 견여내지 못하고 극단적인 욕망에 사로잡혀, 종교적 가르침과는 동떨어진 행동을 저질렀다. 그러나 결국 그들의 탐식은 크게 환영받았다. 그들이 없었더라면 제물로 바쳐진 그 많은 고기를 어떻게 처리했겠는가? 제물을 버리는 것도 신성모독이었는데.

성지순례를 향한 열정은 끊임없는 캠페인으로 유지되었다. 물론 캠페인에는 선전과 설교, 축제와 찬조를 비롯해, 막강한 힘을 지닌 행정기관 '희생 및 순례부'가 다양한 형태로 시도한 정책도 더해졌다. 오래된 데다 아비에게 사랑받은 성스러운 가문이 '무생'이라 일컬어지던 광고권을 독점했지만, 그 가문은 독점권을 공정하게 행사하며 누가 종교를 널리 알리는 데 적합한지를 결정했다. "부족하지도 않고 넘치지도 않게!"라는 표어가 그들이 상업적으로 지향하던 목표였고, 그 표어는 어린아이에게도 알려질 정도로 유명했다. 광고 이외에도 많은 직업이 희생과 순례를 중심으로 생겨났고, 같은 수의 귀족 가문이 최적의 서비스를 제공하려고 노력했다. 아비스탄의 경제는 모두 종교와 관련된 것이었다.

위에서 언급한 캠페인은 1년 단위로 전개되었다. 여름, 특히 절대적으로 금식해야 하는 성주간(聖週間), 즉 시암 기간에 절정을 이루었다. 더구나 제국의 전역을 떠돌며 경이로운 시간을 보내던 순례자들이 전국에 산재된 1,001곳의 성지 중 한 곳, 즉 신성한 땅이나 영묘, 혹은 하느님을 믿는 백성들이 원수에게 숭고한 승리를 거둔 영광과 순교의 땅에 귀환하는 기간과 그 시기가 일치했다. 억지스러운 우연이 이런 식으로 시암에 맞추어졌다. 성지는 모두 세상의 반대편 끝, 다시 말하면 도로와 도시에서 멀리 떨어져 있었다. 따라서 순례는 오랜 시간이 걸리고 대단히 힘든 고행이었다. 순례자들은 아무도 다니지 않는 황량하고 험한 길을 따라, 제국을 끝에서 끝까지 걸어서 가로질렀다. 이런 전통을 따라야 했던 까닭에 순례에 나선 노인과 병자가 성지에 귀환할 가능성은 거의 없었다. 그러나 순례를 지원하는 사람들의 진정한 꿈은 성지를 향한 길에서 죽는 것이었다. 이런 점에서 그들은 생전에 완벽함에 달하는 것이 그다지 바람직하지 않다고 생각하는 듯했다. 요컨대 완벽함은 선택받은 사람에게 엄청난 부담과 책임을 떠안기기 때문에 그는 불가피하게 책임을 회피할 수밖에 없어, 그 결과로 수년에 걸친 오랜 희생의 혜택을 단번에 상실하게 된다고 생각하는 듯했다. 그런데 하찮은 성자라도 실력자처럼 행동하지 않는다면 이처럼 불완전한 세계에서 어떻게 완벽함을 누릴 수 있겠는가?

이처럼 힘들고 위험한 순례가 많은 군중을 도시로부터 멀리 떼어놓고, 그들에게 완성을 향한 길에서 아름다운 죽음을 맞이할 기회를 제공하는 효과적인 방법이라고 생각하는 사람은 전혀 없었다. 더구나 믿음이 깊은 사람은 더더욱 그렇게 생각하지 않았다. 또한 성전(聖戰)이 "무익하고 하찮은 신도를 유익하고 영광스러운 순교자로 바꿔놓는 것"이란 똑같은 목적을 추구한다고 생각하는 사람도 없었다.

당연한 말이겠지만, 무수히 많은 성물 중 가장 신성한 성물은 아비가 태어난 자그마한 돌집이었다. 빙퇴석으로 지어진 그 돌집은 겉으로는 민망하기 이를 데 없는 창조물이지만, 그곳에서 일어난 기적들은 특별한 수준도 훌쩍 넘어서는 것이었다. 따라서 아비스탄에서 그 신성한 돌집의 복제를 집에 갖고 있지 않는 사람은 없었다. 복제품은 풀을 먹인 종이, 나무나 옥, 황금으로 만들어졌지만, 모든 복제품이 아비를 향한 사랑을 뜻한다는 점에서는 똑같았다. 누구도 똑부러지게 지적하지 않았지만, 11년을 주기로 위에서 언급한 작은 돌집은 위치가 바뀌었다. 정의로운 형제회가 아비스탄을 구성하는 60개 주를 공정하게 대하겠다며 극비의 원칙에 따라 그 중요한 기념물을 순환해 배치한 때문이었다. 이에 대해 더 이상 알려진 것은 없었지만, 그 일은 아파레유가 비밀리에 진행하는 많은 업무 중 하나로 돌집이 옮겨갈 곳은 상당히 오래전부터 준비되었다. 예컨대 훗날 그곳 주변에 살며, 우주에서 유일한 초가 돌집의 이웃으로 사는 게 무엇을 뜻하는지 순례자들에게 가르쳐주는 미래의 역사적인 역할을 맡을 사람들을 양성했다. 회개자들은 그들의 그런 호의에 감사하며 환호와 눈물을 아끼지 않았고 작은 선물까지 아낌없이 내놓았다. 교감은 완벽했다. 그런 교감을 남들에게 이야기하는 증인이 없다면 역사는 존재하지 않는다. 누군가 이야기를 시작하는 사람이 있어야 다른 사람이 끝낼 수 있는 법이다.

제약과 금지, 선전과 설교, 문화와 관련된 책무와 쉴새없이 이어지는 종교의식으로 가득한 체제였던 까닭에 어떤 특권을 파악해 손에 넣으려면 개인적으로 자주적인 능력을 발휘하는 게 무척 중요했다. 이런 체제하에서 아비스탄 사람들은 어떻게 시작되었는지도 모르는 어떤 대의를 행하느라 끊임없이 바빴고, 그 때문에 그들의 머릿속에는 특별한 의식이 형성되었다.

오랜 기간 고향을 등진 후에 맑고 신성한 후광으로 둘러싸여 귀환하는 순례자를 따뜻하게 맞이하고, 그들을 위해 잔치를 베풀며 정신적 즐거움을 안겨주고, 그 대가로 그들로부터 어떤 물건, 예컨대 머리카락이나 어떤 기념물의 복제품을 받는 것은, 주민들이나 조베를 기다리는 후보자들에게는 세상에 어떤 일이 닥치더라도 놓쳐서는 안 될 순간이었고 기회였다. 그 보물들은 골동품 시장에서 부르는 게 값이었다. 그러나 그 이외에도 사람들은 경애하는 순례자들로부터 많은 경이로운 것을 배웠다. 순례자들은 세상을 직접 보았고 가장 신성한 곳까지 다녀온 눈을 지닌 사람들이었다.

이처럼 일반적인 관례와 신성한 성례가 반복되는 과정에서, '엑스펙타시옹'은 후보자들이 점점 행복감을 키워가며 살아가는 시련의 기간이었다. 인내는 믿음의 또 다른 이름이고, 길이며 목적지이다. 이것은 순종과 복종만큼이나 가장 먼저 배우는 것이었다. 훌륭한 신도라면 당연히 순종하고 복종해야 하지 않겠는가. 조베를 기다리는 동안에는 밤낮으로 매 순간, 사람들이 보기에도 그렇고 하느님이 보시기에도 칭찬받아 마땅한 사람이 되어야 했다. 성지 순례의 후보자로서 영광스러운 명단에서 지워지는 치욕을 당하고도 목숨을 잠시라도 연명한 '기대자'는 한 명도 없었다. 터무니없게 들리겠지만, 아파레유는 여기에 어떤 참견도 하지 않았다. 하지만 누구도 잘못을 범하지 않았고, 누구도 수치스러운 잘못을 범해 죽지는 않았다. 하느님을 믿는 백성은 위선을 마음속에 숨겨두지 않는다는 걸 모두가 알았다. 또 아파레유의 감시에는 빈틈이 없어, 누군가를 속이려는 생각을 품기도 전에 그런 잘못된 생각을 품은 사람은 제거되는 것으로 알려져 있었다. 세뇌, 선동과 선전은 골칫거리였다. 하느님의 백성에게 필요한 것은 분명한 정보와 격려였지, 유언비어나 은근한 협박이 아니었다. 때때로 아파레유의 정치 공작은 지나칠 정도였고, 어떤 짓이나 서슴지 않았다. 궁극적으로 같은 편을 제거하기 위해 가짜 적을 조작해내고 잡아들이는 데 헛힘을 죽도록 쓰기도 했다.

아티는 이런 장기간의 모험에 나서는 사람들을 흠모하게 되었고, 감시의 촉각을 곤두세워 그들을 겁먹게 할 만한 반응이나 낌새를 전혀 드러내지 않으며 그들의 말을 경청했다. 오히려 격정에 사로잡혀 어린아이처럼 "왜"와 "어떻게"를 연발하며 그들에게 끝없이 질문을 쏟아냈다. 하지만 아티는 궁금증을 완전히 채우지 못했고, 언제나 느닷없이 밀려오는 불안과 분노에 다시 매몰되었다. 보호관찰을 받으며 온갖 망상을 제국 곳곳에 퍼뜨리는 역할을 충실히 해내는 이 가엾은 방랑자들의 허튼소리 너머까지 생각하려면, 그런 생각을 억누르는 거대한 벽이 있는 듯했다. 아티는 이런 생각이 머릿속에 떠오를 때마다 후회하며 뉘우쳤지만, 아파레유의 심장부에서 그 가엾은 사람들의 정신을 통제하는 사람들이 그들의 입속에 그런 망상을 심어준 게 확실하다고 생각했다. 희망과 불가사의를 이용해 사람들을 종교적 믿음에 엮어놓는 방법만큼 효과적인 방법이 없었다. 초자연적인 현상을 믿는 사람은 두려워하고, 두려워하는 사람은 맹목적으로 믿기 때문이었다. 하지만 폭풍우가 몰아치던 어느 날 아티는 폭우를 맞으며 깊은 사색에 잠겼고, 신앙과 광기를 하나로 묶고, 진실을 두려움에 묶어두는 사슬을 파괴해야만 낙심의 늪에서 벗어날 수 있다는 걸 깨달았다.

 큼직한 방에 어둠이 짙게 내렸고, 많은 사람으로 붐벼 혼란스럽기 그지없었다. 갑자기 뭔가가 짓누르는 듯한 낯선 고통이 그에게 밀려왔다. 그는 마구간에 갇힌 말이 어둠속에서 서성대는 위험을 감지한 것처럼 온몸을 부르르 떨었다. 요양원에는 죽음이 유숙하는 듯했다. 어둠이 떨어지기 무섭게 불안과 공포가 밀려왔다. 불안감은 새벽까지 그를 집요하게 괴롭혔고, 아침 햇살이 밤의 들썩거리는 그림자들을 밀어내기 시작한 후에야 불안감도 물러났다. 냄비가 부딪치고 말다툼이 벌어지는 소동에서도 아침 예배가 시작되자 불안감은 거의 사라졌다. 산은 언제나 그에게 두려움을 안겨주었다. 그는 도시의 혼잡스러운 열기에서 태어난 사람이었다. 산속에서, 특히 누추하기 그지없는 침대에서 땀을 흘리고 숨을 헐떡일 때마다 그는 산의 웅장함과 냉혹함에 짓눌렸고, 산이 발산하는 유황 냄새에 질식할 것만 같았다. 요컨대 산의 뜻에 내던져진 듯한 기분이었다.

하지만 그를 치유한 것도 산이었다. 요양원에 도착했을 때 그는 처참한 상태였다. 심각한 결핵 때문에 커다랗게 엉긴 핏덩이를 토해냈고, 기침과 고열로 정신을 차리지 못했다. 그래도 1년 만에 그는 약간이나마 건강을 되찾았다. 맑고 차가운 공기기 뜨거운 불덩이가 되어, 그의 폐를 파먹던 작은 벌레들을 무자비하게 태워버렸다. 결핵 환자들은 이렇게 비유적으로 말했지만, 모든 질병이 배교자 '발리스'로부터 오는 것이고, 궁극적으로 사물의 질서를 결정하는 것은 신의 의지라는 것도 알고 있었다. 간호사들도 다르게 생각하지 않았다. 원래 거친 산사람들이었지만 조금이나마 세련되게 다듬어진 간호사들은 대충 둥글게 굴려 만든 알약과 쓰디쓴 탕약을 정해진 시간에 환자들에게 나눠주었고, 풍문으로라도 효과가 탁월하다는 새로운 부적이 등장하면 부적을 새것으로 교체해주는 것도 잊지 않았다. 의사는 한 달에 한 번씩 질풍처럼 지나가며 어떤 환자에게도 말을 걸지 않고 손가락 관절을 뚝뚝 꺾을 뿐이었고, 누구도 감히 의사에게 눈길을 주려고 하지 않았다. 의사는 하찮은 백성이 아니었다. 의사는 아파레유에 속한 존재였다. 의사는 도무지 알아들을 수 없는 말을 웅얼거리며 지나갔고 가장 가까운 통로를 통해 사라졌다. 요양원 관리자는 가는 회초리를 허공에 휘두르며 의사를 위해 길을 열었다. 아티가 아는 바에 따르면, 아파레유는 정의로운 형제회와 아비를 대신하여 모든 것을 지배하는 권한을 지닌 조직이었다. 그것 이외에 아티가 아파레유에 대해 아는 것은 전혀 없었다. 그런데 아비의 초상화는 제국의 끝에서 끝까지 모든 담에 게시되어 있었다. 분명히 알아야 할 것은 그 초상화가 제국의 정체성이었다는 점이다. 비유해서 말하면, 아비의 초상화는 그림자로 그려지고, 음화(陰畵)로 현상된 얼굴 사진인 듯했다. 가운데에는 다이아몬드처럼 뾰족하게 생겼지만 어떤 보호막이라도 꿰뚫어볼 수 있는 능력을 지닌 마법의 눈 하나가 있었다. 아비가 인간이었고, 무척 겸손해 뭇사람과 달랐다는 건 널리 알려진 사실이었다. 아비는 욜라의 대리인, 믿는 사람들의 아버지, 세상의 최고 지도자였으며, 결국에는 하느님의 은총과 인류의 사랑으로 영원히 죽지 않는 불멸의 존재가 되었다. 누구도 아비를 본 적이 없는 이유는 간단했다. 그의 몸에서 나오는 빛이 눈부셨기 때문이다. 아니다, 진실로 말하면 그는 너무도 소중한 존재여서 일반 서민의 눈앞에 그의 몸을 드러낸다는 것은 생각할 수도 없는 것이었다. 그의 궁전은 코드사바드의 중앙에 위치한 금지된 구역의 한복판에 있었고, 궁전 주변에는 확고하게 무장한 수백 명이 경계를 섰고, 파리 한 마리도 아파레유의 허락 없이는 넘을 수 없는 견고한 방벽이 동심원으로 배치되어 있었다. 이런 건장하고 튼튼한 경비병은 태어나자마자 선발되어 아파레유로부터 최상의 교육을 받았다. 그들은 단 한 사람의 명령을 따랐고, 어떤 경우에도 주의력과 시선을 흩트리거나 몸을 돌리지 않았고, 연민을 불러일으키기에 충분한 상황에서도 잔혹성을 누그러뜨리지 않았다. 그들은 정말 인간이었을까? 그들은 태어나자마자 뇌가 적출되기 때문에 엄청나게 끈질기고 환각에 사로잡힌 눈빛을 갖고 있다는 소문이 떠돌았다. 하층민들은 제대로 이해하지 못하는 것에도 그럴듯한 이름을 붙이는 재주가 있어, 그들을 '아비의 미치광이들'이라 불렀다. 그들은 남쪽으로 멀리 떨어진 어떤 주(州)의 출신, 세상과 단절되었지만 아비와 밀약을 맺은 부족 출신이란 소문도 있었다. 또 그들에게는 주로 사물을 가리키는 단어가 별명으로 붙여져서, 아비의 군단이란 뜻에서 아비-단이라 불리기도 했다.

　보안 대책이 지나치게 과도해서 그 로봇 같은 허깨비들이 빈 둥지, 게다가 하나의 사상과 가설에 불과한 것, 즉 실체가 없는 것을 지키고 있다고 생각하는 사람들도 있었다. 약간 미스터리를 즐기는 듯한 기운도 있었다. 이처럼 아리송한 의혹들에 사람들은 각자 자기 나름의 공상을 덧붙였지만, 아비가 어디에나 존재한다는 것만은 모두가 인정했다. 아비는 이곳과 저곳에 동시에 존재하며, 모든 주도(州都)에 동일한 모양으로 존재하고 신비롭게 지켜지는 궁전에서 온 백성에게 빛과 생명을 던져주었다. 이른바 편재성의 힘으로 아비의 궁전은 모든 것의 절대적인 중심이었다. 따라서 매일 수많은 군중이 60개의 궁전을 줄지어 찾아와 간절히 기도하며 정성껏 준비한 제물을 바쳤지만, 그 대가로는 죽으면 낙원에 갈 수 있게 해달라고 부탁할 뿐이었다.

　이렇게 외눈의 존재로 묘사된 아비의 존재는 많은 논란을 불러일으켰고, 많은 가설이 제시되었다. 예컨대 일부는 아비가 태어날 때부터 외눈이었다고 주장하는 반면에, 아비가 어린 시절에 겪은 극심한 고통 때문에 외눈이 되었다고 주장하는 사람들도 있었다. 한편 아비는 눈이 이마의 정중앙에 하나밖에 없는 건 분명한 사실이라는 주장과, 이에 맞서 외눈이란 이미지는 하나의 정신, 하나의 영혼, 하나의 신비한 교리를 뜻하는 상징에 불과하다는 단호한 주장도 있었다. 이런 초상화가 매년 수억 장씩 뿌려졌기 때문에 예술적 기교로 초상화에 강력한 매력을 더해 미묘한 감동과 전율을 발산하지 않았더라면 그야말로 소화불량으로 정신착란을 불러일으켰을 것이다. 사랑의 계절이면 고래의 마음을 유혹하는 노래가 온 바다에서 울려퍼지듯이, 초상화의 야릇한 매력이 세상을 가득 메웠다. 사람들은 초상화를 얼핏 보기만 해도 마음을 빼앗기며 금세 행복감을 느꼈고, 초상화의 장엄한 멋으로는 보호받고 사랑받으며 격상되는 느낌을 받았지만. 초상화에서 풍기는 엄청난 폭력성에서는 압도되고 짓눌리는 기분에 사로잡혔다. 웅장한 관청의 앞면에 설치된 거대한 초상화가 화려한 조명으로 밝혀지면, 그 앞에 항상 많은 사람이 모여들었다. 세상의 어떤 화가도 그려내지 못할 경이로운 초상화였다. 하기야 그 초상화는 아비가 욜라로부터 영감을 받아 직접 그려낸 것이라 하지 않았던가. 이것은 일찍부터 그렇게 배웠듯이 진실이었다.

언젠가 누군가 아비 초상화의 한 귀퉁이에 뭔가를 끄적거렸다. 도무지 읽어낼 수 없는 글자였고, 미지의 언어, 즉 1차 대성전(大聖戰) 이전에 존재한 언어의 철자로 휘갈겨 쓰인 듯했다. 사람들은 당황하기도 했지만 엄청난 사건을 은근히 기다렸다. 곧이어 아파레유의 암호국에서 그 글자를 해독해냈다는 소문이

나돌았다. 그 아리송한 글자는 아빌랑어(語)로 "비가예(Bigaye)가 너희를 지켜본다!"라고 풀이되었다. 그 자체로는 특별한 의미가 없었지만 '비가예'라는 이름은 울림에서 호감을 주었기 때문에 곧바로 사람들에게 받아들여졌고, 아비를 정겹게 칭하는 별칭이 되었다. 그때부터 여기에서도 비가예, 저기에서도 비가예, 사랑하는 비가예, 정의로운 비가예, 전지전능한 비가예, 비가예라는 호칭밖에 들리지 않았다. 결국 정의로운 형제회는 그 야만적인 단어의 사용을 금지하며, 위반할 경우에는 현장에서 사형될 거라는 칙령을 내렸다. 얼마 후 《전선 소식》은 66710호 공보에서, 칙령을 위반한 파렴치범이 적발되어 현장에서 그 가족과 친구들까지 처형되었으며, 그들의 이름이 1세대부터 등록부에서 지워졌다고 알렸다. 그 이후로 제국은 깊은 침묵에 빠져들었지만, 많은 사람이 마음속으로 이런저런 의문을 품었다. 왜 금지된 말의 철자가 칙령에서는 '빅 아이'(Big Eye)로 쓰였을까? 누가 그런 실수를 범한 것일까? 《전선 소식》의 편집자가 실수한 것일까? 혹시 《전선 소식》의 총재, 시크 공이 실수한 것은 아닐까? 다른 사람이 실수했을 가능성은 없을까? 정의로운 형제회의 최고 지도자, 뒤크 공이 실수했을 가능성은 없었나. 하물며 아비의 실수였을 가능성은 더더욱 없었다. 아비 자신이 아비랑어를 창조하지 않았던가. 따라서 아비는 실수를 범하고 싶었어도 실수를 범할 수 없었을 것이다.

아티는 피부가 검게 그을렸고 체중도 약간 늘었다. 하지만 여전히 굵은 가래가 끓었고 호흡도 편하지 않았다. 게다가 끙끙거리는 때가 더 잦아졌고 기침도 여전히 심했지만, 더는 피를 토해내지 않았다. 산에서 그 이상의 효과를 기대할 수는 없었다. 삶자체가 힘겨웠고, 제국에는 모든 것이 부족했다. 이런 표현이가능하다면, 일상은 결핍에 결핍이 더해지는 삶이었다. 삶을 시작하는 순간부터 몸이 쇠약해진다고 말해도 지나친 말이 아니었다. 산에 오르고, 도시에서 멀리 떨어지면 쇠약의 속도는 더욱 빨라졌다. 요양원은 많은 사람에게, 노인과 중증 장애인에게는 물론이고 어린아이에게도 확실한 종착역이었다. 가난한 사람들은 끝까지 체념한 채 그렇게 지내야 했다. 그들은 삶으로부터 버림받은 상황이 끝난 뒤에야 자신의 몸을 돌보기 시작했다. 때에 찌들어 물기조차 스며들지 않고 수천 군데를 기움질한큼직한 털옷 '부르니'로 몸을 따뜻하게 감싼 그들의 모습에서는장엄한 장례식이 연상되었다. 따라서 왕의 수의를 두르고 즉각죽음을 뒤따를 준비가 된 사람들처럼 보였다. 그들은 낮에는 물론이고 밤에도 털옷을 벗지 않았다. 느닷없이 운명의 급습을 받아 수치스럽게 발가벗은 채 죽음의 나라로 떠나게 될까 두려워하는 듯했다. 하지만 그들은 겁내지 않고 죽음을 기다리며 조금도 꾸밈없이 받아들이는 듯했다. 죽음도 머뭇거림이 없었다. 저기, 저기, 또 저기에 죽음은 거침없이 덮쳤다. 죽음을 간절히 바라는 사람들이 죽음의 식욕을 돋운 까닭에, 죽음은 입을 크게벌리고 허겁지겁 먹어댔다. 요양원에서 가난한 사람들의 죽음은 눈에 띄지 않게 넘어갔고, 그들을 위해 눈물을 흘려주는 사람도 없었다. 병든 환자는 넘쳐흘렀다. 죽어 나가는 사람보다 새로 들어오는 환자가 더 많았고, 그런 환자를 수용하는 것도 골칫거리였다. 침대가 빈 채로 오래가지 않았다. 바깥바람이 불어닥치는 황량한 복도에 놓인 간이침대에 새우잠을 자던 환자들이 그 침대를 차지하려고 치열하게 싸웠다. 순서를 미리 합의해두더라도 평화로운 승계가 확실히 보장되지는 않았다.

항상 뭔가가 부족했지만 지형까지 척박했다. 덕분에 그 밖의 어려움은 잊었다. 식품과 의약품 등 요양원을 운영하는 데 필요한 용품은 도시에서부터 트럭으로 운반되었다. 트럭은 산만큼이나 오래되고 첫 지맥을 만날 때까지는 어떤 것도 두려워하지 않고 씩씩하게 달린 까닭에, 온몸에 문신이 그려진 기형의 마스토돈(제3기에 번성했던 코끼리와 유사한 동물―옮긴이)을 떠올려주었지만, 산소가 희박해지기 시작하는 지맥에서부터는 거대한 피스톤을 움직이지 못했다. 따라서 그곳부터 선량하고 끈질긴 인부와 노새 및 노련한 등반가의 등에 짐을 옮겨 실었지만 이동 속도는 끔찍할 정도로 느렸다. 변덕스러운 기후, 산길과 벼랑의 상태, 일꾼들의 기분, 산길에서 충돌하며 모든 것을 차단해버리는 부족들 간의 다툼 수준에 따라 도착 시간이 달라졌다.

세상의 끝에 있는 그 산악지대에서는 한 걸음 한 걸음이 삶에 대한 도전이었고, 요양원은 죽음이란 막다른 길에서도 가장 멀리 떨어진 곳에 있었다. 무지몽매하던 먼 옛날에는 다른 질병보다 특별히 전염력이 강하지 않은 결핵 환자를 춥고 황폐한 산속 꼭대기까지 끌고 올라가 격려해야 할 이유에 대해 의문을 품는 사람이 적지 않았다. 나병 환자도 제국의 곳곳을 돌아다녔고, 페스트 환자도 마찬가지였고, 열병이 유행하는 계절과 확산되는 지역이 따로 있었지만 당시에도 열병 환자라고 불렸던 사람들도 마찬가지였다. 그런 환자와 접촉하거나 시선을 마주쳤다고 죽는 사람은 없었다. 전염의 원리가 항상 완벽하게 파악되지는 않았다. 주변 사람들이 환자라고 죽지는 않았지만, 자신이 환자가 되면 죽었다. 결국 세상살이가 그런 것이었고, 어느 시대에나 두려움을 유발하는 요인들이 있었다. 그런데 결핵은 언제나 최악의 질병이란 깃발을 높이 치켜들고 민중에게 공포의 씨앗을 뿌려댔다. 삶의 수레바퀴는 돌고 도는 법이어서 다른 무시무시한 질병들이 등장해 풍요롭던 지역을 휩쓸고 지나가며 공동묘지를 가득 채운 후에는 맥없이 물러났지만, 결핵 요양원은 영원무궁한 광물처럼 언제나 그 자리를 굳건히 지켰다. 따라서 결핵 환자와 기관지 환자는 집에서나 멀지 않은 곳에서 다른 환자들과 어울리다가 죽는 게 허락되지 않고 요양원으로 보내졌다. 그렇지 않았더라면 그들도 가족의 따사로운 눈길을 받으며 편안하게 죽음을 맞았을 것이다. 하지만 결핵 환자는 어김없이 세상의 지붕들에 격리되었고, 그곳에서 추위와 굶주림 및 열악한 대우와 씨름하며 수치스럽게 죽어갔다.

카라반이 홀연히 사라지는 경우도 있었다. 사람과 짐승은 물론이고 상품까지! 때로는 카라반을 호송하는 임무를 맡은 군인들까지 사라졌다. 그리하여 수색에 나서면, 협곡의 후미진 곳에서 참수되거나 사지가 절단된 시체, 그것도 절반쯤은 썩은 고기를 먹는 짐승들에게 뜯어먹힌 상태로 발견되었다. 그들이 소지하고 있던 총은 흔적조차 없었다. 누구도 대놓고 말하지는 않았지만, 카라반이 금지된 길을 택해 국경을 넘었다는 소문을 들은 사람이 적지 않았다. 연장자들은 그런 소문에 동의하는지 의미심장한 눈빛을 던졌다. "누가 그렇게 말했어?" 분위기가 갑자기 냉랭해졌고, 노인들은 젊은이들의 귀를 순간적으로 사로잡으며 말을 지나치게 많이 했다고 생각했던지 잔기침을 하며 흩어졌다. 하지만 그 생각은 이미 젊은이들의 머릿속에서 강렬하게 요동쳤고, 그 때문인지 그들의 머리 밖에서도 들리는 듯했다.

'금지된 길! ······국경! ······국경이 있고, 금지된 길이 있단 말인가? 우리 나라가 세상의 전부가 아닌가? 욜라와 아비의 은총으로 우리가 우리 나라의 어디에나 있는 게 아닌가? 그런데 국경이 왜 필요하단 말인가? 도무지 이해가 되지 않는군!'

그 소문이 전해지자 요양원은 큰 혼란과 낙담에 빠졌고, 그 지역의 관습에 따라 많은 사람이 스스로 자학하기 시작했다. 어떤 사람은 머리를 벽에 부딪쳤고, 어떤 사람은 가슴에 상처를 내기도 했다. 목청이 디져 죽을 정도로 울부짖는 사람도 있었다. 이런 관습적 행위는 이단적 행위로 독실한 신도까지 파멸에 빠뜨릴 수 있었다. 도대체 그 국경 너머에 어떤 세계가 존재할 수 있을까? 그 문제의 국경을 넘어가면 빛만이 존재하고, 하느님의 피조물이 살아갈 수 있는 땅덩어리가 있을까? 아무런 대가도 없이 믿음의 왕국을 탈출하려는 사람이 있을까? 그와 유사한 생각을 사람들에게 심어줄 범인은 '배교당', 즉 '불신당'의 선전 꾼인 '마쿠프'밖에 없었다. 그들이라면 어떤 짓이라도 해낼 수 있었다.

그 사건이 순간적으로 국가적 관심사가 되었지만, 곧 무대에서 사라졌다. 잃어버린 물품은 마술 지팡이가 휘둘러진 듯 새로운 보급품, 예컨대 달달한 사탕과자, 값비싼 의약품, 효과 만점인 부적 등으로 채워졌다. 어떤 것도 역사로 존속하지 않았고, 한 조각의 소문도 남지 않았다. 게다가 유감스러운 사태가 전혀 일어난 적이 없었다는 자아도취적인 인상마저 심어졌다. 변화와 검거 및 행방불명과 관련된 사건이 일어나더라도 목격자가 없다면, 사람들의 관심은 얼마든지 다른 곳으로 돌릴 수 있었다. 그렇다고 왕국 내에서 잉걸불까지 몽땅 꺼진 적은 없었고, 이런저런 종교의식이 충분히 있었다. 따라서 카라반을 호송하던 중에 목숨을 잃은 군인들이 순교자의 반열에 올려지는 경우에는《전선 소식》이나 '나디르'(지상의 모든 지역에 설치된 옥외 전광판)를 통해서, 혹은 매일 9번씩 설교가 행해지는 '모크바'를 통해 그들이 전쟁터에서 영웅적인 전투를 벌이던 중에 전사한 것으로 알려졌다. 그들이 목숨을 잃은 전투는 그보다 앞서 실제로 있었거나 가공으로 꾸며진 전투처럼 당연히 '모든 전투의 어머니'로 소개되었고, 그 후에 벌어진 전투도 마찬가지였다. 순교자들 사이에는 등급의 구분이 없었다. 또한 성전에도 끝이 없어, 욜라가 약속에 따라 발리스를 분쇄하려고 할 때는 언제나 성전이 선포되었다.

누구를 상대로 한 어떤 전쟁, 어떤 전투, 어떤 승리가 있었고, 전투는 언제 어떤 이유에서 어떻게 전개되었을까? 이런 의문은 존재하지도 않았고 제기되지도 않았다. 따라서 기대할 만한 대답도 없었다. '성전이 교리의 핵심이란 건 누구나 알고 있지만, 무수한 이론 중 하나에 불과해! 이론에 불과한 것이 정말 그대로 실천된다면 살아생전에 신앙도 사라지고 꿈도 없어질 거야. 물론 진정한 사랑도 없을 것이고, 세상은 완전히 저주의 땅이 되겠지.' 사람들은 눈앞에 전쟁이 벌어지며 땅바닥이 무너지는 현상이 반복되자 이렇게 생각했다. 그렇다고 믿을 수 없는 것에 매달려야 하는 것일까? 오직 그분만이 믿음직했다.

의심은 불안을 낳고, 곧이어 불행이 들이닥친다. 아티가 그런 지경에 빠졌다. 아티는 불면에 시달렸고, 말로 표현할 수 없는 공포와 싸워야 한다는 예감을 떨칠 수 없었다.

지난해 한겨울, 카라반은 요양원에 도착하자마자 사라졌다. 카라반을 호위하던 군인들도 함께 사라졌지만 얼마 후에 협곡한 귀퉁이에서 싸늘하게 얼어붙은 시신으로 발견되었다. 시신들을 도시로 옮기기 위헤 악천후가 일시적으로 가라앉기를 기다려야 했고, 그동안 시신들은 영안실에 잠시 보관되었다. 진료소가 갑자기 부산스럽게 변했다. 간호사들은 물통과 빗자루를 들고 사방으로 뛰어다녔고, 환자들은 부속건물의 앞마당에 무리지어 서성대며 영안실로 내려가는 나선형의 좁고 어둑한 경사로를 훔쳐보았다. 영안실은 15시카 아래에 있었고, 요새 아래에 구불구불 설치된 터널의 끝에 위치했다. 그 터널은 군데군데 허물어졌지만, 제1차 성전이 그 지역에서 치열하게 전개되던 시대에 커다란 바윗덩이를 파낸 것이었다. 터널은 산 안쪽으로 깊이 파고들었기 때문에 반대편 끝이 어디인지는 누구도 몰랐다. 여하튼 터널은 탈출로나 피난처, 지하감옥이나 지하묘지였고, 적에게 침략받았을 때 여자와 어린아이가 숨는 곳이었으며, 금지된 종교의식을 행하던 곳이었다. 실제로 당시 뜻밖의 장소에서 그런 종교의식이 발각된 적이 적지 않았다. 그 좁고 길다란 터널은 건강에도 좋지 않았고, 과거 세계들에 대한 열정과 광기로 뒤덮여 있었다. 게다가 수직 통로로 빠져나간 물이 며칠 후에야 음산한 소리를 내며 사라질 정도로 그 광기는 불가사의한데다 공포감을 자아냈다. 또한 터널에는 온몸이 금세 얼어붙을 정도의 냉기가 흘렀다.

두려움에 질렸고 아찔한 추락 과정에서 다친 곳도 있었겠지만, 소문에 따르면 군인들은 처참할 정도로 난도질을 당했다. 귀도 사라지고 혀와 코도 사라지고 없었다. 성기는 입속에 쑤셔 박혀 있었다. 고환은 파열되고 두 눈은 움푹 패어 있었다. 한 노인이 발작적으로 "고문!"이란 단어를 내뱉었지만 그 단어의 뜻을 알지는 못했다. 그 뜻을 오래전에 잊었거나, 애초부터 그 단어를 말할 의도가 없었고 두려움에 본능적으로 내뱉은 말에 불과했다. 노인은 뒷걸음질하며 계속 웅얼거렸다. "……데모크를…… 물리치고…… 욜라님, 우리를 지켜주소서!"이 사건은 아티를 은밀히 자극했고, 그 자극은 저항으로까지 발전하기에 충분했다. 하지만 무엇에 대한 저항, 누구에 대한 저항이었는 가? 아티는 그런 상상조차 할 수 없었다. 모든 것이 굳어버린 불변의 세계에서 저항은 이해가능한 개념이 아니다. 자아에 반발하거나, 제국이나 하느님에게 저항하는 경우에야 저항이 무엇인지 이해할 수 있는 법이다. 그러나 그곳에서는 누구도 저항을 꿈꿀 수 없었다. 하기야 경직된 세계에서 어떻게 들고일어설 수 있었겠는가? 세상에서 가장 위대한 지식인도 생각의 흐름을 방해하는 먼지알갱이 앞에서는 굴복하는 법이다. 그래도 산속에서 죽음과 맞서 싸우던 사람들, 또 금지된 길에 발을 들여놓고 경계를 넘어섰던 사람들은 알고 있었다.

'하지만 경계를 넘어서 무엇하는가? 어디를 가려고?'

그런데 제복을 입은 그 불쌍한 놈들을 무참하게 학살한 이유가 무엇이었을까? 포로로 끌고 갈 수도 있었고, 산속에 버려두며 각자의 운명에 맡겼어도 충분했을 텐데. 이런 의문에 어떻게 대답해야 할까? 도둑들에게 용서를 받아 힘겹게 살아서 귀환한 군인들은 겁쟁이와 배신자와 불신자에 해당되는 형벌을 받아야 했다. 그리고 대기도일에 도시 곳곳을 구경거리로 끌려다닌 후, 운동장에서 처형되는 깃으로 최후를 맞았다. 어떤 식으로든 모든 증인이 사라짐으로써 국가적 사건은 마무리되었다.

아티에게 진료소는 시간을 초월한 곳이었고 불안감을 자아내는 곳이었다. 소란스러운 도시에서는 눈에 보이지도 않았겠지만, 이곳 진료소에서는 공간을 가득 채우며 불쌍한 영혼을 심문하고 괴롭히고 모욕하는 놀라운 것이 있었다. 아티는 매일 그것을 하나씩 알아갔다. 요양원이 외딴 곳에 격리된 것도 원인이었다. 아무것도 없는 공간에서 삶은 이상해지는 법이다. 어떤 것도 삶을 지탱해주지 않는다. 따라서 삶은 어디에 기대고 어느 방향을 선택해야 할지 모른다. 장소를 바꾸지 않고 한자리에 맴돌면 가엾고 불쌍하게 보인다. 자신의 힘으로 자신을 위해 살더라도 오랜 시간이 지나면 죽음을 맞기 마련이다. 질병은 확신을 무너뜨리는 속성을 지니며, 죽음은 죽음 자체보다 더 원대하기를 바라는 진실을 순순히 받아들이지 않는다. 오히려 죽음은 그런 진실을 무(無)로 돌려버린다. 경계의 존재는 깜짝 놀랄 만한 소문이었다. 경계가 있다면 세계가 분할될 수 있다는 뜻이므로 이미 분할되어 다양한 인간이 존재하고 있다는 뜻일까? 언제부터 그랬을까? 옛적부터 그랬던 것이 분명하다. 어떤 사물이 지금 존재하고 있다면, 먼 옛날부터 줄곧 존재해온 것이다. 자연발생으로 생겨난 것은 없다. 하느님이 원하는 것이 아니면 존재하지 않는다. 하느님은 전능하신 분이다. 그러나 하느님이 인간을 분할하셨을까? 하느님도 필요한 경우에 그때그때 일하셨을까?

'경계란 무엇일까? 젠장, 반대편에는 무엇이 있을까?'

세상에 알려진 바에 따르면, 하늘나라에는 천사들이 살고 지옥에는 악마가 우글거리며 지상에는 믿음의 사람들로 가득했다. 그런데 왜 끝자락에는 경계가 있는 것일까? 경계는 누구를 누구로부터, 또 무엇으로부터 떼어놓는 것일까? 공처럼 둥글게 생긴 구(球)에는 처음도 없고 끝도 없다. 그 보이지 않는 세계는 무엇과 닮았을까? 그 세계에서 살아가는 생명체에게도 의식이 있다면, 그들은 우리의 존재를 알고 있을까? 우리는 상상조차 못하던 것을 그들은 알고 있었을까? 또 우리는 그들의 존재를 모른다는 걸 그들은 알고 있을까? 하기야 우리는 거짓말 같은 섬뜩한 소문을 통해서만 지워진 시대의 있을 법하지 않은 잔재로서 그들의 존재를 짐작하고 있을 뿐이었다. 소문이 사실이라면, 대성전에서 원수에 거둔 승리는 "완전하고 결정적이며 되돌릴 수 없는 것"이 아니었다! 결국 우리는 끊임없이 승리를 축하하고 있었지만, 실제로는 실패가 바싹 뒤쫓아오며 우리에게 실패의 먼지를 뒤집어씌웠다.

'그럼 우리는 어떤 상황에 있는 것일까? 처참한 지경에 있는 게 분명해. 우리가 패해 모든 것을 빼앗겼고, 상황이 불리한 국경에서는 후퇴도 했을 거야. 우리 세계는 패자의 세계와 다를 바가 없을 거야. 붕괴된 후의 잡동사니와 똑같을 거라고. 이런 현실을 멋지게 꾸미는 건 죽은 시체에 분칠해서 웃음거리로 만드는 짓에 불과해. 선능한 욜라와 그분의 대리인 아비라면, 표류하는 뗏목 같은 이런 현실에서 우리에게 무엇을 하라고 말씀하셨을까? 누가 우리를 구원해줄까? 구원의 손길은 어느 쪽에 다가올까?'

이런 의문들이 널리 퍼졌고 팽배했다. 아티는 그 의문들을 감히 조사하고 나서지 못했지만 귀로 듣고 마음속으로 갈등했다.

감시장치와 '정화'장치가 엄격하고 치밀하게 작동했지만, 적잖은 사람이 가볍게 의문을 품는 경우가 간혹 있었다. 때로는 그런 의심이 몇몇 사람의 마음속에 깊이 비집고 들어가기도 했다. 상상의 나래는 일단 활짝 펼쳐지면 원하는 만큼의 장면과 수수께끼를 만들어내며 멀리멀리 날아갈 수 있다. 대담하더라도 무분별하지 않으면 눈에 띄기 마련이다. 요컨대 대담한 사람들의 내적인 긴장은 주변의 공기까지 예민하게 변화시킨다. 그것으로 충분하다. V들은 초고감도 안테나를 갖고 있기 때문이다. 미래는 우리의 것이라고 흔히 알려져 있기 때문에 많은 사람이 그렇게 믿지만, 그런 믿음은 흔하디 흔한 잘못이다. 완벽한 세계에는 미래가 있을 수 없다. 오직 과거와 과거의 전설만이 환상적으로 시작되는 이야기에서 말해질 뿐이다. 완벽한 세계에는 발전적 변화도 없고 학문도 없다. 진실, 하나의 영원불변한 진리가 있을 뿐이며, 가까운 곳에 그 진리를 감시하는 절대자가 있다. 지식과 의심과 무지는 끊임없이 움직이는 세계, 죽음을 피하지 못하는 비천한 인간들의 세계에 내재한 부패에서 비롯하는 것이다. 따라서 이런 세계들의 상호접촉은 허용되지 않는다. 그것이 법이다. 날갯짓을 위해 새장을 박차고 나간 새는 영원히 사라져야 한다. 새장에 돌아와서는 안 된다. 잘못된 노래를 불러 불화의 씨를 뿌릴 수 있기 때문이다. 그가 보았고 막연히 느꼈던 것, 혹은 꿈에서만 상상하던 것에서 영향을 받아, 훗날 다른 곳에서 누군가 보거나 막연히 느끼고 상상할 수 있지 않은가. 그렇게 된다면, 자신을 근거없이 억누르는 죽음의 두려움에 맞서 저항하도록 뒷사람을 인도했다는 점에서 앞사람은 성공한 것이라 말할 수 있다.

이런저런 사건에 의문이 제기되었고, 끓어오르는 분노를 억눌러야 했다. 많은 꿈이 환멸로 바뀌었다. 아티는 혼란스러웠고 부분적으로만 확신할 뿐이었다. 제국 전역에서, 60개의 주에서는 아무 일도 일어나지 않았다. 주목할 만한 사건은 전혀 없었다. 삶은 맑고 투명했으며, 숭고한 질서가 유지되었다. 정의로운 형제회의 품에서, 아비의 자애로운 눈길과 아파레유의 너그러운 감시하에 교감은 완벽하게 이루어졌다. 이처럼 완벽한 세계에서 삶이 잠시 진행을 멈추고 숨을 고른다면, 무엇을 상상하고 무엇을 개조하고 무엇을 넘어서야 할까? 더구나 시간마저 멈춘다면 무엇이 중요해지고, 그렇게 굳어버린 세계에서 공간은 무슨 소용이 있을까? 아비는 자신에게 맡겨진 역할을 훌륭히 해냈었고, 감사하는 인간으로서 이 땅에서의 삶을 끝낼 수도 있었다.

"우리 믿음은 세상의 영혼이며, 아비는 세상의 두근대는 심장이다."

"순종은 믿음이며, 믿음은 진리다."

"욜라와 아비가 하나이듯이 아파레유와 인민은 하나다."

"우리는 욜라의 것이며, 우리는 아비에게 순종해야 한다."

등등.

이런 잠언들은 아비스탄 사람들이 아주 어렸을 때 습득한 후에 평생 마음속에 품고 살아야 했던 99개의 핵심 잠언 중 일부였다.

  무척 오래전이지만 요양원이 세워졌을 때, 요새의 웅장한 출입문 받침대 위에 놓인 돌덩이에 카르투슈(장식 디자인에서 판지의 끝이 말려 올라간 것 같은 모양의 무늬—옮긴이) 장식이 새겨졌다. 그 장식에서 풍화되어 희미해진 두 신비한 기호 사이에 쓰인 숫자, 1984가 분명히 어떤 연대를 뜻한다면 요양원이 준공된 해일 가능성이 높았지만, 미지의 언어로 짤막하게 쓰인 전설도 이런 해석을 확증해주며 그 건물의 목적을 설명하고 있는 게 분명했다. 경박하게 입을 놀리다가 그 이후로 행방불명된 몇몇 늙다리들의 증언에 따르면, 그것들은 상당히 잘 작동했다. 하지만 그 노인들이 말하는 ‘그것’이 무엇인지 정확히 이해한 사람은 없었고, 여하튼 그들이었다면 무엇이건 제대로 설명해주었을 것이라고 기억하는 사람도 전혀 없었다. 세상은 교리의 규범을 철저하게 지키며 언제나 똑같은 방식으로 돌아갔다. 과거에도 그랬고 지금도 그렇듯이 내일과 모레에도 달라지지 않을 것 같았다. 때로는 수주 동안, 때로는 수년 동안 모든 것이 부족한 때가 있었다. 정상적이고 공정하게 대처하는 수밖에 도시와 삶을 덮친 불행을 견뎌낼 방법이 없었다. 따라서 사람들은 자신의 믿음을 끊임없이 확고히 다지고, 죽음에 용감히 맞서는 자세를 배워야 했다. 매일 일정한 시간에 시행된 집단기도가 나머지 역할을 떠맡았다. 집단기도는 신도들에게 몽롱한 행복감을 안겨주었고, 매일 9번씩 반복되는 기도 사이에 확성기를 통해 집요하게 전달되는 송가는 칸막이벽을 통과해 복도를 따라 들어와 공동침실까지 파고들었다. 더구나 확성기가 요양원의 길목마다 설치된 까닭에 점점 낮아지는 반향음이 무한히 뒤얽히며 완전히 사라질 때까지 신도들의 집중력을 유도했다. 또 배경음이 기도문과 완벽하게 융합된 까닭에 단전이나 낡은 확성장치의 고장으로 배경음이 사라지더라도 누구도 눈치채지 못했다. 벽 뒤에 숨은 무엇, 혹은 요양원 환자들의 잠재의식에 자리잡은 뭔가가 배경음을 대신하며, 가장 진실한 현실만큼이나 진실한 현실을 단조롭게 읊조렸다. 기도하는 사람들의 멍한 눈길에는 운명을 수용한다는 온화하고 감동적인 빛이 반짝거렸다. 그 빛은 잠시도 그들의 곁을 떠나지 않았다. 운명의 수용은 아빌랑어로 '카불'이었다. 그런데 '카불'은 아비스탄의 성스러운 종교를 뜻하는 이름이었고, 아비가 자신의 신성한 가르침을 기록한 성서(聖書)의 명칭이기도 했다.

서른둘, 서른다섯이었을까? 아티 자신은 잘 몰랐지만, 아티는 또래보다 나이 들어 보였다. 하지만 훤칠한 키와 날씬한 몸매로 젊은 시절과 혈통의 매력을 약간이나마 간직하고 있었다. 한편 산꼭대기의 된바람에 시달린 새하얀 얼굴빛 때문에 황금빛을 띤 녹색 눈동자가 더욱 돋보였고, 천성적으로 무관심한 듯 움직였던 까닭에 그의 몸짓에서는 고양이처럼 유연한 관능미가 풍겼다. 따라서 건강을 회복한 후에 입을 다물어 썩은 이를 감추고,

동의한다는 뜻으로 미소를 지어보이면 주변 사람들에게 호남으로 충분히 인정받을 만했다. 물론 요양원에 입원하기 전에도 그는 멋진 남자로 여겨졌지만, 그 때문에 크게 낙담했던 기억을 떨칠 수 없었다. 아비스탄에서 외적인 아름다움은 배교당이나 높이 평가하는 결함이었고, 조롱과 멸시를 초래하는 요인이었다. 여성들은 두꺼운 베일과 '부르니캅'으로 얼굴과 몸을 가리고, 붕대로 가슴을 짓누른 채 철저히 감시받으며 살아야 했지만 크게 고통스럽게 생각하지는 않았다. 그러나 예쁘장하게 생긴 남성에게 가해지는 학대는 끊이지 않았다. 턱수염을 덥수룩하게 길러 흉하게 보이고, 거칠게 행동하고 헐렁한 옷을 입어 밉보이는 방법도 아티에게는 무용지물이었다. 그의 가문 사람들은 몸에 털이 없었고 몸짓 하나하나가 태생부터 우아했다. 게다가 아티는 유난히 예쁘장했고, 여기에 어린이의 수줍음까지 더해져 다혈질인 뚱보들의 욕망을 자극하며 침을 흘리게 만들었다. 따라서 아티의 기억에 어린 시절은 악몽과 다를 바가 없었다. 아티는 어린 시절을 기억에서 지워내려 애썼고, 수치심으로 높다란 장벽을 세웠다. 하지만 환자들이 자신의 문제에 몰두하며 저급한 본능의 굴레를 늦추는 요양원에서 어린 시절의 악몽이 되살아났다. 가엾게도 어린 녀석들이 끊임없이 도망치며 발버둥치는 걸 참고 보아야만 했다. 그러나 집요한 성폭력에 아이들은 결국 자포자기하고 말았다. 성폭행자들의 잔혹성과 간교함에 어린아이들이 어떻게 저항할 수 있었겠는가. 밤마다 어린아이들이 울먹이는 소리를 듣고 있으면 심장이 찢어지는 듯했다.

아티는 완벽한 세계에서 악습이 횡횡하는 이유를 이해할 수 없어 절망에 빠지고 말았다. 그렇다고 무질서한 세계에서는 미덕이 승리하지 못한다고 섣불리 결론짓지는 않았다. 게다가 아비가 빛을 가져오기 전에 세상을 지배한 암흑의 잔재로 남은 타락이 여전히 활동하며 믿는 사람을 시험하고 위협한다고 생각하지도 않았다. 변화에는 기적이 필요하지만 변화를 이루어내기 위해서는 시간이 필요하고, 선과 악은 공존하지만 궁극적으로 선이 승리하는 법이다. 선은 어디에서 시작되고, 악은 어디에서 끝나는지 어떻게 알 수 있을까? 결국 선은 악의 대용품에 불과할 수 있다. 옷을 깔끔하게 차려입고 정확하게 찬송하는 속임수에도 선이 있듯이, 나약하고 때로는 배신으로 여겨지는 타협적인 행동에 선의 본질이 있다고 말하지 않는가. 『카불』은 제2권 30장 618절에서 이렇게 말했다 "악이 무엇이고 선이 무엇인지 인간이 아는 것은 가능하지 않다. 인간은 욜라와 아비가 그들의 행복을 위해 일하신다는 걸 아는 것으로 족하다."

아티는 그 사람이 누구인지 알지 못했다. 그는 아티를 성가시게 굴었고, 신중하지 못한 처신이 나날이 대담해졌다. 아티는 그 사람이 무서웠다. 그는 아티에게 무엇이든 물어보라고 제안했고, 도무지 이해할 수 없는 대답을 아티의 귓가에 속닥였다. 아티는 귀를 쫑긋 세우고 그의 대답에 귀를 기울였다. ……급기야 그에게 명확히 말하고 결론을 내려달라고 재촉하기도 했다. 얼굴을 맞댄 대화에 아티는 점점 녹초가 되어갔다. 또 주변 사람들이 그를 의심하게 되고, 그가…… 감히 입밖에 내기도 힘든 단어…… '불신자'라는 게 밝혀질지 모른다고 생각하면 아티는 온몸이 오싹해졌다. 아티는 그 고약한 단어의 뜻을 정확히 알지 못했다. 또 사람들은 그 단어가 구체화될까 두려워하며 발음하는 것조차 꺼려했다. 사람들이 별다른 생각없이 반복해 사용하는 친숙한 것에 대해서는 일종의 상식이 형성되는 법이다. 그런데 불-신-자, 이 단어는 허망한 추상적 개념이었다. 아비스탄에서는 누구에게도 믿음을 의무적으로 강요하지 않았고, 진정한 믿음을 끌어내기 위해 어떤 정책도 시도되지 않았다. 완벽한 신자다운 행동을 요구했을 뿐이다. 그것이 전부였다. 말투와 몸가짐과 습관에서, 교화를 책임진 정의로운 형제회로부터 영감을 받은 대리인이나 아비가 완벽한 신도의 전형으로 제시한 기준을 두고 일반 신자를 심판하지도 않았다. 완벽한 신도는 아주 어린 시절부터 길러지는 것이었다. 사춘기적 증상이 나타나기 훨씬 전에, 즉 사춘기의 발현으로 인간 조건의 진실이 노골적으로 드러나기 전에, 인간의 삶에서 다른 방식으로 존재할 수 있다는 상상 자체를 거부하는 완전한 신자가 되어야 했다. "하느님은 위대하시다. 하느님에게는 완전히 순종하는 충성스러운 종이 필요하다. 하느님은 교만하고 이해타산적인 사람을 싫어하신다."(『카불』, 제2권 30장 619절)

'불신자'라는 단어에 아티는 마음이 혼란스러웠다. '불신'은 규정에 의해 자동적으로 받아들여야 하는 믿음을 거부한다는 뜻이다. 하지만 인간은 어떤 믿음에서 해방되려면 다른 믿음에 의지할 수밖에 없다는 데 불신의 문제가 있다. 중독을 치료하려면 더욱 강력한 약물을 복용해야 하고, 필요한 경우에는 적절한 약물을 만들어내서라도 복용해야 하는 것과 비슷하다. 그러나 아비가 지배하는 이상적인 세계에는 의지할 만한 다른 믿음이 허용되지 않아 경쟁관계에 있는 의견도 없을 것이고, 경전에 대한 의심은 털끝만큼도 없어 반항적인 생각의 꼬리를 근거로 나머지 부분을 상상함으로써 경전을 반박하는 이야기를 꾸며낼 수 없을 터인데 어떻게 불신이 가능할 수 있단 말인가? 게다가 덤불 속의 숲길처럼 은밀히 감추어진 의견들이 모두 색출되어 지워졌고, 인간의 정신은 공식화되고 주기적으로 조정되는 교리에 따라 엄격하게 통제되었다. 따라서 유일사상의 지배하에서 불신은 생각할 수 없는 것이었다. 그러나 아파레유는 불신이 불가능하다는 걸 알고 있는 데다 온갖 조치를 취함으로써 불신이 불가능한 상태를 유지하면서도 무엇 때문에 불신을 금지하는 걸까? ……순간적으로 어떤 직관적 생각이 아티의 머릿속을 스치고 지나갔다. 그림처럼 뚜렷이 떠오른 생각이었다. '아파레유는 백성들이 믿는 걸 원하지 않는 거야!' 그 의도에 감추어진 목적은 분명했다. 누군가 어떤 사상을 믿는다면 다른 사상, 예컨대 대립되는 사상을 받아들이는 동시에 수시로 인용하며, 먼저 믿었던 사상을 잘못된 것으로 내팽개칠 수 있기 때문이다. 그러나 반드시 믿어야 하는 것으로 강요하던 사상을 이제부터 믿지 말라고 금지하는 행위는 우스꽝스러운 데다 비현실적이고 위험한 짓이기 때문에 불신의 금지라는 야릇한 명령으로 둔갑한다. 위대한 주관자는 이와 관련하여 다음과 같이 말했다. "믿으려고 애쓰지 말라. 길을 잃고 다른 믿음에 빠질 위험이 있기 때문이다. 의심만을 금하라. 나의 진리만이 유일하고 정의롭다고 거듭거듭 되풀이하라. 이 가르침을 끊임없이 머릿속에 새기고, 너희 생명과 너희 재산이 나의 것임을 잊지 말라."

아파레유는 온갖 책략을 꿰뚫고 있었기 때문에 완벽한 신도의 존재는 위선에 불과하다는 걸 일찌감치 알고 있었다. 신앙은 원래 억압적인 경향을 띠기 때문에 회의를 불러일으키기 마련이다. 따라서 신앙만으로는 완벽한 신도가 탄생할 수 없었고, 반항과 광기로도 마찬가지였다. 엄격히 말해서 종교는 독점적으로 창설되어 적절하게 통제되고, 보편적으로 조성된 공포로 유지되는 편협한 신앙에 불과하다는 것도 아파레유는 정확히 알고 있었다. "일상적인 삶에서는 자세한 설명이 필수적"이기 때문에 탄생부터 죽음까지, 해가 돋은 때부터 해가 넘어갈 때까지 모든 것이 경전에 성문화되었다. 완벽한 신도의 삶은 반복되는 행동과 말의 끊이지 않는 연속이다. 따라서 그런 삶은 몽상에 잠기거나 머뭇거리고 사색하는 자유, 또 우연히라도 믿음을 거부하거나, 더 나아가 생각할 여유도 허락하지 않는다. 결국 아티는 어렵사리 결론을 내렸다. 뭔가를 믿는다는 것은 실제로 믿는 것이 아니라 속임수이며, 믿지 않는다는 것은 대립되는 사상을 믿는 것이므로 결국 자신을 속이고 자신의 생각을 교리로 삼는 행위라는 결론이었다. 유일사상에는 딱 들어맞는 결론이었다. 자유로운 사상이 보장되는 세계에도 이 결론이 들어맞을까? 아티는 까다로운 장애물에 부딪친 듯 멈칫거렸다. 아티는 자유로운 세계를 경험한 적이 없었다. 따라서 교리와 자유 사이에 어떤 관계가 성립할 수 있는지 상상할 수 없었고, 교리와 자유 중 어느 쪽이 더 강한지도 상상할 수 없었다.

　그의 머릿속에서 뭔가가 깨졌다. 그것이 무엇인지는 알 수 없었다. 하지만 그의 눈에 이 세상이 갑자기 끔찍할 정도로 저급하고 비열하게 보였고, 따라서 이제부터라도 과거와 다른 사람이 되고 싶다는 분명한 의식을 갖게 되었다. 그런 변화가 고통스럽고 수치스럽게 시작되더라도, 또 변화 과정에서 목숨을 잃게 되더라도 아티는 그런 변화를 간절히 바랐다. 충직한 성도였던 과거의 아티가 죽어가고, 또 다른 생명이 그의 내면에서 태어나고 있었다. 아티는 그런 변화를 분명히 의식할 수 있었고, 무척 흥미롭게 받아들였다. 하지만 그런 변화의 모색은 폭력적인 제재에 해당되는 죄였고, 아티 자신에게는 압살과 저주를 뜻했고 가족에게는 파산과 추방을 뜻했다. 당연한 말이겠지만, 그 세계에서 벗어난다는 것은 실질적으로 불가능했기 때문이다. 또한 그의 모든 것이 먼 옛날부터 영원히, 즉 그에게 속한 것은 먼지 하나, 추억거리 하나, 아무것도 남지 않을 종말의 시간까지 그 세계에 속한 것이었다. 아티는 그 세계를 마음속으로도 부인할 수 없었다. 엄격히 말하면 그 세계를 비난할 것도 없었고, 그 세계에 반박할 것도 없었다. 그 세계는 자신만의 고유한 특성을 지닌 세계였다. 그런 세계를 누가 부인하고 비난할 수 있겠는가? 또 어떻게 근심거리를 떠안길 수 있겠는가? 어떤 것도 그 세계를 해치지 않았다. 오히려 모든 것이 그 세계를 더욱 강하게 해주었다. 이렇게 그 세계는 잉태되었고, 그 세계를 운영하는 사람들의 광기와 원대한 야망이 바라는 대로 주변 세상과 인류에 철저히 무관심한 중립적인 존재가 되었다. 결국 그 세계는 하느님과 같았다. 선과 악, 생명과 죽음 등 모든 것이 그곳에서 시작되고, 모든 것이 그곳으로 귀착되지 않는가. 따라서 실제로는 어떤 것도 존재하지 않는다. 하느님도 존재하지 않는다. 오직 이 세계만이 존재한다.

아파레유라면 그 세계의 유리한 점을 축출하고 없애버릴 것 같았다. 실제로 조만간 그런 조치가 취해질 거라는 분명하고 확실한 증거가 있었다. 아파레유는 오래전부터, 먼 옛날부터 경계심을 품고, 생쥐가 위기를 벗어났다고 착각하게 만들려고 잠든 척하는 고양이처럼 공격하기에 적합한 절호의 기회를 엿보고 있는 게 분명했다. 비유해서 말하면, 그 세계는 신체조직의 세포였고, 개미굴의 개미였다. 어떤 한 부분이 기능장애를 일으키면 몸 전체에서 동시에 느껴지지 않는가. 따라서 어떤 악습이 그 세계를 침범해 괴롭히며 시스템을 크게 위협하자, 어딘가에서 평소와 다른 신호들이 교환되었다. 그 신호들은 V들 사이에서 본능적으로 혹은 성대의 진동이나 의식의 흐름으로 옮겨졌다. 중앙 지도부에서는 혼란이 시작된 곳을 찾아내 확인하고 분석하는 과정을 자동적으로 시작하겠지만, 그 과정이 무척 복잡하고 여러 부분과 연동되어 있기 때문에 다른 메커니즘을 수정하고 조정하며 필요한 경우에는 없애버리는 복잡한 절차까지 덤으로 더해질 것이고, 최종적으로는 유해한 기억을 완전히 지워버리기 위해 초기상태로 되돌리는 작업도 진행될 것이다. 또한 추적할 수 있을 때까지 과거로 거슬러 올라가 찾아낸 기억들, 무한히 작은 기억까지 모든 것이 무한히 반추되고 또 반추될 수 있도록 빠짐없이 부호화되어, 느리더라도 오류가 없는 기억장치에 저장될 것이다. 지도부의 영향력을 강화해주는 동시에, 미래가 과거와 조금도 다르지 않은 모습을 띠도록 유도하는 실질적인 교육과 효율적인 규칙은 이런 반추에서 만들어지기 때문이다.

이런 교훈은『아비의 책』의 제1권 2장 12절에 이렇게 쓰여 있다. "하느님의 계시는 하나이고 유일하며 보편적이다. 하느님의 계시에는 덧붙일 것이 없고 수정할 것이 없다. 믿음과 사랑을 요구하지도 않고 비판을 허락하지도 않는다. 오로지 수용과 순종만을 요구한다. 욜라는 전능하시다. 욜라는 교만한 자를 엄하게 벌하신다."

『아비의 책』을 더 읽어가면, 제42권 36장 351절에서 욜라는 더욱 구체적으로 말한다. "교만한 자는 내 분노의 징벌을 받을 것이다. 눈알이 뽑히고 사지가 절단되며 새까맣게 태워질 것이다. 타고 남은 재는 바람에 흩날릴 것이고, 그의 가족은 물론이고 조상과 후손까지 고통스러운 종말을 맞을 것이다. 죽음도 내 징벌로부터 그들을 지켜주지 못할 것이다."

엄밀히 말하면, 정신도 기계 장치의 일부에 불과하다. 모든 것을 이해하고 모든 것을 통제하며, 끊임없이 간섭을 확대하고 공포를 조장하려는 복잡성 때문에도 감정이라곤 없는 맹목적인 기계라 할 수 있다. 생명체와 기계 사이에는 자유라는 미스터리가 존재한다. 인간은 죽어야만 자유로운 존재가 될 수 있는 반면에 기계는 의식이란 것이 없기 때문에 자유에 구속되지 않는다. 아티는 과거에도 자유롭지 않았고 향후에도 자유롭지 않을 가능성이 높았지만, 내면에 깃든 의심과 두려움만으로도 자신이 아비보다 더욱 진실하고, 정의로운 형제회와 정의로운 형제회의 촉수 역할을 하는 아파레유보다 더욱 중요하며, 무력하고 소란스러운 신도들보다 훨씬 더 활력있는 존재라는 걸 깨달았고, 자신의 상황을 의식하기에 이르렀다. 자유라는 것이 있었다. 지금은 자유롭지 않더라도 자유롭기 위해 죽을 때까지 투쟁할 힘이 우리에게 있다는 걸 깨달았다. 초기에는 패했더라도 끝까지 치열하게 싸울 때 진정한 승리가 있다는 게 분명한 듯했다. 이런 깨달음 덕분에 아티는 자신에게 죽음이 덮친다면 그 원인이 궁극적으로 자신에게 있는 것이지 아파레유에게 있는 게 아니라는 것도 알게 되었다. 요컨대 그가 죽는다면 그의 의지와 내적인 반항심이 죽음의 원인이지, 결코 시스템이 제정한 법칙의 일탈과 위배에 따른 징벌이 죽음의 원인일 수는 없었다. 물론 아파레유라면 그를 죽일 수도 있고 없애버릴 수도 있다. 또한 아파레유라면 그를 재교육시켜 완전히 다른 사람으로 바꿔놓아 순종을 미치도록 숭배하도록 개조할 수도 있을 것이다. 그러나 제아무리 아파레유여도 알지 못하는 것, 본 적도 없고 소유한 적도 없으며 받은 적도 없고 준 적도 없는 것, 하지만 지독히 혐오해서 끝없이 추격하는 것, 즉 자유까지 그에게서 빼앗을 수는 없을 것이다. 인간이라면 누구나 죽음이 삶의 끝이라는 걸 알고 있듯이, 아티도 그 사실을 잘 알고 있었다―죽음은 본래 지각할 수 없는 것이어서 삶의 부인이고 삶의 끝이지만, 삶의 증거이기도 하다. 아파레유는 자유의 출현을 억제하고 인간을 속박하며 처형하는 데 존재 목적을 두기 때문에 이익이 되는 방향으로 결정을 내리기 마련이지만, 그런 결정 자체는 아파레유가 비참한 상황에서 얻어낼 수 있는 유일한 즐거움이기도 했다. 주인이 세상을 지배하는 왕이더라도 자신이 노예라는 걸 알고 있는 노예가 그 주인보다 더 자유롭고 더 위대하다고 하지 않는가.

아티는 죽더라도 마음속으로 자유를 꿈꾸며 죽고 싶었다. 자유는 반드시 필요한 것이었다. 자유보다 더 나은 것은 존재하지 않는다는 걸 깨달았고, 현재의 체제에서 사는 것은 사는 것이 아니라 무생물이 풍화되고 분해되듯이 무의미하게 시간을 보내며 죽어가는 것이란 사실을 깨달았기 때문이다.

심장이 미친 듯이 두근거려 고통이 느껴질 지경이었다. 그런데 기분은 이상하고 예사롭지 않았다. 두려움이 밀려오며 뱃속이 뒤틀릴수록 그는 더욱 강해졌다. 그는 더욱더 대담해지는 기분이었다. 그의 내면 깊은 곳에서 진정한 용기라는 작은 알갱이가 다이아몬드처럼 결정체를 이루어가고 있는 기분이었다. 역설적으로 말할 수밖에 없지만, 삶을 쟁취하기 위해 죽을 만한 가치가 있다는 걸 깨달았다. 생명이 없다면 우리는 죽은 몸이고, 죽은 몸에는 죽음밖에 없기 때문이다. 따라서 아티는 죽기 전에 생명이 있는 삶을 살기를 바랐다. 찰나에 불과한 시간이더라도 어둠에서 깨어난 삶을 살고 싶었다.

그는 정의로운 형제회의 규칙을 지키지 않은 사람에게는 무조건 죽음을 안겨야 한다고 주장하는 사람 중 하나였다. 또한 중대한 잘못을 범한 사람을 공개적으로 처형하면 인민들이 화산처럼 분출하는 피를 보고 공포를 느끼며 그 순간에 강렬한 깨달음을 얻을 것이기 때문에 공개처형의 필요성을 지지하는 강경파의 일원이기도 했다. 공개처형을 보면 그의 믿음이 더욱 공고해지고 새로워질 것이라 생각했다. 그에게 영감을 준 것은 공개처형의 잔혹성도 아니었고, 저급한 감상주의도 아니었다. 무릇 인간이라면 욜라를 위해 최선을 다해야 한다고 생각했을 뿐이었다. 예컨대 가족을 사랑하는 경우에나 적을 증오하는 경우에나, 악행을 제재하거나 선행에 보상할 때에도, 심지어 광적으로 행동할 때와 마찬가지로 현명하게 처신할 때에도 오로지 욜라를 중심에 두어야 한다고 생각했다.

하느님은 열정적인 분이시며, 하느님을 위한 삶은 그 자체로 기쁨이다.

그러나 그는 그 모든 것을 즉각적으로 깨달았다. 그가 태어나
는 순간에 그의 기억에 새겨진 듯한 교훈이 있었고, 나중에 그
의 유전자에 추가되고 시간이 지남에 따라 끊임없이 다듬어진
자동제어장치 같은 것이 있었다. 또한 그를 비롯해 모든 인민
을 현재의 상황에 만족하는 편협한 인간, 맹목적인 신앙을 자랑
하는 신도, 순종과 아첨에 매몰된 꼭두각시로 만들어버리는 조
건화 뒤에 감추어진 진실을 문득 깨달았다. 뚝하고 손가락 꺾
는 소리로 인류 전체라도 죽일 수 있는 존재의 하찮은 대상으로
서 순전히 의무적으로 숨을 쉬며 무의미하게 살아야 했다. 이런
깨달음에 그는 계시를 얻는 기분이었고, 그의 내면을 지배하던
음험한 존재가 드러났다. 그는 그 존재에 저항하고 싶었고……
어떻게든 내면에서부터 떨쳐내고 싶었다. 순종과 저항은 명백
한 모순이었다. 이런 모순은 피할 수 없는 것이었고, 조건화의
핵심이었다! 신도는 순종과 저항이 사랑하는 관계에 있는 경우
에도 변함없이 유지되어야 한다. 오히려 자유의 가능성을 인지
할 때 순종은 훨씬 더 감미롭고 가치 있게 느껴진다. 그러나 저
항이 불가능한 이유가 바로 여기에 있다. 생명과 하늘나라 등
잃을 것이 너무 많다. 반면에 얻는 것은 없다. 광야나 무덤에서
자유를 얻는다지만 또 다른 감옥에 불과하다. 이에 대한 묵인
이 없다면, 순종은 신도에게 자신의 절대적인 무가치에 대해 어
떤 깨달음도 주지 못하는 막연한 상태에 불과할 것이다. 더구
나 이런 상태에서 신도가 절대자의 너그러움과 전능함 및 무한
한 연민에 대한 깨달음을 얻기는 더더욱 불가능하다. 순종은 저

항을 낳고, 저항은 순종으로 바뀐다. 자의식이 존재하려면 이처럼 분리할 수 없는 짝이 반드시 필요하다. 삶이란 그런 것이다. 선이 무엇인지 알려면 악이 무엇인지 알아야 하며, 그 역도 마찬가지다. 이 원칙에 따르면, 대립되는 힘들이 충돌하는 과정에서 삶은 존재하고 움직일 따름이다. 누구나 과거에는 남다르고 음흉한 생각을 품은 적이 있었다. 그런데 이제는 삶을 생각하고 선과 평화, 진리와 우정, 평안하고 안심되는 영속성을 생각하며 온갖 미사여구로 미화하지만, 정작 그런 미덕들을 추구할 때는 죽음과 파괴, 거짓과 계략, 지배와 타락, 폭력적이고 부당한 압박을 무지막지하게 동원할 뿐이다. 따라서 순종과 저항 사이의 모순은 사라지고 혼란만이 남는다. 선과 악의 줄다리기도 중단된다. 하지만 작용과 반작용이 똑같은 정도로 하나를 이루듯이, 선과 악도 균형잡힌 일체성을 확보하려면 하나의 현실에 대한 두 양태가 되어야 한다. 따라서 둘 중 하나를 없애면 다른 하나도 없어진다. 아비의 세계에서 선과 악은 대립하지 않고, 뒤섞여 있다. 그 세계에는 선과 악을 구분지어 명명하고 이원성을 구축할 만한 삶이 존재하지 않기 때문이다. 아비의 세계에서 선과 악은 하나의 똑같은 것, 즉 생명이 없는 삶 혹은 죽은 것과 다름없는 삶을 가리킨다. 여기에서는 믿음이 모든 것이다. 도덕적 관점에서 제기되는 선과 악의 문제는 하찮고 무익한 문제, 따라서 폐기해야 할 문제이다. 선과 악은 고유한 의미에 해당하는 안정된 기반이 없는 기둥에 불과하다. 신성한 참된 종교, 순종적인 수용, 카불은 "욜라 이외에는 어떤 신도 없고, 아비는 욜라의 대리인임을 선언"하면 충분하고, 오직 그 선언으로만 이루어진다. 나머지는 율법과 율법의 심판에 속한다. 욜라와 아비가 인간을 순종적이고 열성적인 신도들로 만들 것이고, 그 신도들은 자신들의 손에 쥐어진 수단을 동원하여 자신들에게 요구된 의무를 끈질기게 해내며 "욜라는 위대하시고, 아비는 욜라의 대리인이시다!"라고 한목소리로 외칠 것이다.

사람들은 약해질수록 자신이 더 고결해지고 정신적으로 강해진다고 생각한다. 죽음의 문턱을 넘는 순간, 사람들은 멍한 상태에서도 자신들이 삶에 어떤 것도 주지 않았기 때문에 삶이 그들에게 빚진 것도 없다는 걸 깨닫는다.

그들의 의견은 크게 중요하지 않다. 그들은 시스템으로부터 고혈을 빨리는 피해자이면서도 시스템을 옹호한다. 부조리하고 불합리한 세상에서는 약탈자와 피해자가 구분되지 않는 셈이다. 또한 삶의 방정식에서 선과 악이 도치되었고, 최종적으로 선이 최소한의 악에 의해 대체되었다는 걸 누구도 그들에게 말해주지 않는다. 삶은 그들에게 다른 길을 허락하지 않는다. 인간 사회는 악에 의해서만 지배되도록 확립된 때문이다. 외적인 요인이나 내적인 요인으로 삶이 위협받지 않으려면 항상 악이 더 강력해야 한다. 따라서 악에 저항하는 악은 선이 되고, 선은 악을 지탱하며 정당화해주는 완벽한 방책이 된다.

『아비의 책』제5권 36장 97절에는 이렇게 쓰여 있다. "선과 악은 나의 것이다. 따라서 선과 악을 구분하는 것은 너희 몫이 아니다. 내가 선과 악을 내려보낸 이유는 너희에게 진리와 행복의 길을 알려주기 위함이다. 내 부름에 응답하지 않는 사람은 불행할 것이다. 나는 전능한 욜라이니라."

그는 자신의 불안을 누군가에게 말하고 싶었다. 파멸이 이미 상당히 진행된 그 시대에, 조롱과 꾸지람을 듣더라도 자신의 생각을 적절한 단어로 표현해 누군가에게 털어놓는 것이 그의 판단에는 필요한 듯했다. 어쩌면 성원과 격려를 받을 가능성도 있었다. 실제로 그는 환자 간호사, 순례자 등과 대화를 꽤 시도해보았지만 일정한 수준을 넘지 않도록 자제해야 했다. 그렇지 않았더라면 미치광이라고 손가락질받고 신성모독으로 비난받았을 것이다. V들이 황급히 달려왔을 것이고, 그들에게 불량한 생각과 사랑은 달콤한 과일즙이었다. 그는 사람들이 고발하도록 훈련받았다는 걸 알고 있었고, 그도 자신의 업무와 영역에서 확신에 찬 이웃과 친구를 열정적으로 고발해오지 않았던가. 따라서 그는 평판이 좋았고, '조례'라 일컬어지는 '보상의 날'에 상을 받은 게 한두 번이 아니었다. 게다가 '자발적으로 정의를 수호하는 신도회'(정의로운 신도회)에서 발행하는 명망 높은 잡지 《영웅》에 이름이 언급된 적도 있었다.

그렇게 며칠이 지나고 수개월이 지나자 그는 익숙한 단어들이 당혹스럽게 느껴졌고, 그 개념들이 다른 의미를 띠기 시작했다. 믿음의 방향을 일정하게 유지해가려는 사회적 굴레와 경찰 조직을 제외하고는 모든 것이 해체되었다. 선과 악, 참과 거짓을 구분짓는 경계가 사라졌고, 그것들에 대해 상식적으로 이해하던 경계마저도 사라지고 다른 경계가 은밀히 나타났다. 모든 것이 모호해졌고, 모든 것이 막연하고 위험해졌다. 뭔가를 찾고 구하려 할수록 오히려 잃어갔다.

　요양원은 고립되어 있었던 까닭에 모든 것이 힘들었다. 궁핍함은 나날이 더해진 반면에 교화는 느슨해졌다. 마음을 편안하게 해주는 낭송과 기도의 시간은 물론이고 지극히 신성하게 여겨지던 '탄원의 목요일'까지 교육 과정이 원만하게 진행되는 걸 방해하는 원인이 항상 있었다. 예컨대 환자들이 호출 신호에 즉각적으로 반응하지 않았고, 사태나 침하로 요양원과 연결된 길이 차단되었다. 때로는 강물이 크게 불어나 부교가 떠내려갔고, 다리를 떠받치는 기둥을 지탱하는 케이블이 벼락을 맞아 끊어지기도 했다. 학교 선생은 시내에서 돌아오는 길에 협곡에 떨어지고, 교장은 고위층의 요구에 도시로 나가고, 복습교사는 목소리를 잃어버리고, 수위는 열쇠꾸러미를 찾지 못하는 사태가 벌어진 적도 있었다. 식량 부족과 식수 부족, 전염병과 궁핍으로 많은 사람이 죽는 경우도 있었다. 이처럼 크고 작은 사고들이 끊이지 않으며 정상적인 교육을 방해했다.
　모든 것으로부터 멀리 떨어지면 어떤 것도 제대로 기능하지 않고, 재앙이 시시때때로 덮친다. 그런 환경에서 우리는 자신의 문제에만 몰두하고 돌덩이처럼 무력해지며 어디에나 부족한 것이 눈에 띈다. 따라서 우리 자신이 잉여적인 존재로 거북하게

느껴진다. 게다가 초라하지만 내색하지 않는 환자들 사이에서
죽어가며, 고통을 이야기하고 이리저리 정처없이 방황하는 자
신을 발견하게 된다. 밤에는 차가운 침대에 누워, 바다에서 표
류하는 뗏목처럼 어둠 속에서 길을 잃은 채 행복했던 기억을 떠
올리며 체온을 잃지 않으려 애쓴다. 그 기억들이 항상 똑같아
강박적 의미까지 갖는다. 그 기억들은 머릿속을 분주하게 오가
며 뭔가를 알리려고 하는 듯하다. 때로는 짧은 순간이지만 우리
는 기억이란 필름을 되돌리며 돌발적인 사건과 고유한 색을 덧
붙임으로써 시간을 연장해보려 한다. 그럼 우리는 중대한 위기
에서 가까스로 벗어나 어떤 식으로든 존재하는 기분이며, 하늘
나라에서 누군가가 우리에게 귀를 기울이고 뭔가를 말하며 도
움을 주려는 마음이 너그러운 친구, 사라진 친구, 속내를 털어
놓을 수 있는 친구를 보내고 싶어 하는 느낌도 받는다. 따라서
이런 삶에는 금전적 재물이 아니라 마음에 위안을 주는 진리로
우리에게 속한 것들이 있다. 뭔가를 마음껏 믿을 수 있다는 것
자체가 큰 행복이다.

　과거에는 들어본 적도 없고, 막연히 느껴본 적도 없을 듯한
이상한 단어들이 통용되는 미지의 세계가 조금씩 드러났다. 이
런저런 소문이 떠도는 광장을 어둑한 그림자가 지나가는 듯했
다. 특히 한 단어가 그의 마음을 사로잡았다. 아름다움과 마르
지 않는 사랑으로 가득한 우주의 문을 열어주는 단어였다. 그
우주에서는 인간이 자신의 생각만으로 기적으로 빚어내는 신이
었다. 그야말로 상궤를 벗어난 단어였다. 그는 온몸이 떨렸다.

그런 우주가 가능할 뿐만 아니라 그런 우주만이 진짜라고 말하고 있었다.

　어느 날 밤, 그는 닦요를 뒤집어쓰고 자신도 모르게 혼잣말로 중얼거렸다. 목소리는 꼭 다문 입술 사이로 억지로 틈새를 벌리며 저절로 새어 나왔다. 그는 두려움에 사로잡혀 입을 벌리지 않으려고 발버둥쳤지만, 결국 입술에 힘을 풀고 그 소리에 귀를 기울였다. 감전된 듯한 충격이 그의 몸을 휘감고 지나갔다. 그는 숨조차 제대로 쉴 수 없었다. 그의 마음을 사로잡았던 그 단어가 반복해서 그의 귀를 때렸다. 그가 한 번도 사용한 적이 없었고 무슨 뜻인지도 모르는 단어였다. 그는 한 음절씩 또박또박 발음해보았다. "자…… 유…… 자… 유… 자～유… 자유… 자유….." 그가 한순간 그 단어를 크게 소리내어 발음했을까? 환자들도 그 소리를 들었을까? ……대체 그 단어를 어떻게 알게 된 것일까? 그 소리는 내면의 소리였다…….

　요양원에 입원한 날부터 그를 공포에 떨게 했던 뜸부기의 굵고 낮은 울음소리가 갑자기 멈추었다. 바람이 두려움에서 벗어나 한결 가벼워졌고, 산 공기는 코끝을 자극하며 좋은 냄새를 풍겼고 행복감까지 느끼게 해주었다. 상쾌한 선율이 깊은 협곡에서부터 산꼭대기를 향해 올라왔다. 그 선율에 귀를 기울이자 그는 환희에 젖어들었다.

그날 밤, 아티는 눈을 감고 싶지 않았다. 그는 행복했다. 잠을 자며 꿈을 꾸며 깊은 행복감에 한없이 젖을 수도 있었지만 그는 뜬눈으로 밤을 지새우며 상상의 나래를 마음껏 펼치고 싶었다. 내일이 없는 행복이었기에 이번 기회를 놓칠 수 없었다. 그는 침착하고 냉정하자고 스스로 격려했다. 또 여러 경우의수를 따져보며 마음속으로 준비를 단단히 해야 한다고 스스로 다그쳤다. 조만간 요양원을 떠나 고향으로 돌아갈 예정이었기 때문이다. 고향집이 있는 조국, 아비스탄에 다시 돌아갈 예정이었다. 하지만 그는 아비스탄에 대해 아는 것이 전혀 없다는 걸 이제야 깨달았고, 구원의 기회를 스스로 마련하기 위해서라도 아비스탄에 대해 하루빨리 알아야만 할 것 같았다.

무덤처럼 답답한 두 달이 지난 후에야 주치의가 그의 퇴원을 허락하는 서류에 서명했다고 담당 간호사가 알려주었다. 담당 간호사는 그에게 진료기록을 보여주었다. 두 장의 꾸깃꾸깃한 종이로 이루어진 진료기록으로, 하나는 입원신청서였고 다른 하나는 신경질적인 글씨체로 '지속적인 관찰이 필요함'이라 쓰인 퇴원허락서였다.

아티는 기분이 좋지 않았다. V들이 그의 꿈을 훔쳐보았던 것일까?

4월의 화창한 아침, 아티는 서글픈 마음을 억누르며 요양원을 나섰다. 여전히 매섭게 추웠지만 그의 마음속 깊은 곳에는 다가오는 여름의 열기가 자그맣게 웅크리고 있었다. 지극히 적은 열기였지만 삶을 다시 시작하고 숨이 끊어지게 달려보겠다는 의욕을 북돋워주기에는 충분했다.

밤은 여전히 깊었지만 카라반은 출발할 준비를 끝냈다. 부족한 것은 없었다. 질서도 있었다. 상대적으로 작은 세계였지만, 모두가 요새 앞에 빠짐없이 집결해 출발 신호를 끈기 있게 기다렸다. 당나귀들은 두 마리씩 짝지어 머리와 꼬리가 엇갈리도록 서서 덜 자란 풀을 뜯고 있었고, 짐꾼들은 차양 아래에서 빈둥대며 마법의 약초를 우물우물 씹어대고 있었다. 카라반의 호송을 맡은 경비병들은 호전적인 자세로 노리쇠를 만지작거리며 뜨거운 차를 홀짝거렸다. 좀 떨어진 곳에는 신앙 관리관과 그의 하인들이 따뜻한 털옷을 입고도 활활 타오르는 화롯불 앞에 앉아, 여행용 묵주의 알을 하나씩 돌리며 뭔가를 상의하고 있었다.(그들 중에는 신분을 감춘 채 주변 사람들을 정신감응으로 끊임없이 감시하는 한 명의 V가 숨어 있었다.) 그들은 야비한 생각을 떠올릴 때마다 목청이 터져라 욜라에게 기도했지만, 마음속으로는 산의 정령인 자빌에게 은밀히 기도했다. 일반적으로 산에서는 하산이 그다지 쉽지 않다. 오히려 하산이 등산보다 더 위험하다. 중력의 개입으로 추락의 유혹을 견뎌내기가 쉽지 않기 때문이다. 따라서 노련한 사람들은 삶의 경험이 일천한 풋내기들에게 '낙하 방향으로 치닫는 것은 무척 인간적인 성향이다'라며 알쏭달쏭한 말을 끊이지 않는다.

카라반을 따라 여행하는 사람들은 더 멀리 약간 내려앉은 차양 아래에, 부당하게 죽음을 찾아 떠나는 사람들처럼 겁에 질린 표정으로 부들부들 떨며 서 있었다. 그들에게서는 눈의 흰자위밖에 보이지 않았다. 그들은 숨을 헐떡이며 힘들고 난처한 상황에 있다고 하소연했다. 그들은 위험한 상황에서 벗어나 집에 돌아가는 환자들이었고, 날씨가 포근해질 때까지 미룰 수 없는 서류 작업 때문에 요양원을 방문한 행정관들이었다. 아티도 그들의 틈에 있었다. 습기가 스며들지 못할 정도로 때가 덕지덕지 앉은 부르니를 몇 겹이나 껴입은 아티는 옹이가 많은 나무 지팡이에 몸을 기댄 채 보따리 하나를 쥐고 있었다. 보따리에는 셔츠 한 벌, 물컵과 밥그릇, 기도서, 환약과 부적 등 여행에 필요한 물건들이 잔뜩 들어있을 뿐이었다. 그들은 제자리에서 맴돌고 서로 옆구리를 찔러대며 카라반의 출발을 기다렸다. 지평선을 붉게 물들인 막막한 하늘에서 반짝거리는 빛이 그들의 망막을 불태워버릴 듯했고, 그들의 눈꺼풀은 몹시 무겁게 느껴졌다. 요양원의 쇠락하고 느릿한 삶에 길들여진 때문이었다. 4,000시카가 넘는 고원지역에 몸을 걸치고 거의 불가능한 고행적 삶을 살려면 몸짓과 호흡, 시력 등 그들의 모든 것을 낮고 또 낮게 재조정하는 수밖에 없었다.

그는 얼음장처럼 추웠던 지옥이 그리울 것 같았다. 그곳에서 지낸 덕분에 병이 나았고, 다른 현실이 가능하리라고 생각조차 못했던 까닭에 존재조차 몰랐지만 그의 세계에 분명히 속해 있던 어떤 현실을 맞닥뜨릴 수 있지 않았던가. 사회라는 울타리를 떠나고 경찰의 감시를 벗어나 혼자만의 공간에 있을 때에만 들리는 음악 소리와 같은 것이었다.

그는 하루라도 빨리 집에 돌아가고 싶었지만 고향에 돌아가는 게 겁나기도 했다. 가족이나 친구들과 부대끼며 다투어야 하는 삶이 눈앞에 어른거렸고, 매일 똑같이 반복되는 일상과 난잡하게 뒤얽힌 행실에서 삶은 심원한 것을 추구하는 가치를 상실하고 피상적이고 허식에 매몰될 것이 뻔했다. 요양원에서 지내는 동안 그는 활력을 되찾는 데 그치지 않고, 과거에는 생각하지도 못한 현실을 직시하는 눈을 떴다. 그들의 세계만이 아니라 다른 나라가 존재하며, 눈에 보이지 않지만 결코 넘어갈 수 없고 죽음을 면할 수 없는 경계가 그들을 떼어놓고 있다는 현실을 깨달았다. 자신의 집에, 저 구석방에 누가 살고 있는지도 모를 지경까지 무지함이 극단에 이른 이 세계에서 무엇이 가능할 수 있었겠는가?

그를 생각에 몰두하게 만드는 의문들을 제기해보는 것은 재밌었다. 현실 세계를 가상 세계에 투영하더라도 인간은 계속 존재할 수 있을까? 그런 경우에도 인간은 죽음을 맞을 수 있을까? 죽음의 원인은 무엇일까? 그러나 가상 세계에는 시간이 존재하지 않는다. 그렇다면 권태도 없고 노화도 없고 질병도 없고 죽음도 없을 것이다. 그럼 자살할 수는 있을까? 그가 상상하는 새로운 세계처럼 인간도 가상의 존재가 될 수 있을까? 그 세계에서는 삶과 죽음, 오가는 사람들과 지나온 나날들 등에 대한 기억을 간직할 수 있을까? 이런 인상을 주는 세계 자체가 가상은 아닐까?……

그는 이런 가정과 상상을 머릿속으로 무수히 해보았지만 어떤 확실한 대답도 끌어낼 수 없었다. 그저 두려움과 두통이 더해질 뿐이었다. 분노와 불면증도 뒤따랐다. 가슴을 에는 듯한 회한과 수치심도 있었다. 당장이라도 그 경계를 찾아 출발하고, 그 경계를 넘어가고 싶었다. 경계를 넘어 반대편에 들어가면, 이쪽에서 온갖 음모를 동원해 오랫동안 거의 완벽하게 금지해왔던 것을 볼 수 있고, 우리가 누구이고 우리 세계가 어떤 세계인지도 알 수 있을 것 같았다. 그 결과가 겁났지만 기대되기도

했다.

그는 이런 생각을 하면서도 약간의 시간을 보냈다. 기다림은 불안을 야기하고 온갖 의문을 품게 하는 원인이지 않은가.

멀리 떨어진 골짜기 사방에서 난데없이 귀를 맑게 해주는 낭랑한 소리가 갑자기 산기슭을 엄습하며 요양원까지 올라왔다. 아름답고 매혹적 노랫소리의 메아리가 서로 얼싸안고 물결처럼 일렁리며 슬픈 시처럼 멀리멀리 퍼져나갔다. 아티는 그 노랫소리에 흠뻑 빠져, 아무런 소리도 없는 별나라까지 점점 줄어드는 소리 길을 따라 걷고 싶었다. 산속에서 울려 퍼지는 뿔피리 소리는 지극히 아름다웠다!

새벽의 여명에 요양원을 출발한 선발대가 산맥의 지맥에 위치한 첫 번째 휴식처에 도착했다는 신호였다. 그곳은 다양한 용도로 사용되는 구역답게 사막의 시장, 샤먼의 동굴, 다양한 업무를 처리하는 행정사무소 등이 뒤죽박죽 뒤섞여 있었고, 직선으로 20샤비르 이상의 지하에 위치해 있었다. 뿔피리 소리는 넉넉한 음량을 자랑하며 멀리까지 전달되었다. 이번 경우에 뿔피리의 신호는 길이 훤히 트이고 동행 가능하다는 뜻이었다. 모두가 기다리던 신호였다.

카라반이 움직이기 시작했다.

선발대가 다음 휴식처에 도착할 때마다 매번 뿔피리로 소요 시간과 길의 상태를 알리면, 카라반은 일종의 뱃고동으로 선발대에 응답하기로 약속되어 있었다. 카라반은 시간이 당연히 욜라의 의지에 따라 자연스레 흐른다고 응답하겠지만, 흐름의 속도가 체력도 없고 산행에 익숙하지도 않은 회복기 환자들과 여행자들, 또 머리부터 발끝까지 녹슬고 무디어진 불쌍한 공무원들의 지구력을 넘어서지는 않았다.

거대한 감동의 물결이 요양원을 휘감았다. 환자들이 테라스와 돌출된 복도, 성벽의 순찰로에 옹기종기 모여 카라반이 자욱한 새벽안개 속으로 멀어지는 걸 지켜보았다. 그들은 손짓으로 작별인사를 보냈고, 체력을 갉아먹는 질병의 포로가 된 자신들을 위한 만큼이나 용기있는 여행자를 위해 마음속으로 기도했다. 실밥이 풀리고 누덕누덕 기운 부르니를 입은 그들은 안색도 창백한 데다 희미한 빛에 감싸여 있어, 이해할 수 없는 것과 작별하려고 모인 유령들과 비슷하다는 인상을 주었다.

수직으로 깎아지른 듯한 협곡을 따라 형성된 산길이 굽어지는 곳에서 아티는 뒤돌아서서 요새를 마지막으로 바라보았다. 빛이 산란하는 안개로 자욱한 하늘로 뒤덮인 위쪽을 아래에서 바라보자, 요새의 웅장하고 장엄한 모습은 두려움까지 자아냈다. 요새에는 오랜 역사가 있었다. 그 역사에 대해 알려진 바는 없었지만 누구나 그 역사를 감지할 수 있었다. 요새는 먼 옛날부터 그곳에 우뚝 서 있었던 것처럼 보였다. 그때까지 많은 세계와 많은 종족을 경험하며, 그들이 차례로 사라지는 것을 지켜보았다. 그즈음에는 거의 아무것도 남지 않아 신비롭고 은밀한 분위기가 감돌았고, 인간사에 감추어진 허무함마저 느껴졌다. 또한 십자가와 별과 초승달 등과 같은 기호들이 바위에 투박하게 조각되거나 섬세하게 형상화되었고, 굵은 선으로 서툴게 파인 형상이 담긴 부적들이 여기저기에서 발견되었으며, 일부러 흉하게 훼손한 형상도 다른 곳에서 발견되었다. 이런 기호들은 뭔가를 뜻하는 게 분명했다. 아무런 의미도 없는 것을 조각할 까닭이 없었을 것이고, 강렬한 의미를 갖지 않는다면 그런 기호를 굳이 지워버리려고 애쓸 필요도 없었을 것이다. 정성을 기울여 조각한 기호 하나에 하나의 의미가 있는 게 분명했다. 대성전이 벌어지는 동안 요새는 우아 산맥을 따라 형성된 전선에 위치했고, 전략적 가치 때문에 양쪽 모두에게 반드시 점령해야 할 표적이었다. 요새는 원수의 손에 떨어졌다가 믿음의 민족에게 되돌려졌고…… 이 과정이 끊임없이 되풀이되었다. 간단히 말하면, 요새의 주인이 몇 번이고 바뀌었다. 여하튼 결국 요새가 아비의 용맹무쌍한 군사들에 의해 완전히 정복된 것은 사실이며, 그것이 욜라의 요구이기도 했다. 전해지는 전설에 따르면, 요새 주변에는 시체가 얼마나 많았던지 우아 산의 모든 협곡을 가득 메워 물을 밟지 않고 지나다니게 만들 수 있을 정도였다. 어쩌면 그 전설이 사실이었을지 모른다. 공식적으로 발표된 숫자도 천문학적이었다. 사용된 무기의 위력은 태양의 힘을 넘어섰고, 전투는 수십 년 동안 계속되어 이제는 누구도 정확한 햇수를 모른다. 주변의 모든 것이 초토화되었는데도 요새는 무사했다는 사실은 기적이라 할 수밖에 없었다. 항간에 떠도는 이야기의 절반이 사실이라면 우리가 지금 이 제국에서 발을 딛는 곳이면 어느 곳에서나 시체를 밟고 다닌다는 뜻이 된다. 실망스럽겠지만, 땅이 다시 뒤집히는 날에는 우리가 파묻히는 차례가 될 거라는 생각을 떨칠 수 없다.

모든 것을 파괴하고 세계의 역사를 완전히 뒤바꿔버린 전쟁이 있은 후, 제국의 60개 주 전역에서 안타깝게도 수억 명이 빈곤에 시달리며 길가에 내던져졌다. 부족들은 잔혹성을 드러냈고 가족들은 뿔뿔이 흩어졌다. 그로 인해 많은 과부와 고아, 장애인과 미치광이, 나병 환자와 흑사병 환자, 독가스와 방사능에 노출된 피해자가 무수히 생겨났다. 누가 그들을 도울 수 있었겠는가? 사방이 지옥이었다. 큰길에도 강도들이 우글거렸고, 무장 세력을 결성해 가난한 사람들에게 눈곱만큼 남은 것마저 약탈했다. 오랫동안 요새는 우아 산의 거대한 장벽에 도전하는 용기와 힘을 가진 방랑자들에게 피난처 역할을 했다. 거지와 부랑자가 모여드는 곳과 비슷했다. 따라서 많은 사람이 먼 곳에서 안식과 정의를 찾아 왔지만 악행과 죽음을 맞는 경우가 많았다. 그보다 처참한 공간은 세상 어디에도 없었을 것이다.

시간이 흐름에 따라서 모든 것이 질서를 되찾았다. 강도들은 체포되어, 각 지역의 관습에 따라 처형되었으며 사형 집행에 사용되는 기계들은 밤낮으로 돌아갔다. 사형을 한층 효과적으로 집행하는 수많은 방법이 제안되었지만, 하루가 36시간이었더라도 하루의 의무량을 충분히 소화해내지 못했을 것이다.

과부들과 고아들에게 여기저기에 일정한 거처가 제공되었고 작은 일자리도 주어졌다. 환자들과 장애인들은 계속 정처없이 떠돌아다니며 구걸했고, 어디에서도 보살핌을 받지 못한 까닭에 수백만 명씩 죽어갔다. 도시와 시골을 가리지 않고 악취를 풍겼을 뿐만 아니라 온갖 질병의 원인이기도 했던 시체들을 효과적으로 치우기 위한 조직들이 결성되었다. 정확히 말하면, 시신들을 수거하는 사람들로 구성된 신비로운 동업조합들이었다. 그 활동을 지원하기 위한 법도 제정되었고, 정의로운 형제회는 공중위생과 동업조합의 이익에 관련된 문제에 신성한 가치를 부여하는 종교적인 칙령까지 선포했다. 요새는 완전히 비워진 후에 깨끗이 청소되었고, 수리를 거친 후에는 요양원으로 개조되어 결핵 환자들이 격리 수용되었다. 지금은 잊혔지만, 결핵이 인류를 덮치는 모든 불행의 원인이라는 완곡한 표현까지 있었을 정도였다. 따라서 모두가 결핵 환자들을 멀리했고, 결국 결핵 환자들은 도시에서 쫓겨났고, 나중에는 밭일로 일손이 필요하던 시골에서도 쫓겨났다. 결핵이 만악의 근원이라는 미신은 해빙과 더불어 사라졌지만, 관습은 그대로 남아 폐병 환자들은 여전히 요양원으로 보내셨다.

환자들과 순례자들의 틈에서 아티는 많은 것을 배웠다. 그들은 거대한 제국의 방방곡곡에서 찾아온 사람들이었다. 그들이 살았던 도시의 이름, 그 도시의 관습과 역사에 대해 배웠고, 그들의 고유한 억양을 들었으며, 하루하루 살아가는 모습을 지켜보았다. 이 모든 것이 그에게는 놀라운 경험이었고 무엇과 바꿀 수 없는 소중한 학습의 기회였다. 요새는 믿음의 사람들에게 포괄적인 시각과 무한한 다양성을 깨닫게 해주었다. 각 집단마다 다른 어떤 집단에도 없는 고유한 특성과 관습이 있었다. 게다가 불륜 사건에 대해 알고 싶은 욕망에 사로잡힌 사람들이 흔히 그렇듯이, 다른 집단에 속한 사람들은 알아듣지 못하게 그들 사이에서만 은밀히 주고받는 언어도 있었다. 하지만 그런 밀담은 금방 중단되었고, 모두가 신중하게 처신했다. 아티는 어느 정도 건강을 회복하자 여러 공동침실을 돌아다니며 눈과 귀로, 심지어 코로도 즐거움을 누렸다. 그 사람들에게는 냄새가 있었고, 그 냄새가 저마다 특유해서 후각으로 각각의 집단을 찾아갈 수 있을 정도였기 때문이다. 그들은 특유의 말투와 몸짓, 눈빛 등등으로도 같은 집단에 속한 사람을 알아보았다. 따라서 세 마디를 나누기도 전에 그들은 서로 껴안고 감격에 겨워 울먹였다. 사람들로 들끓는 시장에서는 흔한 장면이지만, 그들이 같은 고향 사람들을 만나면 그늘진 구석으로 자리를 옮겨 고향 사투리로 마음껏 이야기를 주고받는 걸 지켜보는 것도 무척 감동적이었다. 그들은 하루 종일 어떤 이야기를 나누었을까? 그런 만남이 고향 사투리를 사용할 기회만 제공했던 것은 아니다. 그들의 사기도 높여 주었다. 고향 사투리를 사용하는 기회는 당사자에게 그야말로 감동적인 순간이었지만, 성가신 문제를 야기할 가능성이 컸다. 따라서 욜라가 성도들을 하나의 국민으로 통합할 목적으로 아비에게 가르쳐준 신성한 언어, 아빌랑어만을 사용해야 한다는 법이 제정되었다. 그 밖의 언어들은 우연한 사태의 산물이었던 까닭에 사람들을 구분하며 특정한 지역에 가둬두고 거짓과 허위로 인간의 영혼을 타락시킨다는 점에서 무익한 것이었다. 따라서 욜라라는 이름을 발음하는 입이, 발리스의 역겨운 입냄새를 발산하는 조잡한 언어들로 더럽혀질 수는 없었다.

그는 이 문제를 한 번도 생각해본 적이 없었지만, 만약 그에 관련된 질문을 받았다면 아비스탄 사람들은 모두 서로 닮았다고, 아비스탄 사람들은 그를 비롯해 코드사바드에서도 그의 동네 사람들과 비슷하다고 대답했을 것이다. 또 그는 여태껏 한 유형의 사람밖에 본 적이 없다고도 대답했을 것이다. 그런데 놀랍게도 무한히 다양한 인간이 있었다. 너무 달라 결국 한 사람이 그 자체로 하나의 측량할 수 없는 불가사의한 세계였다. 꼭 닮은 형제들과 자매들로 이루어진 하나의 근면한 백성이란 개념을 어떻게든 허물어뜨리는 현상이었다. 따라서 하나의 백성이란 개념은 하나의 가설에 불과한 듯했고, 더구나 그 가설은 인간은 개개인이 고유한 개체로서 완전히 구체화된다는 원칙에 어긋나는 것이었다.

요새는 안개 속으로, 하염없이 흐르는 그의 눈물 뒤로 사라졌다. 아티에게는 그때가 요새를 마지막으로 본 때였다. 그 후로는 은밀한 추억으로 간직할 생각이었다. 그 요새의 한복판에서, 그는 자신이 죽은 세계에서 살고 있다는 걸 깨달았다. 그곳에서, 비극의 골짜기에서, 극한의 고독에서 그는 또 다른 세계, 하지만 좀처럼 다가갈 수 없는 세계의 존재를 깨닫고 큰 충격을 받았다.

귀향길은 1년 남짓이 걸렸다. 짐수레에서 트럭으로 옮겨 탔고, 철로가 전쟁과 녹을 견뎌낸 지역에서 기차를 탔으며, 문명이 다시 사라진 지역에서는 기차를 버리고 짐수레에 올라탔다. 때로는 걸어서, 때로는 노새의 등에 올라 가파른 산비탈과 원시적인 숲을 지났다. 따라서 카라반은 안내인과 운에 모든 것을 맡긴 채 한 발짝씩 조심스레 내밀며 앞으로 전진했다.

　마침내 카라반은 6,000샤비르 이상의 거리를 지나왔다. 몇몇 지역에서는 극도의 불안에 떨며 한없이 시간을 보냈고, 재집결지와 열차배정소를 지나기도 했다. 그곳에서는 많은 사람이 서로 마주치고 또 마주쳤으며, 헤어졌다가 다시 만났고, 혼란의 와중에도 모였다가 흩어지기를 반복했지만, 결국에는 무관심에 매몰되며 시간을 담담하게 흘려보냈다. 짐수레를 끄는 카라반의 일꾼들은 명령을 하염없이 기다렸고, 트럭들은 지극히 드물게 추가되는 짐을 기다렸으며, 기차들은 철로가 복구되고 기관차가 되살아나기를 기다렸다. 모든 것이 완벽히 준비되자, 운전자와 안내인의 문제가 제기되었다. 신속히 그들을 찾아나섰지만 끈기있게 기다려야 했다. 나중에야, 정확히 말하면 그들을 찾는 수배문을 몇 번이나 발표하고 기적적으로 다시 만난 후에야 그들이 다른 곳에서 바쁘게 일하고 있다는 걸 알게 되었다. 이런저런 소문들, 즉 흔히 듣던 말과 새로운 말이 들려왔다. 예컨대 그들이 누군가를 매장하려고, 혹은 몸이 편치 않은 친구를 찾아보려고 떠난 것이란 소문, 또 그들에게 해결할 문제가 있었다거나 참석해야 할 종교의식이나 만회해야 할 희생이 있었던 것이란 소문도 있었다. 하지만 가장 흔한 경우는 아비스탄 사람들이 습관적으로 범하는 작은 흠이었다. 아비스탄 사람들은 상당히 기회주의적이어서 '조레'(보상의 날)가 눈앞에 다가오면 좋은 점수를 받으려고 자원봉사에 달려들어, 원하는 사람에게 도움을 주었다. 예컨대 '모크바'의 탑을 세우거나, 무덤이나 우물을 파는 걸 도왔다. 또는 '미드라'를 다시 색칠하고, 순례자 명단을 대조하고, 구조원들을 보좌하고, 행방불명된 사람들을 찾는 작업에 참여하기도 했다. 이런 선행들은 조레를 담당하는 각 지역 사무국에서 사용하는 서류에 확인을 받아야 했고, 선행을 증언할 때 속임수는 없다는 걸 맹세해야 했다. 운전자와 안내인을 찾아낸 후에 집결지의 고위 책임자를 찾아가 출발권을 발급

받아야 했다. 잃어버린 시간을 만회할 방법은 없었다. 길의 상태가 그런 가능성을 허용하지 않았다. 오히려 우기에는 길의 상태가 극한에 이르는 또 하나의 시련이었다.

이런 식으로 6,000샤비르를 오는 데 꼬박 1년이 걸렸다. 트럭이 튼튼했고, 길의 상태가 처음부터 끝까지 좋았다면, 기후까지 도와주고 안내인도 충실했다면, 게다가 완전히 자유롭게 통행할 수 있었다면 6,000샤비르의 거리도 순식간에, 한 달 만에 지날 수 있었을 것이다.

순례자와 카라반의 상인들은 좀 더 많이 알았겠지만, 다른 모든 사람과 마찬가지로 아티도 제국에 대해 아무것도 몰랐다. 제국이 드넓을 것이라 상상했지만, 두 눈으로 보지 않는다면, 두 손으로 만지지 않는다면 드넓다는 게 무슨 의미가 있겠는가? 또한 그 경계까지 결코 가지 못한다면 경계가 있어 무엇하겠는가? '경계'라는 단어는 그 자체로 '경계 너머에는 무엇이 있을까?'라는 의문을 제기한다. 고귀한 사람들, 즉 정의로운 형제회의 대율법학자들과 아파레유의 지도자들만이 그것을 비롯해 나머지 모든 것을 알았고, 그 모든 것을 규정하고 통제했다. 그들에게 세상은 작은 것이었다. 따라서 그들은 세상을 손에 쥐고 다녔다. 그들에게는 하늘을 가로지르기 위한 비행기와 헬리콥터가 있었고, 크고 작은 바다를 누비고 다니기 위한 함정이 있었다. 그들이 지나가는 모습은 보였고, 그들이 울부짖는 소리는 들렸지만, 정확히 그들을 본 사람은 없었다. 그들은 백성들에게 다가오지 않았다. 그들은 전국의 곳곳에 설치된 옥외 전광판

'나디르'를 통해 백성에게 말할 뿐이었다. 하지만 그것도 직접 전달하지 않고, 과장된 말투로 서민들에게 '앵무새'라고 놀림을 받는 아나운서나, '모크바'에서 매일 9번씩 충직한 신도들의 고해를 받는 '모크비'의 신뢰받는 목소리를 중간에 내세웠다. 물론, 과거에는 공기의 정령이란 뜻에서 '진'이라 불렸고, 평범한 사람들의 눈에 보이지 않지만 어디에나 존재하며 텔레파시를 자유자재로 다룬다는 불가사의한 존재 V를 통해 그들의 뜻을 전달하기도 했다.(하지만 V를 어떻게 접촉하는지에 대해서는 누구도 몰랐다.) 그렇다고 율법학자들을 직접 본 사람도 없었다. 여하튼 율법학자들도 잠수함과 하늘을 나는 요새를 보유하고 있으며, 그것들은 바다의 깊이와 하늘의 높이를 끝없이 측정할 수 있으며 신비로운 에너지로 움직인다는 소문이 파다했다.

나중에야 아티는 아비스탄을 끝에서 끝까지 대각선으로 측정하면 거리가 무려 5만 샤비르에 이른다는 걸 알게 되었다. 현기증이 날 정도로 먼 거리였다. 그 거리를 완전히 건너려면 몇 번이나 이 땅에서 살아야 할까?

요양원으로 보내지기로 결정되었을 때 아티는 반(半)혼수상태였다. 지독한 현기증, 즉 혼수상태에서 잠깐잠깐 벗어난 동안 단편적인 풍경을 보았지만, 제국을 횡단해 요양원에 도착할 때까지 아무것도 보지 못했다. 요양원까지 가는 길이 한없이 길게 느껴졌고, 위기는 점점 더 잦아지고 힘겨워졌다는 기억밖에 없었다. 병세가 악화되어 위기가 닥칠 때마다 그는 피를 쏟았고,

수없이 죽음의 사신에게 도움을 청했다. 그것도 죄였지만, 욜라도 극심한 고통을 겪는 사람은 용서하실 것이란 말이 있었다.

귀향길도 호화로운 면은 전혀 없었다. 짐수레를 모래에서 끌어내고 장애물을 제거하며, 매몰된 곳을 메우거나 짐수레를 밀고 당기며, 잘라내고 떠받치며, 보충하고 분해하며, 짐을 싣고 내리며 그야말로 유목민처럼 하루하루를 보냈다. 그는 목소리로라도 그런 일에 힘을 보탰다. 이런 고된 잡일에서 벗어나면 모두가 신앙의 실천에 전념했다. 그 밖의 시간, 즉 풍경이 단조롭게 끝없이 펼쳐지면 시간을 헤아리며 따분함과 싸웠다.

뭔가가 그의 마음을 집요하게 괴롭혔지만, 결국 환각처럼 그에게 밀려왔다. 제국이 텅 비어 있다는 환각이었다. 살아서 움직이는 영혼이 없었다. 미미한 소리마저도 없었다. 길거리를 휩쓸고 지나가는 바람소리와, 길을 닦아내고 때로는 모든 것을 쓸어가버리는 빗소리가 전부였다. 카라반은 문자 그대로 아무것도 없는 무(無)의 세계로 깊이 들어갔다. 일종의 거무튀튀한 안개 속이었고, 군데군데에서 줄무늬가 가로로 섬광처럼 번쩍였다. 어느 날, 하품을 하던 중에 아티는 창조가 시작되었을 때 세상이 그런 모습이었을 것이란 생각을 해보았다. 세상은 내용물을 담는 그릇으로도 존재하지 않았고, 내용물 자체로도 존재하지 않았을 거야. 빈 공간이 빈 공간에 존재하는 모양이었을 거야. 이런 생각에 아티는 가슴이 뭉클하면서도 불안감이 밀려왔다. 그런 태초의 시간이 돌아왔다는 느낌, 따라서 최선과 최악을 비롯해 모든 것이 똑같은 정도로 가능해졌다는 느낌을 떨칠 수 없었다. 태초에는 "내가 원하노라"라고 말하면, 어떤 세계가 무(無)에서 나타나 그의 뜻에 따라 정돈되었다. 아티도 자신의 바람을 겉으로 표현하고 싶었지만 꾹 눌러 참았다. 그의 바람이 이루어지지 않을 것이라 생각한 때문은 아니었다. 그 자신이 태초의 불확정적인 상태에 있어, 소원의 표명이 그에게 먼저 영향을 미치며 그가…… 두꺼비로 바뀔지도 모른다고 염려한 때문이었다. 경험이 부족한 신은 소원을 빌더라도 제대로 이루어지지 않아, 지상에 일차적으로 나타난 피조물이 두꺼비처럼 점액질로 뒤덮이고 우툴두툴한 짐승이었을지 모르지 않는가…… 삶을 두고 경솔하게 실험해서도 안 되고, 삶을 거칠게 다루어서도 안 된다. 삶은 무엇이든 될 수 있기 때문이다.

그들은 멀리 떨어진 지평선에서 엄숙하고 딱딱하게 기계처럼 앞으로 전진하는 군대의 행렬을 두세 번쯤 보았다. 하지만 군대들은 초원의 무리들에게 움직이기 시작하라고, 죽든 살든 이동하라고 명령하는 무적의 군대처럼 완고하고 단호하게도 보였다. 죽느냐 사느냐는 중요한 게 아니었다. 전진해서 삶이든 죽음이든 맞닥뜨리는 게 중요할 뿐이었다. 이 모든 것이 다른 세계에서 넘어온 신비로운 원정대라는 느낌을 주었다. 대포와 미사일 발사대를 묵직하게 적재한 트럭들이 줄지어 달리며 남기는 자욱한 먼지 속으로 중무장한 군인들이 끝없이 사라졌다. 아티는 그런 장면을 본 적이 없었다. 간혹 민병대원의 지원을 받으며 10여 명의 군인을 태우고 도시를 순찰하는 트럭 정도를 본 것이 고작이었다. 큰 칼과 몽둥이, 소힘줄로 만든 채찍으로 무장한 군인들의 수는 정확히 알 수 없었지만 무척 시끌벅적하고 원기왕성하게 보였다. 대규모 처형이나, 성전의 참전을 촉구하는 종교 행사를 위해 경기장에서 대대적인 의식이 열린 것처럼 열광적인 분위기는 무아지경에 이르렀고, 한여름의 개미떼보다 많아 보였다. 그들은 전쟁터로 향하는 것일까, 전쟁터에서 돌아오는 것일까? 어떤 전쟁일까? 대성전이 다시 시작된 것일까? 그런데 전쟁 상대가 누구일까, 아비스탄밖에 없는 세상에서?

어느 날, 군대가 끝없이 이어진 포로를 끌고 가는 것을 멀리에서 보고 그는 전쟁을 확신했다. 수천 명의 포로가 세 명씩 사슬에 묶인 채 끌려가고 있었다. 전쟁이 있었던 게 분명했다. 그 거리에서 포로들의 신분을 확인할 수 있을 정도로 자세한 부분까지 관찰하는 건 불가능했다. 하지만 포로들은 어떤 사람들이었을까? 늙은이였을까, 젊은이였을까? 강도였을까, 불신앙자였을까? 포로들 중에는 여자가 있는 건 분명했다. 여자와 관련된 적잖은 징후가 눈에 띄었다. 예컨대 어렴풋한 형체가 푸른색 옷을 입고 있는 게 그 증거였다. 푸른색은 여성 포로들이 입는 부르니캅의 색깔이었다. 또 일행이든 죄수이든 남자들이 그들을 보지도 못하고, 두려움과 땀 냄새까지 견디기 힘든 신물로 더해지는 지독한 체취를 고스란히 맡지 못하도록 그 어렴풋한 형체들이 성서의 규정에 따라 40걸음 뒤에서 걷는 것도 그 증거였다.

카라반은 순례자들을 마주치기도 했다. 순례자들은 엄숙한 모습으로 줄지어 걸었고, 묵직한 발걸음을 내딛으며 『아비의 책』에서 발췌한 구절과 순례자의 구호를 박자에 맞추어 읊조렸다 "나는 순례자, 순례자답게 걸으리라, 에호 에호!" "이 땅에서는 걷고 하늘에서는 날리라. 삶이란 그런 거야!" "다시 한 샤비르, 다시 천 샤비르, 이 정도는 지치지 않지, 고행자도 부끄러워하리라!" 신도의 삶에서 하나하나의 행동이 끝날 때마다 그렇듯이, 이런 구호가 끝날 때마다 간결한 문구가 공식처럼 덧붙여졌다. "욜라는 위대하시고, 아비는 욜라의 대리인이시다!" 그들의 감정이 이입된 노래는 사방에 울려퍼지며, 세상을 옥죄는 정적에 커다란 울림을 더해주었다.

때때로 그들은 세상에서 사라진 듯한 마을과 촌락에 들어설 뻔하기도 했다. 살아 있는 인간이 그곳을 자주 들락거리지는 않는 것만은 분명했다. 아무것도 없는 분위기, 여하튼 지독히 아끼고 꾸미지 않은 분위기가 물씬 풍겼다. 그 정도의 검소함이라면 어디에서도 마을과 공동묘지가 구분되지 않을 듯했다. 주변에서 젖소들이 풀을 뜯고 있었지만 양치기는 어디에도 보이지 않았다. 주인이 있는 젖소들일까? 젖소들의 순박한 시선에는 공허함, 고독과 권태, 지독한 궁핍에서 비롯되는 무미건조한 두려움이 서려 있었다. 카라반을 보자 젖소들이 사방으로 눈동자를 돌렸다. 그날 저녁, 그들이 젖을 짰더라면 젖소들은 시큼한 젖을 주었을 것이다.

그러나 끝이 없는 여행은 없는 법. 그래도 귀향길은 오랜 시간이 걸렸다. 코드사바드는 더 이상 멀 수 없는 곳, 새가 직선거리로 날아도 꼬박 사흘이 걸리는 곳에 있었다. 목적지가 가까워지자 카라반은 걸음을 멈추었다. 예부터 내려온 관습으로, 주변 지역을 대략적으로 살피기 위해 정찰대를 파견했고, 우호적인 환대의 정도를 교섭할 대표자도 파견했다. 카라반은 그 시간을 활용해 여행의 피로를 회복했다. 카라반이 우호적인 도시에 대규모로 들어서면 축제가 잇달아 열리고 저녁 식사 후의 모임도 끊이지 않아 그야말로 남은 체력마저 고갈되기 일쑤였기 때문이다. 좋은 인상을 심어주는 것도 중요했지만 경계심도 늦추지 않아야 했다. 게다가 고향에 돌아온 사람들에게 어김없이 제기되는 문제도 있었다. 오랫동안 고향을 떠나 있었던 까닭에, 우리가 가족이나 친구들을 알아볼 수 있을까? 거꾸로 그들이 우리를 알아볼 수 있을까?

주변의 분위기에서 대도시가 눈앞에 있다는 걸 느낄 수 있었다. 야생적이고 위압적인 풍경이 시야에서 사라졌고, 철저하게 사용된 후에 폐기된 것들이 눈에 띄었다. 게다가 강렬한 햇살에 썩어가는 것들의 냄새도 코를 자극했다. 어떤 활동에나 그 주변에는 생명과 흙과 인간 등 모든 것을 썩히고는 완전히 망가뜨리는 사악하고 맹목적인 힘 같은 것이 있었다. 특별한 이유는 없었다. 쇠락은 남은 것으로 연명하다가 그것을 토해내고는 다시 영양원으로 삼으며 그 자체로 존재하기 때문이었다. 둥글게 띠를 이룬 첫 번째 교외 지역도 앞쪽에 멀리 있었다. 대략 수십 샤비르쯤 떨어진 그곳의 참담한 환경은 말로 표현하기 힘들었다. 아티는 정확히 기억할 수 없었지만, 코드사바드에서 그의 동네 공기는 더 낫지 않더라도 충분히 견딜 만한 곳이었다. 하기야 누구나 이웃 동네보다 자기 동네를 더 좋다고 생각하지 않는가.

아티가 마지막 열차배정소에서 올라탄 카라반에는 임무를 마치고 귀환하는 공무원들과 다양한 직종의 관리자들, 발목에서 여섯 손가락 위에 밑단이 맞춰진 길쭉한 검은색 교복, 학생용 부르니를 꼭 맞게 입은 학생들이 있었다. 학생들은 종교의 몇몇 미세한 부분에서 더 깊은 연구를 위해 수도로 향하는 길이었다. 좀 떨어진 곳에는 고결한 신분에 걸맞게 율법학자들과 '모크비'들이 옹기종기 모여 있었다. 아비가 어렸을 때 혼자 있기를 좋아했고, 어린 나이에 이미 환상을 보았던 신성한 산, 아비라트산에서 영적인 피정을 끝내고 돌아가는 길이었다.

그들 중에 공무원 나스라는 사람이 있었다. 나스는 아티보다 나이가 많지는 않았지만 무척 건강했다. 아직 세상에 공개되지 않았지만 언젠가 유명한 순례지로 선정될 만한 고고학 유적의 발굴 작업을 끝내고 완전히 새까맣게 탄 피부로 귀환 중이었고, 그에게 남겨진 임무는 그 유적에 관련된 역사를 적당히 다듬으라는 것이었다. 나스는 고문서와 신성한 경전과 성스러운 기억을 관리하는 기관의 이론가들이 부분적인 역사를 조정해 적절한 이야기로 꾸밈으로써 아비스탄의 전반적인 역사에 짜맞출 수 있도록 기초적인 자료들을 수집하는 책임자였다. 발굴 현장은 실로 경이로웠다. 고대 마을 하나가 전혀 훼손되지 않은 채 고스란히 발견된 것이었다. 어떻게 이 마을은 대성전의 참화를 벗어나고, 그 후에 닥친 약탈까지 피할 수 있었을까? 상상조차 불가능한 것이었다. 그렇다면 아파레유가 과오를 범했다는 뜻, 결국 아파레유도 과오를 범할 수 있다는 뜻이었다. 또한 카불의 신성한 땅에도 욜라의 빛과 권한을 벗어난 곳과 사람이 있다는 뜻이기도 했다. 길거리와 건물에서 유골이 발견되지 않은 것도 미스터리였다. 그곳의 주민들은 무엇 때문에 죽었을까? 누가 시신을 수습하고 어디에 매장했을까? 나스는 이런 의문들에 답을 구해야 했다. 어느 날 저녁, 모닥불에 둘러앉아 토론하다가 그는 정의로운 형제회의 위원이며 강력한 권한을 지닌 기적 조사국 국장, 디아 아무개 공이 그 마을에 깊은 관심을 갖고 있는데 개인적인 신화를 드높이는 동시에 지극히 중요한 순례지를 사유재산으로 소유하려고 그곳을 원하는 것이란 소문이 고문서국 내에 파다하다고 엉겁결에 말하고 말았다. 나스는 한눈팔지 않고 자신의 임무에 열중했고, 그 과정에서 두려움이 점점 커져 갔다. 정의로운 형제회 내의 무한히 복잡한 파벌 다툼과, 중대한 쟁점을 둘러싼 소용돌이에 그가 휘말려 있다는 걸 깨달았기 때문이다. 어느 날, 그는 신중하게 처신해야 한다는 원칙을 잊

고, 발굴 과정에서 아비스탄의 상징적인 기반을 뒤흔들어 놓기
에 충분한 유물이 발견되었다는 정보를 아티에게 누설하고 말
았다.

 아티의 마음을 사로잡은 것은 그의 시선이었다. 아티 자신
이 그랬듯이, 종교는 진실에 반하는 것에 기초해 세워질 수 있
고, 그런 경우에는 종교가 최초의 거짓말을 악착스레 지키려는
수호자가 된다는 사실을 깨닫고 당혹감에 빠진 사람의 눈길이
었다.

제2부

마침내 아티는 코드사바드의 고향 동네로 돌아간다. 친구들을 다시 만나고 일자리도 다시 얻는다. 그는 판에 박힌 일과를 반복하는 과정에서 요양원에서 겪은 불행, 그의 병든 정신에 난입했던 음울한 생각이 신속히 잊히고 있다는 걸 깨닫는다. 하지만 머릿속에 이미 심긴 것은 어떻게 해볼 도리가 없는 법. 우리가 기억과 관련된 사건과 멀어진다고 그 기억 자체가 사라지지는 않는다. 게다가 오만한 겉모습 뒤에는 보이지 않는 것이 불가사의하고 은근히 위협적으로 자리잡고 있기 때문이기도 하다. 건축가가 자신의 작품을 예술적이고 조직적으로 창조하듯이, 모든 것을 조화롭게 짜맞추는 우연이 있는 듯하다.

아티는 질병으로부터 건강을 회복했고, 경이로운 여행으로
부터도 마음의 평정을 회복했다. 후유증이 남았더라도 겉으로
는 거의 눈에 띄지 않았다. 약간 누런 안색과 수척한 뺨, 괴사의
흔적과 잔주름, 삐걱거리는 관절, 목구멍에서 시시때때로 새어
나오는 갈라지는 소리 등은 있었지만 특별히 위험한 것은 없었
다. 그도 주변의 무력한 분위기에 조금의 타격도 주지 않았다.
이웃과 친구들은 그를 뜨겁게 환대해주었고, 그의 모든 행실에
걸맞은 모임에 데려가주었다. 사회복귀는 기다림, 서류의 제출
과 인출, 타협과 조정 등이 반복되는 과정이며, 갈피를 잡지 못
하는 경우가 적지 않다. 그러나 결국 매듭이 다시 이어졌고, 아
티는 마침내 고향집에 돌아왔다. 그리고 삶이 정상적인 궤도를

되찾았다. 오히려 일자리의 변화에서 큰 이득을 보았다. 과거에 그는 변변찮은 지역공단의 임시 직원이었지만 이번에는 시청에서 일자리를 얻었고, 상인들에게 중요한 서류를 발급해주는 사업면허국에서 중요한 직책을 맡게 되었다. 국장의 감독하에 사본을 만들어 기록보관소에 보존하는 것이 그의 역할이었다. 이런 책임을 다하려면, 시청 직원이란 증거로 흰 줄무늬가 그어진 초록색 완장을 차고 다니는 게 권리이자 의무였다. 모크바에서 기도할 때에는 여덟 번째 줄에 한 자리가 그의 몫으로 배정되어 있었다. 과거에 그는 습한 지하실에 있는 방에서 거주했다. 쥐와 빈대가 득실거렸고, 그가 결핵에 걸린 원인도 거기 있었다. 그런데 이번에는 그에게 아담한 단칸 아파트가 주어졌다. 낡았지만 여전히 쓸모 있는 건물에서도 햇살이 드는 테라스가 딸린 쾌적한 아파트였다. 물이 배관을 따라 흐르며 살림살이를 즐겁게 해주던 시대에는 통풍이 잘되고 비둘기가 날아드는 세탁장에 여인네들이 모여 빨래를 했다. 세탁물이 햇살에 마르는 동안, 여인네들은 건물 아래에 모여 길거리의 먼지를 뒤집어쓴 채 빈둥거리는 남자들을 지켜보며 저속한 행위로 성적 쾌감을 얻었디. 미침내 한 시민위원회기 세탁장에서 벌이지던 굉적인 소동을 알게 되었고, 그곳은 급습을 받아 대법관의 포고령으로 징발되었다. 세탁장은 마법에서 풀려난 후, 성실한 교사에 할당되었다. 그 교사는 간단한 목공 솜씨를 발휘해 그곳을 아늑한 보금자리로 탈바꿈시켰다. 교사는 얼마 전에 세상을 떠났지만 아무것도 남기지 않았다. 유산을 상속받을 가족도 없었고 흔한 유품도 없었다. 학교에서 사용하던 주술서와, 지워진 인간이란 인상만을 남겼다. 상호의존과 결속은 믿는 사람들 간의 의무였고, 월례 평가에서 특히 중요했다. 그러나 애정과 동경도 있었다. 그 동네에서 아티는 영웅이었다. 무시무시한 결핵을 이겨내고 멀리 떨어진 곳에서 살아 돌아왔다는 사실은 욜라의 은총을 입은 신자라 할 만한 위업이었고, 따라서 그런 아티를 특별 대우하는 것은 당연한 것이었다. 그가 요양원과 기후와 여행에 대해 약간만 이야기해도 동료들과 이웃들은 온몸이 경직되었다. 하기야 두려움에 자신의 울타리를 한번도 벗어나지 않은 사람들에게 다른 곳은 깊은 심연이나 다를 바가 없을 것이다. 훗날, 오랜 시간이 지난 후에야 아티는 자신의 눈부신 승진이 주변 사람들의 호의나 자신의 공적과 아무런 관계가 없었고, 욜라의 자비심과는 더더욱 관계가 없었으며, 순전히 아파레유의 한 직원이 막강한 정신보건국의 이름으로 행한 추천 덕분이었다는 사실을 알게 되었다.

  그 후에 망각이 살금살금 다가왔고, 결국에는 모든 것이 알아듣기 힘든 말과 침묵에 묻혀버렸다. 종교의 책무, 종교에 준하는 행위와 관련된 의식 등은 공상과 토론을 위한 시간을 거의 허락하지 않았고, 실제로 모두가 공상과 토론을 무작정 거부했다. V에게 능멸당하고 체포되어 조사받을까 두려워하거나, 정의로운 신도회나 자경단에게 공격받고 비난받을까 두려워하기 때문은 아니었다. 물론 경찰과 사법기관에 끌려갈까 두려워한 때문도 아니었다. 그들의 내면 구조가 실제로 그런 식이었기 때문이다. 그들은 종교적이고 준(準)종교적인 의무로부터 멀어지면 금세 지루함을 느꼈고, 따라서 점수를 잃어 욜라의 처벌을 받기 십상이었다. 그런 삶이 아티의 처지에 맞았다. 아티는 전반적인 화합에 충실한 착한 신자의 삶을 착실하게 사는 것 이외에 어떤 것도 기대하지 않았다. 그는 적극적인 불신자가 되려는 힘과 용기가 내면에서 꿈틀대는 걸 아직 느끼지 못했다.

아티는 시청에서 맡은 업무에도 열중했지만, 동네의 모크바에서도 진지하고 역동적으로 전력을 다했다. 자원봉사에서도 아티는 이마의 땀을 닦을 시간도 없이 이 작업장에서 저 작업장으로 옮겨다니며 능력 이상의 실력을 발휘했다. 그의 머릿속에서 뭔가가 꿈틀대며 좀처럼 머리에서 떠나지 않기 때문에 잡념을 잊고 자신을 잊는 데는 죽도록 일하는 것보다 나은 방법이 없었다. 피곤해 죽을 지경이었지만 잠이 오지 않았다. 따라서 저녁마다 모크바에서 공부하는 시간을 최대한 늦게까지 연장하기도 했다. 그 때문에 모크비만이 아니라 모크비를 보좌하는 복습교사와 주술사까지 그를 크게 칭찬했다. 아티는 요양원에서 많은 시간을 보낸 까닭에 공부와 헌신에서 뒤처진 듯하다고 설명했다. 물론 요양원에 소속된 성직자와 그의 대리자들이 무척 열심히 노력했지만 학식과 통찰력이 부족하기 때문에 난관에 부딪치자마자 이단적인 횡설수설을 범하지 않는 범위 내에서 마법적인 황당무계한 이야기를 들먹였다는 설명도 덧붙였다. 질병과 그에 따른 고통도 있었고, 전쟁 때처럼 모든 것을 순식간에 휩쓸어갈 듯한 죽음의 위협, 굶주림과 추위, 정신을 마비시키며 모든 것에 대한 이해력을 떨어뜨리는 향수병 때문에도 요양원에서는 공부가 부족했다고 변명했다.

그 밖의 것에 관련해서는 비판을 피하고 능력을 과시하지 않으려고 애썼다. 그가 과거에는 즐겼던 것, 또 솜씨를 뽐내며 은근히 기대했던 것이 이제는 불쾌하게 여겨졌다. 예컨대 이웃을 몰래 감시하고 한눈팔며 걷는 사람들을 구박하는 행위, 어린아이의 따귀를 때리거나 여자를 채찍질해서 다스리는 행위, 다수가 무리지어 동네를 사방팔방으로 누비고 다니며 민중의 열정을 과시하는 행위, 경기장에서 열리는 대규모 종교 의식에서 질서를 유지하는 경비 업무를 맡아 몽둥이를 휘두르거나 형벌을 집행하는 사람을 자발적으로 돕는 행위 등이 대표적인 예였다. 아티는 요양원에서 붉은 선을 넘었던 때를 잊을 수 없었다. 머릿속으로 범한 범죄였지만 심각한 불신죄였다. 그는 반항과 자유를 꿈꾸었다. 경계 너머의 새로운 삶을 동경했다. 이 어리석은 광기가 언젠가 표면화되면 수많은 불행이 야기될 수 있다는 걸 그는 예감하고 있었다. 현실 세계에서는 망설이는 것만으로도 위험하다. 항상 올바르게 처신하고, 항상 어둠을 피하고 밝은 부분에 있으려 애쓰며 일말의 의심도 불러일으켜서는 안 된다. 조사하고 심문하는 기관은 어떤 경우에도 멈추지 않아, 조심스레 처신하지 않는 사람은 영문도 모른 채 끝까지 색출된 추종자들과 함께 공개처형장에 있게 될 것이기 때문이다.

그가 과거에는 아주 자연스럽게 해냈던 일이 이제는 그에게 고통을 안겨주었다. 악이 승리를 거둔 셈이었다. 아티는 "욜라는 정의롭다", "욜라와 그분의 대리인 아비에게 평안을!"이라 더 이상 말할 수 없었고 진실로 여겨지지도 않았다. 그렇다고 그의 믿음이 흔들리지는 않았다. 그는 여전히 찬반양론을 비교 평가하고, 올바른 믿음을 기준으로 선과 악을 구분할 줄 알았다. 하지만 피로에 지친 그가 공정하기 위해서는 뭔가가 부족했다. 부족한 것이 감정, 혹은 허풍이나 위선일 가능성도 있었지만, 완고하고 편협한 편견이 부족한 것만은 분명했다. 그런 편협함이 없으면 신앙 자체가 존재하기 힘들기 때문이다.

아티가 마음속으로 거부한 것은 종교 자체가 아니라 종교에 의한 인간의 억압이었다. 그는 어떤 식으로 생각한 까닭에, 인간은 반항을 통해서만 존재한다고 확신하게 되었는지는 기억하지 못했다. 또한 반항할 때에야 자신의 존재를 발견하고, 반항은 무엇보다 종교와 그 집단을 목표로 삼을 때에만 진정한 것이란 확신도 있었지만, 그런 확신에 이르게 된 과정은 기억할 수 없었다. 어쩌면 그는 신적인 것이든 인간적인 것이든 신성한 것이든 세속적인 것이든 간에 진리는 인간의 실질적인 강박이 아니라고 생각했을지 모르며, 그의 꿈은 너무 원대해 그 자신도 제대로 이해할 수 없었지만 여하튼 인성을 빚어냄으로써 군주가 왕궁에서 살 듯이 그런 인성으로 살아가기를 바랐을지도 모른다.

시간이 흐름에 따라 아티는 마음의 평정을 되찾았고, 이상적인 일상으로 되돌아갔다. 결국 그도 다른 사람들과 똑같은 신자가 되었고 위험을 무릅쓰지 않았다. 게다가 내일을 걱정하지 않고 하루하루를 살아가는 즐거움과, 어떤 의문도 제기하기 않는 믿음의 행복도 되찾았다. 폐쇄된 세계에서, 어떤 출구도 존재하지 않는 세계에서 반항은 가능하지 않다. 진정한 믿음은 단념과 순종에 있다. 욜라는 어디에나 존재하시고, 아비는 양떼를 보호하며 어떤 실수도 범하지 않는 수호자이시다.

어느 날 아침, 아티는 정신보건위원회, 즉 '사모'가 직원별 월
례 조사를 위해 이튿날 시청을 방문할 것이며, 그는 자신도 다
른 직원들과 똑같이 호출을 받았다는 소식을 듣고 적잖게 안도
했고 자부심마저 느꼈다. 마침내 믿는 사람들의 공동체에 실질
적으로 복귀했다는 기분이었다. 그때까지 많은 사람이 그에게
약간의 거리를 두었고, 신앙 고백을 비롯해 신앙심을 증명하는
의무가 면제되었기 때문이다. 또한 회복 상태에 비추어볼 때 그
가 아직 자신의 능력을 완전히 되찾지 못한 까닭에, 자칫하면
망상에 사로잡혀 자신도 모르게 신성과 그 대리인들을 공격할
수 있다는 평가도 있었다. 그가 요양원에서 돌아왔을 때, 지역
모크바는 그가 건강을 완전히 회복하기를 기다렸다가 그를 청

문하고 그 결과를 사모 지역본부에 제출한다는 결정이 내려진 이유도 있었다. 더구나 『아비의 책』은 신자가 정당한 평가를 받으려면 자유롭게 의사를 표현할 수 있어야 한다는 필요성을 여러 곳에서 강조하고 있지 않은가.

정기적인 '앵스펙시옹'은 이를테면 일종의 성사(聖事)로, 신자의 삶에서 무척 특별한 위치를 차지했다. 예컨대 남자에게는 '세쥐르'(중간 휴식)만큼 중요하고, 여자에게는 '레섹시옹'(신체 일부의 절제)만큼 중요한 전례적 행위였다. 또한 하루에 행해지는 9번의 기도, 탄원의 목요일, 절대적으로 금식해야 하는 성주간(聖週間)인 시암, 충직한 신자에게 보답하는 '보상의 날'을 뜻하는 조례만큼이나 중요한 의례적 행위였다. 장기적으로는 엑스펙타시옹이나, 순례자로 선택받은 행복한 사람들이 성지를 향해 출발하는 날을 뜻하는 조베, 즉 축복받은 날에 버금가는 성스러운 행사이기도 했다. 그렇다고 사람들이 사모에게 평가를 받은 것은 아니었고, 사모를 그런 기관으로 이해하지도 않았다. 욜라의 빛과 카불의 완벽한 깨달음을 통해 전반적인 화합을 강화할 목적에서, 또 욜라도 무엇이 공정하고 필요한지 알아야 한다는 뜻에서 사모에 협조하는 것이었다. 이런 이유에서 앵스펙시옹은 애타게 기다려지는 성사였다. 그 결과, 즉 60개의 적절한 관찰 항목에 대한 점수는 옅은 보라색 줄이 그어진 초록색 수첩에 기록되었다. 그 수첩은 '점수 책'(Livret de la Valeur, Liva)이란 뜻에서 '리바'라 칭해졌고 평생 간직하고 다녀야 했다. 리바는 도덕심을 보증하는 신분증으로 자랑스레 내보일 수 있는 것이었다. 따라서 리바는 이런저런 분야에서 서열을 결정했고, 닫힌 길을 열어주는 열쇠였다.

  행정부에서 앵스펙시옹은 15개월 단위로 실시되었다. 많은 것이 앵스펙시옹의 결과에 따라 달라졌다. 첫째로 근로자의 보수가 영향을 받아, 평가 결과에 따라 절반이 증액되거나 절반이 감액되었다. 진급과 사회보장급여에도 영향을 미쳤다. 주택과 자녀 장학금, 출산 장려금과 식량 보급권 등의 할당, 순례자 명단에의 등록, 조례에의 지명 등 개인의 사회적 지위와 관련된 온갖 종류의 특권이 평가 결과에 따라 달라졌다. 60개 항목에서 모두 점수를 받는 60점 만점은 모두가 꿈꾸는 기적이었다. 만점을 받는 수상자는 살아 있는 신화가 되겠지만, 결국 괴짜라는 평가를 받으며 여기저기에 지칠 때까지 구경거리처럼 끌려다닐 것이다―순박한 야심가들은 이런 결과를 거의 생각하지 않았다. 그러나 그 이전에 시샘이 그를 땅바닥 아래까지 추락시키고, 심지어 배교자라는 낙인까지 찍을 것이다. 앵스펙시옹은 신도의 믿음과 도덕성을 평가했고, 박후로 아파레유의 여러 부서에 유용한 정보를 제공했다. 앵스펙시옹의 자기비판적인 면이 제대로 시행되면, 감정의 붕괴를 유도하여 마녀사냥을 시작하기 충분한 충동적인 자백을 끌어내는 경우가 적지 않았다. 요컨대 평가 점수는 만능열쇠여서 삶에 관련된 모든 문을 열고 닫았다. 가령 한 고인이 생존시 처음부터 끝까지 탁월한 점수를 받았다면 가족은 그를 성인의 반열에 올리는 시성식을 요구할 수 있었다. 그때까지 누구도 그 권리를 얻지 못한 까닭에 절차만이 존재할 뿐이었다. 그래도 정의로운 형제회에서 경애하는 돌 경으로 불리며 막강한 영향력을 행사하는 위원이며, 국가역사기념물 및 국가부동산 관리국 국장이 제국 전체에서 독점권을 지닌 장례위원회의 효과적이고 적극적인 홍보로 여전히 많은 사람이 그 권리를 얻으려고 애썼다. 특히, 가족 중 한 명이라도 성자로 인정받으면 가족 모두에게 낙원이 보장되고, 언젠가 아비를 눈앞에서, 적어도 장막 뒤에서 어른거리는 음영이라도 볼 수 있는 자격까지 얻는다는 파격적인 주장도 있었다. 게다가 성인 품에 오른 사람에게 제공되는 일등급 장례식에는 저명인사의 장례식보다 천 배나 많은 비용이 투입되기 때문에 이름 없는 노동자의 매장에 비교하면 몇 개의 동그라미가 더해지는지 모를 지경이었다. 따라서 시복식은 보험업자와 사토장이에게도 돈벌이가 된다는 뜻이었다.

평가 점수가 6개월 연속으로 떨어지면, 그런데 그의 건강 상태 때문에 점수가 하락하는 게 아니라면, 그 문제는 '코레'라 칭해지는 교정위원회(Conseil de Redressement, Core)라는 기관의 관할로 넘어갔다. 그는 형식에 맞춰 정식으로 호출받으면 그 후에 흔적도 없이 사라졌다. 그 위원회에 대해 알려진 것은 없었지만, 그 존재까지 사람들의 머릿속에 없는 것은 아니었다. 그 위원회는 죽음의 사자와도 같았다. 요컨대 살아 있는 사람은 그 위원회를 몰랐을 뿐만 아니라 그 존재에 대해 입도 뻥긋하지 않았고, 그 위원회를 인지한 사람은 더 이상 이 세상 사람이 아니어서 그 위원회에 대해 언급할 수 없었다. 사라진 사람은 명단과 기억에서 즉시 지워졌고, 사람들은 동정심을 발휘하고 싶은 듯 "코레가 그를 데려갔다. 욜라는 자비로우시다." 혹은 "코레가 그를 지워버렸다. 욜라는 정의로우시다."라고 매정하게 말하며 헌신적인 신앙심을 되찾았다. 망각은 두려움마저 잊고 삶을 편하게 꾸려가게 조장하는 법이다.

전체적인 시스템이 전체주의적인 성격을 띠고 있지만, 어쩌면 그런 이유에서, 게다가 욜라로부터 계시를 받아 아비에 의해 잉태되었고, 정의로운 형제회가 운영하며 절대로 실수를 범하지 않는 아파레유의 감독을 받기 때문에 시스템은 완벽하게 받아들여졌다. 더구나 믿음의 백성이 최종적인 실현을 향한 길을 비추어주는 빛이라 생각하며 그런 시스템을 강력하게 요구하기도 했다.

두 명의 모크비와 한 명의 아파레유 관리로 구성되는 코레는 정의로운 형제회의 위원에 소속되고, 문제가 된 활동 영역이나 지역을 감독하는 교구장의 지휘를 받았다. 코레는 행정 직원을 평가하는 위원회로서 부척 중요한 위치를 차지했고, 특히 수도에서는 견실한 조직으로서 특별한 영향력을 행사하며, 산하의 많은 소위원회를 통해 여러 분야와 구역에서 활동을 확대했다. 소위원회는 고유한 약호로 구분되었다. 예컨대 아티의 동네, 즉 코드사바드 남쪽에 위치한 S21 구역에서 활동하던 소위원회는 '위원회 S21'로 불렸다. 위원회 S21은 부러질지언정 적당히 타협하지 않지만 절대적으로 공정하다는 평판이 자자했다. 위원회 S21의 위원장은 교구장으로 퇴직한 노련한 위아 씨로, 젊은 시절에는 믿음의 전사로 유명했었다.

아티는 성스러운 평가의 분위기를 다시 맛보게 되어 흥분하지 않을 수 없었다. '에그자미나시옹', 즉 평가 시험은 많은 면에서 단순한 의례, 즉 쓸데없는 질문에 대답하고 사소한 일탈을 고백하는 요식 행위에 불과했지만, 뜻밖의 결과를 기대할 수 있었다. 이런 이유에서 많은 사람이 차분하고 자신만만하게 행동하면서도 긴장하고 걱정하기도 했다. 위원회는 아파레유의 직원이 운전하는 고풍스러운 최고급 세단을 타고, 양편에 도열한 건장한 민병대원 분대의 호위를 받으며 장중하게 도착했다. 시청 앞 광장에 모인 군중과 직원들의 열렬한 환호 하에 그들은 시청 고위 관리들의 영접을 받았다. 아티는 위원회의 위원들 중 누구도 몰랐다. 당연한 일이었다. 평가자와 피평가자의 잦은 접촉으로 인해 앵스펙시옹이 부패하지 않도록 위원들이 2년마다 교체되었기 때문이다. 아티는 지난 2년 동안 그곳을 떠나 있지 않았던가.

심문실로 개조된 의례식장에서 평가자들이 위엄을 부리며 으스대는 동안, 직원들은 평가들을 받을 준비에 분주했다. 직원들은 『카불』에서 발췌한 구절들을 복습했고, '나디르'와 잡지 특히 《전선 소식》에 실린 제국의 정황에 대한 정보를 주고받기도

했다. 주장의 논거를 다듬고, 표어를 되뇌며 암기하는 직원들도 있었고, 자신의 생각을 공들여 다듬고 문장을 세련되게 손질하는 직원들도 있었다. 기도문을 암송하거나, 초조한 마음을 달래려고 여기저기를 다니며 한담하는 직원, 반대로 부르니로 온몸을 감싼 채 한구석에 앉아 꾸벅꾸벅 졸고 있는 직원도 있었다. 중대한 전투를 앞둔 전야처럼, 직원들은 전선으로 향할 자신의 차례를 기다렸지만, 10발 중 9발이 공포탄이란 걸 알았기 때문에 크게 걱정하지는 않았다.

아티는 여기저기 무리지어 모인 직원들 사이를 돌아다니며 어깨 너머로 복도의 웅성거림에서 뭔가를 알아내려 애썼다.

마침내 그의 차례가 되었다. 최근에야 시청 직원이 되었기 때문에 그의 순서가 마지막이었다. 수위 신분으로 강등된 시장이 직접 나서 그를 소개했다. 하지만 그 자신이 과거에 모크비였기 때문에 상황의 중요성을 알고 있었다. 평가자들은 연단 위에 올려진 탁자 뒤에 앉아 있었다. 비단으로 덮인 받침대 위에는 『카불』한 권이 펼쳐져 있었다. 333쪽으로 '최종적인 실현을 향한 실'이란 제복이 적힌 장이었고, 특히 12절이 눈에 들어왔다. "내가 너희 중에서 현명한 사람들로 위원회를 구성한 이유는 너희 행동을 평가하고 너희 마음을 탐색하기 위함이다. 이는 카불이 지향하는 길에서 너희가 일탈하지 않도록 지켜주기 위함이기도 하다. 따라서 위원들에게 진실을 말하고 정직하게 말하라. 그들은 내가 보낸 사람들이다. 거짓을 말하고 속임수를 쓰는 사람에게는 저주가 있을 것이다. 나는 욜라이니라. 나는 모든 것을 알고 무엇이든 할 수 있느니라."

탁자 위에는 시청 직원들에 관련된 서류가 재직 연수 순서대로 분류되어 차곡차곡 쌓여 있었다.

평가자들은 심판자의 눈빛과 그에 부합하는 목소리를 지니고 있어 모두가 겁낼 만했지만, 그들의 인간됨에서 흘러나오는 일종의 인간적인 온기가 있었다. 이런 분위기는 고령의 위원장과, 그를 보좌하는 평가자들의 너그러운 인상에서 비롯되는 듯했다. 그들은 고급 양털 부르니 위로 초록색 숄을 걸치고 있었다. 초록색 바탕에 주홍색 줄무늬가 있는 숄은 정신보건국 평가자들의 상징물이었다. 위아 교구장은 챙 없는 모자를 쓰고 있었다. 그 모자는 그야말로 새까매서 가장자리의 짧은 술이 유난히 하얗게 보였다. 앞에 앉은 아티의 서류를 대충 훑어본 후, 위아 교구장이 "먼저 정중히 인사를 드리고 싶습니다. 함께 기도하시지요. 내 비천함을 확인하십시오."라고 말하고는 덧붙였다.

"정의로운 성채이신 욜라님께 구원이 있기를 바랍니다. 당신의 경이로운 대리인, 아비에게도 구원이 있기를 바랍니다. 종말의 시간까지, 우주의 아득한 끝에서도 찬양받으옵소서. 당신의 사자들, 정의로운 형제회에게도 축복이 있기를 바라며, 그들의 변함없는 충직함에 보상이 있기를 바라옵니다. 욜라님, 당신께서 우리에게 위임하신 소명을 올바로 실행할 수 있도록 우리에게 힘과 지혜를 주시옵소서. 당신의 법에 따라 그리 되기를 바랍니다."

잠시 침묵이 있은 후, 위아가 다시 아티에게 이렇게 말했다.

"아티, 이번 진실 시험에서 욜라님이 당신과 함께하도록 하십시오. 그분이 당신을 보고 당신의 말을 듣고 있다는 걸 명심하십시오. 2분의 시간을 드리겠습니다. 당신이 누구보다 충성된 신자이고, 누구보다 정직한 일꾼이며, 누구보다 우애 있는 동료라는 걸 그분에게 입증해보십시오. 당신이 오랫동안 아팠고, 고향에서 멀리 떠나 있었다는 걸 알고 있습니다. 물론 공부와 예배에서 뒤처졌다는 것도 알고 있습니다. 욜라님이 명령하시고, 그분의 대리인 아비께서 매일 실천하시듯 우리도 이번만은 당신을 너그럽게 평가하렵니다. 말씀해보십시오. 말장난에 빠지지는 마십시오. 욜라님은 허튼소리를 해대는 떠버리를 무척 싫어하십니다. 당신의 변명을 먼저 듣고 난 후에 우리가 좀더 자세히 질문하겠습니다. 당신은 예, 아니요로 간단히 대답하시면 됩니다."

배석자들도 고개를 끄덕였다.

찰나지간이었지만, 누구에게도 입증할 것이 없다는 뚱딴지같은 생각이 아티의 머릿속을 스쳐 지나갔다. 그러나 그를 둘러싼 분위기가 부담스러울 정도로 위압석이어서 무시하기 힘들었다. 게다가 훌륭한 신도는 순종해야 한다고 배운 가르침을 어떻게 거역할 수 있겠는가? 착실한 신자라면 가르침을 거역할 수 없었다. 아티는 잠시 한숨을 돌리고 "먼저 여러분과 마찬가지로 전능하신 욜라님과 그분의 경이로운 대리인 아비에게 저의 비천한 인사를 드리고 싶습니다. 물론 저를 공정하게 평가하실 여러

분에게도 진심 어린 인사를 드립니다."라고 말하고는 다음과 같
이 덧붙였다.

"위대한 교구장님, 존경하는 지도자님들, 욜라님은 현명하시
고 정의로우십니다. 욜라님은 여러분에게 이처럼 고귀한 역할
을 맡기시며 여러분을 향한 사랑을 입증해보이셨습니다. 또 저
를 여러분 앞에 인도하시며, 제가 하찮은 무지한 존재임을 알려
주셨습니다. 또 여러분은 몇 마디로 저에게 많은 것을 가르쳐주
셨습니다. 예컨대 욜라님이 인자한 주인이란 걸 가르쳐주셨습
니다. 욜라님이 여러분을 은총으로 감싸주셨다는 걸 저를 향한
여러분의 너그러움으로 증명하고 있지 않습니까. 또 아비는 살
아 있는 본보기이며, 아비를 모방하는 것만으로도 완벽한 신자
와 정직한 일꾼 및 공동체의 모든 동료에게 충실한 형제가 되기
에 충분하다는 것도 배웠습니다. 제가 지긋지긋한 여정을 이겨
내고 신 요양원에서 살아 돌아온 것도 욜라님 덕분입니다. 저는
매일 기도했습니다. 한 걸음을 내딛을 때마다 기도했습니다. 욜
라님은 제 기도를 듣고, 처음부터 끝까지 저를 지켜주셨습니다.
코드사바드에서도 욜라님은 저에게 똑같은 은혜를 베풀어주셨
습니다. 저는 진정한 신자, 성실한 형제, 정직한 일꾼처럼 환대
를 받았습니다. 이런 이유에서 저는 여러분이 저에게 입증하라
고 요구하는 수준에 있다고 생각하지만, 더 나은 신자가 되려면
많은 진전을 이루어내야 한다는 것도 알고 있습니다. 제 하찮은
인간됨에 대한 저의 개인적인 판단은 중요하지 않습니다. 저를
평가하는 것은 여러분의 몫입니다. 또 제가 정의로운 형제회의

현명한 명령에 순종하며 욜라님과 아비의 완전한 종이 되도록 인도하는 것도 여러분의 몫입니다."

위원회는 아티의 대답에 깊은 인상을 받았지만, 정작 아티 자신은 설득력 있게 말했는지 아니면 포장만 그럴싸했는지 확신하지 못했다.

위아 위원장이 다시 말했다.

"당신 구역의 모크비와 시청의 당신 상관에게 보고서를 받았습니다. 그들의 보고서에 따르면, 당신은 무척 근면한 노력을 보여주셨더군요. 야심 때문입니까 아니면 위선적인 행동입니까? 혹시 다른 이유라도 있습니까?"

"헌신적으로 노력하고 형제들과 사이좋게 지내는 게 의무라고 생각한 까닭에 그렇게 행동한 겁니다, 존경하는 지도자님들. 병 때문에 제가 오랫동안 책임을 다하지 못했고, 친구들과도 멀리 떨어져 있을 수밖에 없었습니다."

아파레유에서 파견된 배석자가 의심쩍은 표정을 지으며 질문을 퍼부어댔다.

"학습이 믿음을 깊게 해주지요. 혹시 믿음을 거부할 구실거리를 만들려고 학습할 수 있다고도 생각하십니까? 우상에 접근하며 친밀한 사이가 되려는 사람은 우상을 더욱더 사랑하려는 마음에 그렇게 하는 걸까요, 아니면 우상의 마음을 사로잡아 음험하게라도 우상을 제거하려는 목적에서 그렇게 행동하는 걸까요?"

"지도자님, 저는 우상을 따르는 사람들이 있을 거라고 생각하지 않습니다. 카불은 가장 뜨겁게 작열하는 태양마저 무색하게 만드는 빛입니다. 어떤 거짓말도 그 빛을 피할 수 없습니다. 어떤 속임수에도 그 빛은 약해지지 않습니다."

"당신 친구들과 동료들도 그렇게 생각하나요?"

"물론입니다, 지도자님. 그들이 구원의 길에서 사는 걸 행복해하며 성스러운 카불의 원칙에 따라 자식들을 키우는 진실한 성도라는 걸 매일 확인하고 있습니다. 저는 그들의 동료라는 게 자랑스럽습니다."

"예나 아니오로 대답하십시오." 위원장이 대답하는 원칙을 다시 말했다.

"예, 그렇습니다."

"동료 중 한 명이라도 자신의 의무를 게을리하면 우리에게 고발하실 건가요?"

"예."

"이야기를 좀 더 확대해서…… 만약 평가자가 그를 제대로 지적해내지 못하면, 당신이 직접 그 동료에게 정당한 징벌을 가할 수 있겠습니까?"

"그러니까…… 그를…… 죽일 수 있느냐?"

"그렇습니다. 그를 응징할 수 있겠습니까?"

"음…… 예."

"망설이셨습니다…… 왜죠?"

"제가 정말 그렇게 할 수 있을지 생각해봤습니다. 징벌은 경건하게 가해져야 하는데 제게는 그럴 만한 재주가 없어서."

이번에는 위아 교구장이 말했다.

"이제 1분의 시간을 드릴 테니 자기비판을 해보십시오. 우리는 경청하겠습니다. ······우리가 당신을 지켜보고 있다는 걸 잊지 마십시오."

"존경하는 지도자님들, 뭐라고 해야 할지 모르겠습니다. 저는 하찮은 사람입니다. 하찮은 서민들과 마찬가지로 많은 결점이 있습니다. 겁이 많고, 제가 원하는 만큼 너그럽지도 못합니다. 게다가 끝없는 탐욕에 빠지기도 합니다. 저를 오랫동안 괴롭혔던 질병 때문에 약점들이 더욱 심해졌고, 박탈감에 개인적 욕망은 더욱 커졌습니다. 하지만 요즘 모든 시간을 학습과 자원봉사에 할애한 덕분에 욕망을 자제하는 데 큰 도움을······."

"됐습니다. 그만 돌아가셔도 좋습니다. 변함없는 충성의 길을 계속 추구하며 노력을 게을리하지 말라는 뜻에서 좋은 점수를 드리겠습니다. 그래도 가끔 대운동장에 가서서 배신자들과 불량한 여자들을 어떻게 징벌하는지 배우도록 하십시오. 그들 중에는 배교자 발리스의 추종자들이 틀림없이 있을 겁니다. 그들을 징벌하는 재미를 즐겨보십시오. 믿는 것만으로는 충분하지 않고 행동하고 실천해야 한다는 걸 기억하십시오. 이런 신자만이 진실한 신자, 강하고 용기있는 신자입니다."

그리고 그들은 일어서며 덧붙여 말했다.

"행동은 두 배를 믿는 것이지만, 행동하는 않으면 열 배를 믿지 않는 것입니다. 기억하시겠지만, 카불에 그렇게 쓰여 있습니다."

"감사합니다, 존경하는 지도자님들. 저는 욜라님과 아비의 노예이며, 여러분의 충성스러운 종입니다."

아티는 밤에 한숨도 자지 못했다. 에그자미나시옹의 순간들이 영화 필름처럼 머릿속에서 꼬리를 물며 계속 떠올랐다. 그가 앞으로도 평생 매년 매달 겪어야 할 합의된 강간과도 같은 장면이었다. 똑같은 질문에 똑같은 대답, 매번 똑같은 광기가 작용할 게 뻔했다. 결과는 어땠는가? 머리를 앞으로 하고 지붕에서 뛰어내리지 않으면 아무것도 보이지 않았다.

아티는 그런 환상에서 깨어나지 못했다. 시청에서의 삶은 전날이 존재하지 않았던 것처럼 다음날이 다시 시작되었다. 습관의 힘이 아니면 달리 무엇이었겠는가? 눈에 띄지 않고 혼란스럽지만 판에 박힌 듯이 반복되기 때문에 잊힌 채로 존재하는 것이 습관적 행위이다. 자신이 호흡하고 눈꺼풀을 깜빡이며, 생각하는 모습을 눈여겨보는 사람이 있는가? 합의된 강간이 매일, 매달, 평생 반복되면 사랑의 관계가 될까? 행복한 중독이 되지 않을까? 무지의 원칙이 몇 번이고 반복해서 작용하지 않을까? 우리가 아무것도 모른다면, 또 어떤 것도 우리의 소유가 아니라면, 대체 무엇에 대해 불평할 수 있겠는가? 아티는 자신의 환상에 대해 누군가와, 예컨대 그의 상관과 함께 이야기를 나누고 싶었다. 그의 상관은 많은 경험을 지닌 경륜가였지만, 완전히 다른 계획에 몰두하고 있어 아티에게 전달에 작성된 서류의 부분을 빠짐없이 만들어 튼튼한 종이상자에 순서대로 보관해두는 걸 잊지 말라고 지시했다.

아티는 결국 앵스펙시옹이 사람들을 두려움에 가둬두는 데 목적이 있을 뿐이라고 생각하기에 이르렀다. 하지만 그런 생각을 떠올리자마자 그는 그런 가정을 단호히 거부하며 머릿속에서 지워버렸다. 누구도 두려워하는 것처럼 보이지 않았다. 누구도 정신적인 강요를 받는다거나, 코레(교정위원회)에 의해 끌려갈 수 있다고 생각하지 않는 듯했다. 게다가 위원회는 물론이고 자경단까지 누구도 사람들을 겁주려고 하지도 않았다. 너 나 할 것 없이 모두의 관심사는 욜라를 기쁘게 해주는 것이었다. 도무지 이해가 되지 않았다. 도살장에 끌려온 양들도 앵스펙시옹에 참여해 도덕적 평가를 받는 사람들보다 자신의 운명에 무관심하지는 않을 것 같았다. 욜라는 가장 강한 존재였다.

아티는 자신의 사회복귀가 어느 단계에 이르렀는지 느닷없이 알고 싶었다. 사회복귀가 끝났는지, 겨우 시작된 단계였는지, 아니면 사회복귀가 애초부터 불가능한 것이었는지 알고 싶었다.

아티는 한 사무실 동료와 친하게 지냈다. 그는 무척 통찰력 있는 사람으로, 가시덤불로 뒤덮인 잡목숲과 다를 바 없는 시청에서 그에게 진정한 안내인 역할을 해주었다. 그의 이름은 코아였다. 그는 모든 것을 알았고, 더구나 사람들이 듣고 싶어 하는 것을 정확히 파악해 말해주는 능력까지 겸비한 사람이었다. 따라서 모두가 그와 함께하기를 바랐다. 누구도 그의 부탁을 거절하지 않았다. 타락이 시청에 있는 것이었다면 다른 식의 호흡법이었다. 코아는 이런 호흡법을 완벽하게 구사했다. 그는 호흡을 멈추고도 공기가 부족하지 않은 것처럼 살아가는 방법, 즉 주변 사람들이 개처럼 몸을 비벼대고 숨을 헐떡여도 짜증내지 않고 호흡을 중단한 채 살아가는 방법을 터득한 듯했다. 그는 아티에게 그 기술을 전수해주었고, 덕분에 아티는 뱃속에서 신물이 올라오는 증세에서 금방 해방되었다. 코아는 흐뭇한 미소를 띤 얼굴로 그를 바라보며 말했다. "모든 게 호흡에 있습니다." 여러 명이 함께하면 서로 뒤를 지켜주기 때문에 적을 견제하기가 더 쉬운 법이다. 코아는 이렇게도 말했다. "늑대들과 마주치면 요란스레 짖어야 합니다. 적어도 짖는 척이라도 해야 합니다. 낑낑대며 울어대는 소리는 절대 금물입니다." 하지만 코아는 영혼에 커다란 결함이 있었다. 그는 친절했다. 병적으로 친절했다. 더구나 고약한 냉소적 태도로 위장하면 그런 결함을 감출 수 있으리라 생각할 만큼 지독히 순진하기도 했다. 누군가 그에게 다가와 눈물로 하소연하면, 다른 사람에게는 상당한 비용을 치르고도 오랫동안 애타게 기다려야 하는 것을 즉석에서 얻을 수 있었다. 그 때문에 시장이 마비되었고 동료들이 타락의 늪에 떨어졌지만, 그는 동료들이 특별히 듣고 싶은 것을 말해주었기 때문에 누구도 그를 크게 원망하지는 않았다. 오히려 그에게 한 번 더 그렇게 해주기를 바랐다. 따라서 눈물로 부탁하는 동료들을 안전하게 문밖으로 데려나가는 것은 거의 불가능했고, 그들이 첫 눈물을 쏟기 전에 그런 조치를 취해야 했다.

시간이 흐르고 이런저런 이야기를 주고받는 사이에 아티와 코아는 공통된 열망을 마음속에 품고 있다는 걸 알게 되었다. 성서 『아비의 책』과 더불어 생겨난 후에 어디에서나 배타적으로 사용되는 국어가 된 신성한 언어, 아빌랑어의 비밀이었다. 그들은 그 비밀이 삶을 혁신적으로 이해하는 데 반드시 필요한 열쇠라 확신하며, 그 비밀을 파헤치고 싶었다. 그들은 각자 독자적으로 연구한 결과, 아빌랑어가 다른 언어들과 달리 커뮤니케이션을 위한 언어가 아니라는 결론에 이르렀다. 사람들을 연결해주는 단어들이 종교라는 기준틀을 거치며, 그 과정에서 고유한 뜻이 제거되는 대신 무한히 충격적인 메시지, 즉 율라의 말씀이 더해졌기 때문이다. 또한 그런 점에서 아빌랑어는 우주 전역에 이온의 흐름을 발산하는 거대한 에너지 저장고였고, 그 에너지는 원래의 계획에 따라 우주와 천지만물에는 물론이고 개인의 세포와 유전자와 분자에도 영향을 미치며 변형과 분극을 유도한다는 결론에도 제각각 도달했다. 아빌랑어가 신자를 세상과 떼어놓으며, 별나라에서 전해지는 듯한 아빌랑어의 마법적인 음률이 아닌 소리에는 귀머거리로 만들어버리는 힘의 장을 주변에 어떻게 형성하는지에 대해서는 알려진 바가 없었다. 주문(呪文)과 반복, 혹은 사람들과 기관들로부터 자유로운 교환을 박탈한 덕분이 아닐까 짐작할 따름이었다. 결국 아빌랑어를 사용함으로써 신자는 순전히 우연과 조합의 결과로 탄생하는 자연인과 아무런 관계도 없는 전혀 다른 존재가 되었다. 따라서 신자는 자연인을 경멸하며, 자신의 형상대로 자연인을 만들어갈 수 없다면 발뒤꿈치로 짓눌러 으스러뜨리고 싶어 했다. 아티와 코아는 아빌랑어란 신성한 언어가 종교를 인간에게 전파함으로써 인간을 철저하게 바꿔놓은 것이라고도 생각했다. 그 신성한 언어가 인간의 생각과 취향과 사소한 습관만이 아니라, 몸

뜻이 전체와 시선 및 호흡하는 방법까지 바꿔놓음으로써, 결국 내면에 존재하던 인간성이 사라지고 그 잔재에서 잉태된 신자는 새로운 공동체에 알맞은 육체와 영혼을 갖게 된 것이라고도 믿었다. 따라서 충직한 신자는 죽음을 맞고 극악한 상태에 빠지더라도 욜라와 그의 대리인 아비를 믿는 존재로서의 정체성이 달라지지는 않는다. 이런 이유에서 그의 후손들은 종말의 시간까지, 태어나기 전에도 그 정체성을 지니게 된다. 살아 있는 사람과 행방불명된 사람만이 욜라의 백성은 아니었다. 수백만, 수십억의 신자가 장래에 생겨나며 우주의 규모에 버금가는 사단을 형성할 것이란 가르침이 있었다. 여기에서 또 하나의 의문이 아티와 코아의 마음속에 똑같이 제기되었다. 만약 다른 정체성이 존재한다면 그 정체성은 무엇일까? 또 부수적이었지만 두 가지 다른 의문도 있었다. 하나는 '정체성이 없는 인간, 즉 존재하기 위해서는 욜라를 믿어야 한다는 걸 아직 모르는 사람은 어떻게 되는가?'라는 것이었고, 다른 하나는 '정확히 인간이란 무엇인가?'라는 의문이었다.

아비는 요양원에서 이런 의문들을 처음 품었다. 주변의 신자들이 얼마 남지 않은 여생을 완전히 망연자실한 상태로 살아가는 것을 보고 어떤 의문이 물밀 듯이 밀려오기 시작하던 때였다. 신의 본질을 과신하는 존재가 판단력이 마비된 미숙한 못난이로 전락하는 이유가 무엇일까? 바로 이런 의문이었다. 언어의 힘에 영향을 받은 것일까? 여하튼 그 중세의 요새는 상상조차 할 수 없는 경계가 지나가는 세상의 끝에 있었고, 그곳에서 생물과 무생물이 빚어내는 소리에 이상한 면이 있었던 것은 사실이다. 해결되지 않은 오래된 미스터리와 케케묵은 폭력으로 형성된 그 소리에 결국 환자들은 정처없이 떠도는 유령처럼 변해버렸고, 그 유령들은 지면에서 정말 부양해 신음하고 기침하며 미로 속을 떠돌아다녔지만 조명이 꺼지거나 희미한 어둠이 열어지면 마치 마술처럼 사라졌다. 단전이 무척 잦았기 때문에 아티는 단전되더라도 확성장치에서 그 소리가 계속 흘어나온다는 걸 알아차렸다. 물론 확성장치가 자기기억장치와 천우신조한 자석발전기로부터 그 소리를 끌어낸 것은 아니었다. 무한히 반복되는 기도와 낭송의 마법이 더해진 메시지가 염색체에 새겨지며 유전학적 프로그램이 달라진 인간의 머리에서 끌어낸 소리였다. 유전자에 저장된 소리가 몸에서 지면으로, 지면에서 벽으로 전달되자, 벽은 기도와 주문(呪文)의 주파수에 따라 진동하고 공기를 변조하기 시작했다. 돌의 두께가 무덤 저편에서 들려오는 소리를 진혼곡에 덧붙이기 때문이었다. 공기 자체는 느른하면서도 매캐한 안개 같은 것으로 바뀌었다. 그 안개는 요새의 교통호들에서 맴돌며, 강력한 환각제보다 요양원의 환자들과 고해자들에게 더 큰 영향을 미쳤다. 그 세계는 막연하고 모호하기 짝이 없어 죽은 사람들을 위한 기도에나 존재하는 것 같았다. 그것이 무한히 작은 움직임의 힘이다. 어떤 것도 그 힘에 저항하지 못한다. 그 미세한 움직임이 우리 발밑의 대륙을 옹스트롬 단위로 조금씩 이동시키고, 땅밑 깊은 곳에서는 환상적인 미래를 그리고 있지만 우리는 아무것도 의식하지 못한다. 아티는 인간의 이해 범위를 넘어서는 이런 현상들을 관찰하는 과정에서, 신성한 언어가 원래 전기화학적 성격을 띠며 십중팔구 핵 성분을 지닌다는 사실을 문득 깨달았다. 신성한 언어는 인간의 정신에 말하지 않았다. 오히려 인간의 정신을 파괴했다. 남은 것(점성을 띤 침전물)으로 신성한 언어는 아무런 개성도 없는 착실한 신자, 즉 사람의 형상이지만 부조리한 창조물을 만들었다. 『아비의 책』은 똑같은 논지를 제1권 1장 7절에서 특유의 난해한 글쓰기로 이렇게 말했다. "욜라는 말씀하실 때 단어를 말씀하지 않으신다. 욜라는 우주를 창조하시고, 그 우주는 그분의 목에서 영롱하게 퍼지는 빛의 구슬들이다. 욜라의 말씀을 경청하는 것은 곧 욜라의 빛을 보는 것이고, 그 순간에 변모하는 것이다. 믿지 않는 사람들은 영원히 영벌을 면하지 못할 것이며, 그들과 그들의 후손에 대한 영벌은 이미 시작되었다."

코아도 똑같은 결론에 이르렀지만 그 과정은 달랐다. 처음에 그는 유능한 사람들에게 개방된 권위있는 교육기관, 신에게 바친 언어학교에서 아빌랑어를 깊이 연구했었다. 그는 대다수의 학생보다 훨씬 유능한 편이었다. 그의 할아버지는 코드사바드 대(大)모크바의 저명한 모크비 코였고, 그의 여전히 유명한 설교와 파격적이고 장엄한 구호(예컨대 "행복하게 살기 위해 죽이자!"라는 전쟁 구호는 아비스탄 군대의 상징적 표지에서 좌우명으로 채택되었다.)는 용맹하고 영웅적인 의용군을 무수히 징집하는 수단으로 사용되었지만, 안타깝게도 모든 의용군이 지난 대성전에서 목숨을 잃고 순교자가 되었다. 할아버지의 폭군적인 태도에 저항하며 어렸을 때부터 반항심을 키운 코아는 일찌감치 집을 떠나, 황폐한 교외 지역의 한 학교에서 아빌랑어를 가르치는 선생이 되었다. 그곳은 그의 뜻대로 자유롭게 사용할 수 있는 시골 실험실과도 같았다. 따라서 어린 학생들, 정확히 말하면 각자의 동네에서 태어나자마자 이런저런 불법적인 통속어를 사용하며 자란 학생들의 육체와 정신에 신성한 언어의 힘이 어떻게 작용하는지 실질적으로 측정할 수 있었다. 그런 환경에서는 그들 모두가 실어증에 시달리고 육체적으로나 정신적으로 쇠약해지고 방황해야 마땅했지만, 오히려 아빌랑어를 학습하는 3개월이란 짧은 시간이 지나자 고향말에도 익숙한 열렬한 신자로 변했고, 사회를 하나의 눈으로 평가하는 심판자가 되었다. 게다가 아빌랑어를 함께 교육받은 학생들은 복수심을 불태우며, 언제라도 무장하고 세상을 공격할 준비가 끝났다고 한목소리로 선언하기도 했다. 심지어 신체적으로도 그들은 예전과 다른 사람이 되었다. 두세 번의 끔찍한 성전을 겪은 사람처럼, 옹골찬 근육질의 상처투성이로 변했다. 따라서 그들이 이미 많은 것을 알고 있기 때문에 더 이상의 교육이 필요없을 것이라고 평가하는 사람이 많았다. 하지만 코아는 종교 자체와 종교가 천지와 우주에서 지향하는 목표에 담긴 위험한 단어에 대해서는 그들에게 언급조차 안 했고, 흔히 사용되는 인사말 "욜라는 위대하시고, 아비는 욜라의 대리인이시다!"를 제외하고는 『카불』에서 단 한 구절도 가르치지 않았다. 그 정도의 인사말은 행복한 사람들에게는 결국 약간 과장되게 인사를 주고받는 방법에 불과하다고 생각한 때문이었다. 그럼 이런 불가사의한 결과는 어디에서 비롯된 것일까? 한층 개인적이었지만 또 다른 의문도 코아의 마음속에 제기되었다. 그런 미스터리가 정작 그 자신에게는 아무런 영향을 미치지 않은 이유는 무엇일까? 그는 그야말로 아빌랑어와 카불이 지배하는 환경에서 태어났고, 누구보다 아빌랑어와 카불을 깊이 알았으며, 대중의 정신을 마음대로 조종하는 대가이던 할아버지를 두지 않았던가! 두 의문 중 후자가 더 위험했지만, 그 의문부터 먼저 해결해야만 했다. 결국 코아는 심지에 불을 붙이면 어떤 결과가 빚어질지 예상해야 한다는 걸 알고 있었던 셈이다. 예상하는 결과가 나타나지 않더라도 생각의 흐름과 사태의 전후관계에는 분명한 연속성이 있는 법이다. 예컨대 그가 창가에서 총을 쏘면 길 건너편에서 누군가 죽기 마련이다. 요컨대 흐르는 시간은 진공 상태에 있는 것이 아니다. 시간은 원인과 결과를 잇는 끈이다. 학기 마지막 날, 가엾은 코아는 학생들과 함께하면 생계를 걱정해야 하는 것처럼 교사직을 그만두고 도시로 돌아가 안정되고 보수가 넉넉한 일치리를 찾기 시작했다. 그는 신성한 언어의 비밀을 알아내지 못했고 앞으로도 영원히 알아내지 못할 것 같았지만 그는 신성한 언어에 어마어마한 힘이 있다는 걸 알고 있었다.

그 학생들은 어떻게 되었을까? 착실하고 정직한 모크비? 예찬받는 순교자? 존경받는 자경단? 직업적인 거지? 방랑자? 아니면 신성모독자가 되어 삶의 여정을 대운동장에서 끝냈을까? 코아는 알지 못했다. 그처럼 황폐한 교외 지역에서 일어나는 일은 바깥 세상에 거의 알려지지 않았다. 그런 지역은 외따로 떨어진 세계, 담과 절벽으로 둘러싸인 세계였고, 그곳의 주민은 한 번의 삶에 몇 번이고 교체되었다. 질병과 빈곤, 전쟁과 재난과 불운, 심지어 영악한 꼬마들을 적에게 데려가 심어두는 성공까지 누구에게나 각자 부담해야 할 몫이 있었다. 누구도 용서받지 못했고, 모두가 결국에는 죽었다. 하지만 이주자와 전근자, 추방자와 유형자, 피난자와 변절자, 낙오자까지 담 너머에서 비슷한 수의 사람이 넘어와 있었다. 그런데 그 외계의 인간들은 원래 이쪽에 속한 사람이든 담 너머에서 온 사람이든 간에 무척 닮았다는 게 도무지 이해되지 않았다. 어디에서나 그렇듯이, 예컨대 카멜레온의 세계처럼 인간의 세계에도 벽에는 색이 있었다. 문둥병에 걸린 것처럼 곰팡이가 슨 벽이 있었고, 벌레가 먹은 벽들도 있었다. 바로 여기에 비극이 있었다. 코아의 냉소적인 면은 이런 차이를 놓치지 않았다.

두 친구는 그들의 공통된 의문을 풀기 위한 작업을 여러 방향에서 진행했다. 모크바를 번질나게 드나들며 카불을 공부했고, 부풀려질 대로 부풀려진 아비스탄의 전설들에 대한 모크비의 설명을 들었다. 또한 선창자가 "욜라와 그분의 대리인 아비에게 평안을!"이란 인사말로 신자들을 기도로 인도하고, 복습교사들과 예배자들이 일제히 한목소리로 되풀이하면, 신자들이 경직

상태에 빠지는 것도 눈여겨보았다. 전반적으로 깊은 묵상에 잠긴 듯하면서도 조심스레 의심을 불러일으키는 분위기였다. 그 모든 것에는 무시무시한 마술 같은 면이 있어, 유심히 관찰할수록 이해되지 않는 부분이 많았다. 어떤 불확정성 원리가 신자들을 지배하고 있었다. 따라서 때로는 신자들이 살아 있는 것인지 죽은 것인지도 판단하기 어려웠고, 그 순간에 그들 자신이 맹목적인 신자들과 정말 다른 것인지 확신할 수도 없었다.

그들은 흔히 '시비크'라고 약칭되는 구역 시민위원회의 감시를 피해가며 자신들의 집에서도 함께 모여 연구를 계속했다. 시비크는 낯선 행동이 은밀히 진행되고 있다고 의심되는 곳이면 어디든지 마음대로 침입할 수 있는 절대적 권한을 지닌 조직이었다. 친구들이 일을 끝낸 뒤에 주고받는 한담은 정말 쓸데없는 짓이었다. 그런 게으름을 유혹하는 것은 시탄밖에 없었다. 초록색 바탕에 노란 형광색 줄무늬가 그어진 시비크의 부르니는 멀리에서도 눈에 띄었지만, 교묘한 농간을 부려 감시인들에게 기습적으로 들이닥쳐 그들을 깜짝 놀라게 해주기 일쑤였다. 따라서 주민들이 대문을 이중으로 걸어 잠그고도 시비크에 대한 두려움을 떨쳐내지 못한 것은 당연했다. 주민들은 시비크가 문을 두드리며 "욜라와 아비의 이름으로 문을 열어라! 우리는 이런저런 구역 시민위원회다!"라고 외치는 소리를 정말 듣고 싶어 하지 않았다. 누구도 시비크를 멈추지 못했다. 하부만에 호출되고 심문받은 후에 대운동장에서 소힘줄 채찍으로 두들겨 맞고 돌멩이 세례를 받는 사람이 적지 않았다.

시비크는 시민들로 구성되었지만 당국(이 경우에는 윤리정의부의 공중도덕국과 공권력부의 자기방어를 위한 시민단체국)의 승인을 받은 감시위원회였다. 시비크의 존재 목적은 해당 구역에서 일탈한 행동을 범한 사람을 제재하고, 길거리의 치안 및 공동체의 안녕을 보장하는 것이었다. 풍기를 단속하는 시비크의 역할은 좋은 평가를 받았지만, 나태함을 단속하는 시비크는 주민들에게 그야말로 증오의 대상이었다. 그 밖에도 다른 역할을 하는 시비크가 상당히 많았지만, 대다수 일시적이고 계절적이었으며 구체적인 실체가 없었다. 시비크는 모든 조직원이 집결하는 자체의 병영이 있었다. 그곳에서 그들은 휴식을 취하며 훈련을 받았고, 그곳을 교두보로 삼아 문제 구역을 습격했다.

곰곰이 궁리한 끝에 아티와 코아는 변변찮았고 실효성을 따질 정도는 아니었지만 아직 약간의 자유가 남아 있는 황폐한 교외 지역의 중고품 상점들을 둘러보기로 결정했다. 흔들리지 않는 제국을 지탱해주는 비밀들을 공격하려면 많은 자유가 필요한 법이다. 여하튼 지극히 순수한 형태의 저항이었고, 그들은 조만간 죽음의 격리 지역에 살러 가기로 굳게 계획하는 지경에 이르렀다. 고문서에서도 이미 사라진 오래된 이단적 사상과 어떤 형태로든 인연을 이어가는 늙은 주민들이 남아 있는 외딴 지역이었다. 『아비의 책』에는 그런 사람들에 대해 이렇게 쓰여 있다. "내가 그들에게 생명을 주었건만 그들은 내게 등을 돌리고 내 숙적인 시탄, 즉 파렴치한 발리스에게 의탁했다. 내 분노가 한없이 크다. 우리는 그들을 높은 벽 뒤로 쫓아낼 것이고, 그들에게 가장 끔찍한 죽음을 안겨주기 위해 어떤 짓이라도 할 것이다."

그 지역에 들어가는 건 불가능해보였다. 그 지역을 바깥 세계와 완전히 격리시킨 까마득히 높은 성벽을 따라 군인들이 쉬지 않고 순찰을 돌았고, 의심스러운 사람이 눈에 띄면 가차없이 방아쇠를 당겼다. 게다가 지뢰밭을 지나야 했고, 말도 뛰어넘을 수 없을 만큼 높고 견고한 방책도 넘어가야 했다. 또한 레이더와 폐쇄회로 카메라, 감시탑과 감시견도 피해야 했다. 요컨대 상상을 초월하는 모든 것, 즉 V의 감시를 피해야 했다. 불건전하고 유해한 지역이 있으면, 전염병이 창궐하는 경우처럼 그 지역을 엄격히 격리시키는 데 그치지 않고, 신자들을 시탄의 치명적인 악취로부터 보호하는 조치도 필요했다. 따라서 중화기에 기도와 저주라는 광대무변한 힘까지 덧붙였다.

하지만 그 격리 지역에 은밀히 들어가는 방법이 전혀 없는 것은 아니었다. 잔혹하기 그지없는 단단한 체구의 혈거인들이 지키는 복잡한 지하통로를 그 격리 지역에 식료품을 불법적으로, 따라서 무척 비싼 값으로 제공하는 길드라는 상인 조직이 있었고, 그들의 도움을 받으면 그곳에 몰래 들어갈 수 있었다. 마침내 아티와 코아, 두 친구는 그 지역에 들어가려는 계획을 결행에 옮기기로 결정했다. 그 후에 어떻게 해야 했겠는가? 그들은 마지막 한푼까지 절약하고 또 절약했다. 특히 아티는 결핵으로 어쩔 수 없이 무력하게 2년을 보낸 까닭에 돈이 거의 없어, 신요양원 부근 산악지역에서 마주친 순례자들에게서 얻은 괜찮은 성유물들을 팔아야 했다.

그들은 시청에서 거짓 이름으로 허가증을 자신들에게 직접 발급한 후에, 격리 지역과 거래하기를 바란다는 명목으로 상인 조합 지점을 찾아갔다. 어느 날 저녁, 경비대의 순찰이 끝난 직후 그들은 출발했고, 금세 적당한 크기의 수직 통로 앞에 도착했다. 온갖 고약한 소문으로 악명 높은 오래된 공동묘지와 인접한 반쯤 허물어진 집의 뒷마당에 수직 갱도는 교묘하게 감춰져 있었다. 그들을 기다리고 있던 지독한 주맹증 환자인 난쟁이가 곧바로 그들을 곤돌라에 태우고는 종을 누르고 두 개의 손잡이를 작동하기 시작했다. 마침내 곤돌라가 수직 갱도를 따라 지구의 뱃속으로 내려가기 시작했다. 10시간쯤 지났을까. 거대한 개미집 같은 미로에서 정신없이 구불대는 통로를 지나고, 성벽과 지뢰밭을 넘은 후에야 그들은 이른바 배교당이라 일컬어지는 격리 지역에 발을 들여놓을 수 있었다. 제국에서 가장 넓은 격리 지역이었고 배교당이란 이름만으로도 예민한 신자들은 기절했고, 당국은 신경질적으로 대응했다. 아침이었던 까닭에 그 격리 지역에도 태양이 환히 빛나고 있었다. 코드사바드 남쪽에 위치한 그 격리 지역은 면적이 수백 제곱샤비르에 달했고, 아티의 구역과 인접한 '황폐한 일곱 자매'라 일컬어지는 곳 너머에 있었다. 일곱 개의 동그란 언덕이 힘없이 늘어진 젖꼭지처럼 줄지어 늘어져 있어 그렇게 불렸다. 배교자들은 바깥 사람들에게 흔히 '레그'로 불렸지만, 그들끼리는 자신들의 세계를 '후르'라 칭했고 그들 자신은 '후르인'이라 불렀다. 코아는 당시에도 코드사바드의 북쪽에 위치한 두메에서 수십여 명이 서투르게나마 말하는 고대어 '하빌레'에 해당되는 단어, '후'로부터 이 어휘들이 파생되지 않았을까 생각했다. 게다가 코아는 그 고대어를 약간 공부한 터였다. '후' 혹은 '히'는 '집', '바람', '움직임' 등과 같은 것을 뜻했다. 따라서 후르는 열린 집 혹은 자유가 있는 땅을 뜻하고, 후르인은 자유를 누리는 사람들, 즉 바람결에 옮겨다니는 사람이나 바람 자체처럼 자유로운 사람을 뜻하는 듯했다. 코아는 하빌레어를 사용하는 늙은 토착민으로부터, 그의 먼 조상들이 호로스 혹은 호루스라는 신을 섬기며 새의 모습으로 형상화했다는 말을 들은 적이 있었다. 정확히 말하면, 아름다운 매의 모습으로 바람결에 날아다니는 자유로운 존재를 형상화한 것이었다. 시간이 지나며 모든 것이 변질되듯이 호로스는 호르스가 되었고, 호르스에서 후르와 '후'가 파생되었다. 그러나 역사에서 지워진 그 시대에 호로스처럼 두 음절의 단어, '하-빌-레'처럼 세 음절의 단어는 물론이고 네 음절이나 그 이상, 심지어 10개의 음질을 지닌 단어도 존재힐 수 있었던 이유에 대해서는 알려진 바가 없었다. 반면에 당시 아비스탄에서 통용되던 모든 언어에는 한 음절, 기껏해야 두 음절의 단어가 전부였다.(마음속으로 아비스탄이란 단어를 중얼거려볼 필요가 있다.) 욜라가 이 땅에 아비스탄을 세울 때 사용했다는 신성한 언어, 아빌랑어도 마찬가지였다. 시간이 흐르고 문명이 성숙해지면 언어들이 길어지고 의미의 폭이 넓어지며 음절도 증가할 것이라 생각한 사람이 많았지만 결과는 정반대였다. 언어들이 줄어들고 짧아졌다. 의성어와 감탄어, 결국 원시적인 고함이나 숨을 헐떡이는 소리처럼 깊은 의미를 거의 담아내지 못하는 소리를 모아놓은 수준으로 축소되었다. 따라서 복잡한 생각을 표현하거나, 더 높은 우주를 향해 다가갈 수 없는 지경에 이르렀다. 결국 끝에 가서는 침묵이 지배하는 세상이 될 것이다. 침묵이 모든 것을 무겁게 짓누를 것이며, 세상에 잉태된 때부터 사라진 것들의 무게는 물론이고 이름으로 붙여주기에 적합한 단어가 없었던 까닭에 빛을 보지 못한 사물들의 더더욱 무거운 무게까지 그 침묵 세계에서는 느껴질 것이다. 두 친구는 격리 지역의 혼란스러운 분위기에 영향을 받아 이런 생각을 얼핏 하게 되었다.

이 글의 주제는 아니지만 이쯤에서 격리 지역의 역사에 대해 잠깐 살펴보기로 하자. 격리 지역과 그곳에서의 암거래에 대해서는 많은 이야기가 있었다. 다른 방법을 생각하는 것조차 못하게 막으려고 모든 것을 복잡하게 뒤죽박죽 뒤섞어놓은 듯한 곳이 격리 지역이었다. 길드 조직의 뒤에는 정의로운 형제회 호크 공의 그림자가 어른거린다는 설이 있었다. 호크 공은 의례와 제례와 기념제 관리부의 책임자로 제국의 삶을 반듯하게 끌어가고 운영하는 막강한 인물이었다. 아비스탄에서 가장 적극적이고 대담한 상인으로 알려진 자신의 아들, 킬의 삶에도 호크 공은 깊숙이 관여했다. 그런데 몇몇 경우에는 격리 지역이 아파레유가 꾸며낸 조작이라 생각하지 않을 수 없었다. 그렇게 생각하는 사람들의 주장에 따르면, 절대주의 체제는 개개인의 은밀한 생각까지 통제해야만 존재하고 유지될 수 있었다. 하지만 이런 조건은 실현불가능한 것이다. 통제와 억압에 관련해 무엇이든 꾸며낼 수 있지만 꿈은 형성되더라도 곧 사라질 것이기 때문이다. 그런데 기대하지 않았던 곳에서 저항 세력이 잉태되고, 은밀한 투쟁 과정에서 저항 세력은 점점 강해진다. 백성들은 절대권력의 폭정에 맞서 싸우는 사람들에게 자연스레 호감을 품지만, 승리가 절대권력의 손에 떨어질 가능성이 커지는 순간 절대권력을 지지하는 쪽으로 돌아선다. 따라서 권력층은 앞질러 생각해서 저항 세력을 조작해낸 후에 진짜 저항 세력이 위장된 저항 세력을 지원하게 유도하는 방식으로 절대주의 체제를 유지해왔다. 요컨대 필요한 경우에 위장된 저항 세력을 조작해낸다면 권력층은 과격한 극단주의자들, 반체제분자들, 야심찬 중간관리자들, 마치 기적이라도 일어난 것처럼 사방에서 나타나서는 서둘러 결정을 내리려는 추정 상속인들을 감시할 수 있을 것이다. 또 여기저기에서 일어났지만, 범인이 밝혀지지 않은 범죄들도 전쟁 기계를 유지하는 데 적잖은 역할을 할 것이다. 매번 승리를 보장하는 것도 권력층의 적이 되는 지름길이다. 어떤 일이든 시작하는 게 어렵지, 일단 시작되면 저절로 돌아간다. 모두가 눈에 보이게 주어진 것을 믿을 것이고, 누구도 의심의 덫이나 공포의 그늘에서 벗어나지 못할 것이다. 실제로 많은 사람이 영문도 모른 채 공격을 받아 죽음을 맞을 것이다. 사람들이 믿음을 유지하고, 필사적으로 믿음에 매달리게 하려면 전쟁이 필요하다. 많은 사람이 죽고 결코 멈추지 않는 진정한 전쟁이 필요하고, 보이지 않는 적, 더 정확히 말하면 어디에도 보이지 않지만 어디에나 존재하는 적이 필요하다.

따라서 아비스탄이 하느님으로부터 '욜라의 종교에 하늘과 땅을 드넓게 지배하는 게 허락되었다'라는 계시를 받은 이후로 성전을 거듭한 불변의 상대인 절대 원수에게도 무척 중요한 소명이 있었다. 원수를 본 사람은 어디에도 없었지만 원수는 분명히 원칙적으로 존재하는 게 사실이었다. 계시 이전의 시대에 원수에게도 얼굴과 이름이 있었고, 아비스탄과 국경을 공유하는 국가가 있었더라도 그 시기에는 원수의 모든 것이 막연하고 불분명했다. 원수가 어떤 존재인지 누가 알았겠는가?《전선 소식》은 하루도 빠짐없이 원수와의 전쟁에 대한 소식을 숨가쁜 논조로 보도했고, 사람들은 그 보도를 열심히 읽고 나름대로 해석했다. 그러나 아비스탄 사람들은 결코 자신의 구역에서 나오지 않았고, 제국에는 전투 지역을 시각적으로 표시할 만한 지도가 없었기 때문에, 어떤 사람들에게는 그 전쟁이《전선 소식》의 보도에서만 진정한 실체가 있는 것으로 여겨질 수 있었다. 이런 현실은 욕구불만을 불러일으키기에 충분했지만, 나무는 열매로 식별되는 법이기 때문에 아비스탄 사람들은 사방에 세워지며 치열한 전투를 떠올려주고 순교자가 된 병사들의 이름이 새겨진 추모비에서 전쟁의 현실을 실감했다. 행방불명된 사람들의 이름도 시청과 모크바에 게시되었지만 때때로 그들의 시신은 협곡과 강, 시체 안치소 등 여기저기에서 발견되었다. 전쟁으로 손실은 실로 엄청나게 컸고, 그 때문에 백성들은 종교에 집착할 수밖에 없었다. 포로들은 슬픈 운명을 맞았다. 군대가 그들을 연병장에 모아두고 즉결로 처분했다는 소문이 끊이지 않았다. 상인들은 끝없이 늘어선 포로들이 어떠어떠한 목적지를 향해 끌려가고 있는 처참한 장면을 길에서 보았다는 이야기를 전해주었다. 아티도 그 사실을 증언할 수 있었다. 신 요양원에서 지낼 때 아티는 군인들이 참수된 채 협곡에 내던져진 모습을 보았고, 귀향길에는 일렬로 끝없이 늘어선 포로들이 기계화 여단에 의해 끌려가는 무시무시한 장면을 보았다.

원수의 포로가 된 아비스탄의 병사들도 똑같은 운명을 맞았을 거라고 생각하지 않는 사람은 한 명도 없었다. 사람들을 괴롭힌 의문은 이런 것이었다. 원수는 우리 병사들을 어디로 끌고 갔을까? 어떻게 누구의 눈에도 띄지 않게 우리 병사들을 그곳까지 끌고 갈 수 있었을까?

성전은 많은 궁금증을 불러일으켰다.

격리 지역과 그곳의 배교자들은 실질적으로 존재했고, 그 존재 자체는 신자들을 일상의 삶에 엄중하게 통제하는 구실이 되었다. 여우 한 마리가 근처에 어슬렁거려도 닭장을 엄밀히 지켜야 하는 이유가 되지 않는가. 격리 지역에 팽배한 무질서는 오히려 보호막이었다. 온통 무질서여서 어떤 것도 특별히 눈에 띄지 않았다. 시비크에게 괴롭힘을 당할 위험을 무릅쓰지 않고도 길에서 빈둥대다가 주변 사람들에게 다가가 수다를 늘어놓을 수 있었고, 부르니를 벗거나 기도 시간을 잊고 지낼 수도 있었다. 게다가 아비스탄에서는 경험할 수 없는 곳, 즉 어둑하고 시끌벅적한 곳을 찾아 들어갈 수도 있었다. 그곳에서는 '디디'나 '릴'을 제시하면 '뤼프'나 '리크' 같은 뜨거운 음료는 물론이고, 시원한 음료도 사 마실 수 있었다. 특히 '지트'처럼 많은 손님에게 호평받는 몇몇 시원한 음료는 시각과 머리를 흔들어 놓는 힘까지 지닌 듯했다. 이런 곳에서도 가장 내밀한 곳, 예컨대 바구니와 부대가 잔뜩 쌓인 곳이나 때묻은 장막 뒤에는 좁고 어두운 복도나 계단이 필수적으로 존재했고, 그런 통로는 어디로 연결되는지 궁금증을 불러일으켰다.

　이런 모든 자유가 큰일을 모색하는 데 중요한 역할을 했다는 확실한 증거는 없지만 호기심을 자극한 것은 분명했다. 그런데 놀랍게도 '레그'들은 그처럼 뒤죽박죽인 곳에서 마음껏 자유를 누리면서도 그들의 세계에서는 우르로 불리던 코드사바드에 가서, 자신들이 만든 물건이나 유명인사들에게 높은 평가를 받은 과거의 유물들을 팔고 식구들을 위해 달콤한 사탕과자를 사 오는 걸 좋아했다. 그들도 길드 조직의 땅굴을 이용했고 안내인들에게 통행료를 지불했다. 아파레유는 그들을 무자비하게 추적했고, 새삼스레 말할 필요도 없겠지만 사로잡힌 사람은 다음 목요일에 대탄원이 있은 후 대운동장에서 최후를 맞았다. 그들의 처형식은 최고의 구경거리여서 축제의 개막식을 주로 장식했다. 레그를 전담할 목적에서 특별경찰 '앙티레그'가 창설되었고, 당연한 말이겠지만 그들은 그 유령 같은 존재들을 식별해내고 미행해 체포했다. 그들은 야만적인 삶과 강도질이 몸에 배인 까닭에 신도들보다 훨씬 민감하게 반응했고, 엄격한 관습이 지나치게 많은 삶을 무척 답답하게 받아들였다. 그들의 존재는 신화를 깨뜨리고 국가의 안녕을 위협할 가능성이 있었기 때문에 전혀 언급되지 않았다. 무소불위의 권능을 지닌 V들도 레그의 정신 신호를 파악하지 못하는 듯했다. 강력한 초음파가 V의 레이더 탐지 범위를 뛰어넘고 고장까지 유발한다는 점에서 레그의 정신 신호는 박쥐의 그것과 무척 유사했다. 더구나 레그가 자신의 정신파를 한 명의 V에게 집중하면, 그 V는 고통에 시달리며 피를 쏟았다. 여하튼 눈에 보이지 않지만 어디에나 존재하며 텔레파시를 자유자재로 다룬다는 불가사의한 존재로 모두에게 두려움의 대상이던 V에게는 여간 굴욕적인 순간이 아닐 수 없었다. 하지만 이런 소문은 순전히 억측이었고 재밌는 이야깃거리에 불과했다. 누구도 V를 본 적이 없었고, 더구나 V가 코와 귀에서 피를 쏟는 모습을 본 사람은 더더욱 없었다. 그 때문에 죄없는 박쥐들이 주기적으로 대대적인 도살의 희생양이 되었고, 주민들노 하늘을 그들의 파장으로부터 해방시켜야 한다는 명목에서 박쥐의 도살에 적극적으로 참여했다. 하지만 자연이 그들에게 부여한 또 하나의 놀라운 능력, 즉 빛의 속도로 자손을 번식하는 능력까지 제거할 수는 없었다. 그 자그마한 흡혈귀들이 잠에서 깨어나 사냥을 나가는 황혼 녘에 후르인은 격리 지역에서 나와 코드사바드로 몰래 들어가 공모자와 고객을 만났고, 배를 채운 박쥐들이 자신들의 동굴로 돌아가는 새벽녘에 후르인들도 격리 지역으로 되돌아갔다. 이쯤이면 후르인이 박쥐를 숭배하는 이유가 충분히 이해된다.

　레그를 섬멸하는 데 군대도 자기 역할이 있었다. 대포와 낡은 헬리콥터 및 무인 폭격기가 주기적으로 격리 지역을 폭격했다. 특히 코드사바드의 주민들이 모크바와 대운동장에 모여 극도의 흥분 상태에 빠져드는 대규모 기념일을 앞두고는 폭격이 더욱 잦아졌다. 이런저런 소문도 끊이지 않았다. 예컨대 육군 헬리콥터였다며 격리 지역의 중심에 있는 거주지와 방공호보다 빈 공터에 폭탄을 떨어뜨렸을 것이고, 폭탄과 포탄도 화약으로 덜 채워졌을 것이며, 요란한 소리를 내며 적잖은 부상자와 몇몇 사망자를 남겼지만 단지 그뿐이었을 거라는 소문이었다. 여하튼 온갖 소문이 만들어졌다. 이런 소문이 만들어진 이유를 생각해보면, 길드 조직이 공정함을 강조하는 카불의 정신에 따라 레그의 상징적인 파괴를 편들었기 때문인 듯하다. 물론 레그는 반종교적이고 야비하며 가증스러운 피조물이었지만, 이미 끔찍한 격리 지역에 갇혀 살아가는 선량한 고객이기도 했다. 따라서 그들의 삶을 너그럽게 용서한다고 그다지 어리석은 짓은 아니었고, 그들의 삶은 나름의 존재 이유를 드러낼 수 있는 모든 단계에서 충분한 변명거리가 있었다. 게다가 상거래와 종교는 상호보완적 관계에 있기 때문에 둘 사이의 합의는 어떤 상황에서나 가능하지 않은가. 그렇다면 길드 조직이 군대의 지휘관들을 매수해 정보를 캐낸 후에 레그들에게 기습 공격의 시기를 알려주었을 것이라 결론짓더라도 크게 잘못된 것은 아니었다. 결국 방정식이 여간 복잡하지 않았다. 아비스탄은 존재하기 위해 레그를 죽여야 했고, 반면에 지속적인 생존을 위해서는 레그가 필요했기 때문이다.

코드사바드의 격리 지역은 끔찍한 상태에 있었지만 누구도 부인할 수 없는 확실한 매력이 있었다. 혼자 똑바로 서 있는 건물이 하나도 없었고, 목발과 덧대를 아무렇게나 모아 버팀대로 받쳐놓은 덕분에 겨우 균형을 유지하는 건물이 한둘이 아니었다. 사방에 잔뜩 쌓인 잔해더미들은 얼마 전에도 건물의 붕괴가 있었다는 간접적인 증거였고, 오래전의 붕괴를 뜻하는 돌무더기도 많았다. 어떤 경우든 정당화될 수 없는 불행한 사건이었다. 누더기를 걸친 아이들이 가파른 잔해더미를 오르내리며, 팔만한 물건을 찾아 잔해를 뒤적거렸다. 불결함의 왕국이 따로 없었다. 여러 곳에서 쓰레기가 주택의 지붕까지 차올랐고, 무릎 높이까지 쓰레기가 땅바닥을 뒤덮은 곳도 많았다. 매립은 한계에 이른 지 오래였고, 물로 씻어낼 수도 없었고 태울 수도 없었다.(그랬더라면 격리 지역은 주민들과 함께 연기로 사라져 버렸을 것이다.) 따라서 쓰레기는 통풍이 잘되는 널찍한 공터에 쌓였고, 바람에 이리저리 밀린 끝에 급기야 격리 지역이 쓰레기와 매립지 위에 올라선 꼴이 되었다. 낮이나 밤이나 끊임없이 어둠이 격리 지역을 지배했다. 유폐된 듯한 환경에 전기조차 없었기 때문에 격리 지역은 음산하기 짝이 없었다. 좁은 길과 두서없는 도시계획, 허물어진 건물들, 위험을 알리는 뿔나팔 소리, 느닷없는 폭격, 방공호에서 보낸 답답한 시간 및 포위된 도시에 만연한 현상도 격리 지역의 음산한 분위기를 형성하는 데 한몫을 했다. 그 모든 것이 격리 지역에서의 삶을 어둡게 만들었고 삶을 강하게 짓눌렀다. 그래도 활기가 있었고, 저항문화와 곤경에서 벗어나는 요령이 있었으며, 쉬지 않고 움직이며 살아남고 희망을 잃지 않는 법을 찾아내는 작은 세계가 있었다. 그곳에서도 삶은 그저 흘러갈 뿐이었고, 온갖 유형의 도전을 시도하며 집요하게 매달렸고, 또한 온갖 문제를 야기하며 그런 문제들에 과감히 맞섰다. 그래도 삶은 인간적으로 가능한 범위 내에서 언제나 다시 시작되었다. 격리 지역에 대해서, 그곳의 현실과 불가사의에 대해서, 그곳의 장점과 악습에 대해서, 그곳의 비극과 희망에 대해서는 하고 싶은 말이 많겠지만, 가장 놀라운 것, 코드사바드에서는 꿈도 꿀 수 없는 것은 이것이었다. 여자들이 연약하고 어렴풋한 형체가 아니라 쉽게 알아볼 수 있는 인간다운 여자로서 길거리를 돌아다녔다! 달리 말하면, 그곳의 여자들은 복면을 쓰지도 않았고 부르니캅을 입지도 않았으며, 셔츠 아래로 붕대를 감지도 않았다. 게다가 그곳의 여자들은 어디라도 자유롭게 돌아다녔고, 침실에 있을 때처럼 흐트러진 옷차림으로 집밖에서 가사일에 열중했으며, 공공장소에서 장사를 했고 민방위대에 참여하기도 했다. 또 일하면서 노래를 흥얼거렸고 휴식 시간에는 수다를 떨었으며, 격리 지역의 약한 빛에도 피부를 구릿빛으로 태우며 외모를 가꾸는 데 몰두하기도 했다. 아티와 코아는 한 여자가 그들에게 다가와 뭔가를 사달라고 졸랐을 때 너무 홍분해 고개를 푹 숙이고는 온몸을 부들부들 떨었다. 뒤죽박죽인 삶이었고, 그들은 어떻게 행동해야 할지 몰랐다. 그들의 차림새를 보고 그들이 어디에서 왔는지 눈치챘고, 아비스탄의 멍청이들은 아빌랑어밖에 모른다는 걸 알았던 까닭에 그녀들은 도무지 알아들을 수 없는 그곳의 방언으로 말하면서도 정확한 몸짓을 덧붙였다. 요컨대 팔려는 물건을 한손에 쥐고 흔들었고, 다른 손으로는 '릴'의 숫자에 해당하는 손가락을 펴보이며 그만큼의 돈을 받고 싶다는 의도를 내비쳤다. 게다가 주변 사람들에게 커다란 박수라도 받고 싶었던지 장난기 어린 눈빛까지 던졌다. 대화는 원만하게 진행되지 않았지만, 코아가 황폐한 교외 지역에서 언어를 연구하는 동안 귀동냥한 방언들을 빠짐없이 구사한 끝에 두 친구는 살 수 있는 물건들을 그럭저럭 구입했다. 하지만 그 이후로 그들은 여자들이 가까이 접근해오는 걸 피했다. 특히 어머니들이 닭 한 마리를 도살하는 데 걸리는 시간보다 훨씬 짧은 시간에 어리숙한 사람에 대한 분석을 끝내고 접근하는 꼬마 녀석들은 무조건 피해야 했다.

격리 지역에도 신성한 언어를 알아듣는 레그가 적잖게 있었다. 그들이 길드 조직의 대리인들과 교섭하고, 코드사바드에 들어가 필요한 물품을 구입하는 역할을 맡았다. 그러나 그들이 알고 있는 아빌랑어는 상거래에 국한된 것이어서 주로 숫자로 말해졌고, 항상 적절한 몸짓이 더해졌다. 대다수는 아빌랑어를 들어본 적도 없었고, 신성한 언어라는 아빌랑어가 그들에게는 어떤 영향도 미치지 못했다. 그들의 귀에 『카불』의 구절을 통째로 읽어줘도 마찬가지였다. 그럼 신성한 언어는 신자에게만 영향을 미치는 것일까? 이런 가정은 받아들여질 수 없었다. 『카불』은 만물에 적용되는 것이고, 욜라는 우주 전체의 주인이며 아비는 지상에서 욜라의 유일한 대리인이기 때문이다. 귀머거리는 들리지 않는 사람일 뿐이다.

　관습에 얽매이지 않는 신자들, 말하자면 회의적인 신자들에게도 공포감을 주었기 때문에 우리가 끝까지 묻어두려 했던 것이 있었다. 격리 지역을 둘러싼 벽을 뒤덮은 낙서들이었다. 벽들은 못으로 긁고, 목탄으로 그린 낙서로 뒤덮여 있었고…… 섬뜩하게도 인간의 배설물로 아비스탄과 그곳의 신앙과 관습을 조롱하는 낙서가 격리 지역에서 흔히 통용되는 이런저런 언어들로 쓰여 있었다. 외설적인 그림도 곳곳에서 눈에 띄었고 거기에 담긴 뜻은 쉽게 읽혔다. 벽의 이곳저곳에 하빌레어로 쓰인 낙서도 있었고, 코아는 그런 낙서를 그럭저럭 해독해냈다. 그대로 옮겨 적을 수 없을 정도로 모욕적인 욕설이었다. 대충 "비가예에게 죽음을", "비가예는 어릿광대", "아비 = 비아"(하빌레어에서 '비아'는 '흑사병을 옮기는 쥐' 혹은 '반품된 인간'과 유사한 것을 뜻하는 단어), "발리스 만세", "발리스는 승리하리라", "영웅 발리스, 무능한 아비", "허깨비 욜라" 등의 뜻이었다. 아티와 코아는 황급히 그 섬뜩한 낙서를 잊고 싶었다. 그들이 코드사바드에 돌아가면 그들의 기억에 남겨진 흔적이 V들에게 그 낙서의 존재를 신호로 알린다면, V들이 음파탐지기로 오랫동안 조사하지 않아도 그들은 중압감을 이기지 못하고 쓰러질 것이 분명했다. 우리의 두 친구는 그런 두려움에 온몸을 사시나무처럼 떨었다.

코드사바드 사람들의 판단에, 발리스는 욜라에게 하늘나라에서 쫓겨난 이후로 이 죽음의 격리 지역에서 숨어지낸 게 분명했다. 아비스탄 사람들, 특히 코드사바드 주민들은 발리스와 그의 군대가 격리 지역에서 빠져나와 아비스탄의 신성한 땅 전역으로 퍼져나갈까 두려워했다. 물론 욜라의 무적 군단은 차치하고 욜라의 지극한 보살핌을 받는 아비에게도 발리스의 군대는 손도 대지 못하겠지만, 서민에게는 못된 악행을 저지를 가능성이 컸다. 따라서 격리 지역 주변에 주둔한 대군대와 강력한 통제 및 이른바 살인적 폭격, 심지어 가소로운 봉쇄까지 모든 것이 레그의 코드사바드 공격을 견제하기 위한 수단보다, 아비스탄의 선량한 백성들을 안심시키기 위한 수단에 가까웠다. 아파레유는 전혀 다른 정책을 추진하며 정반대의 목표를 이루어내는 재주가 있었다.

거듭 밀하지만, 아티와 꼬아의 삭은 목표는 그들의 머릿속을 꽉 채운 다음과 같은 의문을 설득력 있게 해결하는 것이었다. 종교와 언어 사이에는 어떤 관계가 존재하는가? 신성한 언어가 없어도 종교는 이해되는가? 종교와 언어 중 어느 것이 우선하는가? 종교의 구문과 언어의 음악성 중 어느 것이 신자를 만드는가? 종교가 정교하게 꾸미고 정신적으로 세뇌할 목적에서 특별한 언어를 만들어낸 것일까, 아니면 언어가 완벽한 수준에 도달함으로써 이상적인 우주를 꾸며내고 결국에는 신성화까지 한 것일까? "무기를 보유한 사람은 결국 그 무기를 쓰기 마련이다"라는 가정은 항상 정확히 들어맞을까? 달리 말하면, 종교는 본질적으로 독재와 살인을 지향하는 것일까? 그러나 일반론에서 벗어나면 '아빌랑어가 카불을 만들어냈는가, 아니면 그 반대인가?'라는 구체적인 의문으로 귀결되었다. 동시성은 고려 대상이 아니다. 달걀과 닭은 동시에 태어나지 못하는 법이며, 한쪽이 앞서야 한다. 이 경우에는 우연도 고려 대상이 될 수 없다. 카불의 역사에 따르면 모든 것이 계획에 따른 것이었기 때문이다. 애초에 세워진 계획에 따라 야망도 점점 확대된 것이었다. 따라서 다른 의문들이 꼬리를 물고 이어졌다. 일반적으로 통용되는 통속어에 대해 잠깐 생각해보자. 통속어는 무엇을 꾸며냈고, 무엇이 통속어를 만들어냈을까? 과학과 물질주의? 생물학과 자연주의? 주술(呪術)과 샤머니즘? 시와 관능주의? 철학과 무신론? 하지만 이런 것들이 무엇을 의미할까? 과학과 생물학, 주술과 시와 철학은 여기에서 대체 무엇과 관계가 있는 것일까? 이런 것들은 카불에 의해 추방되고 아빌랑에서 완전히 잊히지 않았나?

아티와 코아는 이런 기분전환 행위가 덧없고 성가신 데다 위험하다는 걸 알고 있었다. 하지만 덧없고 쓸데없는 짓, 궁극적으로 위험한 짓을 제외하면 할 일이 없는 세상에서 무엇을 할 수 있겠는가?

분명히 위험한 짓이었다. 그들은 지하 100시카 아래에서 미로처럼 얽힌 지하 통로를 따라 몇 시간을 걸은 후에 '황폐한 일곱 자매'의 남쪽에 있는 공동묘지 끝자락의 허물어진 낡은 집에서 다시 만났을 때 그렇게 생각했다. 하필 그때 올빼미들과 박쥐들이 은밀한 그림자로 하늘을 조용히 채웠다. 이런 상황, 즉 이처럼 잿빛으로 물든 싸늘한 황혼에는 세상 전체가 임박한 죽음이란 위험에 처해 있는 듯하다.

코드사바드의 빛으로 돌아오자 그들은 안도하는 동시에 불안에 휩싸였고, 말로 표현할 수 없는 자부심도 느꼈다. 그래도 두 친구가 격리 지역을 둘러보았던 사건은 진부한 사건에 불과했다. 그곳에서 돈냄새를 맡고는 주문을 받고 배교자를 장난삼아 짖궂게 괴롭히는 길드 조직원이 날마다 하는 짓이었고, 반대 방향에서 격리 지역의 소규모 밀수꾼들이 코드사바드로 매일 넘어가 물건을 팔아 마련한 돈으로 암탉을 사 오는 행위도 다를 바가 없었다. 하지만 아티와 코아는 대단히 특별한 행위를 한 것이었다. 그들은 시간과 공간의 경계, 즉 금지된 장벽을 건너 욜라의 세계에서 발리스의 땅으로 넘어갔다. 그렇다고 하늘이 그들의 머리 위로 떨어지지는 않았다.

그들에게는 직장에서나 동네에서나 자연스럽게 행동하며, 도덕성을 조사하는 앵스펙시옹의 평가단과 시비크를 속이는 게 가장 힘들었겠지만, 그들의 모든 것, 예컨대 생활하고 호흡하는 방법에서 그때부터 '잘못된 행동'이란 냄새가 풍겼다. 요컨대 격리 지역의 독특한 냄새가 그들의 부르니와 샌들에 달라붙어 지워지지 않았다.

그들은 금지된 세계의 모험을 바탕으로 네 가지 충격적인 결론을 끌어냈다.

1) 분리의 벽 아래에는 연결 통로가 이어져 있다.

2) 격리 지역에도 인간이란 부모에게서 태어난 인간적인 존재가 살고 있다.

3) 경계는 신자들이 허구로 만들어낸 허황된 것이다.

4) 인간은 종교 없이 살 수 있으며, 성직자의 도움이 없이도 삶을 마감할 수 있다.

또 그들은 오래된 수수께끼 하나도 풀어냈다. 아비스탄의 담들에 무수히 나붙은 아비의 포스터 중 하나에서 오만불손한 손에 의해 비가예라는 단어가 서투르게 끄적거린 상태로 발견되며 많은 사람에게 큰 충격을 안긴 사건이 있었다. 그런데 비가예라는 단어가 격리 지역에서도 흔히 사용되고 있었다! 그렇다면 범인은 자기 구역으로 돌아가기 전에 아비스탄에 무단으로 침입했다는 흔적으로 남겨두고 싶었던 레그인 게 분명했다. 아마도 범인으로 지목되어 체포되고 처형된 사람은 길거리에서 재수없이 붙잡힌 불쌍한 사람이었을 것이다. 한편 코아는 비가예가 하빌레어에서 파생된 방언에 속한 단어이고, '대형'(大兄), '좋은 동무', '두목' 등을 뜻한다는 것도 알고 있었다. 따라서 정의로운 형제회의 칙령에 사용된 '빅 아이'라는 표현은 올바른 것이 아니었고, 여하튼 아비스탄이나 격리 지역에서 통용되는 어떤 언어에도 존재하지 않았다. 그 표현은 제1차 대성전, 샤르가 한창일 때 절멸된 많은 고대 언어 중 하나와 관련된 것이 거의 확실했다. 샤르로 카불에 저항하던 북부지역의 주민이 완전히 이 땅에서 사라지지 않았던가. 아티는 이런 역사적 사실을 근거로, 또 요양원으로 사용되는 요새가 그 시대 혹은 그 이전에 세워졌기 때문에 도개교 위의 돌판에 새겨진 글귀가 그런 언어로 쓰였을 것이라 추론했고 '1984'라는 상징이 연대 이외에 다른 것을 뜻할 가능성도 배제하지 않았다. 그러나 엄밀히 말하면 시간을 구분하는 자체가 불가능한 것이었다. 아비스탄 사람들에게 연대란 개념은 연령이란 개념만큼이나 이해하기 힘든 것이었다. 그들에게 시간은 그저 하나의 연속체, 분할되지도 않고 움직이지도 않으며 보이지도 않는 것이었다. 따라서 시작이 끝이고 끝이 시작이며, 오늘은 영원히 오늘이다. 하지만 단 하나의 예외가 있었다. 2084! 이 숫자는 영원한 진리인 양 모든 문헌에 존재했다. 따라서 결코 침해할 수 없는 불가사의인 양 2084는 시간이란 거대한 부동체에서 홀로 존재하는 듯했다. 하지만 어떻게 해야 영원한 것을 시간이란 축에 설정할 수 있을까? 두 친구는 이 의문에 대한 답을 전혀 생각해내지 못했다.

아티와 코아는 머리를 맞대고 상의하며, 언젠가 격리 지역에 다시 들어가 더 많은 것을 알아내야겠다고 다짐했다.

제3부

새로운 징조들이 아비스탄의 하늘에 나타나고, 전설에 전설이 더해지는 기적에 자극을 받은 아티는 다시 여행을 시도하며 미스터리와 불행을 연이어 경험한다. 우정과 사랑과 진리는 미래를 향해 전진하게 해주는 강력한 원동력이지만, 비인간적인 법이 지배하는 세계에서 그것들이 무엇을 할 수 있을까?

아비스탄의 맑은 하늘에서 벼락이 내리쳤다. 당연히 큰 소동
이 벌어졌고 온갖 헛소문이 난무했다. 그 소식은 나디르, 종이
잡지와《전선 소식》, 24시간 종일 체제로 전환한 모크바를 통해
일주일 만에 제국 전체에 급속도로 전해졌다. 포고 사항을 공고
하는 소리꾼도 그 소식을 전하는 데 목구멍이나 확성기를 아끼
지 않았다. 아비의 지시에 따라, 정의로운 형제회의 최고 지도
자 뒤크 공은 41일간의 중단 없는 환희를 공표했다. 또한 욜라
가 백성에 내린 경이로운 선물에 대해 감사하기 위한 내규모 집
단 기도회와 그에 버금가는 규모의 봉헌식도 준비되었다. 욜라
에게 아름다운 보석 상자를 만들어주기 위한 공모가 추진되었
고, 일주일 만에 국가 예산에 해당하는 금액이 모금되었다. 정

부가 사람들에게 자제하며 다른 행사들을 위해 조금씩 간직해 두라고 공식적으로 호소하지 않았더라면 사람들은 훨씬 더 많이 내놓았을 것이다.

제도적 기관이 직접적으로 관련된 정보에 덧붙여 전달한 소식을 따로 계산하면, 신문과 잡지에 기사화된 보도가 수천 페이지, 나디르를 통해 전달된 현학적인 해설이 수백 시간에 달했다. 이런 보도를 종합하면, 그 사건의 핵심은 '지극히 중요한 새로운 성소가 발견되었다!'라는 것이었다. 곧 한 광고회사가 "기부금을 지원받아 면밀한 연구를 몇 차례 추진한 후, 그곳이 조만간 순례지로 개방될 예정"이라고 요란스레 발표하며 대중의 뜨거운 열광을 불러일으켰고, 사업적인 움직임도 봇물처럼 터졌다. 그 광고회사는 첫해에는 2,000만 명, 둘째 해에는 3,000만 명, 그 이후로는 매년 4,000만 명의 순례자가 그곳을 방문할 것이란 터무니없는 예측을 내놓았다. 게다가 향후 10년 동안의 예약까지 받았다. 모든 것이 일사천리로 진행되었고 사람들은 극도의 흥분 상태에 빠져들었다. 물가까지 급등해 부르니와 배낭, 가죽 신발과 순례용 지팡이의 값도 터무니없는 수준까지 치달았으며, 가난이 위협적으로 다가왔다. 새로운 시대가 열리고 있었다.

그것이 전부는 아니었다. 종교사학자와 율법학자 및 대(大)모크비는 앞으로 수십 년 동안 할 일이 태산일 것 같았다. 실제로 그들은 벌써부터 펜을 다듬고 종이를 비축하고 있었다. 아비스탄과 카불의 역사를 다시 쓰고, 창립에 관련된 견해를 수정하고, 더 나아가 성서의 구절을 수정하는 경우까지 닥칠 수 있었다. 일찍이 아비는 이 행성 전체를 다스려야 하지만 욜라가 무척 까다롭기 때문에 자신의 삶이 분주하고 복잡해서 자신의 기억이 착오를 범할 수 있다고 인정한 적이 있었다.

새로운 성소는 결코 하찮은 곳이 아닌 까닭에 전대미문의 관심을 불러일으켰고 많은 해석을 바꿔놓았다. 일례로 『카불』의 현 판본에 따르면 코드사바드가 역사의 중심에 있었지만 진실은 그렇지 않았다. 계시가 있기 전에 코드사바드는 존재하지 않았고, 그곳에는 우르―정확히는 코드사바드에서 격리 지역이 위치한 곳―라고 칭해지던 융성한 거대도시가 있었으며 아비는 다른 종교의 품에서 살고 있었다. 아비는 나중에야 상업적 활동으로 우르에 건너왔고, 결국 이곳에 정착해 살게 되었다. 새로운 성서의 초안에는 아비가 부패한 도시, 우르를 지배하며 발리스와 원수에게 충성하는 귀족들에게 위협을 받아 우르를 빠져나온 후에 이 기적의 마을에서 상당한 기간 동안 숨어 지냈다는 이야기도 덧붙여질 예정이었다. 당시에도 발리스는 시탄이라 불렸고, 원수는 그저 단순한 적일 뿐이었고 지금처럼 신비로운 분위기는 없었다. 한편 아빌랑어로 '리그', 즉 '북고원 연합'이라 불리던 지역에는 타락하고 야만적인 무리들이 살고 있었다. 시간이 흐르면 그들은 스스로 자멸하고 서글픈 종말을 맞을 것 같았다. 그러나 그들에게는 악한 마성이 있었는데, 신자들을 공격해 타락의 길로 유혹할 수 있는 것이었다. 그 기적의 마을에서 아비는 단순하게 새로운 삶을 살며 새로운 신, 욜라의 메시지를 듣고 주변 사람들에게도 전달하기 시작했다. 욜라는 당시 하느님이라고만 불렸고, 욜라의 메시지는 간명했으며 "하느님은 모든 것이고 모든 것이 하느님 안에 있다"라는 가르침으로 요약되었다. 하느님 이외에 어떤 신도 없다고 말해야 올바른 것이었다. 거듭 말하지만, 아비의 원래 이름은 달랐지만 그 이름은 전혀 알려지지 않았다. 여하튼 그는 아비로 이름을 바꾸었고, 그 이름은 하느님이 그를 유일하고 궁극적인 메신저로 인정한 까닭에 '신자에게 사랑받는 아버지'라는 뜻이었다.

하느님을 선택한 신자의 수가 구세계를 완전히 없애버릴 만한 연쇄반응을 일으키기에 충분한 임계점에 이른 후에야 하느님은 자신의 이름이 욜라이며 그 이름으로 영원 너머까지 군림할 것이라 밝혔다. 역시 그 기적의 마을에서 어느 날 밤 욜라는 아비에게 신성한 언어를 가르쳐주었고, 아비는 그 언어로 세계 도처에 흩어진 사람들을 다시 모은 후에 회개하고 감사하는 사람들을 카불의 길로 인도했다. 욜라는 강렬히 활활 타오르는 모닥불도 꺼지듯이 믿음만으로는 부족하고, 인간은 본래 고약한 존재이므로 뱀에게 마법을 걸어 경계하듯이 인간의 정신을 지배해야 하며, 이런 목적을 위해서 영속적인 최면 효과를 갖는 강력한 언어가 필요하다고 아비에게 가르쳤다. 아비는 그 강력한 언어에 자신이 고안해낸 두세 개의 단어를 덧붙였고, 그 언어에 '아빌랑'이란 이름을 붙였다. 아비는 동료들을 상대로 그 언어의 위력을 시험해보았다. 하느님이 존재하며 자신을 지켜본다는 생각에 겁먹은 한없이 가엾은 존재이던 그들이 몇 번의 가르침을 받고 나자, 엄청난 카리스마를 지닌 지휘관으로 변모했고 현란한 말솜씨와 뛰어난 전술까지 구사했다. 코아도 황폐한 교외 지역에서 어린아이들을 상대로 똑같은 실험을 시도해 무서울 정도로 똑같은 결과를 얻었다. 무지하던 꼬마들이 한 달의 수업을 받고 나자 알아보기 힘들 정도로 다르게 변했다. "신성한 언어로 인하여, 나를 추종하는 사람들은 죽을 때까지 대담무쌍할 것이고, 오직 욜라의 말씀만으로 그들은 세상을 지배할 수 있을 것이다. 그 언어가 내 동료들을 천재적인 지휘관으로 변모시켰듯이 내 추종자들도 우수한 정예병으로 변모시킬 것이므로 신속하고 완전한 승리는 당연하리라." 코아는 『아비의 책』 제5권 12장 96절과 그 이후를 인용하며 자신의 결론을 대신했다. 아비는 그 기적의 마을에서 태동한 군대로 '샤르', 즉 카불의 제1차 대성전을 시작했다. 따라서 아비가 욜라의 대리인으로서 인류의 미래가 되기로 결심한 그 피난처를 어떻게 잊을 수 있었는지에 대한 궁금증이 생길 만하지만 누구도 그런 의문을 제기하지 않았다. 아비는 욜라의 대리인이었고, 욜라는 어떤 상황에서나 아비에게 영감과 계시를 주었다.

   훗날 아비는 정의로운 형제회를 세우고, 그 조직을 자신의 비서실이자 국가 최고 결정기관으로 삼으며 종교기관과 정부기관보다 위에 두었다. 동시에 아빌랑어를 보편적인 공식 언어로 지정하며 지상에 존재하는 다른 모든 언어를 야만적이고 신성모독이라 공포했다. 공식 역사에서는 누가 아파레유를 설립했고 아파레유의 역할이 무엇이며, 권력구조에서 어떤 위치를 차지하고 최고 지도자가 누구였는지도 밝히지 않는다. 많은 사람이 이런 의문을 추적했지만 아무런 답을 구하지 못했고, 결국 포기하고 말았다.

   당시 정의로운 형제회의 대변인이자 아비의 홍보 책임자였던 로브 공은 언론을 통해, 그리고 코드사바드의 대모크바에서 행한 무척 감동적인 연설을 통해 이렇게 설명했다. 우르의 위험성을 고려할 때 엄청난 위협을 감수하며 자신을 형제로 맞아주었던 그 마을이 대성전 기간에 원수에 의해 파괴되고 초토화되었을 것이라 진정으로 확신한 까닭에 경애하는 대리인은 그해까지 그 마을에 대해 한마디도 언급하지 않았다고. 그런데 그해 욜라가 보낸 천사가 꿈에 아비를 찾아와, 그 훌륭한 마을은 항상 그곳에 그의 발밑에 있을 것이며, 그는 과거에 지나온 곳의 그윽한 향내를 언제까지나 간직할 것이라 알려주었다. 아비는 신의 한량없는 너그러움에 감동한 나머지 신의 은혜에 보답히는 임무를 서둘렀나. 그 마을은 그가 꿈에서 보았던 대로 초자연적인 빛에 감싸인 채 상큼한 모습으로 분명히 그곳에 있었다. 사람들이 그곳에서 직접 촬영한 필름을 보여주었을 때 아비는 마을 주민들이 그의 거처로 마련해주었던 허름한 집과 그에 못지않게 초라한 모크바를 알아보고 눈물을 흘렸다. 아비의 전도로 그 마을 주민들이 카불로 개종한 후에 즐거운 마음으로 지

었지만 이교도적 분위기를 풍기는 무척 이상야릇한 모크바였
다. 필름을 보고 몹시 흥분한 아비는 공로 있는 신자들이 그 축
복받은 마을을 방문해 즐거운 시간을 누릴 수 있도록 신속히 모
든 조치를 취하라고 희생 및 순례부 장관에게 지시하라며 호크
공을 다그쳤다.

 정의로운 형제회의 무척 영향력 있는 위원이며 기적 조사국
국장인 디아 공, 이름이 불분명한 디아 공에게는 모든 적절한
조사를 진행하되, 마을의 보존 상태가 기적에 가까우며 그런 현
상은 자신이 그곳에 체류했다는 사실과 밀접한 관계가 있다는
식으로 결론지으라고 아비는 지시했다. 디아는 순식간에 그 모
든 것을 해냈다. 신도들은 한목소리로 기적을 외치며 기적의 승
인을 요구했고, 아비스탄의 거리에서는 다시 한 번 신도들의 너
그러움이 여지없이 입증되었다. 감사의 표시로 아비는 디아에
게 최고의 공이란 뜻으로 대공(大公)이란 직함을 부여했고, 그
성지의 순례에 대해 세습되는 사업권까지 주었다. 공들은 강력
한 권한을 얻은 동료를 크게 축하해주었다. 디아가 이처럼 우월
적 지위를 얻게 되자, 당파들의 동맹 관계가 달라졌다. 그때부
터 정의로운 형제회와 아파레유는 디아에게 우호적인 편과 그
를 적대시하는 편으로 나뉘어졌다.

 축제가 끝날 때쯤 수천 명의 포로를 처형하는 순서가 있었다.
배교자와 불량배, 간음죄 등을 범한 악독한 사람들이 처형될 예
정이었다. 감옥과 수용소가 비워졌고, 곧이어 길에는 끝없는 행

렬이 이어졌으며, 주민들은 그 대량학살을 위해 각자에게 맡겨진 역할을 해냈다. 코드사바드 대모크바의 대모크비가 강도의 목을 직접 참수하며 성스러운 살육이 시작되었다. 험상궂게 생기고 수염을 덥수룩하게 기른 데다 누더기를 걸친 강도로 임시 수용시설에서 붙잡힌 포로였다. 그 불쌍한 사람의 거죽이 질겼던 것일까. 그 허약한 노인은 열 번이나 칼을 휘두른 끝에야 강도의 기도를 끊을 수 있었다.

기적의 마을이 발견되었다는 발표를 듣는 순간, 아티는 그 사건이 나스가 일하던 고고학 발굴지와 관계 있다는 걸 눈치챘다. 아티는 그 발표에 놀랐지만 그 이상은 아니었다. 언론에 발표된 내용은, 그들이 코드사바드로 돌아오던 긴 여정 동안 나스가 그에게 알려주었던 내용과 거의 달랐다. 나스가 알려준 바에 따르면, 그 마을은 순례자들에 의해 우연히 발견되었을 뿐이다. 요컨대 순례자들에게 그 마을의 존재를 알려준 천사는 없었다. 홍수로 인해 광대한 지역이 범람했고 길이 끊어졌으며 이정표마저 뒤죽박죽되어 순례길은 황폐함에 위험까지 더해졌다. 따라서 순례자들은 원래 다니던 길에서 벗어날 수밖에 없었다. 범람한 지역을 우회함으로써 순례자들은 황량하기 그지없는 지역들을 지나게 되었다. 아득한 훗날에도 인간이 발붙이고 살기 힘든 곳도 있었다. 순례자들은 휴식을 취하고 하루의 기도도 하기 위하여 비바람을 피할 만한 곳을 찾던 중에 우연히 그 마을에 들어서게 되었다. 생기가 넘치고 순례자들에게 미소까지 지어보이는 마을이었다. 여하튼 낡은 흔적이 눈에 띄지 않았다. 그곳 주민들이 단체로 소풍을 나갔고 곧 돌아올 것처럼 보였다. 하지만 순례자들은 곧 진실을 알게 되었다. 그들은 죽었지만 방부처리된 듯한 마을에 있었다. 완전한 고립과 건조한 기후 덕분에 시간과 인간의 훼손으로부터 안전할 수 있었다. 주민들이 성급히 마을을 버린 것도 분명했다. 식사가 준비된 식탁 '미드라'와 유사한 곳에 뒤집어진 벤치, 활짝 열린 문 등 몇몇 징후로 짐작해보면, 그들이 그곳을 떠난 때는 아침, 정확히 말하면 세 번째 기도와 네 번째 기도 사이였다. 그때가 언제였을까? 무척 오래전이라고 대답할 수밖에 없었다. 분위기에서 뭔가가 오래된 것이란 느낌을 자아냈고, 시간과 공간의 표지라고 할 만한 것들이 불확실하고 신비적인 면을 띠어 멀리 떨어진 세계의 것이란 느낌도 주었다. 그러나 공간적으로 한없이 고립된 곳이란 사실에서 비롯된 심리적인 압박감도 있었을 것이다. 나스도 그 마을에 도착하자마자 다른 차원에 내던져진 듯한 인상을 받았다고 말하지 않았던가. 순례자들은 폭풍우가 물러날 때까지 그곳에 머물렀고, 그 시간을 이용해 그 마을을 탐사했다. 그리고 저녁이면 모닥불에 둘러앉아, 기억에서 사라진 먼 옛날의 전설들을 하나씩 떠올렸다.

수용소에 도착한 그들은 자신들이 발견한 마을에 대한 이야기를 놀란 표정으로 늘어놓았고, 그곳에서 주운 자질구레한 물건들과 특이하고 색다른 물건들, 여하튼 다양한 물건을 내보이며 그들의 주장을 뒷받침했다. 그런데 누구도 그 물건들을 특이하다고 말하지 않았다! 다만 수용소 소장은 그 문제가 예사롭지 않다고 판단했는지 위에서 언급한 물건들을 압수하고 상부에 보고했다. 수주일 후, 나스를 필두로 코드사바드의 발굴단이 수용소에 도착했다. 뒤이어 아파레유가 황급히 파견한 조사단이 헬리콥터를 타고 도착해 순례자들을 붙잡고 간략히 심문한 후에 비밀 장소에 격리했다. 신문과 나디르는 이 사건에 대해서는 물론이고 마을 주민이 사라진 미스터리, 현장에서 발견된 이상한 물건들, 순례자들의 부당한 감금에 대해서도 전혀 보도하지 않았다. 순례자들이 공식적인 순례길을 벗어나는 걸 방치한 신앙 관리관과 안내인과 경비병도 엄중한 처벌을 받았다. 순례에는 공식적으로 인정된 경로가 있었고, 고유한 거리와 시련도 있었다. 순례 자체가 목적지, 즉 성지만큼 중요했다. 세상의 누구도 그 길을 바꿀 수 없었다. 아비도 바꿀 수 없었다. 아비가 그렇게 할 까닭이 없겠지만.

　따라서 나스는 순례자들이 발견한 유물들을 가장 먼저 살펴보고, 그 마을에도 가장 먼저 들어간 사람이었다. 그가 뭔가를 발견했고, 그 때문에 깊은 사색에 빠졌다. 아티가 온갖 압박을 가했지만 나스는 그에 대해 더는 언급하지 않았다. 얼마 전에 맺은 짧은 우정으로, 고문서와 신성한 경전과 성스러운 기억을 관리하는 기관의 조사관에게 부과된 비밀 엄수라는 의무를 위반할 수는 없었다. 어느 날 밤, 모닥불 옆에 앉아 나스는 시선을 멀거니 허공에 둔 채 입술을 파르르 떨며, 그곳에서 발견된 것으로 인해 아비스탄의 상징적 기반이 흔들릴 가능성이 높고, 그럴 경우에는 정의로운 형제회가 깊이 생각하지 않고 단지 질서를 유지하려는 목적에서 한층 가혹한 조치―대대적인 강제 이주, 대량 파괴, 숨막히는 제약―를 취할 것이라고 엉겁결에 말했다. 나스의 넋두리에 아티는 빙그레 미소를 지었다. 마을은 사막에서 한 공간을 차지한 마을일 뿐이고, 도시를 찾아가는 길에 한 줌의 잊힌 가족사가 있을 수는 있겠지. 마을의 운명이 그런 것이야. 세월의 먼지 속에 사라지거나, 도시의 일부가 되어 한입에 삼켜지는 거지. 그게 마을의 운명이야. 누구도 그 때문에 오랫동안 슬퍼하지는 않아! 게다가 나스는 정의로운 형제회라는 통치기구를 과소평가했다. 정의로운 형제회가 이상적인 해결책을 아주 쉽게 찾아냈을 가능성을 전혀 생각하지 않았다. 그 마을을 성지의 반열에 올리고 순례지로 삼는 방법이었다. 그렇게 신성화하며 천하에 공개하면, 그 마을은 모든 위선적인 시선과 신성모독적인 의문으로부터 안전할 수 있었다.

사실대로 말하면, 나스는 다른 것, 즉 증인들에게 닥칠 안타까운 운명도 생각했다. 안내인과 경비병, 수용소 소장과 그의 보좌관은 한 명씩 불려가 사라질 운명이었다. 순례자들도 사막에서 조만간 행방불명되거나 사라지겠지만 누구도 그들의 행방에 관심을 갖지 않을 것이다. 다만 나디르가 그 비극을 보도하고, 아흐레간의 국상이 시작될 것이다. 국상이 끝날 즈음, "그들은 순교자로 죽었어. 그게 중요한 거야!"라는 소문이 더해질 것이다. 나스는 자신의 운명도 생각해보았다. 그는 그 마을을 눈으로 보는 데 그치지 않고 그것에 담긴 깊은 의미까지 이해하고 있다는 점에서 핵심적인 목격자가 아니었던가.

마을 이름을 묻는 것은 무의미하다. 누구도 그 이름을 모르기 때문에 잃어버린 물건과 다를 바가 없다. 원래 이름은 사라졌고 아비스탄식 이름으로 대체되었다. 정의로운 형제회는 엄숙한 회의를 개최한 끝에 그 마을을 마브로 명명했다. 아비의 피신처라는 뜻인 '메드 아비'를 축약한 이름이었다. 아비스탄이 건국된 이후, 장소와 사람의 이름 등 과거 시대의 것은 모두 폐기되었다. 언어와 전통도 마찬가지였다. 그것이 법이었다. 그 마을에 예외를 적용할 이유가 없었다. 그 마을이 아비스탄에서 특혜를 누리는 성지의 반열에 올랐기 때문에 더더욱 예외를 적용할 수 없었다.

기적의 마을이 발견되었다는 발표와, 그 경이로운 발견에 관계한 사람으로 영원히 이름이 남겨질 친구를 두었다는 자부심으로 격해진 감정이 사그라들자, 아티의 기억에 새삼스레 떠오르는 것들이 있었다. 나스는 그 마을이 아비스탄과 아무런 관계가 없다고 말했다. 아비스탄 사람들이 세운 마을도 아니었고, 아비스탄 사람들이 살았던 마을도 아니었다. 건축물과 가구, 의상과 식기류 등 이런 생각을 뒷받침할 증거는 얼마든지 있었다. 미드라와 모크바로 추정되는 것도 아비스탄의 경우와는 완전히 다른 식으로 배치되어 있었다. 문서와 서적, 연감과 엽서 및 그

밖의 정보저장매체도 미지의 언어로 쓰여 있었다. 누가 이곳에 살았던 것일까? 그들은 어떤 시대에 존재했던 것일까? 믿는 사람들의 세계인 아비스탄에 그들은 어떻게 들어왔을까? 고고학자였던 나스는 마을의 보존 상태에도 놀랐지만, 인간의 유골이 전혀 남아 있지 않다는 사실에 더더욱 놀랐다. 많은 가정을 세워보았지만 어떤 가정도 만족스럽지 않았다. 마을이 공격을 받았고 주민들은 누구도 모르는 곳으로 강제로 이주되었을 가능성이 컸다. 설령 그렇게 가정하더라도 저항이나 약탈이 있었다는 흔적마저 전혀 없는 이유는 어떻게 설명해야 할까? 만약 전투로 적잖은 마을 사람들이 죽었다면 그 시체들은 어디에 있을까? 주민들이 스스로 떠났다는 가능성도 생각해봄 직했다. 하지만 그들이 이처럼 부랴부랴 떠났던 이유가 무엇일까? 그들의 생활방식과 가치관은 평온함을 중요하게 생각했던 것 같은데.

아티와 코아는 이런 의문에 대해 오랫동안 각자의 생각을 주고받았다. 기적이란 가정은 잠시도 그들을 붙잡아두지 못했다. 마을의 완벽한 보존 상태를 설명하는 데는 변함없이 건조한 기후라는 가정이 훨씬 더 타당하다고 생각했다. 또한 인간의 유골이 전혀 남아 있지 않은 이유도 그 마을에 최후로 몇몇 생존자만이 살았기 때문일 것이라는 가정이 진실에 가까울 가능성은 거의 없지만 훨씬 더 낭만적인 듯했다. 그런데 역사는 이런 식으로 쓰일 것이다. 어떠어떠한 이유에서 마을 사람들이 어느 날 마을을 황급히 떠났지만 도중에 모두 사망했거나, 어떤 길을 택할 것인가를 두고 심하게 다투었다. 여하튼 몇몇 사람이 기진맥

진해서 자포자기한 심정으로 되돌아와 각자의 집에서 은둔의 삶을 살았고, 지극히 작은 위험 징후에도 사막과 산악지대로 달아나 몸을 숨겼다. 그런데 어느 날 순례자들이 떼지어 봇물처럼 그들을 향해 달려오는 소리를 멀리에서 듣고 그 불쌍한 낙오자들은 완전히 좌절할 수밖에 없었다. 최후의 피난처가 침략받고 점령당한 후에 성지로 바뀌어 성배처럼 보존되는 지금, 그들은 어디에 있을까? 사막에서 죽었을까? 순식간에 자취를 감추겠다는 생각에 거대도시로 숨어들었을까? 십중팔구 그랬을 가능성이 크지만, 그들이 무뚝뚝하고 의심많은 사람을 속이고 따돌릴 가능성이 얼마나 되었겠는가? 또 시비크와 V, 아파레유의 첩자들과 앙티레그, 군대의 순찰병들, 정의로운 신도회 회원들과 자경단원들, 앵스펙시옹의 평가단, 모크비와 그들의 복습교사들, 이런저런 밀고자들, 담과 문도 막지 못하는 이웃들의 감시를 어떻게 벗어날 수 있었겠는가? 어둠속에 숨어 지내던 낙오자들이 이런 존재들을 알았겠는가? 비가예가 마법의 눈으로 모든 것을 보고, 나디르가 영상 전달만을 하는 게 아니라는 걸 그들이 어떻게 알았겠는가?(나디르는 화면을 보는 사람들을 포착해 그들의 생각을 알아냈다.) 여하튼 결과는 이미 정해진 것이나 다를 바가 없었다. 충분히 상상할 수 있듯이, 그들은 카불의 추종자가 아니어서 금지된 언어를 사용했을 것이기 때문이다. 그들에게 생존을 위한 최선의 방책은 가장 가까운 곳에 있는 격리 지역을 황급히 찾아가는 것이었다. 어쩌면 그들도 그렇게 했을 것이다. 그들의 마을만큼이나 완전히 고립된 지역을 찾아낸 후에 견고한 은신처를 마련했을 것이다. 아티는 제국이 어마어마하게 넓고, 사람이 살지 않는 지역도 믿기 어려울 정도로 많다는 걸 알고 있었다. 따라서 누구의 눈에도 띄지 않게 영원히 사라지는 것만큼 쉬운 일도 없었지만, 제국을 구석구석 누비고 다니는 열정적인 믿음에 사로잡힌 순례자들의 눈까지 벗어나지는 못했다.

　이런 생각을 거듭하던 아티는 결국 고문서국으로 나스를 찾아가기로 계획을 세웠다. 고문서국이 그가 나스에 대해 알고 있는 유일한 주소였다. 아티는 그 생각을 코아에게 밝혔고, 그들은 차분히 계획을 세웠다. 그들은 자신들의 구역을 한번도 벗어난 적이 없었던 까닭에 고문서국을 가려면 어떤 방향을 택하고 누구에게 길을 물어야 하는지도 몰랐다. 게다가 자신의 구역을 벗어나는 걸 금지하는 율법은 성문화되지 않아 누구도 정확한 조항을 몰랐기 때문에 더더욱 엄격히 적용되었다. 그들은 길모퉁이를 돌 때마다 눈앞에 우뚝 서 있는 장애물을 어떻게 넘어야 하는지도 정말 몰랐다. 그때서야 그들은 코드사바드에 대해 모르는 게 많다는 걸 깨달았다. 코드사바드가 어떤 도시와 비슷하고, 그 도시에 어떤 사람이 살고 있는지도 모른다는 걸 새삼스레 깨달았다. 그때까지 그들에게 세상은 자신이 속한 구역의 연속체에 불과했다. 그런데 난공불락의 격리 지역과 불가사의한 마을의 존재에서, 현 체제가 많은 결함과 더 많은 세계가 있다는 걸 감추어왔다는 게 입증되었다. 요양원에서 귀향하던 길에 아티는 아비스탄에 빈 공간이 많다는 걸 두 눈으로 똑똑히 보았다. 강력한 마법에 걸려 보이지 않는 많은 음성적인 세계들이 웅얼거리는 소리로 채워진 듯한 숨막히게 답답한 빈 공간이었다. 카불의 절대주의적인 정신? 비가예의 사방으로 퍼지는 생각? 대성전의 정화하는 숨결?

욜라는 위대하며 그의 세계는 한없이 복잡하다.

따라서 그들의 구역을 빠져나와, 고문서와 신성한 경전과 성스러운 기억을 관리하는 기관까지 찾아가는 방법을 알아내야 했다.

아티와 코아는 계획을 추진하기 전에 지난 일을 잠시 점검해보는 시간을 가졌다. 그들이 최근에 범한 중대한 범죄와 가벼운 범법행위를 계산해보았다. 결과는 그다지 바람직하지 않았다. 발리스와 레그들의 지옥 같은 소굴인 격리 지역에 무모하게 들어간 시도만으로도 그들을 대운동장에 10번이나 보내고도 남을 만한 범죄였다. 가짜 이름으로 발급한 허가증, 불법 침입, 공문서 위조, 직무 사칭, 범죄 조직과의 밀거래, 은닉과 그에 따라 추가도 너해진 부수적인 범죄도 있었다. 시청과 길드 조직, 모크바와 앵스펙시옹의 평가단, 동료와 이웃으로부터 최소한의 이해를 기대하는 건 헛된 바람이었다. 그들은 가차없는 비난자로 돌변해 기만과 불신앙과 배교를 규탄할 것이 분명했다. 대운동장에서는 군중들이 극도로 흥분해 그들의 시신을 발로 짓밟고, 뼈에 약간의 살덩이만이 남을 때까지 그들의 시신을 질질 끌고 다니고 싶어 할 것이고, 개들은 그 남은 살덩이를 서로 차지하려고 싸울 것이다. 정의로운 신도회는 그들을 이렇게 처형함으로써 명성을 얻을 것이고, 그들의 구역에서 전대미문의 박해를 시작할 것이다.

　하지만 두 친구는 한번도 반체제적인 생각을 해본 적이 없었다. 하물며 불신앙적인 생각은 더더욱 없었다. 그들은 자신들이 어떤 세계에 살고 있는지 알고 싶었을 뿐이었다. 현 체제에 맞서 싸울 의도는 아니었다. 더구나 그런 저항은 인간이든 신이든 간에 혼자 해낼 수 있는 게 아니었다. 다만 전후 사정을 파악하여 현 체제를 조금이라도 너그럽게 받아들이고, 가능하면 철저하게 조사해보고 싶었을 뿐이었다. 이름이 있는 고통은 그런대로 견딜 만하고, 관련된 것들의 이름을 알면 죽음조차 치유책으로 여겨질 수 있지 않은가. 맞다, 그랬다. 그들은 이 세계를 탈출할 희망을 품고 있었지만 그 자체가 중대한 이단적 행위였다. 게다가 탈출은 무보하고 불가능한 시도였다. 이 세계는 한없이 드넓어 무한까지 이어지는데 이 세계를 벗어나려면 몇 번의 삶을 연이어 살아야 하겠는가? 하지만 희망이란 그런 것이었다. 희망은 워낙 현실 원칙과 배치되는 것이 아닌가. 두 친구는 한계가 없는 세계는 없다는 가정하에 이런 진실된 이야기를 주고받았다. 경계가 없는 세계는 결국 무(無)로 용해되어 존재하지 못할 것이기 때문이다. 반면에 경계가 있다면 그 경계는 넘을 수 있는 것이어야 했다. 더구나 경계 너머에 이쪽의 삶에는 없는 부분이 있을 가능성이 크다면, 어떤 대가를 치르더라도 그 경계는 반드시 넘어야만 하는 것이었다. 하지만 자비와 진리의 하느님, 어떻게 해야 신자들에게 억압된 삶의 고리를 끊어내고 삶이 원하는 것을 사랑하고 받아들이라고 설득할 수 있을까요?

아티는 착한 코아를 자신의 망상에 끌어들였다는 죄의식에 사로잡혔다. 아티는 코아가 타고난 반항자, 원초적인 힘의 명령을 거역하지 않는 본능적인 모험가일 거라고 생각하며 자신을 용서하려 애썼다. 코아의 내면에는 큰 번민이 자리잡고 있었고, 그의 핏줄을 흐르는 피는 심장을 태워버릴 듯했다. 그의 할아버지는 제국에서 가장 위험한 광인 중 광인으로, 수많은 젊은이를 세 번의 대성전에 내몰며 순교자로 만든 인물이었다. 게다가 학살을 조장하는 그의 설교는 미드라와 모크바에서 송시(頌詩)처럼 가르쳐지며 여전히 종교를 위해 자발적인 죽음을 부추기는 역할을 해내고 있었다. 어린 시절부터 코아는 자아도취에 빠진 이 세상에 대한 증오심을 품고 지냈다. 이 세상을 멀리했지만, 멀리하는 것만으로는 충분하지 않았다. 때로는 궁지에 빠지기 때문에 멈추고 잘못된 것을 바로잡아야 했다. 아티가 체제를 혐오했다면 코아는 체제를 떠받치는 사람들을 경멸했다. 두 과정은 달랐지만, 결국 상호보완적 관계에 있었기 때문에 둘 모두 하나의 줄에 매달려 있다고 해석할 수 있었다.

이쯤에서 두 친구는 자신들이 금기의 선을 넘었고, 같은 방향으로 계속 추구하면 죽음을 각오해야 한다는 걸 서로 허심탄회하게 대화할 필요가 있었다. 무턱대고 행동하지 않기 위해서도 그런 대화는 필요했다. 그들이 누구에게도 발각되지 않고 그정도까지 조사를 진행한 것만도 굉장한 기적이었다. 그들의 신분이 보호막 역할을 해주기도 했다. 아티는 결핵에서 살아남고, 무시무시한 신 요양원에서 살아 돌아온 퇴역군인이었다. 코아는 명문가 출신이었고, 비길 데 없는 명문학교인 '신에게 바친 언어학교'(l'École de la Parole divine, EPD)의 졸업생이었다.

그들은 의문을 주고받고 논쟁하며 때를 기다렸다. 하루하루 위장술을 점검하고 개선한 덕분에 그들은 검열을 어렵지 않게 통과했고, 신앙심과 생활규범에서 누구에게도 뒤지지 않았기 때문에 구역 모크비와 앵스펙시옹 평가단은 그들을 표본으로 언급할 정도였다. 그들은 틈나는 대로 단서를 추적했고 정보를 수집했으며 이런저런 가정을 점검해보았다. 그 과정에서 그들은 많은 것을 이해했다. 예컨대 신중하게 행동할수록 원하는 것을 상대적으로 쉽게 찾아낼 수 있고, 상대를 속이고 은밀하게 행동하려는 노력에서 창의력이 개발되며 적어도 반응력이 달라진다는 것도 확인했다. 어렴풋이 짐작하던 것을 두 눈으로 직접 확인한 것도 있었다. 예컨대 내각을 비롯한 상급 행정기관들이 코드사바드의 역사적 중심지에 위치한 하나의 거대한 복합건물에 모두 모여 있다는 것이었다. 전에는 전적으로 믿지는 않고 하나의 이론처럼 알고 있던 것을 직접 확인한 셈이었다. 그

복합건물은 아비 정부의 중심지로 '아비구브'라고 불렸고, 그 가운데에는 웅장한 피라미드인 키이바가 당당히 자리잡고 있었다. 높이가 120시카, 바닥 면적이 적어도 10헥타르에 이르는 피라미드였다. 피라미드에 완벽하게 입혀진 반짝이는 초록빛 화강암에는 종교적 색채를 띤 붉은색 줄무늬가 새겨져 있었고, 네 빗면이 만나는 피라미드의 정점에는 도시를 내려다보며 텔레파시로 세상을 끊임없이 감시하는 아비의 눈이 있었다. 그곳이 정의로운 형제회의 본부였다. 수만 발의 포탄이 떨어져도 전혀 흔들리지 않을 것 같았다. 모든 행정기관이 한곳에 집결한 데는 안보와 효율성 이외에, 당연한 말이겠지만 체제의 힘을 과시하고 체제를 떠받치는 난공불락의 불가사의를 드러내려는 목적도 있었다. 절대주의적 체제는 이런 식으로, 즉 어마어마한 규모의 불가해한 토템과 초월적 능력을 지닌 지도자를 중심으로 세워지고 유지되는 법이다. 달리 말하면, 세상과 그 조각들은 토템과 지도자를 중심으로 돌아가는 경우에만 존재하고 유지된다는 뜻이다.

수만 명의 관리가 그곳에서 일주일 내내 밤낮으로 일했다. 매일 60개 주에서 찾아온 상인들과 지방공무원들, 요컨대 수만 명의 방문객이 여러 부서의 입구로 몰려가 신청서를 제출하고 명단에 이름을 올리며, 접수증과 확인증을 받았다. 신청 서류들은 거대한 조직 내에서 움직이기 시작하며 오랜 여정을 준비한다. 몇 달, 몇 년이 걸릴 수 있었다. 여하튼 그만큼의 시간이 지나면 서류는 도시의 지하로 보내지고, 그곳에서 특수한 처리를 거치지만 그것이 무엇인지는 누구도 몰랐다. 우리의 두 친구가 파악한 바에 따르면, 그 지하 공간이 수수께끼 같은 다른 세계와 이어져 있고, 지하 공간에서부터 지하로 아득히 깊은 곳까지 연결된 비밀 통로가 있었으며, 정의로운 형제회의 최고 지도자만이 비밀 통로의 열쇠를 갖고 있었다. 그런데 놀랍게도 그 통로는 민중혁명이 일어날 경우에 정의로운 형제회 위원들을 격리 지역으로 탈출시키기 위한 통로였다! 하기야 사람들이 정확히 모르는 것에 대해서는 아무렇게나 말하는 게 사실이었다. 하지만 혁명의 가능성은 무척 낮았고, 고귀한 공들이 숙적들의 소굴인 격리 지역으로 피신할 거라는 천박한 가정은 더더욱 가능성이 낮았다. 더구나 고귀한 공들은 세상의 주인이었고, 세상의 어디라도 짧은 시간 내에 갈 수 있는 헬리콥터와 항공기가 있었고, 무한정으로 하늘을 비행하며 지상의 모든 생명체를 파괴할 수 있는 하늘의 요새들도 있었다. 물론 아무런 가치도 없고 집중력을 흐트러뜨리는 정보도 많았다. 비밀 통로는 공항이나 아비의 궁전과 연결되어 있을 가능성이 훨씬 더 높았다. 원수가 강력한 힘을 발휘하며 아비스탄에 원자폭탄을 매일 쏟아붓던 시대에 그 통로는 정의로운 형세회의 고귀한 공들과 그들의 가족에게 대피소 역할을 했을 것이다.

한 신학 잡지의 기간호에서 아티와 코아는 정의로운 형제회의 최고 지도자, 뒤크 공의 사진을 찾아냈다. 그의 양편에 늘어선 여러 위원들 중에는 강력한 권한을 지닌 호크 공, 즉 의례와 제례와 기념제 관리부의 책임자도 눈에 띄었다. 모두가 황금실로 수놓아진 두툼한 초록색 부르니를 입고, 그들의 신분을 뜻하는 붉은색 모자를 쓰고 있었다. 사진에 더해진 기사에 따르면, 절대적 금식을 요구하는 성주간 시암 의식을 정확히 준수하기 위해 필요한 지식과 경험에 축적된 태음력국의 창립을 기념해 모인 것이었다. 그 기사는 "최고 지도자께서는 시암이 시작되고 끝나는 시간에 대한 대모크비들의 끝없는 논쟁이 마침내 종식될 것이란 확신을 표명하셨다."라고 은근한 위협을 덧붙였지만, 그런 위협은 아무런 효과가 없었다. 『아비의 책』 자체가 시암이란 의식을 모호하게 다루며 달의 시각적 모습을 준수하라고 요구하고 있기 때문이다. 하지만 달의 시각적 관찰은 본래 오류를 피할 수 없는 방법이며, 객관적인 증명에 귀를 닫는 만큼이나 대낮의 빛도 제대로 보지 못하는 편협한 모크비들에게 맡겨진 역할이었다. 그렇다고 모크비들이 돌멩이처럼 완고하고 고집불통이라고 말하는 사람은 없었다. 정중하게 행동하며, 돌멩이가 모크비들보다 합리적이라고 넌지시 빈정댔을 뿐이다. 사진의 배경에는 엄청난 규모의 정부 복합건물이 뚜렷이 드러났다. 과거의 군사 요새와 근래에 황폐화한 도시가 뒤섞인 일종의 복합단지였고 탑들은 나지막이 뜬 구름에 닿았고, 부속건물들이 좌우로 연결된 방식에서는 음험한 책략적인 의도가 엿보였다. 건물의 내부에 많은 미스터리와 고민거리가 감추어져 있고, 그 거대한 원자로 내에서는 어떤 엄청난 에너지가 발산되고 있는지 상상하기는 그다지 어렵지 않았다.

사진의 구도에서 더 뒤쪽에는 역사의 먼지로 사라진 도시의 한 귀퉁이가 보였다. 구불거리고 경사진 골목길, 서로 지탱하듯 바싹 붙은 건물들, 노후하고 비늘처럼 벗겨진 담, 먼 옛날부터 풍경에 삽입된 듯한 사람들, 쥐먹은 삶의 뚜렷한 징후들도 얼핏 눈에 들어왔다. 여러 행정기관의 공무원들이 이 끝없는 미궁에서 살고 있었고, 이 미궁은 공무원들의 카스바(거주 지역)라는 뜻에서 '카포'로 불렸다. 여왕을 위해 전적으로 헌신하는 개미들처럼, 공무원들도 몸과 마음을 체제에 바쳤다. 공무원들은 희미하게 조명이 밝혀진 일련의 통로를 이용해 출근했고, '아비구브'의 가운데를 차지한 그 통로들은 역시 그물처럼 복잡하게 얽힌 계단들로 연결되었으며, 계단들은 각각의 층으로 이어졌다. 따라서 건물에 들어선 사람들에게는 복도와 골조와 사무실밖에 보이지 않았다. 이 모든 것에는 기계화된 군수공장 같은 면이 있어 두려움을 자아냈지만 시간을 정확히 지킨다는 장점이 있었다. 아티와 코아는 도로관리부의 동료에게 행정기관마다 고유한 거주 구역이 정해져 있다는 것을 알게 되었다. 그 동료의 종조부는 미덕과 죄악을 관리하는 부서의 공무원이었지만 개혁을 잘못 시삭한 까닭에 100여 명의 동료와 함께 대운동장에 끌려나가 처형을 당했으며, 당시 부서장과 그의 가족이 가장 먼저 끌려나갔다. 여하튼 고문서와 신성한 경전과 성스러운 기억을 관리하는 부서의 직원들이 차지한 구역은 M32였다. 따라서 나스는 그곳에서 살고 있었다.

아티와 코아는 탄원의 목요일에 정의로운 형제회 위원들이 순번대로 제식을 집행하는 대모크바가 아비구브 내에 있다는 것도 알아냈다. 그 대모크바는 무려 1만 명의 신도까지 수용할 수 있는 규모였다. 매주 복잡하기 이를 데 없어 소시민은 이해하기 힘든 원칙에 따라 동료 위원들에 의해 지명된 한 명의 위원이 기도를 인도했고, 그 후에는 『카불』의 어떤 구절을 당시의 관심사와 관련지어 해석해주었다. 특히 진행 중인 성전이나 비밀리에 준비되고 있는 성전의 전개 상황에 초점이 맞추어졌다. 신자들은 위원이 한마디를 끝낼 때마다 강력하고 남성적인 환호로 화답했다. "욜라님은 위대하시다!" "카불은 길이다!" "아비는 승리하리라!" "발리스에게 저주를!" "원수에게 죽음을!" "레그에게 죽음을!" "배신자들에게 죽음을!" 이렇게 각자의 죄를 씻어낸 신자들은 그만큼의 인원을 수용할 수 있는 운동장을 향해 즐거운 마음으로 달려갔다.

코아는 그곳을 알고 있었지만 특별한 추억거리는 없었다. 대모크바 교구장이자 명망 높은 모크비의 손자이며, 호크 공이 담당하는 성무관리부의 재무관 아들이었던 까닭에 코아는 고귀한 공들의 울타리 안에서 살았다. 그곳 사람들은 한결같이 주인이었다. 주변에 보통 사람들은 보이지 않았고 보통 사람들의 목소리도 들리지 않았다. 그들은 세상을 제대로 몰랐다. 신성한 언어학교를 다녔고, 키이바 근처에서 하느님과 성자들을 옆에 둔 것처럼 살았던 까닭에 코아는 자신이 이 땅에 살고 있다는 사실조차 망각하기에 이르렀다. 실제로 코아는 과거에 바깥 세상을 본 적이 없었다. 누구도 바깥 세상의 사람들도 인간이라고 그에게 말해준 적이 없었다. 그러나 어느 날, 기적처럼 그는 눈을 떴고 그 불쌍한 사람들이 그의 발아래에서 고통에 신음하는 것을 보았다. 그 이후로 저항의 열병이 그에게서 떠난 적이 없었다.

오랜 논쟁 후, 우리의 두 친구는 바늘 도둑이 소도둑 된다는 결론에 이르렀다. 따라서 그들은 특별한 임무를 띠고 아비구브로 불려가는 가짜 소환장을 위조했다. 그리고 죽도록 일하는 걸 행복하게 생각하는 유능하고 성실한 일꾼들처럼 길거리를 뛰어다닐 준비를 끝냈다.

예기치 못한 사건이 기다렸다는 듯이 일어났다. 번거로운 장애도 거의 해결하고 만반의 준비를 끝냈을 때 코아가 지방법원으로부터 소환장을 받았다. 사안이 중요했던지 소환장을 들고 온 파발꾼은 코를 훌쩍이면서도 눈빛만은 초롱초롱했다. 더구나 황공하게도 법원의 수석서기님이 몸소 코아를 불러들이는 소환장이었다. 법원에 가자, 흰 수염을 기르고 반들거리는 부르니를 입은 늙은 쥐가 오만한 표정으로, 지역평신도회가 3급 신성모독죄로 기소된 한 망나니 계집의 재판에서 '학살자' 역할을 맡을 사람으로 코아를 만장일치로, 또 욜라와 아비의 이름으로 선택했고, 고위층이 그 선택을 지체없이 인가했다는 사실을 코아에게 알려주었다. 그리고 늙은 쥐는 코아에게 동의서에 서명하게 하고는 복사본을 넘겨주었다. 상당히 중요한 사건이었다. 마녀가 관련된 마지막 사건은 무척 오래전에 있었고 그런 사건이 다시 제기되는 걸 바라는 사람은 어디에도 없었다. 그런데 종교는 호되게 몰아붙이는 주변의 압력이 없으면 활력을 상실하고 약화되는 경향을 띤다. 따라서 종교는 모크바에서 진지하게 연구되는 때만큼이나, 학살극이 벌어지는 대운동장과 전쟁터에서 생기를 되찾는다. 재판에 넘겨진 계집은 겨우 열다섯 살이었지만 이웃들과 말다툼하다가 문을 쾅 닫고 나가며, 정의로운 율라가 심술궂게 고약하기 이를 데 없는 이웃들을 주는 중대한 실수를 저질렀다고 소리치는 후안무치한 짓을 저질렀다. 그야말로 청천벽력 같은 신성모독이었다. 심술궂은 이웃이라고 욕먹은 이웃들은 한목소리로 그 소녀를 규탄하는 증언을 했고, 시비크도 크게 충격을 받았던지 비난의 목소리를 높였다. 그 사건은 한 줌의 의혹도 허용하지 않아 판결을 내리는 데는 5분이면 충분하고, 그 멍청한 계집이 기절하고 오줌을 질질 흘리는 모습을 지켜보는 즐거움을 위해서만 심문이 계속될 것 같았다. 그 와중에 시비크는 계집의 남편과 다섯 자녀까지 체포했고, 그들은 나중에 정신보건위원회의 조사를 받을 예정이었다. 요컨대 남편과 어린 자녀들도 증언하고 자아비판을 해야 했으며, 그후에 필요하면 교정위원회의 제소가 뒤따르는 게 원칙이었다. 또한 이런 재판의 경우에는 훌륭한 배경을 지닌 저주자가 필요했는데 코아가 최적의 인물로 지정된 것이다. 그의 성(姓), 정확히 말하면 할아버지의 성은 그의 머리에서 반짝이는 등대였고,

그 등대는 멀리에서도 그의 존재를 환히 드러내주었다. 변두리 지방법원에서 그런 가문을 학살자로 초빙해 재판한다는 것은 실로 엄청난 영광이었다. 따라서 방청객이 어마어마하게 모여드는 획기적인 재판이 될 것 같았다. 게다가 율법이 전에 없던 승리를 거두고, 믿음이 크게 확대되는 걸 키이바에서도 확인할 수 있을 듯했다. 법원에서 계급의 고하를 막론하고 모두가 전격적인 승진의 기쁨을 누릴 기회를 얻었기 때문에 신성모독죄를 범한 계집은 법원에 행운을 가져다준 셈이었다.

"어떻게 해야 하는가?" 이것이 문제였다. 두 친구는 이 문제를 두고 몇 시간이나 함께 고민했다. 코아는 공개적으로 인간 제물이 되는 재판에 협력하고 싶지 않았고, 아티도 코아의 생각에 전적으로 찬성했다. 따라서 아티는 코아가 격리 지역이나, 그가 과거에 즐겨 돌아다녔던 황폐한 교외 지역 중 하나로 피신해야 한다고 생각했다. 사실대로 말하면 코아는 망설였고, 법원의 소환에서 벗어날 방법이 있을 것이라 생각했다. 언젠가 정의로운 형제회가 학살자는 상당한 연령에 이른 사람으로, 원로 신자들로 구성된 저명한 모임에서 적어도 5년을 일하거나 성전에 참여한 사람, 혹은 모크비나 복습교사, 영창자 주술사로서 남들이 부러워하는 직책을 보유한 사람이어야 한다고 규정한 때문이었다. 코아는 이런 자격을 전혀 갖추지 못했다. 여지껏 별다른 업적을 남기지 못한 30대 초반이었고, 명망 있는 신도회에 가입한 적도 없었으며, 종교의 교리를 가르치거나 우군이든 적군이든 간에 누군가를 향해 무기를 겨눈 적도 없었다. 그렇다고 이런 이유를 들먹이며 법원의 소환을 거부하면 사법기관의 지원을 거부하는 정도를 넘어, 신성모독을 인정하는 셈이었다. 따라서 자칫하면 그 계집과 함께 대운동장에서 삶을 마감할 수 있었다. 이런 점에서 '어떻게 해야 하는가?'는 실로 중대한 문제였다. 아티는 다음에 나스를 만나게 되면 그에게 그 문제를 바람직한 방향으로 해결해달라고 부탁하자고 코아에게 제안했다. 나스는 아비스탄에서 가장 유명한 성지를 발견한 공로자였던 까닭에 장관의 신임을 받고 있을 게 분명했다. 나스의 부탁으로 장관이 명령하면 코아는 고문서에 근무할 수 있을 것이고, 그런 성층권적 지위에서는 쓸데없는 잡일을 면제받고, 저 아랫세상을 무시하며 살아갈 수 있었다. 하지만 코아는 아티의 제안에 회의적이었다. 장관이 나스를 신임하더라도 그의 부탁을 반드시 들어줄 것이라 확신할 수는 없었다. 오히려 정반대로 이해할 가능성조차 배제할 수 없었다.

코아는 고개를 저으며 날카롭게 말했다. "그들이 나를 원하는 거라면? 그럼, 그들을 속여야 하겠지요. 아픈 곳을 단칼에 베어버리겠습니다."

아티는 온몸에 소름이 돋았다. 코아는 마음속으로 크게 격분하고 있었다.

마녀 재판에서는 학살자가 주인공이었다. 학살자는 피고나 원고 혹은 사회를 변호하려고 법정에 출석하는 게 아니었다. 욜라와 아비의 분노를 강력하게 전달할 목적에서 법정에서 발언하는 것이었다. 고인이 된 코드사바드 대모크비의 후손이며 신에게 바친 경이로운 언어학교의 졸업생보다, 지극히 높으신 하느님과 그 대리인의 분노를 적절히 표현할 수 있는 단어와 어법을 누가 더 잘 찾아낼 수 있겠는가?

 '학살자'라는 단어의 기원에 대해서는 알려진 바가 없다. 학살자의 공식적인 직함은 '욜라의 증인'이었지만 회의주의자들은 '욜라의 미치광이'로 비틀어 불렀다. '학살자'라는 단어는 먼 옛날 원수와 발리스의 패거리가 지배하던 어둠의 시대에 욜라의 증인들이 불신자들에게 일관되게 사용했던 것, 다시 말하면 나무꾼의 쐐기가 나무 줄기를 쪼개버리듯이 사형수를 단번에 쪼개버렸던 말뚝에서 비롯된 듯하다. 걸핏하면 법정에 끌려오는 죄인들은 자신들이 즐겨 사용하는 저주를 기초로 삼아 학살자들을 다른 이름, 예컨대 '불행의 아버지' '불행의 형제'라고 약간의 정분이 담긴 이름으로 불렀다. 하기야 학살자들을 저주하는 그들의 상상력이 항상 "……하는 당신에게 화가 있을지어다!", "……하는 사람들에게 화가 있을지어다!"라는 식으로 시작되기는 했다. 실제로 학살자들은 성전을 호소할 때 모크비처럼 말했다. 피고까지 감동시킬 정도로 설득력 있게 말하는 학살자들도 있었다. 그런 위대한 학살자들은 '욜라와 아비의 친구'라는 지위를 얻었고, 최고의 특혜를 누릴 수 있는 지위였다. 코아는 자신의 가문 및 지식과 열정을 십분 활용하면 그런 지위에 당당히 올라 많은 재산을 모으고 크나큰 존경을 받을 수 있었지만, 가난하고 반항적인 삶을 택했다. 요컨대 불안과 근심을 안고 살아가는 삶을 선택했다.

오랜 고민을 거듭한 끝에 두 친구는 가장 먼저 떠올렸던 생각, 즉 나스를 찾아가 도움을 구하는 방법을 따르기로 결정했다. 실패하는 경우, 코아는 격리 지역으로 사라지거나 황폐한 교외 지역으로 몸을 감추고, 혹은…… 운명에 맞서며 마음이 이끄는 대로 비판의 칼을 휘둘러야 할 거라고 생각했다.

시간이 시시각각 다가왔고, 공판은 음력으로 다음 달 열한 번째 날로 정해졌다. 우리의 두 친구에게는 마뜩잖은 날이었다. 그날은 해마다 열리는 천국 보상의 날로 선택받는 사람보다 실망하는 사람이 항상 더 많았기 때문에 어떤 이유로든 모두가 극도로 광분하는 축일이었다. 법정은 군중들로 발 디딜 틈이 없을 것이고, 대운동장으로 가는 길은 그 어느 때보다 붐빌 것이다. 신성모독죄를 범한 계집을 돌로 때려 죽이는 형법은 집행조차 되지 못할 것이다. 대운동장으로 가는 도중에 발기발기 찢겨질 테니까. 판사들은 이것저것을 뒤섞어 혼란과 불행을 더욱더 키우려한다. 거기에는 단 하나의 목적이 있었고, 그 목적이 무엇인지 모르는 사람은 없었다. 정의로운 형제회의 한 위원, 십중팔구 최고 지도자의 시선을 끌고, 물론 아비의 눈에도 띄어, 언젠가 귀족으로서 최고 단계인 '욜라와 아비의 친구'라는 지위까지 오르려는 목적이었다. 그 단계에 올라가면 영지와 궁전을 보유하고 사병(私兵)을 둘 수 있었으며, 탄원의 목요일에 모크바에서 발언할 권리를 얻어 군중에서 연설하는 특권을 누렸다.

　따라서 운명의 날을 보름쯤 앞두고 아침 일찍, 그러니까 모크바에서 소리꾼이 하루의 첫 기도를 알리는 시간에 아티와 코아는 보따리를 둘러메고, 자신들이 속한 구역의 궁극적인 경계를 넘었다. 물론 그들의 손에는 중요한 임무로 고문서국에 파견되는 성실한 공무원이라 증명하는 도장이 잔뜩 찍힌 서류들이 쥐어져 있었다. 그들은 두방망이질하는 심장을 억누르며 곧장 아비구브를 향해 걷기 시작했다. 그들의 손에는 고문서국의 관리인, 늙은 고그 씨가 간략하게 그려준 지도도 있었다. 고그 씨는 제3차 대성전 직전이나 그 직후, 여하튼 그가 '옴디', 즉 대법관의 개인적인 심부름꾼으로 일하던 때 대법관을 따라 아비구브에 들어가 경이로운 것들, 예컨대 화강암 산처럼 웅장한 멋을 풍기는 건물들과 끝없이 이어지며 지하의 어둠속으로 사라지는 복도와 통로, 천재지변처럼 시끄러운 소리를 내는 기계들과 끝없이 거꾸로 계산하는 듯 깜빡거리고 달그락거리며 스트레스를 유발하는 기계들, 요컨대 말로 표현하기 힘든 기계들, 서류 분류기와 인간의 두뇌보다 복잡한 압축공기관 망, 성서『카불』과 아비의 포스터를 수백만 부씩 쏟아내는 산업용 인쇄기들을 보았던 때의 기억을 더듬어가며 지도를 그렸다. 그의 기억이 맞다면, 반들거리는 부르니를 입고 과도하게 감정을 억눌러 경직된 모습을 띠며, 보통 사람을 초월하는 종에 속한 듯한 사람들이 혼자 혹은 무리지어 있는 장면을 어디에서나 볼 수 있었다. 그들의 마음속에는 냉철한 지혜가 깃든 듯했지만, 그 지혜는 사그라진 광기, 즉 불타고 남은 재에 불과했다. 그들은 아무런 말도 하지 않았다. 왼쪽도 오른쪽도 쳐다보지 않고, 오직 각자의 역할에만 몰두했다. 그들의 내면에는 차갑게 식은 생명밖에 없었다. 아니, 생명의 기운이 없었다. 기껏해야 잔재물로 남은 생명, 여하튼 지극히 기초적인 생명만이 남았다. 그 대신 모두가 하나의 습관에 길들여졌고, 그 습관은 모두가 기계적으로 정밀하게 상호작용하는 시스템으로 발전했다. 따라서 그런 꼭두각시들이 아비스탄을 운영하고 있었지만, 정작 그 자신들은 그런 사실을 인식하지 못했다. 여하튼 그들에게는 주변 분위기를 감지할 만한 코가 없었고, 대낮의 햇살을 받으려고 외출하지도 않았다. 종교의 율법과 체제의 규칙이 그들에게 그런 행동 자체를 금지했다. 업무와 기도 이외에 그들에게 허용된 시간은 카스바로 연결된 지하 통로까지 걷는 시간이 유일했다. 정류장은 경적을 한 번밖에 울리지 않았고, 교통수단은 기다리지 않았다. 그들은 습관화된 틀에서 결코 벗어나지 않았고, 그런 틀을 조금이라도 벗어나면 판단력이 마비된 멍청이가 되었다. 실수하거나 잘못을 범하면 직책에서 물러나야 했다. 한마디로 폐기되는 버림을 받았다. 이런 권력 구조에 적응하지 못하는 사람은 동료와 이웃과 친척에게 불안감을 주고, 결국 그들마저 부적응자가 되기 십상이다. 불안증과 미숙한 실수도 결국에는 전염성을 띠기 때문에 그들은 이런 잘못된 전염을 예방함으로써 놀라운 속도로 밝아졌다. 아비스탄은 그런 곳이었고, 그것이 아비스탄의 운명이었다. 아비스탄은 성실하고 곧이곧대로 욜라와 아비를 믿었고, 이런 자세를 유지함으로써 그들의 믿음은 하루하루 더욱 강렬하고 더욱 맹목적으로 변해갔다.

　신속히 하루이틀 사이에 두 친구는 자신감을 되찾았다. 구역 사이에는 어떤 경계와 어떤 금기, 어떤 선린 규칙도 없는 것처럼 그들은 구역의 경계를 넘어갔다. 놀랍게도 말투를 제외하면 그곳 사람들도 모든 점에서 S21 구역의 주민들과 비슷했다. 노래하는 듯한 억양, 목구멍을 짜내는 소리, 콧소리와 숨을 거세게 내뱉는 파열음 등이 곳곳에서 들렸다. 획일화된 겉모습 뒤의 진실된 모습은 무척 달랐다. 집에서 가족끼리, 혹은 친구들끼리는 그들도 아빌랑어가 아닌 다른 언어를 사용했고, 이 점에서도 S21 구역과 똑같았다. 따라서 말투에서는 물론이고 체취와 눈빛, 부르니를 입는 방법에서 그들의 특징이 고스란히 드러났지만 공인된 통제관들, 예컨대 시비크와 자경단, 정의로운 신도회, 경찰국에 소속된 순찰대나 자율 경비대는 우리의 두 친구와 유사한 수준의 구역에서 태어나고 성장한 까닭에 그런 차이를 인지하지 못했다. 물론 V였다면 막강한 능력을 지닌 까닭에 그 차이를 구분할 수 있었겠지만, V가 정말 존재했을까?
　그들의 임무를 공식적으로 확증해주는 도장이 잔뜩 찍힌 서류가 그들을 지켜주었지만, 아티와 코아는 신중하고 조심스레 행동하며 그곳의 말투와 몸짓을 흉내내려 애썼고, 때로는 어떤 경우에도 도움이 되지 않는 환자나 귀가 제대로 들리지 않는 명텅구리인 척하기도 했다.

　많은 면에서 그곳의 미덕도 길거리에 집약되어 있었다. 피붙이 형제도 알아보기 힘들 정도로 혼란스러웠지만 생동감이 느껴졌다. 통제관들은 사방에서 불러대는 소리에 이리저리 뛰어다니느라 녹초가 되었고, 멀리 떨어진 먹잇감을 잡으려다 눈앞의 먹잇감을 놓치기를 반복하며 결국에는 혼란스러운 상태에 악몽 같은 공포 분위기를 더했다.

　아티와 코아는 외지인이었던 까닭에, 자석이 못을 끌어당기듯 주변 사람들의 시선을 끌었다. 따라서 그들은 다시 통제관들의 표적이 되었다. 구경꾼들이 달려와 그들을 둥그렇게 에워쌌다. 구경꾼들은 조금도 지체하지 않고, 통제관들에게 질문해야 할 것들을 속닥거리기 시작했다. 모든 것을 고려하더라도 심문 내용은 무척 상투적이었고, 아티와 코아는 심문이 어떻게 진행되는지 속속들이 알고 있었다.

　"이봐요…… 그래, 당신들, 외지인들…… 맞아, 당신들, 이리 가까이 와보슈!"

　"안녕하십니까. 친애하는 통제관 형제분들."

　"욜라와 아비와 최고 지도자, 물론 우리 부서 지도자까지, 그분들에게 구원이 있기를! 당신은 누구요? 어디에서 왔고, 대체 어디에 가는 길이요?"

　"욜라와 아비와 최고 지도자에게, 또 여러분의 지도자에게 은총이 있기를! 우리는 중요한 임무를 띤 국가 공무원입니다. S21에서 왔고 아비구브에 가는 길입니다."

"S21? ……그게 뭐요?"

"우리가 거주하는 구역입니다."

"당신들이 거주하는 구역? ……그런데 어디에 있는 거요?"

"저쪽으로 남쪽에. 걸어서 사흘 정도 떨어진 곳에…… 하지만 새들이 날아가면 아마 1시간이면 충분할 겁니다."

"새에게는 정해진 구역이 없으니까. 여하튼 나는 그렇게 알고 있어요. 성도(聖都) 코드사바드에 구역이라곤 우리 구역, H43밖에 없는데. 그럼 다른 도시에서 온 것이구먼. 그래, 아비구브에 가서 무얼 할 거요?"

"고문서와 신성한 경전과 성스러운 기억을 관리하는 부서에 전달해야 할 서류가 있습니다."

"그곳이 아비구브요?"

"아비구브는 행정부, 정의로운 형제회 등등이……."

구경꾼들이 경계심을 늦추지 않고 때마침 끼어들었다.

"뭐라는 거야, 통제관! 서류를 달라고 해서 꼼꼼히 살펴봐! 요즘 우리 구역에 도둑이 많다고 하더라고."

통제관들이 손을 내밀며 말했다.

"임무에 관련된 서류를 좀 봅시다. 접수 책하고 모크바 등록증도."

"알겠습니다, 정직하고 지칠 줄 모르는 통제관님. 우리 등록증은 이곳 모크바에서 이미 조사를 받았습니다. 오늘 아침 그곳에서 기도를 했고, 오늘 밤도 묵상하고 금식하며 그곳에서 보낼 예정입니다."

"그렇군요. 기도할 때 앞쪽에 앉았고. 좋은 점수도 받았군요."

구경꾼들이 다시 목소리를 높였다.

"조심해. 교활한 놈들이야. 『카불』을 암송해보라고 해봐. 몸도 뒤지고!"

"확인해봅시다. 신성한 『카불』 제7권 42장 76절을 암송해보슈."

"쉽지요. 욜라의 은총으로 대리인이 된 나, 아비가 명령하노니, 너희는 정직하고 진실된 마음으로 온전히 통제관들에게 순종하라. 통제관이 정의로운 형제회, 아파레유, 행정부, 자발적으로 결성된 충실한 신도회 등 어디 소속이든 다를 바가 없다. 속이거나 숨기거나 감추는 사람은 내 분노가 용서하지 않으리라. 그대로 이루어지기를."

"잘하셨습니다. 잘했어요. ……선량하고 성실한 신자인 것 같군요. 그런데 임무 지시서에 검인 도장을 받고 가던 길을 계속 가기 전에 우리에게 돈 좀 적선하시겠습니까? 돈이 될 만한 기념품도 괜찮습니다."

"우리도 박봉에 시달리는 공무원입니다. 2디디와 신 요양원 부적밖에 드릴 게 없군요. 하지만 설책과 감기로부터 우리를 지켜주는 부적입니다. 이 부적이면 꿀이나 카라멜을 바른 튀김을 충분히 사 먹을 수 있을 겁니다."

코드사바드 길거리의 일반적인 모습은 대략 이렇게 정리된다. 수천 년의 역사와 지극히 신성한 도시라는 위상과 웅장한 규모를 고려할 때 정말로 좋은 것은 거의 없었다. 우르르 몰려다니는 군중들은 주변 사람들을 피곤하게 만들었고, 지나는 길에 모크바를 보면 의무적으로 들러야 했다. 사거리에서는 어김없이 검문이 있었고, 경건한 종교의식들이 지겨울 정도로 끊이지 않고 이어졌으며, 순례를 지원한 사람들의 즉흥적인 단합 대회도 눈에 띄었다. 레그와 미치광이 및 범죄 혐의자를 추적하고 체포하는 볼 만한 구경거리도 간혹 있었지만 어떤 경우에는 삶의 기운을 떨어뜨리는 장면이었다. 대운동장으로 끌려가는 죄수들, 수용소와 도형장으로 향하는 포로들의 행렬도 있었다. 또 예외적으로 최고 지도자가 나디르의 화면에 등장하면 모든 행인이 의무적으로 나디르 앞에 멈추어 섰다. 게다가 수천 곳에 나붙은 아비의 포스터 앞에서는 짤막한 구절을 암송하고는 몇 걸음 뒤로 물러서는 게 바람직한 예절이었다. 코드사바드의 길거리를 설명할 때 거지도 빠뜨릴 수 없는 주역이었다. 많은 사람이 거지를 피해 다니려고 애썼지만 거지는 어디에서나 득실거렸고, 거지와 마주치면 작은 것, 예컨대 1디디, 빵조각, 약간의 소금, 돈이 될 만한 기념품 등을 주는 게 율법적으로 의무였다. 이런 것이 없으면 다른 것과 교환할 수 있거나 되팔 수 있는 물건이라도 적선해야 했다.

위조 서류가 진짜보다 위력을 발휘한 까닭인지 아티와 코아는 위기적 상황들을 수월하게 벗어났다. 군중들은 그들을 세차게 비방했지만, 그럼에도 불구하고 그들은 공권력의 감시를 견뎌냈다. 시비크가 다른 통제관들에 비해 성가시게 굴었지만 순전히 무지에서 비롯된 견제였다. 그 불쌍한 종자들은 글을 읽을지도 몰랐고 그 뜻을 이해하지도 못했다. 또박또박 반복해서 말해주고 지겹도록 설명해줘야 했고, 두 마디를 끝낼 때마다 칭찬을 덧붙여야 그들의 마음을 다독일 수 있었다. 한마디로 이 땅에서 없어져야 마땅한 종자들이었다. 나랏일로 아비구브에 들어가라고 명령한 임무 지시서를 손에 쥐고 있었던 까닭에 아티와 코아는 거만하게 행동하며 시비크에게 길을 열어달라고 요구할 수 있었지만, 그들은 신중하게 행동하며 그런 편익까지 요구하지는 않았다. 상황이 언제라도 급변할 수 있었고, 그럴 경우에는 끔찍한 보복을 각오해야 했기 때문이다.

중요한 것은 방향을 잃지 않고 아비구브를 향해 한걸음씩 전진하는 것이었다. 다행히 아비구브의 유명한 키이바는 아침에 떠오르는 태양처럼 번쩍이며 사방 어디에서도 보였다. 하지만 그곳에 도착하려면 아직도 사흘을 꼬박 걸어야 했다.

두 친구는 아비구브를 향해 가는 동안 코드사바드의 곳곳을 보았지만 한눈팔지 않았다. 엄격히 말하면 도시는 그들의 볼품없는 구역이 한없이 반복된 모습에 불과했지만, 세상이 시작되는 곳, 혹은 세상이 끝나는 곳에 띄엄띄엄 모아놓자 그 부분들이 기묘하기 이를 데 없는 결과를 만들어냈다. "우리 구역을 떠나지 않는 게 훨씬 나을 거네. 여기에서는 서로 알고 지내며 도움을 주고, 자네의 장례를 치러줄 사람이 어딘가에 있겠지. 하지만 그곳에서는 누가 자네를 일으켜주고, 누가 못된 개들을 쫓아내겠는가?" 늙은 고그가 이렇게 말하며 온몸을 부르르 떨던 모습이 그들의 기억에 떠올랐다.

코드사바드는 상상을 불허하는 도시였다. 엉망진창으로 뒤죽박죽된 광막한 공간이었지만, 어떤 것도 우연에 내맡겨지지 않는 확고부동한 질서가 지배하는 공간이었다. 이처럼 모순된 현상에서, 세상에 닥친 파괴적인 재앙이 터무니없는 광적인 믿음에 의해 신자들은 지상의 삶과 조금도 다르지 않은 삶을 하늘나라에서 다시 누리게 될 거라는 약속으로 승화되는 듯했다. 따라서 성전은 이승과 저승에서, 결국 모든 세계에서 벌어지는 것이었으며, 행복은 천사이든 악마이든 인간이 결코 성취할 수 없는 꿈이었다. 이런 상황에서도 욜라를 믿는다는 것은 경이를 넘어 기적이었다. 꿈과 현실이 결합되어 하나로 되려면 환상적인 홍보의 힘이 필요했다. 그러나 사람들이 환상에 사로잡혀 지내는 한 코드사바드는 많은 도시 중 하나였다. 따라서 이곳에서도 사람들은 어느 날에는 쥐처럼 불행하다고 느끼지만 다음 날에는 태양처럼 행복을 만끽할 수 있었다. 이런 식으로 삶은 큰 실망을 유발하지 않으면서 흘렀고, 누구나 행복하게 죽음을 맞을 확률은 반반이었다.

두 친구는 코드사바드에 어울리는 모습이 아니었다. 따라서 아비구브를 찾아가는 동안 내내 많은 사람이 그들에게 호기심 어린 눈길을 던지며, 한결같이 진부하기 짝이 없는 질문들로 그들을 괴롭혔다. "당신들은 누구요? 어디에서 왔소? 어디로 가는 길이오?" 사람들은 성전에 참전하거나 순례에 나서는 것도 아닌데 우리의 두 친구가 보금자리와 모크바를 떠나고, 친척들이 묻혀 있는 공동묘지를 떠나 멀리까지 온 것을 이해하지 못했다. 게다가 S21이란 구역은 물론이고, 그 구역과 격리 지역의 사이에 있는 '황폐한 일곱 자매'란 유명한 언덕에 대해서도 들어본 적이 없다고 말했다. 그곳 사람들의 거주 구역은 M60, H42, T16 등이었다. 아티와 코아도 과거에는 그런 구역 명칭을 들어본 적이 없었던 까닭에 그들의 구역만으로 성도(聖都) 코드사바드가 이루어진다고 생각했던 적이 있었다. 그들은 격리 지역에 대해서는 별로 걱정하지 않았다. 격리 지역이 어디에 있는지도 몰랐던 까닭에 걱정해도 소용이 없었다. 그들을 두려움에 떨게 한 것은, 밤에 신자의 어린 자식을 납치해 어린아이의 피로 마법을 부린다는 발리스와 가증스러운 레그들이었다. 하지만 손님을 환대하는 아비스탄의 바람직한 장점은 모두에게 있었다. 코드사바드 사람들은 여행자들에게 자신의 모크바에 가서 함께 기도하고, 자원봉사에 참여해 다음 번의 조례를 위해 좋은 점수를 넉넉히 받아놓으라고도 권했다. 또한 그들은 먹고 마시는 것도 권했고, 그 대가로 요구하는 것은 고맙다는 인사말이 전부였다. 달리 말하면, 너그러움에 보답하는 너그러움, 빚의 상환을 요구할 뿐이었다. 그러나 생존 전략인지 인간의 약점인지 몰라도, 공권력을 앞에 두면 그들은 본래의 착한 성향을 잊고 외지인을 무지막지하게 괴롭혔다.

그들이 아비구브를 향해 다가감에 따라 피라미드 키이바의 경이적이고 웅장한 규모가 확연히 눈에 들어왔다. 키이바를 향해 한 걸음을 내딛을 때마다 키이바는 2시카가 높아졌고, 곧이어 그 정점이 백열하는 하늘 속으로 사라졌다. 그쯤 떨어진 곳에서 키이바의 꼭대기를 보려면 목을 옆으로 뉘어야했다.

그들은 한 구역 이상을 더 지났고, 마침내 목적지 A19 구역에 도착했다. A19는 중세 장원의 주변처럼, 피로에 지친 사람들이 나병환자조차 낙담할 정도로 협소하고 비위생적이며 지저분한 집들에서 서로 포개져 살아가는 엉망진창인 곳이었다. 그 이유를 찾아야 한다면, 정말 그 이유가 존재하면, 판잣집이 밀집한 빈민굴의 역사에서 찾아야 할 것이다. 사람들은 도시 변두리를 임시 거처로 삼아 지내며 부자들을 위해 일했다. 예컨대 부자들의 호화로운 저택을 지었고, 성벽과 누각까지 쌓아 부자들의 안전을 지켜주었다. 그런 작업이 끝나자 모든 것이 원점으로 돌아가며, 성벽 밖의 사람들, 즉 가난한 일꾼들은 다시 가난의 덫에 빠졌다. 그런 상황에서 그들은 어디로 가야 했을까? 가족의 규모는 커졌고, 가난하지만 이웃들과의 유대 관계는 더욱 끈끈해진 상태였다. 그곳을 떠난다는 건 죽음을 뜻했다. 따라서 실업자로 전락한 까닭에 돈벌이가 되지 않는 임시직을 전전하며 온갖 불법거래를 일삼아야 했다. 게다가 임시 가옥에 기약없이 기거하며 철판에 철판을 덧대고 판자에 판자를 덧붙였다. 또한 흙을 바른 바람벽에 틈이 생기면 메워가며 내 집이란 감정을 키워갔고, 자식들도 아예 그곳에 정착하도록 차근차근 준비시켰다. A19 구역은 이런 변천 과정에서 초기 단계에 있었던지, 내구성을 띤 주택들과 도랑이나 배수구를 갖춘 도로, 장이 서고 종교적 행사가 벌어지는 광장, 노숙자들을 위한 쉼터가 아직은 없었고 통제관들도 눈에 띄지 않았다.

두 친구는 A19 구역을 직선으로 가로질렀다. 놀랍게도 그들을 부르는 사람이 없었고, 따라서 세 걸음을 뗄 때마다 목소리를 찾아 시선을 돌릴 필요도 없었다.

마지막으로 옹기종기 모인 지저분한 집들을 지나자, 통치의 도시, 즉 하느님의 도시가 웅장하고 거대한 모습으로 그들의 눈앞에 나타났다. 인간의 차원에 있는 것은 하나도 없었다. 욜라는 가장 위대한 신이었고, 그런 하느님을 위해, 영원과 무한을 위해 창조된 도시였다. 인간이 빚어냈지만, 인간의 이해를 넘어서는 창조물이었다. 웅장한 모습에 놀라 아티와 코아는 숨마저 제대로 내쉴 수 없었다. 하느님의 도시를 둘러싼 벽은 산처럼 높았고, 두께가 수십 시카에 이르렀다! 쳇, 저 벽을 어떻게 통과해야 한단 말인가? 고그는 저 벽의 존재에 대해서는 입도 벙긋하지 않았었다. 고문서국의 문서 담당자, 고그의 기억에 적잖은 구멍이 있었고, 벽에 대한 구멍은 상당히 컸던 모양이다. 물론 벽이 나중에 세워졌기 때문이라는 다른 설명도 가능했다. 고그가 아비구브를 방문한 때는 약 15세일 때였고, 더구나 대법관의 심부름꾼으로 동행한 까닭에 자기 그림자보다 빨리 달리며 모든 것을 제대로 보지 못했을 것이다. 그런데 어느덧 고그는 허약한 노인이 되었고 기억이 완전하지도 않았다. 게다가 그 이후로 많은 사건이 있었다. 이런저런 침략과 여러 차례의 성전이 있었다. 특히 모든 전쟁의 어머니라 일컬어지는 한 번의 핵전쟁으로 인류 역사상 가장 많은 강도와 돌연변이가 세상 곳곳에서 속출했다. 대대적인 규모의 혁명이 일어났고, 그에 맞서 엄청난 탄압이 뒤따랐다. 그 영향으로 수백만 명의 부랑자와 노숙자가 생겨났다. 기아와 전염병이 걷잡을 수 없이 확대되어 몇몇 지역이 완전히 쑥대밭으로 변했고, 이 때문에도 수많은 사람이 가난에 내몰렸다. 기후변화라는 요인도 언급하지 않을 수 없다. 기후변화로 전 지구적인 차원에서 지리적 환경이 달라지며 과거의 상식이 뒤집어졌다. 예컨대 바다와 육지, 산과 사막이 충격을 받아 뒤흔들리며, 지질시대 동안에나 일어날 법한 변화가 한 사람의 생애 정도에 몽땅 일어났다. 전능한 욜라로도 충분하지 않았다. 정의로운 형제회와 그 추종자들을 보호하려면 저 정도 규모의 벽도 필요했다. 고그가 아비구브를 재미로 방문한 때 이후로 살아남은 존재는 아비밖에 없었다. 하지만 아비는 욜라의 대리인이었고, 따라서 어떤 경우에도 신분의 변화가 없는 불멸의 존재였다. 물론 고드도 남아 있었지만, 그는 포용력이 없는 인간, 죽음을 눈앞에 둔 미약한 존재였다.

항상 그렇듯이, 해결책이 찾아지지 않는 문제는 처음이나 지금이나 문제인 것은 똑같다. 그런데 때로는 해결책을 찾으려 노력할 필요도 없다. 마치 마술처럼 해결책이 저절로 생겨나거나 문제 자체가 사라지기 때문이다. 이런 기적이 두 친구에게도 일어났다. 그들이 거대한 벽 앞에 서서 절망에 싸여 끙끙대는 걸 보고, 무거운 짐을 짊어진 한 행인이 이렇게 말했다. "입구를 찾는 거라면 저쪽 남쪽으로 3샤비르쯤 떨어진 곳에 있습니다. 하지만 감시가 심할 겁니다. 통제관들이 좀스럽게 굴고 뇌물도 통하지 않을 겁니다. 우리도 몇 번이고 시도해보았지만…… 두 분도 바쁘거나 감춘 게 있으면 쥐구멍으로 들어가는 게 나을 겁니다. 오른쪽으로 100시카쯤 떨어진 곳, 공무원 거주 구역의 맞은편에 있습니다. 우리는 그곳을 이용해 공무원 거주 지역에 들어가 그들에게 채소와 밀수품을 팔고, 증명서와 허가증을 사다가 아비스탄의 곳곳에서 판매합니다. 두 분도 행정부서나 키이바에 들어가려면 소환장이나 임무 지시서가 필요할 겁니다. 그런 서류는 토즈에게 가면 구입할 수 있을 겁니다. 모크바 옆에 있는 토즈의 구멍가게에 가면 구할 수 있을 겁니다. 토즈에게 내가 보냈다고 말하십시오. 그럼 값을 깎아줄 겁니다. 아 참, 내 이름은 짐꾼 호우라고 합니다. 그것말고도 두 분에게 필요한 것이 있으면 무엇이든 그곳에서 구할 수 있을 겁니다. 또 여기 A19 구역에는 통제관이 없어 눈치보지 않고 돌아다닐 수 있을 겁니다. 통제관이 있더라도 얌전한 편입니다. 하지만 밀정이 많으니까 조심해야 할 겁니다. 행운을 빕니다. 욜라의 축복이 있기를!"

두 친구는 오른쪽으로 두세 번씩 20시카를 잽싸게 달려갔다. 쥐구멍이 그곳에 있었다. 쥐가 상당히 컸던 것일까, 그게 아니라 시간이 지나면서 손수레와 트럭이 드나들 수 있을 정도로 구멍이 점점 커진 듯했다. 트럭은 하도 낡아 불을 내뿜는 태곳적 괴물로 변했지만, 악착같은 밀수꾼들이 수세대 동안 기적적으로 유지하는 데 성공한 서너 대가 아직 남아 있었다.

하느님의 도시는 상상을 초월하는 건축군이었다. 미로처럼 복잡하고 지독히 혼란스러웠다. 벽 안쪽으로 아비스탄의 모든 권력 기구가 집중되어 있다는 점에서 감동적이기도 했다. 아비스탄은 그 자체로 독립된 행성이었다. 아비스탄의 역사를 약간이나마 공부한 코아의 말에 따르면, 정의로운 형제회의 키이바는 22번째 주, 백대하국(白大河國)에 있는 대피라미드를 모방한 것이었다. 한편『아비의 책』은 신도들에게, 키이바의 건설이 욜라가 라 혹은 라브라는 이름으로 불리던 아득한 옛날에 이루어낸 기적이라고 가르쳤다. 욜라는 백대하국 사람들로 하여금 우상 숭배를 멀리하고 오직 그 자신만을 사랑하도록 유도하려면 자신의 말을 입증하기 위해 몇몇 기적을 펼쳐보여야 했고, 실제로 적잖은 기적을 백대하국 사람들에게 전개해보였다. 대피라미드라는 기념물은 떠들썩한 소음도 없이, 먼지도 피우지 않고 하룻밤에 세워졌다. 그 효과는 즉각적으로 나타났다. 귀족과 노예가 무릎을 꿇고 앉아, 욜라가 그들에게 가르친 구절을 암송하기 시작했다. "라 이외에는 어떤 신도 없으며 우리는 그분의 종이다." 그리하여 백대하국 사람들은 자유의지로 욜라를 절대자로 선택한 신도들이 되었고, 과거에 믿었던 신들을 형상화한 석상들을 지체없이 산산조각내며 거짓 성직자들과의 인연을 가차없이 끊어냈다. 한편 욜라는 그들에게 영속성을 보장함과 동시에 후손의 미래에 대한 확신을 주려고 대리인을 즉시 내려보내 그들의 자손들에게 기왕에 알려진 것과 아직 알려지지 않은 것을 가르칠 것이고 그들이 순종의 즐거움을 만끽하며 살아가도록 돕겠다고 약속했다.

시간이 지남에 따라 행정부서와 공공기관은 약간 두서없이 확대되었고, 덩달아 아비스탄도 높이와 너비에서, 더 나아가 사방으로 세상에서 가장 후미진 구석까지 끊임없이 뻗어나갔다.

그러던 어느 날, 사람들은 아비구브에 진입로를 설치하고 공무원들의 숙소를 짓지 못할 지경에 이르렀다는 걸 알게 되었다. 한마디로 요약하면, 아비구브의 어디에도 양팔을 자유롭게 사방으로 뻗을 만한 땅이 남지 않았다. 그런 문제는 중요하지 않았다. 주변 마을들이 징발되어 하느님의 도시 울타리 내에 편입되었고, 아비스탄의 더없이 훌륭한 신도들 중에서 선발하여 모질게 훈련시킨 공무원들에게 할당되었다. 통행로는 지하에 설치되었고, 개미집의 내부처럼 안전이 모색되었다. 미로와 지그재그형 통로, 출구가 없는 골목, 안전문과 분기점과 병목 등의 원리가 철저하게 활용되었다. 따라서 정식으로 인가받은 안내인의 도움을 받지 않으면 들어갈 수도 없고 나갈 수도 없는 곳이어서 공무원 전용 교통로로 여겨졌다. 다시 말하면, 공무원들이 행정관청과 직접 연결되는 엘리베이터와 지하 통로를 통해 주거 지역과 사무실을 어렵지 않게 오갈 수 있는 교통로였다. 따라서 아비와 최고 지도자 뒤크 공, 여하튼 누구였더라도 이런 하느님의 도시에는 부족한 것이 없기 때문에 굳이 그곳을 벗어날 필요가 없고, 외부의 영향도 받지 않을 것이라 생각했다. 습관의 힘과 필연적 욕구 및 자극에 대한 반응으로 인해 모든 깃이 변하기 마련이지만, 공무원들은 혈거인이 되었고 점점 개미처럼 변해갔다. 더구나 반짝이는 검은색 부르니를 입었고, 유일무이한 중심에서 발산되는 자극에서 활력을 얻었던 까닭에 진짜 개미보다 더 개미처럼 보일 지경이었다.

고그는 특유의 고풍스럽고 머뭇거리는 말투로, 지극히 일부만을 보았지만 그것만으로도 아비구브가 온갖 미스터리로 뒤덮인 거대한 공장이란 인상을 받았다고 말했다. 고그의 설명에 따르면, 일꾼들은 규정에 따라 정확히 움직였지만 그 거대한 공장을 돌리기 위한 목적이었지 공장의 운영 원리를 이해하기 위한 목적은 아니었다. 한마디로, 그들은 그 거대한 공장이 무엇에 도움을 주고 어떻게 작동되는지를 몰랐다. 고그는 아빌랑어로 생소하고 발음조차 하기 힘든 단어를 사용하며, 아비구브가 '추상적 관념'이지만 대략적으로도 정의를 내릴 수 없는 것으로 드러났다고 말했다. 그때 코아는 그래서 노인을 용서할 수 없는 것이라며 화를 벌컥 냈고, 나이를 먹으면 늙음의 이점까지는 알려주지 못하더라도 뭔가를 가르치는 역할을 해야 하지 않겠느냐고 덧붙였다. 하지만 늙으면 요령은 생긴다. 아는 것들 뒤섞는 요령이 생기고, 더욱 흔한 현상으로는 태만에 태만을 더하는 요령이 생긴다. 고그는 오랫동안 똑같은 악몽에 시달렸다고도 말했다. 미로처럼 복잡하게 연결된 복도와 터널과 계단에 갇혀 헤매며 이상한 소리에 들볶이고, 그림자가 그를 앞서거나 뒤쫓고 때로는 바싹 다가와 그의 목깃에 역겨운 냄새를 풍기는 듯한 느낌에 시달리는 악몽이었다. 고그는 항상 같은 순간에 잠을 깼다. 그가 지라를 떼어낸 동물처럼 좁은 터널 속을 쏜살같이 달릴 때 두 개의 묵직한 철문이 단두대의 날처럼 엄청난 소리를 내며 갑자기 그의 앞뒤로 툭 떨어지는 순간이었다. 그는 온몸에 힘이 빠졌다. 그는 절망에 사로잡혀 비명을 내질렀고…… 소스라쳐 놀라 땀에 흥건히 젖은 채 잠에서 깼다. 그 악몽을 기억하는 것만으로도 그는 숨이 멎었다.

아티와 코아는 용기를 끌어모아 쥐구멍으로 벽을 넘어섰다.

벽 너머에는 많은 사람이 있었고, 대체로 호의적이었다. 때마침 장날이었다. 신선하게 보였지만 오염된 땅과 썩은 물로 기른 탓에 악취를 풍기는 채소, 빼빼 마른 홍당무, 쭈그러든 양파, 손가락처럼 가느다란 고구마, 오톨도톨한 여드름투성이어서 돌연변이인 듯한 호박을 공무원들이 앞다퉈 구입했다. 물품 자체는 완벽했고 맛있었고, 장사꾼들은 진짜 남들이 보는 앞에서 이빨을 뽑는 사람들처럼 소리를 질렀다. 시장은 공사가 끝난 후에 남겨진 파편들이 곳곳에 잔뜩 쌓이고, 빛이 전혀 스며들지 않는 두 건물 사이의 좁은 골목길에 형성되어 있었다. 사람들로 붐비는 시장에도 아티와 코아는 마음이 꺼림칙했지만, 공무원들의 유난히 창백한 얼굴빛이나 후미진 곳에도 통제관이 없다는 사실은 뭔가 감추고 있는 게 틀림없었다. 예컨대 아파레유가 이 구석진 곳에 불법거래장을 마련하거나 조장한 것이 분명했다. 아파레유가 공무원까지 건물 밖에 나와 시원한 공기를 마시며 먹을거리를 조금이나마 개선하는 걸 허용한 때문이었다. 하기야 정부가 그들에게 제공하는 영양분도 없고 영혼도 없는 먹을거리는 정체불명의 것으로 만든 회색빛을 띤 가루와 원산지조차 아리송한 붉은빛을 띤 기름진 음료가 전부였다. 이 둘을 섞으면 불그죽죽한 빛을 띠는 걸쭉한 죽이 되었고, 폭풍우가 지나간 후의 작은 초목과 독버섯 냄새를 풍겼다. 아티는 요양원에서 하루도 거르지 않고 매일 아침과 점심과 저녁에 먹었던 것이어서 그 죽에 대해 잘 알고 있었다. 그 죽은 겉모습만큼 순수하지 않았다. 신경안정제와 피부연화제, 진정제와 환각제 등 겸양과 순종을 조장하는 불법적인 약물이 함유된 죽이었다.

대다수 민중이 하루에 다섯 번씩 먹는 그 죽 '히르'에는 영양분이 거의 없었지만 맛과 향은 무척 좋았다. 죽을 만드는 방법은 간단했다. 살짝 볶은 가루에 다양한 약초를 담궈두어 초록빛을 띤 물을 뿌리고, 두세 개의 독성을 띤 물질과 약간의 마취제를 더하면 그만이었다. 재료는 상관할 바가 아니었다. 사람들이 그 죽을 무척 좋아했고, 그것으로 충분했다.

장사꾼들이 아비스탄에는 전혀 알려지지 않은 물품, 예컨대 초콜릿과 커피와 후추 등을 가져오는 경우도 있었다. 공무원들은 그런 자극적인 기호식품에 이미 길들여져 있어, 그것들을 얻으려고 중요한 행정서류까지 기꺼이 건넸다. 후추나 커피에 완전히 중독되어 하루라도 먹지 않으면 견디지 못하는 공무원도 적지 않았다. 후추와 커피는 그램당 20디디까지 은밀하게 팔렸다.

두 친구에게는 뜻밖에 찾아온 더할 나위 없이 좋은 기회였고, 그들은 그 기회를 놓치지 않았다. 아티와 코아는 공무원들이 신선한 채소를 보고 자유로이 호흡하며 만끽하는 행복감을 이용하기로 마음먹고, 동료들에 비해 영민하게 보이는 사람에게 접근했다.

"안녕하십니까. 우리는 한 친구에게 인사를 하고 싶어 여기까지 찾아왔습니다. 꽤 유명하고, 고문서와 신성한 경전과 성스런 기억을 관리하는 부서에 일하는 친구입니다. ……혹시 당신도 아실지 모르겠습니다. 그분 이름은 나스……."

그 선량한 공무원은 소스라치며 얼굴이 빨개졌고 말까지 더듬었다. "전… 어… 난… 난 모릅니다." 그는 이렇게 말하면서도 어깨 너머로 눈치를 살폈고, 잔돈도 받지 않고 도망치듯 사라졌다.

다른 사람들도 비슷하게 행동했다. 모두가 한결같이 소스라치게 놀라며 부리나케 달아났다. 언어와 이성적 추론을 담당하는 뇌엽이 추출되거나 혀가 잘린 사람은 말하기도 쉽지 않은 법이다. 여하튼 마지막 사람은 모순된 말을 내뱉는 실수를 저질렀다. "…어… 난… 처음 듣는 이름… 난… 난 그 사람 몰라요… 그 사람 사라졌어요… 가족도… 몰라요… 우리한테 묻지 마요!" 그도 이렇게 말하고는 뒤도 돌아보지 않고 사라졌다.

아티와 코아는 낙담할 수밖에 없었다. 엄청난 위험을 무릅쓰고 코드사바드를 가로질러 왔지만 아무짝에도 소용이 없었다. 그들은 법을 심각하게 어겼다. 따라서 돌아가면 대운동장이 그들을 기다리고, 그들은 구경거리의 주인공이 될 것이 뻔했다. 평가자들은 코아라는 이름을 믿고 많은 배려를 아끼지 않았던 까닭에 극도의 배신감을 느끼며 최악의 방법으로 복수할 생각에 말뚝을 꽂아 죽이는 형벌이나 펄펄 끓는 기름솥을 되살려낼

가능성도 있었다. 따라서 고향으로 돌아간다는 것은 생각할 수 없었다.

그들은 온갖 어조로 똑같은 말을 되뇌었다. "사라졌대!", "사라졌다고?" 그들은 그 빌어먹을 단어를 도무지 이해할 수 없었고 두려움이 밀려왔다. '사라졌다'라는 말이 무슨 뜻일까? 나스가 죽었다는 뜻일까? 체포되어 처형되고 제거되었다는 뜻일까, 아니면 어디론가로 도망쳤다는 뜻일까? 어떤 이유에서? 사라졌다는 말은 결국 사람들이 그를 찾고 또 찾고 있다는 뜻일까? 왜? 게다가 그의 가족은 어디에 있을까? 감옥에? 시체안치소에? 어딘가에 숨어있는 건 아닐까? "사라졌대!", "사라졌다고?"

"어떻게 해야 할까?" 다시 그들에게 화급하게 닥친 문제였다. 그들은 어디로 가야 할지 몰라, 일단 호우가 알려준 모크바를 찾아갔다. 무척 작았지만 시골 냄새가 풍기는 상큼한 모크바였고, 바닥에는 깨끗한 짚이 깔려 있었다. 따라서 그곳에서 기도하면 마굿간에서 풀을 뜯는 기분일 것 같았다. 아티와 코아는 코드사바드를 횡단하는 동안 누적된 피로가 한꺼번에 몰려오는 기분이었고, 조용한 곳에서 휴식을 취하며 계획을 점검하고 싶었다. 뒤로 물러설 수도 없었지만 그렇다고 앞으로 전진할 방법도 없어 그야말로 절망적인 상황이었다.

모크비가 그들에게 다가왔다. 처음 보는 얼굴이었지만 충직한 신자들이 곤란한 상황에 빠졌다는 걸 눈치챈 듯했다. "호우가 지나는 길에 두 분에 대해 말해주었습니다. 그런데 곤란한 상황에 빠진 것 같군요. 마땅히 갈 곳도 없고. 오늘 밤은 이곳에서 주무셔도 괜찮습니다. 하지만 내일 아침 일찍 떠나셔야 합니다. 골치아픈 일이 생기는 걸 원하지 않거든요. 밀정들이 사방에 있고, 그들은 외지인을 별로 좋아하지 않습니다…… 토즈를 만나는 게 가장 좋은 방법일 듯싶습니다. 토즈라면 여러분에게 도움을 줄 수 있을 겁니다.…… 모크비 로그가 보냈다고 말씀하십시오. 그럼 값을 좀 깎아줄 겁니다."

그러나 모두가 한목소리로 추천하는 토즈라는 사람이 누구일까? 여하튼 그들은 다음 날 토즈를 찾아가기로 결정했고, 토즈가 정말 존재하는 인물인지, 또 그가 모든 문제의 해결책을 갖고 있는지도 확인해보기로 했다.

그들은 이런저런 생각을 하며 밤을 지새웠다. 모크바는 깊은 잠에 빠졌고, 곳곳에는 부르니를 덮은 어둑한 인영이 있었다. 모두가 무일푼인 여행자와 가난한 노숙자와 떠돌이 부랑자였고, 어쩌면 추적받는 수배자일 가능성도 있었다. 몹시 기분 나쁜 예감이 그들을 엄습했다. 좀처럼 떨쳐내기 힘든 두려움이 있었다. 불길하게도 하루하루가 비극적인 상황을 향해 치달았고, 정의로운 형제회의 웅장한 키이바 아래에서는 온몸을 짓누르는 듯한 미스터리의 중압감까지 견뎌야 했기 때문이다. 그들은 정의로운 형제회가 어떤 곳인지, 정말로 유익하고 정의로운 기관인지, 아니면 미스터리로 가득한 폐쇄적 조직인지 알아보려고 노력한 적이 과거에는 없었다. 사실대로 말하면, 누구도 엄격한 순종에 대해 생각할 뿐 정의로운 형제회에 관심을 갖지 않았고, 사람들은 일상의 불편과 불행을 묵묵히 견뎌냈다. 관례에서 벗어나는 것은 습관이 지워냈다. 두 친구는 정의로운 형제회가 특이한 방식으로, 다시 말하면 전면적이면서도 느슨하게, 어디에든 존재하면서도 일정한 거리를 유지하며 아비스탄을 지배한다는 걸 알아냈다. 또한 정의로운 형제회가 주민들에게 절대적인 영향력을 행사하지만, 그 이외에 무엇이라고 명확히 말할 수 없는 신비로운 힘, 이 세계와 유사하지만 상위에 존재하는 알 수 없는 세계를 지향하는 힘을 지닌 듯하다는 것도 깨달았다. 정의로운 형제회의 위원들은 인간이었지만, 최소한의 정도로는 아비와 마찬가지로 어디에나 존재하는 불멸의 전지전능한 존재였다. 요컨대 반신(半神)이었다. 이렇게 말하지 않으면 그들이 이 땅에서 행사하는 영향력의 크기를 어떻게 설명할 수 있겠는가? 그래도 겉으로 드러나지 않는 모순이 있었다. 그들이 신이라면, 아니 반신이더라도 도대체 인간 세계에서 기생충과 문젯거리로 가득한 하찮은 존재들을 데리고 무엇을 하려는 것일까? 인간이 빈대와 작은 벌레들, 여하튼 유약한 하루살이들의 세계에 끼어들어 간섭하는가? 그렇지 않다. 인간은 그런 하찮은 벌레들을 압살하며 본연의 길을 중단없이 계속 걸어간다. 물론 이런 비교가 항상 적절하지는 않지만, 삶은 문제의 제기이지 결코 문제의 해결이 아니다.

잠이 들기 직전, 그들은 이튿날 아침 일찍 토즈를 찾아가기로 결정을 내렸다. 토즈가 정말 모든 것을 알고 무엇이든 할 수 있다면, 또 그가 소문만큼이나 융통성 있는 사람이라면, 그의 도움을 받아 나스에게 어떤 일이 있었는지 알아내고, 만약 살아 있다면 그를 만나고, 나스가 죽었거나 감옥에 있다면 그의 가족이라도 만날 수 있을 것 같았다. 또 나스의 가족이 피신해 있을 만한 곳을 구해달라고 토즈에게 부탁하더라도 A19 구역은 공공질서가 정립된 곳이 아니어서 안전한 은신처를 구하는 게 그다지 어렵지 않을 것 같기도 했다. 당시 코아는 황금에 버금가는 값어치를 지닌 물건을 갖고 있었다. 진정한 신자라면 모든 것을 희생해서라도 손에 넣으려고 욕심을 부릴 만한 물건, 성전에 참전한 코아의 할아버지를 칭찬하려고 아비가 직접 써서 보낸 편지였다.

토즈는 카멜레온이었다. 상황에 따라 안색을 적절하게 바꾸는 능력을 지닌 까닭에 처음 보는 사람에게도 그렇게 보였다. 그는 이웃을 걱정하는 친구로서 아티와 코아를 따뜻하게 맞아주었다. "호우 형제와 로그 모크비가 두 분의 걱정거리에 대해 알려주었습니다. 들어오십시오, 들어와 편하게 계십시오. 여기는 안전합니다." 그는 여유롭게 행동하며 이렇게 말했다. 그런 행동과 말투에서 아티와 코아는 토즈를 충분히 신뢰할 수 있었다.

　　놀랍게도 토즈는 자신의 신분에 해당하는 부르니를 입고 있지 않았다. 그렇다고 부적절해 보이지는 않았다. 그들의 기억에 토즈는 부르니를 입지 않고도 반듯하게 보이는 유일한 사람이었다. 부르니는 아비스탄의 의상이기도 했지만 신자를 상징하는 제복이었다. 신자는 율법을 지키듯이 부르니를 입었고, 율법을 포기하지 않듯이 부르니를 결코 벗지 않았다. 부르니에 대해서도 대략적으로 밝혀둘 것이 있다. 아비 자신이 대리인 역할을 시작한 때부터 부르니를 고안해냈고, 조금씩 수정해 나아갔다. 욜라의 대리인 역할을 시작한 초기에 아비는 무지하고 불결한 대중들로부터 자신을 구분짓는 동시에, 위풍당당하고 자신있게 설교하는 모습을 그들에게 보여줘야 했다. 전설에 따르면, 아비가 새로운 신에 대해 떠벌리며 선전하기 시작하자 군중들은 배은망덕하게도 아비에게 그 새로운 신에 대해 자세히 설명해달라고 요구했다. 군중의 그런 요구에 아비는 당시 손에 쥐고 있던 초록빛 천을 어깨에 걸치고, 회의에 사로잡혀 고함을 질러대는 군중에 맞서려고 나갔다. 불꽃처럼 붉은색을 띤 긴 수염을 기른 아비가 바람에 펄럭이는 어깨 망토를 걸치고 위풍당당한 모습으로 나타나자, 군중은 그 모습에 큰 충격을 받고 주저없이 아비를 예언자로 받아들였다. 이튿날 아비는 군중들을 교화하려고 밖에 나오자, 군중들이 그에게 말했다. "아, 아비 님. 어제 입었던 옷은 어디에 있습니까? 당신이 가르치는 진리를 우리에게 경청하게 하려면 그 옷을 입으십시오!" 모든 것이 이 말에서 시작되었다. 법복이 성직자를 만들고, 믿음이 신자를 만든다는 걸 군중들이 일찌감치 깨우쳤던 것이다. 그리하여 목을 두른 부분은 가는 끈으로 묶고, 반대편 끝은 장딴지까지 나팔처럼 벌려놓으며 즉흥적으로 만든 제의(祭衣)가 처음에는 정의로운 형제회 위원들의 법복이 되었고, 그 후에는 차례로 모크비와 행정관의 제복이 되었으며, 얼마 후에는 남녀노소를 불문하고 모든 백성에게 강요되는 의상이 되었다. 누가 누구인지 구분하기 위해 망토의 아랫단이 평행한 삼색띠로 장식되었다. 첫 번째는 남녀를 구분하는 띠로 남자는 흰색, 여자는 검은색이었다. 두 번째는 직업을 구분하는 띠로 공무원은 분홍색, 상인은 노란색, 통제관은 회색, 성직자는 붉은색이었다. 세 번째 띠는 사회적 계급을 상-중-하로 구분했다. 시간이 지남에 따라 사회구조가 복잡해지자 사회적 분화를 고려하기 위해 위의 기호 체계도 바뀌며, 띠에 별과 초승달이 차례로 더해졌다. 그 후에는 머리쓰개와 목도리, 챙이 없는 둥근 모자, 가장자리에 술이 달린 모자, 빵모자 혹은 헝겊 모자 등으로 신분의 차이를 드러냈고, 샌들과 수염을 다듬는 방법까지 이용되었다. 언젠가 몇몇 지역에 창궐하며 많은 인명을 앗아간 어떤 열병이 있은 후, 여성의 부르니가 발바닥까지 길어졌고, 살이 많이 돌출되는 신체 부위를 붕대로 압착하는 방법까지 도입되며 여성용 부르니가 더욱 보강되었으며, 결국에는 눈구멍만을 남겨두고 머리를 완전히 단단히 죄는 두건까지 더해졌다. 이렇게 완성된 부르니는 여성의 부르니라는 뜻에서 부르니 캅이라 일컬어졌고, 나중에는 '부르니캅'으로 한 단어가 되었다. 결혼한 여성의 부르니캅은 검은색으로 초록색 띠가 더해졌고, 처녀의 부르니캅에는 흰색 띠, 과부의 경우에는 회색 띠가 더해졌다. 부르니와 부르니캅은 염색하지 않은 모직물을 재단해 만들어졌다. 지위에 맞는 합당한 대우를 하는 것이 원칙인 까닭에, 정의로운 형제회 위원들의 부르니는 '부르니 시크'라는 특별한 이름으로 불렸고, 벨벳으로 만들어진 데다 금박을 입혀 반짝거렸고 안감은 비단이었다. 게다가 금실로 만든 장식끈까지 달려 있었다. 또한 그 위원들은 흰담비 가죽으로 만든 둥근 모자를 썼고, 갓 태어난 새끼 가죽을 은실로 꿰맨 샌들을 신었다. 정의로운 형제회 위원의 의상은 장미목으로 만들어지고 구부러진 손잡이에 보석이 박힌 순례자의 지팡이로 완성되었다. 위원을 보좌하는 율법학자와 경호원의 의상도 무척 호화로운 편이어서, 그들이 누구와 관계 있는지 한눈에 알 수 있었다. 결국 균등한 표식이란 원칙이 순종의 원칙을 떠받치고 있었지만, 현실은 약간 달랐다. 사람들이 엄격히 규율을 준수하지 않았고, 가난한 사람들은 색의 구분을 그다지 중요하게 생각하지 않았다. 영롱하게 빛나는 색이라고 더 소중하게 생각하지도 않았다. 더럽고 곳곳을 기웠더라도 전체적으로 회색을 띤 부르니이면 그것으로 만족했다. 아비스탄은 권위적인 세계였지만 실제로는 극소수의 법만이 적용되었다.

토즈는 이상한 옷을 입고 있었지만 상당히 편안해 보였다. 아비스탄에는 존재하지 않는 옷이었던 까닭에, 토즈는 직접 고안해내거나 어딘가에서 찾아낸 단어들로 옷에 대해 설명했다. 허리 아래의 하반신을 감싼 부분은 '바지', 허리부터 목까지의 부분은 '셔츠'와 '조끼', 두 발은 물이 새지 않는 '구두'에 완전히 감추어져 있었다. 단추로 채워지거나 앞자락이 포개지고, 끈으로 묶거나 허리띠가 둘러진 모양이어서 그야말로 어릿광대를 보는 듯했다. 외출할 때는 정상으로 돌아갔다. 달리 말하면, 구두를 벗고 바지의 아랫단을 장딴지 중간까지 걷어올렸고, 어떤 지형에도 적합한 다목적 샌들을 신었으며, 부유한 상인을 상징하는 부르니를 어깨에 걸쳤다. 이런 모습으로 익명의 군중에 뒤섞이면 쉽게 눈에 띄지 않았다.

　토즈는 두 친구를 재빨리 상점 뒷방으로 밀어냈다. 뒷방에는 다른 행성에서 온 듯한 진기한 물건들로 가득했다. 토즈는 뒤죽박죽인 뒷방의 상태에도 싫은 기색을 보이지 않았고, 그 물건들 하나하나의 이름은 물론이고 어디에 쓰이는 것인지도 알고 있다고 말했다. 대화가 깊어감에 따라 토즈는 달변으로 변했고, 두 방문객에 그 물건들을 하나씩 소개하며, 그들이 '탁자'를 둘러싸고 '의자'에 앉아 있는 것이라 설명했다. 또 벽에 걸린 채색된 나무판은 '칠판'이란 것이고, 저쪽에 놓인 '길쭉한 상자'와 '작은 원탁' 위에서 그들의 시선을 빼앗는 작은 물건들은 '실내장식품'이란 것도 알려주었다. 토즈는 이런 식으로 그 물건들 하나하나의 이름을 조금도 머뭇대지 않고, 한번의 실수도 없이 끝없이 이어갔다. 생전 처음 보는 물건들, 그것도 한두 개가 아니라 무수히 많은 물건의 이름을 전혀 모르는 언어로 어떻게 기억할 수 있을까? 이것도 미스터리였다. 두 친구는 그 이유를 알아보려고 시도할 꿈도 꾸지 못했다.

　그들이 재미있어 하면서도 놀라는 모습에 토즈는 대화의 속도를 느슨하게 조절하는 친절을 발휘했다.

"이 물건들을 보고 놀라셨을 겁니다. 이해합니다. 하지만 이 물건들은 지극히 평범한 물건에 불과합니다. 지금은 누구도 두 분에게 말하지 않는 잊힌 시대에는 그랬습니다. 많은 어려움이 있었지만, 끈기 있게 내 상점과 집에 그 세계의 일부를 재현해 놓았습니다. 그 세계에 대해 모르지만 왠지 향수가 있거든요. 모르는 것에 대한 향수라고 해서 이상하게 생각하겠지요…… 하지만 '책'이란 걸 통해서. 아참, 두 분은 '책'이 뭔지 모르겠 군요…… 나중에 보여드리겠습니다. 위층의 집에 잔뜩 있거든 요…… '카탈로그'와 '팸플릿'도 보여드리겠습니다. 무척 화려 하고, 그림만 봐도 무엇을 말하려는 건지 어렵지 않게 이해할 수 있을 겁니다…… 친구들에게만 보여주는 겁니다… 하지만 이곳에는 없습니다…… 진정한 즐거움은 혼자 즐기는 것이지 않습니까…… 그래서 '카탈로그'나 '팸플릿'을 팔 때마다 그 손 님에게 내 즐거움까지 넘겨주는 기분입니다. 그래서 다른 즐거 움을 찾게 됩니다."

아티와 코아는 토즈에게 완전히 홀린 기분이었다. 토즈는 정 말 놀랍고 경이로웠다. 따라서 그들은 하루 종일이라도 토즈의 말을 귀담아들을 작정이었고, 그런 사람이 이 땅에 존재하리라 고는 상상조차 못했다. 그들은 행복하고 기뻤다. 게다가 그들이 토즈를 신뢰한 만큼이나 토즈도 그들을 신뢰하며 모든 것을 말 했다. ……펼쳐진 책처럼.

그 후에야 토즈는 그들이 자신을 찾은 목적에 대해 물었다. 두 마디만 듣고도 토즈는 모든 것을 알고 있어 나머지는 충분히 짐작할 수 있다는 걸 보여주었다. 따라서 무의미한 설명으로 시간을 낭비할 필요가 없었다.

"그러니까 두 분은 이름이 나스라는 친구를 찾고 있는 것이군요. 그분은 고문서와 신성한 경전과 성스러운 기억을 관리하는 부서에서 일하는 고고학자이고, 우리의 경이로운 대리인께서 신성한 카불의 계시를 받았던 마을, 마브에 대한 조사를 책임졌던 똑똑한 학자이고요. 쥐구멍 뒤의 암시장에서 두 분은 그분에 관련된 질문으로 순진한 공무원들을 놀라게 했겠지요. 당연히 그 공무원들은 각자의 부서장들과 정신보건국 평가자들에게 두 분의 거동을 보고했고, 엄중한 벌도 받았습니다. 암시장에 갔고, 두 분의 질문을 들었던 게 불행이었던 거죠. ……여하튼 그런 정보가 입에서 귀로 옮겨지며 나한테까지 전해졌습니다. 항상 그렇습니다. 모든 정보가 결국에는 나에게로 전달됩니다. 나는 모두의 친구거든요. 자, 두 분이 나스를 어떻게 알게 됐는지 말씀해주십시오. 두 분에 대해서도. 나에게 도움을 받고 싶다면 먼저 나에게 모든 걸 말해줘야 합니다."

아티와 코아는 잠시도 망설이지 않았다. 아티는 신 요양원에서 코드사바드로 귀향하던 길에 어딘가에서 나스를 만났고, 순례자들에 의해 우연히 발견된 신비로운 마을에 대해 오랫동안 대화를 나누게 되었다고 말했다. 아티의 말을 요약하면, 나스는 불안감에 사로잡힌 모습이었고 이상한 사건들에 대해 말했지만 아티는 그 의미를 정확히 이해하지 못했으며, 그가 발견한 결과가 아비스탄이란 존재와 그곳의 믿음을 부정하는 것이었다. 아티의 말이 끝나기 무섭게 코아가 뒤를 이어 자신의 이야기, 즉 대량학살에 일조한 가문에 대한 반항심, 황폐한 교외 지역과 잊힌 마을로의 은거에 대해 털어놓았다. 또한 아티와 함께 발리스의 격리 지역을 둘러보고 코드사바드를 가로지르며 면밀히 관찰한 결과에서, 아비스탄은 실제로 존재하지 않고, 코드사바드는 하나의 인공물, 즉 공동묘지를 뒤에 감춘 무대장식에 불과하다는 인상이 그들의 뇌리에 깊이 박혔다는 이야기도 빼놓지 않았다. 게다가 생명의 기운은 오래전에 죽었고, 사람들은 아무짝에도 쓸모없는 존재로 전락한 까닭에 자신들이 생명의 희미한 흔적, 즉 잊힌 시간 속에서 정처없는 떠도는 추억거리라는 것조차 알지 못한다는 섬뜩한 기분이 그들의 마음을 파고들었다고도 말했다.

아티와 코아는 나스에게 도움을 구할 생각으로 그들의 구역을 떠날 수밖에 없었던 끔찍한 사건으로 그들의 이야기를 마무리지었다. 다섯 자녀를 두었지만, 신성모독으로 기소되어 대운동장에서의 처형을 모면할 길이 없는 젊은 여성의 재판에 코아가 학살자로 지명된 사건이었다.

오랜 시간 그들은 이야기를 나누었지만, 이해의 범위를 넘어서는 것까지 다루기에는 단순한 대화만으로 부족했다. 결국 그들은 전반적인 삶에 대해 철학적으로 사유하기에 이르렀고, 그렇게 하자 시간이 금세 흘렀고 식욕마저 돋았다. 토즈가 두 친구에게 간단히 제공한 식사는 무척 특이했다. 그들이 여지껏 보지 못한 음식으로 '흰빵', '파이', '치즈', '초콜릿'이 있었고, 토즈가 '커피'라고 일컫는 뜨겁고 쓴 음료도 있었다. 식사가 끝날 쯤, 토즈는 '찬장'에서 과일 바구니를 꺼냈다. 바나나와 오렌지, 무화과와 대추야자로 가득한 바구니였다. 아티와 코아는 자신들이 태어나기 전에 그 음식들이 지상에서 사라졌고 근래에 수확한 것들은 전적으로 정의로운 형제회 위원들의 몫이라 생각해왔던 까닭에 깜짝 놀라지 않을 수 없었다. 그렇게 식사를 끝내고 토즈는 주머니에서 작은 도구 상자를 꺼내더니 조립하기 시작했다. 마른 잎으로 가득 채워진 네 손가락 길이의 길쭉한 흰 통대가 만들어졌다. 토즈는 한쪽 끝을 입술로 물고 반대편 끝에 불을 붙인 후에 연기를 내뿜기 시작했다. 고약한 냄새가 풍겼지만 토즈는 그 냄새를 역겨워하기는커녕 오히려 즐기며 황홀감에 빠지는 듯했다. 토즈는 '궐련'과 '담배'에 대해 설명해주었고, 흡연은 웃어넘길 수 있는 그의 작은 결함이라고 말했다. 결함, 즉 죄가 죽음을 뜻하는 세계에서 자신의 죄를 인정하는 것은 아둔한 짓이었다.

결론은 명확했다. 토즈는 아비스탄과 아무런 관계도 없는 자기만의 세계에서 살고 있었다. 그럼 토즈는 '아비스타네', 즉 아비스탄 사람이었을까? 고향이 어디일까? 모든 정보를 규합하는 힘은 어디에서 오는 것일까? 아비구브가 성벽 위에서 던져주는 것으로 생존하고 연명하는 이 열악한 구역에서 대체 무엇을 하는 것일까? 토즈의 외모는 볼품없었다. 땅딸막한 체구에 등이 굽었고, 목은 가늘었으며 두 손은 우스꽝스러울 정도로 작았다. 물렁한 살집과 반백의 머리카락 때문에 50세 남짓으로 보였다. 하지만 눈빛이 유난히 반짝였고, 교양과 지성 및 카리스마가 있는 데다 신비로운 후광이 그의 주변을 감싸고 있는 듯했다. 이런 능력과 자질을 어떻게 얻었을까? 마술 램프에서 뛰쳐나오는 정령처럼 그런 능력을 타고난 것일까, 아니면 삶의 과정에서 배운 것일까? 여하튼 이런 능력 덕분에 토즈가 구역의 왕으로 군림하게 된 것은 분명했다.

토즈는 한동안 침묵을 지키며 두 개비의 담배를 피웠고 두 잔의 커피를 홀짝였다. 그렇게 시간이 지난 후에야 그는 두 친구를 돌아보며 단호한 어조로 말했다.

"일단 이렇게 합시다. 먼저 두 분을 안전한 곳에 모시겠습니다. 내가 창고로 사용하는 곳으로 여기에서 아주 가까이에 있습니다. 그동안 나는 두 분의 친구에 대해 알아보겠습니다. 그 후에 다시 상의해보도록 합시다."

그러고는 살짝 눈웃음을 지으며 말했다. "그런데 수고의 대가로 나한테 무엇을 주시겠습니까?"

코아는 부르니의 비밀 주머니에서 꾸깃한 헝겊을 꺼내더니 조심스레 펼쳤다. 그리고 그 안에 있던 종이를 집어들고 토즈에게 건넸다. 토즈는 그 종이를 읽고 나서 두 친구를 바라보며 웃음을 터뜨렸다. 토즈는 그 종이를 탁자 서랍에 밀어 넣으며 말했다. "고맙습니다. 아주 귀중한 선물입니다. 내가 수집하려는 유물들을 완성해주기에 충분한 것입니다. 자, 이제 나는 나가봐야겠습니다. 만나야 할 손님이 있거든요…… 일단 두 분은 위층에 계십시오…… 소리를 내지 않도록 조심하시고 창가에도 가까이 가지 마십시오…… 나는 저녁쯤에 돌아오겠습니다…… 해가 진 후에 두 분을 창고로 모시겠습니다."

그러고는 토즈는 구두를 샌들로 갈아 신고 부르니를 입고는 먼지로 자욱한 길거리로 사라졌다. 그의 몸짓에는 많은 것을 상상하게 만드는 은밀한 뭔가가 있었지만, 몸짓 하나하나가 세련되고 섬세한 까닭에 모든 의심을 지워버렸다.

두 친구는 자신들만이 남겨지자 그 틈을 이용해, 호의적이지만 미스터리한 토즈의 집을 살펴보았다. 그들은 정신을 차릴 수 없었다. 눈앞에 보이는 모든 것이 다른 행성에서 건너온 것인 듯했다. 대체 이 물건들의 이름은 무엇일까? 그런 이름은 어떤 언어일까? 상점 뒷방과 마찬가지로 위층에도 '탁자' 하나와 여러 개의 '의자', '길쭉한 상자' 하나, 적잖은 '칠판'과 무척 흥미롭게 보이는 많은 '실내장식품'이 있었다. 코드사바드에 이런 집이 있다면, 지극히 부유한 고관과 그에 버금가는 지위에 있는 사람의 집이었을 것이고, 그 고관들은 그런 물건을 공급하는 사람이 토즈라는 걸 알았을 것이다. 토즈의 말이 사실이라면, 아비스탄에 그를 제외하고는 다른 공급자는 없었기 때문이다. 법은 누구에게나 똑같이 적용되었지만, 토즈는 법의 공평성을 재

확인해주는 불가사의한 예외였다. 무수히 많은 사람 중 한 명만이 유일무이하게 존재한다는 것도 미스터리였다. 서민들은 이런 특이한 물건들에 대해 전혀 몰랐다. 서민들의 삶은 음울한 세계와 똑같은 곤경에 처해 있었다. 파괴된 구역, 무너진 건물과 낡은 주택, 금방이라도 무너질 듯한 가건물, 가구가 전혀 갖추어지지 않은 한두 개의 방과 비좁은 화장실 하나, 이런 것이 서민들에게 허용된 삶의 공간이었다. 조리와 식사와 수면 등 모든 것이 바닥에서 행해졌다. 일인당 한 벌씩 제공된 부르니를 무한히 수선해가며 죽는 날까지 입어야 했고, 죽음을 맞아서야 부르니를 벗고 수의로 갈아입었다. 한 켤레의 샌들은 밑창을 교체할 수 있을 만큼 교체하고 또 교체했다. 그런데 새것으로 헌것을 수선할 수 없었기 때문에, 요컨대 똑같이 오래된 것으로 헌것을 수선해야 했기 때문에 수선 방법 자체가 애초부터 잘못된 것이었다. 따라서 어떻게든 해결해 없애려던 결함은 그대로 유지되었다. 하지만 이런 상황이 지속된다면, 옛 세계에서 새롭고 참신한 생각들을 어떻게 찾아낼 수 있겠는가?

오후가 저물어갈 쯤에야 토즈는 역시 슬그머니 돌아왔다. 몹시 피곤에 지치고 생각에 잠긴 표정이었다. 그는 의자에 털썩 주저앉고는 두 잔의 커피를 연거푸 마시고 두 개비의 담배를 피운 후에야 기운을 되찾았다. 아티와 코아는 토즈가 입으로 삼킨 연기를 코로 내뿜는 모습을 멍하니 바라보았다. 토즈는 느닷없이 그들에게 얼굴을 돌리며 이상한 질문을 던졌다.

"데모크란 말을 들어본 적이 있습니까?"

"뭐라고요…… 디무크? 그게 뭡니까?"

"유령…… 비밀 조직…… 누구도 모릅니다…… 사람들이 그에 대해 말하는 때가 곧 올 겁니다." 그는 피로에 지친 듯한 목소리로 말했지만, 그 목소리에서는 답답함과 불신이 읽혔다.

아티와 코아는 토즈의 혼잣말을 이해할 수 없었다. 그들은 거의 겁에 질린 어리둥절한 표정으로 서로 마주보았고, 새로운 세계를 발견하기 위해서는 복잡함과의 싸움을 각오해야 하고, 우주는 미스터리와 위험과 죽음이 생겨나는 블랙홀이란 걸 실감 나게 느껴야 한다는 걸 새삼스레 깨달았다. 달리 말하면, 실제로는 복잡함만이 존재하며 눈에 보이는 세상과 단순함은 복잡함을 감추려는 위장에 불과하다는 깨달음이었다. 따라서 복잡함은 가장 그럴듯하게 단순화하는 방법을 항상 찾아내며 이해 자체를 방해할 것이기 때문에 이해는 원천적으로 불가능한 것인지도 모른다.

아티의 머릿속에 영감이라 할 만한 것이 떠올랐다. ……몇몇 추억거리가 기억에 되살아났다…… 요양원…… 매서운 추위, 외로움, 굶주림…… 그리고 수면 중의 섬망…… 그랬다, 하나씩 기억에 떠올랐다…… 하늘 근처로 아득히 높은 곳에서, 봉우리와 고갯길이 뒤얽힌 곳에서, 뭔지 알 수 없는 것의 뒤로 사라진 카라반들…… 경계…… 상상의 전선…… 고통스럽게 죽음을 맞는 병사들…… 사람들의 침묵…… 한번도 말한 적이 없었기 때문에, 아무것도 모르기 때문에, 뭔가를 알아낼 방법이 전

혀 없기 때문에 아무 말도 않았던 사람들…… 하지만 그 사라
짐, 그 살상극, 그 위협적인 분위기 뒤에는 뭔가, 아니 누군가가
있는 게 분명했다…… 그림자…… 유령…… 의지력…… 비밀
조직…… 그것, 아니 그 사람이…… 데모크, 아니 디무크일까?
아티는 데모크란 단어, 여하튼 그와 비슷한 단어를 전에도 들은
적이 있었다…… 하지만 당시에는 환자의 헛소리였다…… 누
군가 데모크에 대해, 데모크였는지 데모였는지 정확히 기억나
지 않지만 그와 비슷한 단어에 대해 말한 적이 있었다. ……그
는 고문에 대해서 말했다…… 하지만 그 단어가 무엇을 뜻하는
지는 몰랐다.

   어둠이 깊이 내리자, 토즈는 그들을 창고로 데려갔다. 토즈의
말과 달리 창고는 상점의 코앞에 있기는커녕 그 구역의 반대편
끝에 있었고, 게다가 가는 길도 인간의 바람직한 논리적 사고를
따르지 않는 미로와 같았다. 원래 미로에는 위대한 지혜가 깃들
어 있지만, 그곳은 그렇지 않았다. 길의 방향이 바람을 뒤쫓는
듯 변덕스럽기 그지없었다. 황량한 길에 들어서자 어둠이 그들
을 바싹 에워쌌고, 때때로 짙은 그림자가 은밀히 길을 가로질렀
다. 토즈는 본능적으로 길을 안내했고, 마침내 그들은 목적지에
도착했다. 음산한 분위기가 감돌고 어둠에 싸인 커다란 건물이
었다. 콘크리트 바닥에 녹슨 철판이 사방으로 둘러진 창고였다.
하늘에는 달도 뜨지 않고 별도 거의 보이지 않아 모든 것이 유
령처럼 어렴풋하게만 보였다. 왼쪽으로 누추한 집들이 늘어섰

고, 오른쪽도 다를 바가 없었다. 그 사이로 먼지가 뒤덮인 좁은 골목길에는 굶주림에 지치고, 부스럼과 심한 매질에 시달린 고양이와 개가 떼지어 몰려다녔다. 하기야 코드사바드의 모든 고양이와 개가 그런 운명이었다. 멀리에서, 아니 바로 옆에서 아기가 우는 소리와 어머니가 노래하는 자장가가 들렸다. 아무것도 없는 답답한 공간을 깨우는 마법의 소리였다. 토즈가 창고 문을 열었다. 금속음이 울렸다. 토즈가 성냥에 불을 붙였다. 거대한 그림자가 어둠에서 뛰쳐나와 벽에서 미친 듯이 춤추기 시작했다. 억눌려 있던 공기가 그들의 얼굴을 때리며 복합적인 냄새를 풍겼다. 썩은 것과 녹슨 것, 발효된 것과 죽은 곤충 및 곰팡이가 침투한 것이 뒤섞인 냄새였다. 토즈가 다시 성냥에 불을 붙인 후에 곧바로 묵직한 촛대에 꽂힌 초를 밝혔다. 미약한 빛이 노랗고 검은색을 띠며 조금씩 커지자 주변의 어둠이 흔들거렸다. 여기저기에 놓인 가구들, 여행용 대형가방과 배낭, 술통과 항아리, 이런저런 기계와 조각상, 작은 장식품들로 넘치도록 채워진 상자들이 흐릿하게 눈에 들어왔다. 바닥층과 금속 계단으로 연결된 위층에는 두 개의 방이 한쪽에 연이어 있었고, 천장이 상당히 낮았다. 두 번째 방에는 식기류가 담긴 커다란 나무상자가 있었고, 한쪽 벽에는 네모진 함과 길쭉한 의자가 기대어져 있었으며, 선반에는 담요가 차곡차곡 쌓여 있고 한쪽 구석에는 요강 옆에 물이 가득 채워진 양동이가 눈에 띄었다. 토즈가 외벽과 연결된 작은 여닫이창을 낡은 천으로 황급히 가리며 말했다. "밤이 깊어진 후에 모우라는 이름을 가진 점원이 두 분에게 먹을 것을 갖고 올 겁니다. 모우가 여기에 드드는 건 누구도 눈치채지 못할 겁니다. 모우는 눈에 띄지 않게 돌아다니는 법을 아니까요. 모우가 창고 입구의 한쪽 구석에 광주리를 놓아둘 겁니다. 모우에게 말을 걸지 마십시오. 귀머거리이기도 하지만 약간 모자랍니다. 여하튼 신중하게 행동하시고 절대로 밖에 나가지 마십시오. 누구에게도 문을 열어주지 마시고. 밀정들이 사방에 있습니다. 두 분의 존재를 눈치채면 그것을 빌미로 돈을 뜯어내려 할 겁니다…… 아파레유의 '무아프', 즉 지역 신앙관리관, ……혹은 고위직이 밀정들을 이용하고 있습니다."

토즈는 창고를 떠나기 전에 다시 말했다.

"인내하십시오…… 정말 신중하게 행동해야 합니다. 민감한 문제…… 아주 민감한 문제이니까요."

두 친구는 어둠 속에서 손으로 더듬어가며 창고를 탐색했다.

창고는 슬픈 역사의 현장이었다. 곳곳이 흔들리고 삐걱거리는 것으로 판단하건대 세워진 이후로 수많은 참사를 겪은 게 분명했다. 창고에 보관된 낡은 물건들도 황량한 분위기를 더했지만, 토즈는 그 물건들을 보물처럼 소중히 여겼다. 그는 고대 작품만이 가치를 갖고, 창작된 이후의 햇수에 비례해 가치가 증가한다고 생각하는 듯했다. 토즈가 그런 골동품을 수집하는 이유는 팔기 위해서였고, 골동품을 판매한다는 것은 구매자가 있다는 뜻이었다. 이것도 미스터리였다. 미스터리! 그들이 코드사바드에 발을 들여놓은 이후로 가장 뻔질나게 머릿속에 떠오르는 단어였다.

　그날 밤, 그들은 쉽게 잠들지 못했다. 지독히 피로하고 긴장감이 굉장했지만 상당한 기대감과 온갖 수수께끼가 머릿속을 맴돌았기 때문이다.

　한밤중 어느 쯤엔가, 요양원에서 천천히 죽어가던 때를 회상하던 아티의 귀에 다시 그 목소리가 멀리에서 들려왔다. 아기가 우는 소리와 자장가를 노래하는 온화한 어머니의 목소리였다. 생명이 완전히 죽은 것은 아니군! 아티는 꿈속에서 이렇게 중얼거렸다.

기다림의 시간이 기약없이 계속되었다. 한없이 지루한 여드레가 그야말로 헛되이 지나갔다. 두 친구는 점점 불안하고 초조해졌고, 토즈가 그들을 등한시하는 것은 아닌지, 혹은 토즈의 조사가 어딘가에서 난관에 봉착한 것은 아닌지 끊임없이 의심하고 또 의심했다. 그러나 저녁이 되고 하루의 일곱 번째 기도 시간 즈음에 충직한 모우가 슬그머니 창고에 들어와 광주리와 물통을 살며시 내려놓고 소리없이 사라지는 소리를 듣게 되면 그나마 걱정을 떨쳐내고 안심할 수 있었다. 적어도 하루의 먹을거리를 갖다 주었다는 것은 토즈가 그들을 잊지 않고 있다는 증거였다. 그들은 코드사바드의 냉혹한 일상을 그런대로 경험한 까닭에, 아비구브에 들어가는 것만으로도 굉장한 성과라는 걸

어렵지 않게 추론할 수 있었다. 아비구브의 공무원들은 자신들도 마음만 먹으면 언제든 말할 수 있다는 걸 전혀 몰랐다. 따라서 이런 공무원들에게 질문하고, 쉽게 눈에 띄지 않는 데다 위험한 책임자들에게 접근하는 것은 불가능의 영역에 속했다. 그러나 토즈는 토즈였다. 그에게 불가능이란 없었다.

　하루 이틀 만에 그들은 옛날식으로 살아가는 법을 터득했다. 의자에 앉아서도 어지럼증을 호소하지 않고, 식사를 할 때는 의젓하게 식탁에 앉아 음식의 이름조차 몰랐지만 위험한지 그렇지 않은지, 적법한지 불법인지를 따지지 않고 각자 개인 접시에 조금씩 담아 먹는 방법과, 밤을 올빼미처럼 하얗게 새우게 만드는 커피를 끓여 마시는 방법도 터득했다. 그런데 전통적인 죽, '히르'가 무척 그리워지기 시작했다. 때때로 산들바람이 그럴듯한 방향으로 불면, 불에 탄 향료 냄새가 골목길에서부터 올라와 그들의 코끝을 자극하기도 했다. 그럼 그들은 여닫이창을 살짝 열고 콧속으로 냄새를 가득 받아들이고는 기분좋게 재채기를 했다. 히르의 향내가 맞은편 오막에서 밀려왔고, 때때로 밤의 침묵에 주변의 소리가 더욱 크게 들리면, 그 맞은편 오막에서 아기의 울음소리와 그때마다 어김없이 동반되는 감미로운 노랫소리도 그들에게 다가왔다.
　화창하고 상쾌한 어느 날 아침, 그들은 감미로운 목소리를 지닌 보이지 않는 여인을 찾아냈다. 그녀는 콘크리트가 발라진 10평방시카 크기의 안마당에 있었다. 마당의 한구석에는 잡동

사니가 잔뜩 쌓여 있었고, 반대편 구석에는 저수통이 보였다. 중앙에는 대야가 바닥에 놓여 있고, 바로 옆의 삼각대에 올려진 커다란 솥 아래에서는 장작불이 활활 타올랐다. 벽에 기대어진 마른나무에는 빨랫줄이 걸려 있었다. 그녀는 가족 모두를 너끈히 포용할 만큼 펑퍼짐한 몸매였고, 눈부시게 하얀 풍만한 젖가슴은 어린 대식가들을 배불리 젖 먹여 키웠다는 증거였다. 갓난아기는 배가 부르고 편안했던지 나무의 아래쪽 가지에 매달린 바구니 안에서 곤히 잠들어 있었다. 어머니는 무르익을 대로 무르익은 엉덩이를 드러낸 채 행복한 표정으로 대야 앞에 쪼그려 앉아, 역시 한없이 행복한 얼굴로 빨랫감을 방망이로 두드렸다. 그녀는 빨래에 열중했다. 기저귀와 턱받이를 세탁하며 낭만적인 노래를 흥얼거렸다. 후렴이 거의 이렇게 반복되는 노래였다. "너의 삶이 나의 삶, 나의 삶이 너의 삶, 사랑이 우리의 피가 되겠지." 아빌랑어로는 운이 완벽하게 들어맞았다. 아빌랑어에서는 삶이 '비', 사랑이 '비이', 피가 '비'였으니까. 요컨대 전체를 아빌랑어로 하면 "티비 이스 미비 이 미비 이스 티비, 이 비이 시이 니비."였다. 아비를 향한 사랑의 고백이었던 까닭에 작은 실수도 용납되지 않았다. 이 멋진 시구는 신성한 경전 『카불』 제6권 68절 412절에서 발췌한 것이었지만 이번 경우에는 폐부에서 우러나오는 억양이 달랐다. 그 충직한 어머니는 종교에 몰두하기에는 할 일이 너무 많았다. 그녀에게 삶과 행복의 근원은 아기였고, 아기는 걸핏하면 울음을 터뜨리는 까다로운 울보였다. 아기는 당연히 받아야 할 자신의 몫을 요구할 줄 알았다. 게

다가 그녀는 남편까지 봉양해야 했다. 두 친구는 남편을 한 번 보았지만, 부랑자의 부르니를 펄럭이며 은밀하게 움직이는 그림자의 형태로 보았을 뿐이다. 그는 항상 밤늦게 돌아왔고, 숨을 헐떡이며 기침하는 소리에서 죽음의 문턱을 넘을 때가 멀지 않았다는 걸 짐작할 수 있었다. 그 가족은 화목하면서도 비극적인 가정의 전형이었다.

어느 날, 그들은 총소리를 들었다. 어림잡아 계산해보건대, 아비구브의 웅장한 입구에서 그 방향으로 2샤비르쯤 떨어진 곳이 사격의 원점인 듯했다. 곧이어 폭발음(로켓 포탄이었을까, 대포알이었을까, 아니면 수류탄이었을까?)이 들리며 창고가 흔들거렸다. 노래를 흥얼거리며 안마당을 청소하던 어머니는 0.1초도 망설이지 않고 폭신한 젖가슴에 아기를 품고, 얼굴을 낮추며 집 안으로 뛰어들었다. 작은 폭풍우에도 통째로 허공으로 쉽게 날려갈 것 같은 허름한 집이었다. 두 친구는 레그가 아브구브에 침입을 시도하는 모습을 머릿속에 그려보았다. 또 원수가 귀환할 가능성도 생각해보았다. 그들은 곧 그 사건을 잊었다. 하기야 위험 신호는 코드사바드에서 흔한 일이었고, 오랫동안 지속된 적이 없었다. 사람들도 이런 위험 신호가 무엇을 뜻하는지 잘 알고 있었다. 이런 위협은 불량한 신자에게 겁을 주며 본연의 자세로 되돌아가게 하는 데 목적이 있었다. 카불의 치하에서 믿음은 두려움에서 시작되었지만 순종으로 이어졌고, 양떼는 무리지어 머물며 빛을 향해 똑바로 나아가야 했다. 선한 사람들이 악한 사람을 대신해 희생을 치러야 할 이유가 전혀 없었다.

불안감은 점점 가중되었고, 그런 정신적 고통을 완화할 방법은 없었다. 창고에 보관된 물건들이 신기하고 놀랍기는 했지만, 진정한 진실을 찾아 행동하기를 바라는 두 영혼의 기분을 오랫동안 달래주기에는 부족했다. 그렇게 여러 날을 보냈지만 아티와 코아는 모험심을 잃지 않았고, 절망하면서도 충격적인 의문을 끊임없이 제기했다. 하지만 밀폐된 어둠의 공간에서 강요받은 휴식에 그들은 녹초가 되고 말았고, 은둔자 증후군이 그들의 건강마저 위협했다. 뭔가를 해야 했다. 하지만 어떻게?

은둔한 지 아흐레째 되는 날, 그들이 처량하게 식사하는 동안 무척 흥미진진한 생각이 섬광처럼 떠올랐고, 그들은 지체없이 그 생각을 행동에 옮기기로 결정했다. 신중하게 행동하라는 토즈의 경고를 무시하고 위험하더라도 창고 밖으로 나가 시원한 공기를 마시고, 가능하면 하느님의 도시의 정문까지 걸어가보기로 결정했다. 욜라의 하늘까지 올라갔다는 피라미드의 정점 위로 마법의 눈, 즉 비가예가 세상과 그곳에서 살아가는 영혼들을 끊임없이 살펴보는 마법의 눈을 가진 신비롭고 매력적이며, 신성하고 특별한 키이바, 웅장한 아비구브를 더 가까이에서 지켜보고 싶은 욕심이 있었다. 또 코아의 할아버지, 모크비 코가 30년 동안 의식을 집행했던 아름답고 우아한 대모크바도 둘러보고 싶었다. 대모크바에서 설교하는 모크비 코의 마법적인 목소리는 강력한 확성기를 통해 중계되어 수많은 군중의 마음을 사로잡았고, 주변에 운집한 수많은 신도를 무아상태로 몰아넣으며 욜라를 위해 기꺼이 목숨을 바치게 만들었다. 지난 세 번의 성전에 참전한 주력군이, 위대한 모크비 코의 서사적인 독려를 받으며 전쟁터를 향해 출발한 곳이 바로 그곳이었다.

두 친구는 위험을 무릅쓰지 않거나 비상식적인 광기에 과감히 맞서지 않고는 목적을 이루지 못할 것이란 합의에 도달했다. 더구나 목적지는 고작 2, 3샤비르가 떨어진 곳, 즉 손을 뻗으면 닿을 만한 곳에 있었다. 이렇게 결심하자, 카붐 학교에서 배웠던 사행시로 된 계율까지 기억에 떠올랐다.

키이바 앞에서 진심으로 기도하라
믿음으로 아비에게 충성을 맹세하라
죽음이 찾아오면 무수한 크고 작은 죄를 속죄하고
가벼운 영혼으로 욜라를 맞이하라

곧이어 코아는 모두가 권력층과 부유한 상인의 아들이던 신성한 언어 학교 동창생들이 노골적인 표절자가 되어 위의 계율을 외설적인 노래로 개작해 불렀고, 결국 그 때문에 어느 날 비단 채찍으로 1,000대의 매질을 공평하게 나눠 맞았던 추억까지 기억해냈다.

감각적으로 입술을 잡아당겨라

믿음으로 옷을 홀랑 벗고 구슬을 갖고 놀아라
라켓을 물어뜯고 크고 작은 벌을 없애라
가벼운 꼬리를 원래의 자리에 돌려놓아라

그들은 낄낄대고 웃었다. 그 경쾌한 시구에는 신성모독도 없었고 거짓말도 없었다.

그림자처럼 그들은 어둠 속으로 미끄러져 들어갔다. 어딘가에서 개가 분을 참지 못하고 맹렬하게 짖어댔다. 사람들은 그 소리에, 개는 운명적인 숙적에게 죽음을 각오하라고 위협하지만 그 숙적은 적당히 높은 곳에 걸터앉아 때때로 악의 없이 짤막하게 야옹거리며 대응하는 것이라 짐작했을 것이다.

그들은 아기의 울음소리와 사랑의 자장가로 그들의 마음을 사로잡은 작은 집을 향했다. 그러고는 꿈속처럼 꼼짝 않고 서서 가정생활이 기분좋게 굴러가는 소리에 귀를 기울였고 미지근한 안온함을 느껴보았으며, 감미로운 보금자리의 냄새와 향기를 콧속으로 들이마셨다.

무력감이 밀려왔다. 그들은 몸을 부르르 떨며 무력감을 떨쳐내고 길을 다시 재촉했다.

좀 걸었을까? 과거에 '미드라' 혹은 '소쿠', 즉 도매 시장으로 사용된 듯한 너저분하고 황폐화된 커다란 건물의 처마 밑에서 한 무리의 사람들이 진중하게 거래하는 모습이 눈에 들어왔다.

그들은 자루, 광주리, 보따리, 바구니 등에 담아온 물건들을 민첩하게 교환했다. 열 걸음쯤 떨어진 곳에는 망꾼이나 거물의 경호원인 듯한 험상궂은 사내들이 그림자처럼 벽에 기대 서 있었다. 장사꾼, 장물아비, 밀수업자 등 노련한 전문가들이 만나 거래하는 암시장이었던 게 분명했다. 그들 중에는 레그도 있었다. 하기야 레그는 언제 어디에나 있었다. 격리 지역은 완전히 포위된 상태여서 밀거래가 유일한 수입원이었고, 그 직업이 아버지에게서 아들로 대대로 물려진 때문인지 레그들은 장사에 뛰어난 재능을 발휘하며 항상 상대보다 앞서 신속하게 결정을 내렸다. 그런데 그 멀리에서부터 붙잡히지 않고 어떻게 여기까지 올 수 있었을까? 더구나 그들은 고유한 냄새와 올빼미 같은 눈초리 때문에 남의 눈을 피하기가 쉽지 않았는데!

두 친구는 목적지를 향한 길을 재촉했다. 그들에게는 팔 것도 살 것도 없었고, 쓸데없이 난처한 일을 만들 필요도 없었다.

1샤비르쯤 앞만 보고 걸었고, 모퉁이를 돌자 그들의 눈앞에 뜻밖의 장관이 펼쳐졌다. 놀랍고 웅대한 광경이었다. 마침내 세상에 하나 뿐이며 무엇과도 비교할 수 없는 하느님의 도시, 키이바와 대모크바, 지상의 신자들을 다스리는 전능한 정부 아비구브가 눈앞에 있었다. 감동의 물결이 밀려왔다! 그곳은 세계의 중심, 우주의 중심이었다. 또한 모든 출발점인 동시에 종착점, 신성과 권위의 중심, 만백성이 창조주를 찬양하고 창조주의 대리인들에게 간구하기 위해 머리를 조아리는 자기극(磁氣極)이었다.

그곳의 분위기는 신비롭기 그지없어 열렬한 무신론자라도 그 자리에서 이성적 분별력을 상실할 것 같았다. 게다가 믿음의 포로가 되어 헛된 교만을 떨쳐내고 무릎을 꿇고 앉아 이마를 바닥에 댄 채 흐느끼고 떨리는 목소리로 신앙을 고백함으로써 믿음의 신자로 거듭날 것만 같았다. "욜라 이외에 다른 신은 없으며, 아비는 그분의 대리인이시다!" 이런 신앙고백에는 인간이 들어설 자리가 없었다. 행복한 신자이든 불행한 좀비이든 마찬가지였다. 욜라와 아비의 합의에는 어떤 것도 개입되지 않았다. 순전히 둘만의 거래였다. 욜라가 아비를 창조했고, 아비는 욜라를 받아들였다. 혹은 그 반대였다. 여하튼 모든 것이 거기에서 멈추었다.

아티와 코아는 웅장함에 압도되는 기분이었다. 모든 것이 상식을 파괴할 정도로 크고 거대했다. 한마디로 인간의 차원을 넘어섰다. 성채 아래로는 어떻게 보아도 한눈에 들어오지 않는 드넓은 광장이 펼쳐져 있었다. 화려한 조명이 밝혀지고, 조금씩 다르지만 기본적으로는 초록빛을 띤 반투명한 타일이 깔린 광장은 면적이 1,000평방헥토시카를 넘었고 '지고한 믿음의 광장'이란 숭고한 이름이 붙여졌다. 하느님의 도시 입구에 우뚝 세워진 거대한 궁륭은 '첫날의 대아치'로 불렸고, 아치의 정점은 구름에 파묻혀 보이지 않았다. 기둥들도 마찬가지여서, 폭이 60시카, 궁륭 아래까지의 높이가 300시카에 달했다. 이런 기둥들은 서로 중첩되며, 하느님의 도시―키이바, 아비구브, 대모크바가 있는 전설적인 보석상자―와, 아비구브를 지키는 근위병들의 막사 및 지하에 감춰져 보이지 않는 터널로 도시까지 연결되고 무질서한 모습으로 은폐된 공무원들의 거주 지역을 둘러싼 장대한 성벽과 겹쳐졌다. 세상을 떠받치는 모든 실체, 즉 영원성과 권력, 장엄함과 신비로움이 난공불락의 성벽 안에 집약되어 있었다. 인간의 세계는 다른 곳에 있었고, 언젠가는 인간의 세계가 분명 존재할 수 있으리라!

그들을 놀라게 한 것이 또 있었다. 광장이 사람들로 발디딜 틈이 없을 정도였다. 두 친구는 그처럼 많은 사람을 과거에, 아니 꿈에서도 본 적이 없었다. 광장은 오래전부터 일년 내내 밤낮으로 그처럼 북적였다. 아비스탄의 60개 주에서 걸어서, 혹은 기차나 트럭을 타고 찾아온 사람들이었다. 아비구브 입구에서 인원수가 엄격히 점검된 후에 입장이 허용되었다. 군중들은 광장에서 세 구역으로 나뉘어졌고, 각 구역은 철책으로 경계지어진 통로로 구분되었으며, 통로에는 자신의 영토를 순찰하는 약소국 왕처럼 채찍과 '코브' 및 계시 이전의 시대에 사용된 경기관총으로 무장한 경비원들이 돌아다녔다. 첫째는 수만 명의 순례자 구역이었다. 순례자들은 머나먼 순례지를 향해 출발하기 전에 먼저 키이바를 찾아와 그 앞에서 묵상하는 시간을 가졌다. 둘째는 청원자 구역이었다. 달리 말하면, 청원할 서류를 준비하고 아비구브에 들어가 관련된 부서나 기관을 방문할 차례를 기다리는 공무원과 상인 및 일반 시민이었고, 이곳에도 대략 수만 명이 있었다. 셋째는 광장 주변을 차지한 구경꾼들과 어린아이들이 동경하는 자원자 구역(역시 수만 명)으로, 즉각적으로 전선에 달려가려는 지원자와 차후의 성전에 참전하겠다고 등록하려는 지원자로 나뉘어졌다. 대다수는 참전의 즐거움을 온전히 만끽하려고 전자의 경우보다 후자를 더 선호했다. 한편 간단한 먹을거리를 판매하는 행상과 물장수, 담요를 빌려주는 임대업자, 세탁업자와 돌팔이 의사, 기다림이 대체로 몇 주일, 때로는 몇 달까지 지속되기 때문에 기나긴 줄에서 앞자리를 팔거나 대신 지켜주는 꼬마들은 주변 어디에서나 소란을 피우며 경비원을 속이려고 머리를 짜냈다. 따라서 광장에는 낮도 없고 밤도 없이 일년 내내 이렇게 붐볐다. 무리들 사이에서는 온갖 소문이 나돌았지만 대체로 시간을 죽이기 위한 이야기에 불과했다. 예컨대 청원자 구역에서 먼지를 뒤집어쓰며 1년을 보냈지만 막상 개표구에 이르러서는 그곳까지 찾아온 이유를 기억해내지 못했다는 노인에 대한 이야기가 자주 회자되었다. 그 노인은 이유도 잊고 입장권마저 없었지만, 요컨대 모든 것을 까맣게 잊었지만 멍청하지는 않았던지 자신의 자리를 경매에 부쳐 팔았다. 부유한 상인이 높은 값을 불러 그 자리를 차지했다. 그런데 그 상인은 하루 이상 사업체를 비울 수 없었기 때문에 아예 사업체를 불질러버렸다. 한편 큰돈을 손에 쥔 건망증 노인은 반듯한 집을 샀고, 초경을 막 끝낸 예쁘장한 9세 소녀와 일곱 번째 결혼에 성공한 후 일곱 명이나 열한 명의 귀여운 자식을 낳았고 마지막 순간까지 행복하게 살았다. 임종을 맞아, 노인은 누구에게 어떤 질문도 받지 않았지만, 언젠가 광장의 청원자 구역까지 달려가 줄을 섰던 이유를 불현듯 기억해내며, 주택이나 일자리 혹은 긴급구원을 신청했는데…… 1년이 지나도…… 어쩌면 10년이나 30년이 지났는데도 답변이 없어 그 신청에 대한 결과를 문의하려고 갔던 것이라고 말했다.

두 친구는 광장에서 동쪽으로 1샤비르쯤 떨어진 곳에 또 하나의 구역이 있다는 것도 알아냈다. 어두컴컴하고 적막감이 감도는 곳으로 일종의 포로수용소였다. 수백 명씩 사슬에 묶여 있는 수천 명의 포로가 축복을 받고 전선으로 보내질 날을 기다리고 있었다. 절반은 애초에 원수의 편에서 싸웠지만 포로가 된 후에 죽음의 수용소를 거부하고 카불로 개종해 전선으로 돌아가 이번에는 좋은 편에서 싸우기를 선택한 사람들이었고, 나머지 절반은 폭력과 반란과 노상강도 등의 범죄로 사형선고를 받았지만 대운동장에서 죽음을 맞는 걸 거부하고 자살공격대가 되는 길을 선택한 아비스탄 사람들이었다. 한마디로, 최전선에 보내져 원수의 진영에 들어가 자폭할 특공대였다. 이 구역에 들어가는 것도 일종의 특혜여서 모든 사형수에게 허용되는 것이 아니었다. 욜라와 아비의 이름으로 아비스탄을 위해 일하고, 욜라와 아비의 영광을 위해 일하려는 욕망을 간절히 보여주는 사람에게만 허락되는 특혜였다. 한 늙은 구경꾼이 아티와 코아에게 알려준 것이었다. 그 노인에게는 대운동장에서 죽음을 맞을 운명이었지만 원수와 맞서 싸우려고 최전선에 자원한 아들이 있었다. "녀석은 순교자로 죽었소. 그렇게 죽은 아들 덕분에 내가 괜찮은 연금과 국영상점 우선 사용권을 받고 있습니다." 노인은 자랑스레 말하며 너털웃음을 터뜨렸다.

아티는 친구이자 여행 동반자였던 나스를 생각하자 가슴이 먹먹해졌다. 나스는 이 웅장하고 신비로운 공간에서, 광기 어린 암울한 공간에 절대적으로 예속되어 살아가고 있었다. 그는 어떻게 되었을까? 지금 어디에 있는 걸까? 아티는 토즈가 그에 관련된 소식을 갖고 오리라 믿었다.

한 남자가 그들에게 다가왔다. 암거래를 전문으로 하는 장사꾼이었지만 겉으로는 누구보다 성실하고 유능한 장사꾼처럼 보였다. 그의 어머니조차 속아넘어갈 것 같았다. 하지만 두 친구는 언제부턴가 그가 자신들을 유심히 지켜보고 있다는 걸 알고 있었다. 그가 그들에게 말했다.

"기다리는 줄에서 적당한 앞자리를 원하시면 기막히게 좋은 자리를 마련해줄 수 있는데…… 특별 우대 가격으로 드리겠습니다."

"아닙니다, 우리는 그저 구경만 하려는 겁니다."

"증명서나 희귀한 물건도 구해줄 수 있습니다. 어떤 정보라도 조사해줄 수 있고……."

"그래요? ……그럼 나스라는 사람에 대해 알아봐 줄 수 있습니까? 아비구브에서, 고고학 관련 부서에서 일하는 공무원입니다."

재화와 용역을 밀거래하는 장사꾼답게 그는 커다란 비밀을 폭로할 준비가 된 것처럼 빙그레 웃으며 말했다.

"정확히 무엇을 알고 싶은 겁니까?"

"그 친구에 대해 알아낼 수 있는 모든 것."

"그렇다면?"

"예를 들면 어디에 사는지, 그를 방문할 수 있는지……."

"선금은 좀 주시고 내일 다시 만납시다. 그때 두 분이 원하는 정보를 얻을 수 있을 겁니다…… 비용을 약간만 더 추가하면 두 분을 그 사람의 집에 데려갈 수도 있고, 그 사람을 이곳까지 데리고 나올 수도 있습니다."

두 친구는 '더 영악한 사람이 승리한다'라는 놀이를 하는 것도 지겹게 느껴졌다. 게다가 해가 뜨기 전에, 즉 밀정들이 활동을 시작하기 전에 창고에 도착하려면 서둘러 창고로 돌아가야 할 시간이었다.

열 걸음쯤 걸었을까? 위험하고 무모하게 코드사바드를 돌아다니는 동안 한층 예민하게 다듬어진 육감이 그들에게 위험 신호를 보냈다. 그들은 재빨리 뒤돌아섰고, 정보 장사꾼이 순찰대에게 손가락으로 그들을 가리키는 걸 보았다. 그 장사꾼도 밀정이고 배반자였던 것이다.

그들은 1초도 머뭇거리지 않았고, 걸음아 날 살려라는 식으로 줄행랑쳤다. 경비원들도 머뭇대지 않고 곧바로 고함을 지르며 사방에서 총을 빼들기 시작했다. 아티가 코아에게 소리쳤다. "일단 헤어집시다…… 왼쪽으로 가요…… 창고에서 만납시다…… 뛰어요…… 죽어라고!"

A19 구역의 좁고 어두운 미로가 그들에게 유리하게 작용했지만, 구경꾼들까지 지원군으로 나선 까닭에 추적자들이 수적으로 훨씬 유리했다.

첫 번째 모퉁이를 돌자마자 짙은 어둠이 그들을 삼켰다.

간혹 총소리가 그들의 귀를 때렸다. 한참 시간이 지나자…… 아무런 소리도 들리지 않았다.

아티는 젖 먹던 힘까지 짜내며 힘껏 달렸다. 한 시간, 두 시간. 발바닥이 미치도록 아팠고, 연주창, 즉 림프성 결핵을 앓았던 허파는 터질 것만 같았다. 아티는 좁은 막다른 골목으로 들어가, 10여 마리의 흉악한 수코양이가 의연히 지키는 쓰레기 더미 뒤에 털썩 주저앉았다. 수코양이들이 송곳니와 발톱을 드러내며 그의 귓가에 콧바람을 씩씩거렸지만, 아티가 가련한 처지에 있다는 걸 금세 파악하고는 경계심을 풀었다.

1시간쯤 지난 후, 아티는 다시 걷기 시작했지만 방향을 잃고 길을 돌고 돌아, 모크바가 하루의 첫 기도 시간을 신자들에게 알리기 시작한 때에야 창고에 겨우 도착했다. 도시의 반대편 끝에서는 밤이 물러나고 아침의 첫 햇살이 비치기 시작했다. 아티는 잠자리에 누워 이불 속으로 파고들었고, 곧 깊은 잠에 빠졌다. 아티는 아무 일도 없었던 것처럼 잠자며, 코아가 바로 도착하면 좋겠다고, 친구가 무사히 도착하는 걸 확인하면 좋겠다고 중얼거렸다.

태양이 밤의 어둠에서 완전히 벗어나지 못한 때였다. 토즈가 창고로 황급히 뛰어들더니, 여전히 악몽과 싸우고 있던 아티를 인정사정없이 깨웠다. 여섯 명의 경비원이 그를 목졸라 죽이려고 달려들기라도 한 것처럼 아티는 잠자리를 박차고 일어났다. 정신을 차릴 겨를도 없이 그는 절망의 나락에 떨어졌다. 코아가 돌아오지 않았다는 걸 그때서야 깨달았던 것이다. 그의 잠자리는 텅 비어 있었다!

"정신 차려요! 젠장, 정신 좀 차리라고요!" 토즈가 소리쳤다.

토즈는 말다툼에 시간을 낭비하는 사람이 아니었다. 그는 무척 냉철한 사람이었다. 그는 아티의 먹살을 잡고 세차게 흔들었다. 그의 목소리에는 반도들을 바짝 긴장하게 만들 정도로 권위가 있었다.

"앉아요, 무슨 일이 있었는지 자세히 말해봐요!"

"어…… 그냥 바람을 쐬려고 나갔습니다…… 그러다가 아비구브까지 가게 됐습니다."

"그랬던 거군요. 지금 우리 지역이 완전히 계엄령 상태입니다. 경비병들이 사방을 뒤지고, 사람들은 서로 앞다퉈 고발하고 있습니다…… 정말 쓸데없는 짓을 하신 겁니다……."

"죄송합니다…… 그런데 코아는…… 소식이 있습니까?"

"지금까지는 아무 소식도 없습니다 …… 먼저 당신을 다른 곳으로 옮겨야겠습니다. 창고도 더는 안전하지 않습니다…… 그렇다고 지금 당장 나갈 수는 없고, 희귀한 보물을 감춰두려고 아래층 위장 벽 뒤로 골방을 마련해두었습니다. 일단 그곳에 숨어 계십시오…… 그럼 오늘 저녁이나 내일, 누군가 당신을 찾아와 다른 은신처로 안내할 겁니다. 그 친구 이름은 데르라고 합니다. 아무런 질문도 하지 말고 그 친구를 따라가십시오…… 그만 나도 가봐야 하겠습니다. 준비해야 할 게 많습니다."

"코아는?"

"지금 알아보고 있습니다…… 경비원들에게 붙잡혔거나 죽임을 당했다면 곧 알 수 있을 겁니다. 그렇지 않은 경우엔 조용히 기다려야 합니다…… 어딘가에 숨어 있다면 결국 몸을 드러낼 수밖에 없을 것이고, 도랑에 빠져 죽었다면 시체라도 곧 발견되겠지요."

아티는 머리를 두 손으로 감싸고 오열을 터뜨렸다. 아티는 화가 치밀었다. 모든 것이 그의 책임이었다. 그가 코아에게 악영향을 주고도 코아의 타고난 열정을 자제시키려는 노력을 전혀 하지 않았다는 걸 그제야 깨달았다. 더구나 그는 코아의 순진함을 이용했을 뿐만 아니라, 징집하사관으로서 또한 진실을 추구하는 심판자로서 선과 악에 대한 개인적인 견해로 그를 자극하기도 하지 않았던가. 코아가 그런 자극을 어떻게 견뎌낼 수 있었겠는가? 그는 타고난 반항자였다. 그에게는 대의명분이 필요할 뿐이었다.

아티는 몹시 흥분해서 창고에 가만히 앉아 있지 못했다. 창고에 덧댄 널빤지에서 바깥과 통하는 구멍과 틈새를 빠짐없이 찾아냈다. 아주 작은 소리에도 그는 구멍이나 틈새로 잽싸게 달려가 바깥에서 어떤 일이 벌어지는 것인지 살펴보려 애쓰며, 1분 1초라도 빨리 새로운 은신처로 옮겨 가기를 바랐다. 아티는 여닫이창을 무심코 내다보았고, 그 순간 맞은편 작은 집의 창문 뒤에 서 있는 어렴풋한 그림자와 눈길이 마주친 것 같았다. 그림자의 윤곽은 펑퍼짐한 여인의 것이었다. 그녀는 그를 보자마자 뒤쪽의 한 남자에게 그를 손가락으로 가리켰다. 아티는 깜짝 놀라 황급히 뒤로 물러섰다. 두려움을 떨쳐내려고 온갖 노력을 다했다. 기분이었을 거야. 착시였을 거야. 저 착한 엄마는 정말 순수한 여인일 거야. 집안일을 열심히 하다가 여닫이창의 유리에 비친 모습에 잠깐 눈길을 돌린 걸거야. 아니면 아기를 즐겁게 해 주려고 아기에게 뭔가를, 예컨대 재밌는 모양의 그림자, 벽을 기어가는 도마뱀, 창고의 빗물받이 홈통에서 얌전히 몸치장하는 비둘기를 보여주려고 했던 걸 거야. 아티는 이렇게 혼잣말하며 두려움을 떨쳐내려고 애썼다.

그는 다시 아래층으로 내려가 골방에 틀어박혔다. 심호흡하며 심장박동을 늦추고 두려움을 억누르려고 애썼다. 영혼이 아팠고 생살을 드러낸 듯 육신이 욱신거렸다. 곧 그는 호흡을 멈추었고, 중대한 혼수상태에 빠져들었다.

아티는 그런 상태에서, 다시 말하면 죽음에 버금가는 깊은 최면상태와 반혼수상태의 중간쯤에서 하루를 꼬박 보냈다.

하루가 저물어가며 황혼의 우울한 색을 띠고, 창고가 삐걱대는 음울한 소리가 점점 커져갈 때, 그는 혼수상태에서 깨어났다. 몸을 일으켜 세우려 했지만 팔다리가 마음먹은 대로 움직이지 않았다. 개미들이 그의 팔다리를 점령하고, 그의 정신은 격심한 고통에 마비되고 죽은 듯했다.

꽤 오랜 시간이 흘렀고, 그동안 그의 두개골 안에서는 아득한 목소리가 끈질기게 반복되었다. "일어나…… 일어나…… 일어나…… 일어나……." 그 목소리는 마침내 신경점에 도달했고 신경을 때렸다. 따라서 아티가 눈을 살며시 뜨자, 빛이 그의 대뇌로 파고들었다…… 날카로운 통증이 온몸에 퍼졌고, 그 사이에 목소리는 절박하게 변했다. "일어나…… 넌 살았어, 다행히…… 준비해!……"

아티는 의지력을 발휘해 몸을 일으켜 세웠고, 팔다리에서 개미들을 쫓아내고 머리에 맑은 공기를 불어넣으려고 다리를 절룩이며 창고를 끝에서 끝까지 걸었다.

전날 남긴 커피를 단숨에 마시자 정신이 번쩍 들었다. 곰곰이 되짚어보는 시간을 가져야 했다. 앞뒤가 맞아떨어지지 않는 게 한두 가지가 아니었다.

아티는 그간에 겪은 사건들을 머릿속으로 되짚어보았다. 먼저, 코아와 그 자신이 무척 부주의했다는 걸 깨달았다. 돌이켜 생각해보면, 그들이 부주의하게 행동한 것은 분명했다. 지고한 믿음의 광장은 엄중한 감시하에 있었다. 사방에 감시 카메라와 많은 경비원이 있었고, 밀정들이 신경을 곤두세우고 있었다. 광장은 무척 예민한 공간이었기 때문에 그럴 수밖에 없었다. 그런데 전제적인 폭정과 케케묵은 신앙심으로 얼룩진 세계에서 법과 종교를 무시한 채 살아가는 습관이 몸에 배면, 행동과 목소리에서 작지만 비정상적인 면이 필연적으로 드러날 수밖에 없었다. 그런 태도가 정상적인 사람에게는 눈과 귀에 거슬렸을 것이다. 이런 관점에서 보면, 두 친구는 이단적이고 법을 존중하지 않는 사람이었다. 게다가 아비스탄의 주적들에게는 특별한 법들이 적용되기 때문에 나스 같은 사람에게 관심을 보이는 사람은 의심받기 마련이었고, 그도 아비스탄의 큰 적이 되었다. 문제는 바로 여기에 있었다. 그들이 남달라 보였기 때문에, 그 전문적인 밀거래꾼이 그들을 눈여겨보았고 만일의 경우에 대비하여 순찰대에게 그들을 손짓으로 알려주었던 것일까? 아니면 그들이 나스에게 관심을 보였기 때문에 고발했던 것일까? 후자의 경우라면 다시 중대한 의문이 제기되었다. 하느님의 도시 주변을 맴돌며 놀라울 정도로 맹종적인 군중에게 하찮은 물건을 팔아 살아가는 그 불쌍한 녀석이 어떻게 나스의 존재를 알 수 있었을까? 고고학자는 길거리를 쏘다녀 모두에게 알려지는 사람이 아니다. 더구나 나스는 아비구브에 근무하는 15만 명의 공무원 중 한 명에 불과했다. 더욱더 이해되지 않는 의문도 있었다. 자칫하면 체포되어 죽임을 당하거나 유형에 처해지는 중대한 비밀스러운 나랏일에 나스가 관련되어 있다는 것을 그 하찮은 장사꾼이 어떻게 알고 있었을까? 그 밀매꾼이 실제로는 경찰이나 그런 조직의 지휘관, 혹은 아파레유의 특별 세포였을까? 정의로운 형제회의 어떤 파벌에 소속된 조직원이었을까? 그 녀석이 순찰대에게 아티와 코아를 손가락으로 가리킨 행동은 순찰대에게 어떤 지시를 내린 것일까, 아니면 순찰대로부터 어떤 혜택을 얻으려고 고자질한 것일까? 그놈이 오래전부터 그들을 미행했던 것은 아닐까? ……그럴 가능성도 배제할 수 없었다…… 그들이 창고를 떠난 후부터…… 어쩌면 그 이전, 그들이 토즈의 상점에 도착했을 때…… 혹은 그들이 쥐구멍 시장에서 나스에 대해 물었을 때부터 미행당했을 수 있었다…… 그 이전에는 다른 사람들이 미행했을 가능성, 예컨대 그들이 코드사바드를 돌아다닐 때는 구역마다 다른 은밀한 그림자가 미행하다가 광장 부근에서 그놈에게 넘겨진 것일 수 있었다…… 훨씬이전부터…… 아주 오래전부터…… 그들이 격리 지역을 방문한 때, 길드 조직의 어떤 보조원이나, 기회가 닿을 때마다 앙티레그를 위해 일하는 레그가 고발했을 가능성도 있었다…… 특히 아티와 관련해서는 더 이전에, 그가 요양원에서 나와 코드사바드에 도착한 때부터…… 쥰(準)공무원이란 일자리와 튼튼한 아파트를 그에게 할애한 이유가 도무지 설명되지 않았다…… 아티는 요양원 의사가 퇴원허락서 아래에 '지속적인 관찰이 필요함'이라 쓰고 이중으로 밑줄까지 그었던 것을 분명히 기억하고 있었다. 하지만 이런 궁금증은 항상 궁극적인 의문으로 귀결되었다. 대체 아티는 누구일까? 그들의 눈에 아티가 그런 감시를 받을 만한 사람으로 여겨지는 이유가 무엇일까?

한편 코아는 가족의 품을 떠난 날부터 감시를 받았을 것이다. 그는 성(姓) 때문에 우상, 즉 관심의 대상이 되었다. 그는 체제의 자식이었고, 체제는 그와 관련된 모든 것을 감시했다. 수호천사들은 그가 반항적인 데다 저명한 모크비 코의 명성 덕분에 번영한 가문을 전혀 달갑게 생각하지 않는다는 걸 알고 있었기 때문에 더욱더 그를 따뜻하게 품어주었다.

냉정하게 접근하자 모든 것이 명백해졌고, 모든 것이 어렵지 않게 맞아떨어졌다.

하지만 그 결과로 한층 당혹스러운 의문이 제기되었다. 하느님의 도시 근처에서 있었던 사건을 토즈가 어떻게 그처럼 신속하게 알 수 있었을까? 그 시간에는 사건의 당사자들, 다시 말하면 아티와 코아, 그리고 그들을 고발한 좀스러운 밀매꾼과 그들을 추적한 순찰대만이 있었는데! 그럼, 누가 당시 상황을 토즈에게 알려주었다는 것일까? 그 고발꾼이었을까, 아니면 순찰대원이었을까? 어떻게 알려주고, 왜 알려주었을까? 그들을 겁주거나 죽이는 게 목적이었다면 왜 그토록 오랫동안 기다렸던 것일까? 왜 하필이면 지금일까?

결국 모든 것이 하나의 의문으로 요약되었다. 토즈의 진짜 정체는 무엇일까?

이렇게 의문을 제기하기 시작하자, 의문이 꼬리를 물고 한없이 이어졌다. 잠깐 사이에 아티는 예상하지 못한 수많은 의문을 끌어냈고, 그런 의문의 제기가 무엇을 뜻하는지 알았기 때문에 갑자기 등골이 서늘해지는 기분이었다. 요컨대 아티는 강력한 결정을 내려야 했지만, 어떤 결정인지도 알지 못했고, 그 결정을 실행에 옮길 능력과 용기가 자신에게 있는지도 확신하지 못했다. 코아가 없어 아티는 갈피를 잡을 수 없었다. 수개월 전부터 그들은 모든 것을 함께하지 않았던가. 그들은 완벽한 쌍둥이처럼 머리를 맞대고 모든 문제를 함께 상의하고 함께 행동했다. 갑자기 혼자가 된 아티는 머리와 육신 모두가 제대로 기능하지 못하는 중증 장애자가 된 기분이었다.

불현듯 의혹이 새로운 방향으로 전개되었다. 전혀 예상하지 못한 현상이었고, 이제부터 그가 금기시해야 할 것은 없다는 뜻이기도 했다. 맹목적으로 인정해줘야 할 것도 없었고, 예외로 넘겨야 할 것도 없었다. 하지만 이런 태도는 상상할 수 없는 것이었고, 허용되는 것도 아니었다. 아티는 토하고 싶었다. 고함을 내지르고 머리를 벽에 부딪쳐 산산조각내고 싶었다…… 냉혹하고 간교한 작은 목소리가 형제이며 친구, 동료이며 짝패이던 코아에 대해 소곤거리기 시작했다. 아티는 귓가에 속삭이는 그 목소리를 주의깊게 들었다. "그 똑똑한 젊은이가 네 우정을 얻으려고 파견된 밀정이라고는 생각해봤나? 그렇지 않다는 증거가 전혀 없잖아. 그렇다면 그는 목적을 완벽하게 달성한 셈이지……." 하지만 무슨 목적에서? 나는 하찮은 존재에 불과하고, 이 엉망진창인 세계도 나에게는 부담스러울 정도로 완벽한 세계에서, 이곳에서 숨을 쉬며 사는 것도 힘겨워하는 불쌍한 놈인데…… 국가, 여하튼 내가 모르는 어떤 조직이 막대한 시간과 수단을 동원해 감시해야 할 만큼 내가 가치있는 존재일까? 대체 어떤 면에서? ……이 의문을 풀어줄 수 있겠나? "아티, 정말 까맣게 잊었군…… 하지만 너도 잘 알고 있어. 너는 요양원에서 이곳, 세상의 지붕에 대해 오랫동안 생각하지 않았나…… 독자적인 판단과 저항심은 이 땅에서 태곳적에 사라졌네. 판단하고 저항하는 정신은 완전히 근절되어, 이제는 순종과 음모로 타락하고 썩은 영혼만이 습지 위에 맴돌고 있을 뿐이지…… 사람들은 그저 잠든 양떼이고, 잠든 양떼이어야만 하지. 괜스레 그들의 마음을 흔들어 놓아서는 안 된다고…… 하지만 아비스탄이란 황량한 사막에서도 폐결핵 환자의 뜨거운 머릿속에서 살며시 고개를 내민 자유라는 작은 뿌리가 사람들의 눈에 띈 거야. 추위와 고독을 견뎌내고, 산봉우리처럼 한없이 높고 깊은 두려움도 이겨낸 그 작은 뿌리는 짧은 시간에도 수많은 불경한 의문을 품게 만들 수 있지. 바로 이 점이 중요하네. 의혹이나 그와 비슷한 것을 마음에 품고 문제를 제기하며 원점부터 재검토하려는 자세가 필요한 거라고. 그런 의문을 네가 주변 사람들에게 줄곧 제기했던 거야. 물론 너는 암시적이고 암묵적으로 제기했지만, 그런 의문을 한 번도 제기한 적이 없었던 까닭에 지극히 순수하고 예민한 귀를 가진 사람들에게는 분명히 들렸을 거네. 그래, 너는 의문을 품은 듯한 시선과 언어로 주변 사람들에게 의문을 제기했지. 그래서 환자와 간호사, 순례자와 카라반 상인 등 귀가 달린 사람들이 네 말을 듣고 보고했을 것이고, 도청국은 네 발언을 빠짐없이 기록했겠지…… 또 밤낮으로 네 머릿속을 조사하고 뒤지는 V들도 그랬을 것이고…… 하지만 그 작은 뿌리는 쉽게 뽑히지가 않지. 오히려 사람들은 그 뿌리에 대해 궁금해하며, 그 뿌리가 무엇이고 어디에서 생겨난 것이고 어디까지 뻗어갈 수 있는지 알고 싶어 할 거네…… 자유를 말살한 사람들은 자유가 뭔지를 몰라. 오히려 자신들이 억누르며 재갈을 물리고 죽여버리는 사람들보다 오히려 덜 자유로울 거네. ……하지만 적어도 네가 자유롭게 움직이도록 내버려둬야만 자유가 뭔지 이해할 수 있고, 네가 스스로 배워가는 모습을 지켜보면 그들도 자유가 뭔지 깨닫게 될 거라는 정도는 알고 있었네…… 친구, 너는 엄청난 실험이 시도되는 실험실의 모르모트라는 걸 알아야 해. 절대적인 권력이 하찮고 하찮은 자네를 통해 자유가 뭔지 알아내려는 거야! ……미쳤지! ……그들은 결국 너를 죽일 거야. 자유는 그들의 세계에서 죽음의 길이

니까. 자유는 충돌하고 질서를 파괴하는 것이니까. 신성모독이
기도 하고. 절대권력을 가진 사람들도 과거로 회귀하는 건 불가
능하다고! 세상을 지배하려고 자신들이 만들어낸 체제와 신화
의 포로가 되고 말았거든. 결국 자신이 만들어낸 체제와 신화로
인해 그들 자신이 도그마에 보호하는 수호자가 되었고, 전체주
의를 어떻게든 끌어가려는 신봉자가 된 거지.

　이번 사건에서 정말 특이한 점은, 아파레유 심장부의 어딘가
에서 누군가, 십중팔구 고위층 인사였겠지만 여하튼 누군가 기
관이 끊임없이 받아서 만일의 경우를 대비해 무지막지하게 보
관해두는 무수한 보고서 중에서 우연히 집어든 보고서를 읽다
가 '저런, 저런…… 정말 이례적이고 재밌는데!'라고 생각했다
는 거야. 그래서 먼지구덩이에서 지루하게 살아가는 관리가 작
성한 보고서를 직접 살펴보고, 관련된 조사를 신속하게 진행한
결과, 그는 아연실색할 만한 결론에 도달했겠지. 말하자면, 자
유전자의 존재를 알게 된 거야. 아비스탄이란 세계에서는 상상
조차 할 수 없는 것이잖아. '이놈은 새로운 종(種)이 만들어낸
미친놈이거나 돌연변이일 거야. 이미 오래전에 사라진 반항심
을 갖고 있잖아. 자세히 조사해 봐야겠군.' 개인적인 영달을 바
라고, 개인적으로 찾아낸 뭔가를 소중히 생각하는 것은 금지된
것이 아니기 때문에 그는 영혼을 좀먹는 그 새로운 질병에 자신
의 이름을 붙임으로써 아비스탄의 역사서에 몇 줄을 차지하려
는 생각을 머릿속에 품었겠지. 그 질병의 이름으로 '아티의 이
단'이나 '신의 일탈'을 생각했을지도 모르지. 아파레유가 무엇

보다 두려워하는 게 이단과 일탈이잖아.

　광기에 사로잡히고, 새로운 질병균을 품고 있는 그 반항적인 돌연변이는 바로 아티, 너야! 네 서류가 아파레유의 고위직 책상까지 틀림없이 올라갔을 거야. 물론 정의로운 형제회의 책상에도 올라갔겠지. 그 정도의 지위에 있는 사람들은 결코 멍청이가 아니야. 오히려 기막히게 머리가 좋을 거야. 그 좋은 머리를 썩히고 있을 뿐이지. 그들은 옛것, 고리타분한 것, 구태의연한 것을 지겹도록 되풀이할 뿐이야. 물론 새로운 것이 등장하면 그들도 각성하고 경각심을 갖겠지. 아비스탄의 설립 근거를 완전히 무효화시킬 만한 혁명적인 마을이 발견되었을 때 신속하게 대응하며 특별한 의미를 부여했던 게 그 증거라 할 수 있을 거야. 그런데 너와 나스의 만남은 전혀 예상하지 못한 변수였지…… 하기야 너 같은 하찮은 인간이 나스처럼 뛰어난 고고학자를 우연히 만나, 그로부터 위험한 비밀 이야기를 듣게 될 줄이야 누가 예상을 했겠나? 그런데 너와 나스의 만남이 인간의 힘으로는 어쩔 수 없었던 불가항력이었다면, 더 이상하지 않나? 순전히 우연이었다면, 너희 둘의 만남이 끼리끼리 모이는 유유상종이란 삶의 심원한 역학 관계에 따른 것이란 뜻이 되니까. 그래서 물방울 하나가 결국에는 바다를 만나고, 먼지 알갱이 하나가 먼지를 만나는 법이지. 달리 말하면, 자유와 진리가 만났다는 거야! 이만저만 충격적인 사건이 아닐 수 없었지. 아비가 순종과 숭배라는 원칙으로 세상을 완성한 이후로 그런 만남은 한 번도 없었으니까. 정의로운 형제회가 이름조차 붙이지 않을 정도로 두려워했던 것이 마침내 등장한 거야. 지금은 맹아 상태에 불과하지만, 아비스탄에서도 가장 외딴 지역에 칩거해 있던 병자와, 그처럼 위험한 모험을 시도할 까닭이 없는 지극히 신중한 공무원을 통해서!"

그러나 뭔가를 생각한다고 그것을 믿고 확신한다는 뜻은 아니다. 아티는 그 생각을 마음에 두지 않았다. 결핵에 시달리는 병자의 덧없는 상념이었고, 근거없는 억측, 쓸데없이 머리를 쥐어짠 생고생, 전혀 있을 법하지 않아 가능성조차 없는 것이었다. 독재 권력은 새로운 것을 알아내려 굳이 애쓸 필요가 전혀 없다. 독재권력은 반드시 알아야 할 것은 자연스레 알게 되며, 엄하게 다스리고 탄압해야 할 특별한 이유가 필요한 것도 아니다. 독재 권력은 무작위로 폭력을 휘두른다. 이런 무모함에 독재 권력의 힘이 있고, 이런 무작위적인 폭력 행사로 두려움을 극대화하며 경외감을 거둬들인다. 게다가 독재 권력은 항상 사후에 재판을 진행한다. 사형수가 미리 자신의 죄를 고백하고, 사형집행인에게 머리를 조아리는 모습을 보인 후에야 재판이 진행된다. 이번 경우에도 어렵게 생각할 것은 없었다. 아티와 코아가 '마쿠프', 즉 발리스라는 치욕적인 종파에 가입한 불신자로 선포될 것이 뻔했다. 대운동장에 끌려 나가는 사람은 잘못을 저지른 죄인이었다. 모두가 알고 있듯이, 하느님은 무고한 사람을 결코 괴롭히지는 않으며, 욜라는 정의롭고 강하기 때문이었다.

밤이 깊었다. 토즈의 직원, 데르는 오지 않았다. 아티는 전날 먹고 남은 것으로 배를 채우고 담요를 뒤집어썼다. 믿음의 신자 다운 신앙은 없었지만 정성을 다해 하느님에게 기도했다. 피해 자의 하느님이 있다면 그의 소중한 친구, 코아를 구해달라고!

불안과 설움을 견디며 하루를 보냈고, 또 하루가 지났다. 아티는 전전날에 있었던 사건들을 머릿속에 그리고 또 그려보았고, 그때마다 생각해볼 만한 작은 건더기를 찾아냈다. 그렇다고 별다른 성과를 거둔 것은 없었지만 그렇게라도 생각을 집중해야 했다. 아티는 코아가 미치도록 보고 싶었고, 불길한 예감이 그의 마음을 괴롭혔다.

데르는 일곱 번째 기도 시간에야 창고에 모습을 드러냈다. 그런데 구역 모크바들이 신자들을 모크비에 모으려고 목소리를 높이고 뿔피리를 불었다. 이 시간에 길거리를 어슬렁댈 수는 없었다. 일곱 번째 기도에는 고유한 의미가 있었다. 하루를 마무리하며 밤을 맞이하는 기도로서, 상징 자체였다.

데르는 말이 많지 않았다. 하기야 그 이전에 보았던 모우도 말이 거의 없는 편이었다. 창고에 들어오자마자 데르는 누군가 창고에서 지냈다고 의심할 만한 것들을 주워 모았고, 그런 흔적들로 자루가 가득 채워지자 자루의 입구를 단단히 묶고 어깨에 짊어졌다. 그리고 창고를 마지막으로 둘러보고는 무표정한 얼굴로 아티에게 15, 20시카쯤 떨어져서 따라오라고 말했다.

그들은 모크바를 멀찌감치 돌아서 한참동안 바쁜 걸음을 걸었다. 모크바 주변에는 빈둥대면서도 행인을 붙잡고 어떻게든 아름다운 종교적 대화를 나누려는 의욕에 불타는 사람들이 한 둘이 아니었기 때문이다. 길을 가다가 데르는 도시에서 가장 눈에 띄지 않는 공간을 차지한 쓰레기 더미에 자루를 던져 버렸다. 자동차가 다닐 수 있는 도로에 들어선 후, 데르와 아티는 자동차가 드나들 수 있을 정도로 큼직한 대문 아래에 몸을 감추고 조용히 기다렸다. 왼쪽에서는 고양이들이 울어댔고 오른쪽에서는 개들이 짖어댔다. 하늘에서는 달이 어슴푸레 빛나며 세상을 그럭저럭 비추었다. 적잖은 집에서 스며나온 따뜻한 과자와 히르 냄새로 주변의 거리에 향긋한 냄새가 퍼졌다. 행복한 사람들……

한 시간쯤 지났을까? 두 개의 전조등이 멀리에서 어둠을 꿰뚫고 다가왔다. 자동차는 가까이 다가와서는 전조등으로 신호를 보냈고, 그 신호에 데르가 차도 한가운데로 나가 두 팔을 크게 휘두르며 응답했다. 자동차는 데르 앞에서 급정거했다. 조용히

멈추어선 큼직하고 위풍당당한 모습의 자동차는 초록색의 관용
차였고, 앞쪽 흙받기에는 정의로운 형제회 한 위원의 문장(紋章)
이 그려진 깃발이 세워져 있었다. 위압적으로도 보였다. 하기야
누가 감히 정의로운 형제회 위원의 길을 가로막을 수 있겠는가?
운전기사가 문을 열고 아티에게 자동차에 타라고 말했다. 영광
스러운 초대였지만, 도무지 이해할 수 없는 황공스러운 초대였
다. 데르는 임무를 끝냈는지 뒤로 돌아 한마디 말도 없이 어둠
속으로 사라졌다. 자동차가 부르릉 소리를 내며 출발했고 곧바
로 속도를 올렸다. 아티는 생전 처음 자동차를 타는 것이었고,
더구나 최고급 자동차였다. 아티는 은근한 자부심에 미소를 지
었고, 말로 표현하기 힘든 불행의 와중에도 최고급 자동차를 타
는 행운, 최고의 행운을 누리는 행복을 얻은 기분이었다. 하지
만 지체없이 아티는 침착하고 겸손하자고 스스로 다짐했다. 최
고위층의 공직자와 어마어마한 부자만이 그런 경이로운 자동차
를 소유했기 때문에, 그것만으로도 그들의 공생 관계가 입증되
는 듯했다. 그 꿈의 기계가 어디에서 오는 것인지, 즉 그 기계를
누가 생산하고, 누가 판매하는지는 아무도 몰랐다. 따라서 전
혀 깨지지 않는 전인미답의 비밀이었다. 누구도 알지 못했기 때
문에 그 자동차가 다른 세계에서 건너온 것이란 소문이 있었다.
어떤 경로가 있을 것이고, 보이지 않는 국경에 대한 설왕설래도
있었다. 엔진 소리는 무척 부드러웠고, 좌석은 무척 안락했다.
운전기사의 솜씨도 썩 좋았고, 도로의 요동도 심하지 않아 아티
는 곧 비몽사몽에 빠져들었다. 아티는 잠들지 않으려고 안간힘

을 다했지만 오래 버티지 못하고, 그를 짓누르는 불안감에도 불구하고 깊고 행복한 잠에 빠지고 말았다. 대체 그를 어디로 데려가는 것일까? 저 끝에는 어떤 결말이 그를 기다리고 있을까? 토즈는 예사롭지 않은 사람이었지만 그에 못지않게 감추는 게 많은 사람이었다.

아티는 잠에서 깨었지만 무중력 상태에 떠 있는 걸 알고는 놀라지 않을 수 없었다. 자동차는 사랑의 화살처럼 우아하고 기분 좋게 공기를 가르며 여전히 힘차게 달리고 있었다. 대충 짐작해도 어림잡아 100샤비르를 달려온 것 같았다.

저 멀리에 반짝이는 빛이 보였다. 분출된 빛이 구름에 닿았고 구름을 붉게 물들였다. 진정한 장관이었고, 코드사바드에서는 정말 드문 장면이었다. 전기는 배급제였고 무척 비싼 까닭에 고위층과 부유한 상인만이 전기를 자유롭게 사용했다. 물론 고위층은 전기료를 납부하지 않았고, 부유한 상인은 고객들에게 전기료를 떠넘겼다. 공기는 습했고, 소금기와 신선한 뭔가가 혼합된 때문인지 끈적한 냄새를 풍겼다. 밤의 짙은 어둠에서, 굵은 물줄기가 벽인지 바위인지를 때리는 소리가 들려왔다. 바다일까? 정말 바다가 있는 것일까? 저기를 넘어가면 바다를 볼 수 있을까? 물살에 쓸려가지 않고 삼켜지지도 않고 바다에 갈 수 있다는 소문이 사실이었던 것일까? 길이 더는 계속되지 않았다. 자동차는 군대가 삼엄하게 지키는 거대한 대문을 지나 드넓은 정원으로 들어섰다. 웅장한 나무들과 낭만적인 아담한 숲, 매력적 꽃들로 수놓아진 화단과 몽환적인 정자, 끝이 보이지 않는 잔디밭과 연못 등으로 꾸며진 정원이었다. 길을 따라 일정한 간격을 두고 세워진 호화로운 가로등 기둥들은 자신의 그림자 위에 부드러운 빛을 던졌다. 자동차 바퀴가 차로에 깔린 작은 자갈(낮이었다면 분홍빛인 걸 보았을 것이다.)을 밟는 소리가 들렸다. 교묘하게 배치된 강렬한 투광기들로 환히 비추어진 거대한 저택은 양쪽 끝이 보이지 않을 지경이었다. 엄격히 말하면, 대칭과 조화를 이룬 왕궁인 본관을 중앙에 두고 크고 작으며, 높고 낮으며 둥글고 각진 부속건물들이 좌우로 한없이 배치된 구조였다. 부속 건물들 중에는 화려한 모크바도 있었는데, 초록색 대리석과 곱게 가공된 치장 벽토로 꾸며진 모크바였다. 정원과 테라스와 지붕에는 물론이고 망루에도 중무장한 근위병들, 성직자용 부르니 위에 쇠사슬 갑옷을 덧입은 민간인들, 갑옷을 입은 군인들이 서 있거나 앉아 있었다. 또 품종을 알 수 없었지만 절반은 개이고 절반은 사자인 듯한 무섭게 생긴 경비견들을 끌고 조련사들이 순찰을 돌았다. 멀리 철조망 울타리가 둘러진 작은 언덕에는 웅장한 철구조물, 각양각색의 북과 사방으로 향한 파라볼라안테나, 자체로 회전하는 거대한 금속 구조물을 떠받치는 30시카 높이의 철탑이 세워져 있었다.

더 멀리에는 아비스탄 사람이면 모두가 그랬듯이 아티도 가까이에서 보기를 항상 꿈꾸었던 것, 비행기가 있었다. 일렬로 분별있게 정돈된 거대한 격납고들 앞에는 대형과 중형과 소형 등 다양한 크기의 항공기들과, 역시 크기와 형태가 다양한 헬리콥터들이 세워져 있었다. 아득히 높은 하늘에서 윙윙거리며 지나가는 점으로만 보았던 까닭에 상상 이상으로는 알지 못하던 것이었다. 기계일까? 새일까? 마법은 아닐까? 홀로그램은? 우리 편일까, 적일까? 눈에 보이는 것이 항상 맞는 것일까, 그 미지의 소리는 어떻게 들리는 것일까? 약간 수수하게 보이는 또 하나의 격납고도 있었다. 소형 자동차, 세단형 승용차, 트럭과 특수 자동차가 요령껏 배치된 커다란 주차장도 있었다. 대체 이것들은 어디에서, 어떤 세계에서 어떤 경로로 들어온 것일까?

아티는 도무지 한눈으로 그 모든 것을 한꺼번에 볼 수 없었다. 땅이 드넓기도 했지만 자동차가 무척 빨리 달리기도 했다. 자동차는 어디로 가야 하는지 알고 있는 게 분명했다. 자동차는 중앙에서 상당히 멀리 떨어진 곳, 20, 30채의 단독주택들이 서로 아름다움을 뽐내며 예술적으로 다듬어진 나무들로 에워싸인 주택 단지 앞에서 멈추었다. 운전기사가 아티에게 자동차에서 내려 따라오라고 말했다. 운전기사는 15호라고 쓰인 새하얀 방갈로로 향했다. 현관과 커다란 중앙 거실, 부엌과 욕실, 조용한 복도에 붙은 3개의 방이 있었다. 모든 곳이 토즈가 과거를 회고하며 정성들여 수집한 가구와 그림 및 장식품으로 호화롭게 꾸며져 있었다. 아티는 이런 집이 존재하리라고는 상상조차 못했다. 누군가 이런 집에 거주하더라도 즐겁게 살 수 있을까 의심스러웠다. 어떤 것도 코드사바드에서 흔히 볼 수 있는 것이 아니어서 설령 이런 집에 살더라도 불편하고, 더 나아가 불행할 것 같았다. 사람들은 발밑에서 흙을 느끼고, 시야가 시원하게 트인 곳을 좋아했다. 특히 한공간에서 어울려 지내며 빵과 히르를 나눠 먹고, 난방을 절약하며 하나의 목소리로 기도하고 잡담하는 걸 좋아했다.

운전기사는 아티에게 새로운 지시가 내려올 때까지 그 방갈로에서 머물러야 할 거라고 알려주었다. 부엌에는 흰 부르니를 입은 두 남자가 긴장된 모습으로 서 있었다. 둘을 구분하기는 조금도 어렵지 않았다. 한쪽은 튼튼해보이는 흑인이었고, 코가 납작했으며, 이름은 앙크였다. 다른 한쪽은 아담한 체구였고, 째진 눈에 약간 창백한 얼굴이었으며 크로라는 이름에 반응을 보였다. 한편 운전기사는 백인이었고 우아한 몸짓에 영리하게 보였고 이름은 헤크였다. 헤크는 두 사람을 대충 하인이라소개했다. 헤크는 방갈로마다 두세 명의 하인이 있다며, 주인님이 초대한 손님들을 모시는 역할을 한다고 덧붙였다. 앙크와 크로는 헤크의 말이 맞다는 듯 아티에게 고개를 숙여 인사했다. 아티가 조심스레 물었다. "당신 주인은 누구입니까?" 운전기사가 우쭐하며 대답했다. "우리 주인님은 위대한 위원님…… 브리 공이십니다!"

허기를 약간 채운 후 아티는 침대에 누워 온갖 생각과 두려움과 싸우며 평생 가장 또렷한 밤을 보냈다. 아티는 덫에 걸린 기분이었고, 최악의 상황까지 고려했다. 태양이 지평선 너머로 서서히 모습을 드러내기 시작할 쯤, 아티는 피로감을 견뎌내지 못하고 잠이 들었다. 하지만 잠이 들었을까 싶었을 때 아티는 모크바의 뿔소리, 하루의 첫 번째 기도를 알리는 소리에 잠을 깼다. 젊은 성직자가 그를 모크바에 데려가려고 현관에서 그를 기다리고 있다고 앙크가 알려주었을 때 아티는 아직 잠에서 완전히 깨어나지 못한 상태였다. 하지만 여하튼 아티는 젊은 성직자를 따라 모크바로 향했다. 모크바는 사람들로 붐볐다. 모두가 자신의 자리를 차지하고 앉아 있었다. 고관들이 앞줄을 차지했고, 그 뒤로 정부의 고위 책임자부터 시작해 마지막으로 비서관까지 차례로 앉아 있었다. 하인들과 육체노동자들은 각자의 일터에서, 경비병들은 병사(兵舍)에서 기도했지만 그래도 기도하는 시간을 놓치지 않으려 애썼다. 기도에 대한 감시가 중단되지 않았고, 제재는 누구에게나 똑같아 100대의 몽둥이찜질이 가해졌기 때문이다. 물론 재범의 경우에는 더 심한 제재를 받았다. 아티의 자리는 초대석에 있었다. 새벽 기도는 밤을 마무리하며 하루를 맞이하는 기도로서 중요했던 까닭에 모두가 서둘러 모크바에 몰려들었다. 한마디로 상징 자체였다.

시간이 좀 더 있었더라면, 아티는 브리 공이 왕궁의 접견실 옆에 자기만의 모크바를 두고 있다는 걸 알았을 것이다. 그곳의 모크비는 브리 공의 시종이었고, 시종을 보좌하는 사람들이 모크바를 관리하고 기도 시간을 알리는 역할을 담당했고, 주술사와 성가대원과 시편낭송자 역할도 마찬가지였다. 성목요일에 브리 공은 피곤하지 않으면 영지의 모크바에 가서 직접 기도를 인도했다. 그 시간은 영지 사람들에게 더할 나위 없는 영광이었던 까닭에 누구도 그 시간을 잊지 않았다. 한편 일상적으로는 허물없이 모크바 코로 불렸던 코드사바드의 대모크바에서 탄원의 목요일을 인도할 차례가 되면 브리 공은 엄중한 경호를 받으며 수행원들을 데리고 대모크바에 갔기 때문에 그의 영지 사람들은 극단적인 실망과 절망에 빠졌다. 그러나 오후에 브리 공이 돌아오면 그 때문에 더욱더 환희에 찬 축제가 되었다. 브리 공이 자신의 공식 집무실과 궁전 및 내각이 여러 층을 차지하고 있는 키이바에 가려고 며칠 동안 영지를 비우면, 영지는 깊은 동면에 빠졌고 밤낮으로 주인의 부재를 한탄하며 슬퍼했다.

기도가 끝나자 젊은 성직자가 아티를 왕궁 옆에 있는 커다란 건물로 데려갔다. "이곳은 영지를 통치하는 총본부이며, 브리 공의 시종장이신 비즈 님께서 관리하십니다…… 그분의 비서 실장이며 특별 고문이신 람께서 당신을 기다리고 있습니다." 비오라는 이름의 젊은 성직자가 '특별'이란 단어를 특별히 힘주어 발음한 까닭에 오히려 어색하게 들렸지만, 비즈도 람의 조언을 특별히 경청하기 때문에 아티도 말하기보다 듣는 데 집중하는 편이 나을 것이란 의도로 읽혀졌다. 그들은 샛문으로 들어가 긴 지하 통로를 지난 후에 계단과 복도와 사무실 등이 미로처럼 얽힌 곳으로 나왔다. 섬뜩할 정도로 비슷비슷한 성직자들이 종교적인 업무로 부산하게 오가는 그곳의 맞은편에는 시종장의 집무실로 이어지는 널찍하고 호화롭게 장식되었지만 적막할 정도로 조용한 복도가 있었다. 아티는 그동안 위험한 상황을 경험하며 관찰력이 날카로워진 까닭에, 그곳의 신호체계가 생전 처음

보는 언어로 작성되었다는 걸 알아차렸다. 무척 정교하게 조각되고, 섬세한 장식과 무늬로 채워진 글씨체는 아빌랑어와 완전히 달랐다. 아빌랑어는 인위적으로 만들어질 때부터 엄격성과 간결성과 순종 및 죽음의 사랑을 주입할 목적으로 고안된 전투적인 언어였기 때문이다. 아비스탄의 관점에서 보면 이상한 것이 너무도 많았다. 그럼 브리 공의 집무실과 더 높은 최고 지도자의 집무실은 어땠을까? 대리인 아비까지 생각할 여유는 없었다. 모든 것이 불가사의했고, 비교할 데가 없는 경이로움 자체였다.

아티는 간소하게 가구가 갖추어진 방으로 안내되었다. 안락의자 하나, 등받이만 있는 의자 하나, 나지막한 탁자 하나가 전부였다. 비오는 자신의 임무를 마치자마자, 입가에 미소를 띠며 물러났다.

아티는 긴장을 풀고 편한 자세를 취했다. 안락의자에 앉아 두 다리를 쭉 뻗었다. 기다림의 시간이 길어졌다. 아티는 근래에 기다림의 고문을 지겹도록 받은 터라 그런 고문에 익숙해져 있었다. 요양원에서는 인내의 최고봉에 올랐을 정도였고, 지루하지 않게 기다리는 방법까지 터득했다. 이런저런 생각을 떠올리며 그 생각들을 하나씩 해결하려고 몰두하면, 그 과정에서 두통과 막연한 두려움이 밀려와 기다리는 시간이 조금도 지겹지 않았다.

마침내 고문이 끝났다. 한 남자가 방에 들어왔다. 호리호리한 체구에 키도 작았고, 상냥하게 보였지만 나이를 가늠하기 힘들었다. 여하튼 서른 초반으로 보였다. 검은 부르니를 입고 있었지만, 검은 부르니는 흔하지 않은 것이었다. 아티는 벌떡 일어섰다. 그 남자는 상대를 회롱하는 듯한 태도로 엉덩이에 두 손을 댄 채 아티 앞에 우뚝 서서 아티의 눈을 오랫동안 뚫어지게 쳐다보다가 갑자기 미소를 지으며 말했다. "당신이 아티로군!" 그러고는 자신의 가슴을 살짝 건드리며 덧붙였다. "내가 람이요!" 그의 눈동자 안쪽에는 다른 뭔가가 상냥한 태도 뒤에 감춰져 있었다. 냉정함, 어쩌면 잔혹함일 수도 있었다. 혹은 시선에 음산한 빛을 남기는 공허감에 불과할 수도 있었다.

"자, 앉읍시다. 내 말을 중간에 끊지 말고 끝까지 들어주십시오!" 람은 의자를 안락의자 쪽으로 밀어당기고는 털썩 앉아 가랑이를 쩍 벌렸다. 그러고는 무릎 위에 팔꿈치를 대고, 중대한 비밀 이야기라도 할 듯이 아티를 향해 몸을 기울였다.

"먼저, 당신에게 모든 걸 숨김없이 허심탄회하게 말하겠습니다. 당신 친구, 나스와 코아는 죽었습니다. 슬프지만 세상사가 그런 겁니다. 그들의 죽음을 헛되게 만들고 싶지 않아, 당신에게 우리 일에 협조해달라고 부탁하고 싶습니다…… 나중에 자세히 설명하겠지만, 먼저 당신에게 몇 가지를 알려드릴 테니 심사숙고해보십시오. 나스는 자살했습니다. 그게 공식적인 결론입니다. 마브의 발견으로 나스가 무척 동요했던 모양입니다. 우리는 나스와 함께 일한 동료들에게 불안하게 만들고 싶지 않아 그의 죽음을 감췄습니다. 아비구브가 어려운 임무를 해내려면 평온해야 한다고 생각한 거지요. 그런데 그게 잘못이었습니다. 사람들이 최악의 경우를 상상했으니까요. 우리는 나스가 자살한 이유를 아직도 정확히 모릅니다. 부인에게 편지 한 장을 남겼지만, 자살한 이유가 명확히 쓰여 있지는 않았습니다. 다만 의혹으로 자신의 믿음에 구멍이 뚫렸고, 의심하며 거짓으로 살수 없다고 말했을 뿐입니다. 나스는 정말 올곧은 사람이었고, 그런 사람답게 행동한 거지요. 어느 날 갑자기 나스는 죽었습니다. 가족과 이웃들과 동료들에게 걱정을 남겨두고 말입니다. 대대적인 조사가 벌어졌지만 헛일이었습니다. 나스의 부인, 스리와 누이 에토는 정말 담대한 여자들이었습니다. 진실을 알아내려 분투했지만, 그 작은 비극이 곧 국가적으로 최고 수준의 사건, 즉 정의로운 형제회의 사건으로 확대되었습니다. 정의로운 형제회와 관련된 비밀이 개입되었으니까요. 나스는 무슨 생각을 했던 걸까요? 물론 앞으로도 정확히 밝혀지지는 않겠지요. 어느 날 갑자기 나스는 그 마을로 돌아갔습니다. 그 이유도 밝혀진 게 없습니다. 여하튼 나스는 여러 유물을 검토하고 확인하며 연구 결과를 보완했을 겁니다. 또 몇몇 유물을 감추기도 했겠지요. 여하튼 그곳의 한 집에서, 첫 순례자들을 받기 위해 유적지를 정비하려고 동원된 노동자들이 그의 시신을 발견했습니다…… 목매어 자살한 모습이었고…… 그의 몸에서 아내에게 보낸 편지도 발견되었습니다.

　현장 조사를 다녀온 뒤, 장관에게 제출한 정밀한 보고서에서 나스는 이렇게 가정했습니다. 마브는 아비스탄 마을이 아니며, 더구나 우리 문명보다 훨씬 우월한 과거 문명, 그러니까 신성한 순종의 종교, 카불의 토대를 이루는 원칙들과는 완전히 상반된 원리들이 지배한 문명과 관계가 있을 거라고 말입니다. 더구나 설상가상으로, 카불, 우리의 카불이 당시에도, 다시 말하면 아비, 우리의 아비, 우리 대리인이 태어나기 전에도 존재했을 뿐만 아니라, 당시를 찬란하게 수놓던 종교가 심각하게 타락한 한 형태로서 존재했다고 생각할 만한 증거를 찾아낸 것으로 보입니다. 하지만 역사와 그 부침에 따라 그 종교가 나쁜 방향으로 빠졌다는 것은 그 종교에 잠재적으로 내포된 위험한 요소가 드러나며 증폭되었다는 뜻이겠지요. 그 과거의 문명은 카불에 의해 파괴되고 완전히 소멸된 듯합니다. 이 지구에는 무질서와 폭력이 횡횡했지만, 그렇다고 카불의 승리가 이 땅에 평화를 가져다주지는 못했습니다. 이런 관계를 진실되게 한마디로 요약하면, 아비스탄의 죽음, 세상의 종말이겠지요. 말하자면 우리가 광기와 무지로 뒤범벅된 그 세계를 물려받고 이어받은 사람들이란 뜻입니다. 이 때문에 나스의 정신은 격심한 혼돈에 빠졌습니다. 모두가 당연한 것이라 생각하던 것이 완전히 뒤집힌 셈이었으니까요. 정말 궁금한 것은 아비의 계시가 아니라, 아비의 가르침으로 논박했다는 과거의 종교가 되었으니까요…… 중대한 문제였습니다. 그래서 최고 지도자께서는 보고서의 복사본을 모든 위원에게 전달했고 그들의 의견을 구했습니다…… 그 때문에 키이바에서는 한바탕 소동이 벌어졌습니다. 그 저주스러운 마을을 흔적도 없이 없애버리고, 고문서와 신성한 경전과 성스러운 기억을 관리하는 부서를 폐쇄하는 동시에 그곳의 직원들을 분산시키고, 그 마을에 관련된 이야기를 조금이라도 아는 사람은 빠짐없이 죽이자는 의견도 제시되었습니다…… 물론 당신도 그 목록에서 윗부분을 차지했지요. 나스가 조사를 끝내고 귀환하는 동안 가장 많은 시간을 함께 보낸 사람이 바로 당신이었으니까요. 또 당시 나스의 머리에는 온갖 이상한 생각들로 꽉 채워져 누군가에게 속내를 털어놓고 싶지 않았겠습니까. 그런데 아비가 직접 개입하시며 모든 분란을 해소하셨습니다. 한때 그 마을에 사셨고, 그곳에서 카불과 아빌랑어에 대한 계시를 받았다는 걸 기억해내셨습니다. 그리하여 논쟁은 가라앉았지만 이해관계의 충돌까지 해결되지는 않았습니다.

여하튼 우리 신성한 종교의 규율에 따라 나스의 유해는 화장되었고, 그 가루는 바다에 뿌려졌습니다…… 믿음을 의심하고 자살한 까닭에, 카불과 수많은 순교자의 피로 신성화된 아비스탄의 땅에 묻힐 수는 없었습니다. 우리는 그의 부인 스리와 누이 에토가 나스로 인해 믿음이 더럽혀지지 않았다는 걸 확인한 후, 선량하고 정직한 신자들인 아비구브의 공무원과 상인과 짝을 맺어주었습니다. 내가 방금 '우리'라고 말한 이유는 최고 지도자께서 정의로운 형제회의 이름으로 그런 결정을 내렸기 때문입니다. 이제 두 여인은 슬픔을 어느 정도 잊고 정상적이고 행복한 삶을 영위하고 있습니다. 당신이 원하면 두 여인을 만나게 해줄 수 있습니다. 물론 두 여인과 그들의 남편들도 동의해야 하겠지만. 하지만 당신이 나스의 친구였기 때문에 그들도 흔쾌히 동의할 것이라 믿습니다…… 에토는 하느님의 도시의 카포에서, 스리는 H46 구역에 살고 있습니다. A19 구역에 인접한 무척 조용한 구역입니다."

람은 말을 잠시 중단하고, 아티에게 마음을 정리할 시간을 주었다.

람은 아티의 어깨를 살짝 건드리며 물었다. "괜찮습니까?"

"으음……"

"그럼 계속하겠습니다. ……코아의 경우는 말하는 것조차 안쓰럽습니다. 코아는 정말 비참하게 죽었습니다…… 도망가다가 도랑에 빠졌고, 도랑에 설치된 말뚝에 옆구리를 찔렸습니다…… 그래도 굴 같은 곳으로 피신해 숨었지만 결국 피를 너무 많이 흘려 죽었습니다…… 이틀쯤 지난 후에 어린아이들이 그의 시신을 발견했습니다. 코드사바드의 골칫거리인 개들이 시신을 뜯어먹고 있던 중이었습니다. 브리 공의 소중한 친구, 대모크비 코의 공적에 대한 감사의 표시로 우리는 이곳, 영지에 코아를 매장했습니다. 원하시면, 그의 묘소에 명복을 비는 시간을 마련하겠습니다.

토즈는 우리에게 당신이 A19 구역에 있다는 걸 알려주었습니다. 당신들이 그를 접촉한 즉시! 토즈는 우리 당파에서 무척 중요한 회원입니다. 꽤 괴팍한 사람으로, 이곳에서 동료들이나 친구들과 어울려 사는 것보다 지저분한 A19 구역에서 사는 걸 더 좋아합니다. 조사는 지금도 진행 중에 있지만 우리만 나스의 운명, 또 두 분, 그러니까 코아와 당신의 운명에 관심 있는 게 아닌 듯합니다. 이번 사건에서 신변에 위협을 느끼는 공(公)들도 있었고, 반대로 유리한 방향으로 이용하려는 공들도 있었습니다. 디아 공은 마브 순례지에 대해 세습되는 사업권까지 확보한 마당에, 순례지 중 어느 한 곳이라도 신성함을 의심받는 현상을 용납할 수 없었습니다. 더구나 아비가 계시를 받은 곳에 대한 의심은 더더욱 용납할 수 없었을 겁니다. 그런데 디아 공은 순례지 사업권을 통해 막대한 수입을 거둬들이고 있고, 그 수입이 실로 엄청나서 정의로운 형제회 내의 균형 관계가 위협받고, 실제로 디아 공의 오만함이 하늘을 찌를 지경입니다. 게다가 디아 공은 최고 지도자 뒤크 공과 아비로부터, 나스 보고서의 복사본을 회수해 불살라 버리는 권한을 얻어냈습니다. 또 디아 공의 요청에, 흰옷을 입고 모이는 폐쇄적인 조직, 아비 지르가가 결성되었습니다. 아참, 당신은 아비 지르가가 뭔지 모르겠군요. 최고 지도자를 비롯해 정의로운 형제회의 모든 위원이 아비의 집에서 갖는 엄숙한 모임입니다. 이때 위원들은 아비 앞에서 신성한 카불에 대한 절대적인 순종을 맹세하는 게 원칙이지만, 이번 경우에는 보고서를 불사르고 흔적도 남기지 말라는 명령을 완전히 철저하고 충실하게 실행했다는 걸 맹세해야 했습니다. 따라서 당신이 짐작하듯이, 보고서를 어떤 형식으로든 보았던 사람들이 유감스럽고 애석한 결과를 맞이하고 말았습니다. 내 생각에 이런 조치는 크게 잘못된 실수였습니다. 입을 막고 은폐하고 인멸하는 행위는 결코 해결책이 아닙니다. 나스는 고위층에서 어떤 일이 벌어지는지 알았을 겁니다. 그래서 위험을 무릅쓰는 모험을 감행했을 것이고, 그 때문에 혼란스러운 마음에 두려움까지 더해졌을 겁니다. 어쩌면 디아 공은 나스에게 조사 결과를 재고하라고 압력을 가했을 것이고, 나스의 장관에게도 압력을 가했을 겁니다. 그 장관도 도무지 이해되지 않는 상황에서 죽었거든요.

이런 이유에서 디아 공을 의심하지만 디아 공만이 음모를 꾸미는 것은 아닙니다. 몇몇 위원들, 특히 호크 공은 의례와 제례와 기념제 관리부의 책임자로 공격적이고 야심까지 크지만, 우리 브리 공께서 축복과 시성(諡聖)에 관련된 부서를 책임지고, 최고 지도자의 승계 순서에서도 가장 높은 위치에 있는 걸 불만스럽게 생각하지 않습니다. 최고 지도자의 건강이 그렇잖아도 나날이 쇠약해져 가는데, 하느님의 도시가 위치한 A19 구역에 있는 그분의 영지에서 닥친 이번 사건으로도 큰 충격을 받았을 겁니다. 하느님의 도시가 영지 내에 있다는 이유로 최고 지도자가 그곳의 총독이고 경찰청장이거든요. 우리가 최고로 유능한 첩자와 정보원을 동원해 조사한 결과에 따르면, 음모가 있었습니다. 당신들을 이른바 경비원들에게 고발한 사람은 디아 공의 앞잡이와 관련된 조직을 위해 일하는 놈입니다. 하지만 그 조직은 호크 공과 호크 공의 아들, 킬과도 끈이 닿아 있습니다. 그래서 우리는 어떤 경우에도 우리 공에게 누를 끼치지 않으려고 우리 조직 중에서 가장 비밀스러운 조직을 동원해 그놈을 납치했습니다. 교묘하게 질문하자 그놈은 모든 걸 털어놓았습니다. 우리는 음모의 끈을 거슬러 올라갔고, 우리 당파를 상대로 획책되는 모든 음모를 경계하기 위해 경각심을 높였습니다. 우리는 지금도 그놈을 비밀 장소에 가둬두고 변절하게 만들려고 노력하며, 반격을 천천히 끈기 있게 준비하고 있습니다. 디아 공과 그의 친구들에게 오랫동안 잊지 못할 따끔한 맛을 보여주려고요.

정의로운 형제회에 내부 문제도 적지 않지만, 당신이 그것까지 알아야 할 필요는 없을 겁니다. 여하튼 당신은 마지막으로 남은 생존자이고, 당신 친구들은 죽었습니다. 당신이 지금 처한 고통과 외로움을 이해합니다. 우리가 당신이 적의 마수로부터 벗어나도록 도왔듯이 당신도 우리를 도와야 합니다. 우리가 적들을 무찌르고, 하루라도 빨라지면 더 좋겠지만 우리 공께서 욜라와 아비의 도움을 받고 축복을 받아 정의로운 형제회의 최고 지도자가 되는 날, 아비스탄이 맞이할 밝은 미래를 준비하는 걸 도와야 합니다. 우리 공께서 함께할 때 신성한 카불은 세상에서 유일하게 진정한 빛이 될 것이고, 우리는 누구에게도 쓸데없는 말과 황당무계한 몽상으로 이 세상을 위협하는 걸 용납하지 않는 겁니다. 꼭 그대로 이루어질 겁니다!"

"내가 당신을 어떻게 도울 수 있단 말입니까? ……나는 하찮은 인간입니다. 언제라도 들이닥칠 자객에게 목숨을 위협받는 불쌍한 도망자입니다…… 이 방을 나가는 순간, 어디로 가야 할지도 모르는 신세이고…… 이제는 집도 없는 처지라고요!"

람은 오만하면서도 우호적인 태도, 한마디로 선뜻 이해하기 힘든 태도를 취하며 말했다.

"적당한 때가 되면 모두 말씀드리겠습니다. 먼저 당신 친구,

코아의 무덤에 가서 명복을 빌어주고, 스리와 에토를 만나 위로의 말도 건네십시오. 이에 필요한 준비는 우리가 해두겠습니다. 또 정원도 둘러보시고, 바다도 구경하러 가십시오, 5샤비르쯤 떨어진 곳에 있습니다. 정원을 통과하는 경우엔 2샤비르쯤 되고요. 휴식을 취하면서 마음을 안정시키십시오. 이곳에 있는 한 안전합니다. 반경이 300샤비르에 이르는 우리 영지 안에 있으니까요. 내 허락이 없이는 새 한 마리도 들어올 수 없습니다. 당신을 여기로 데려온 그 젊은 성직자, 비오가 출입이 허락된 곳이면 어디든 당신을 동반할 겁니다…… 또 원하는 게 있으면 비오에게 부탁하십시오. 비오가 알아서 처리할 겁니다. 곧 다시 뵙겠습니다!"

문에 도착한 람은 뒤돌아서서 말했다.

"이 방에서 우리가 나눈 이야기는 없었던 것으로 해야 합니다…… 우리 대화가 한마디라도 복도로 새어나가면 당신과 나는 하루도 살아남지 못할 겁니다. 잊지 마십시오. 욜라가 당신을 지켜줄 겁니다!"

제4부

아티는 음모를 은폐하기 위해 또 다른 음모가 획책될 수 있으며, 거짓말과 마찬가지로 진실도 우리가 그렇다고 믿는 경우에만 존재한다는 걸 깨닫는다. 또한 지식으로 무지가 보완되지 않으며, 인류는 상대적으로 더 무지한 집단에 휘둘린다는 것도 알게 된다. 카불의 지배하에서, 무지가 모든 것을 알고 무엇이든 할 수 있으며 무엇이든 원하는 단계에 이름으로써 무지가 세상을 지배하는 대업(大業)이 완성된다.

앙크와 크로가 뚫어지게 쳐다보는 앞에서, 아티는 부엌의 식탁 모서리에 앉아 대략적인 계획표를 작성해보았다. 계획표에는 적어도 여섯 가지가 쓰였다. 1)코아의 무덤에 가서 명복을 빌기, 2)비행기와 헬리콥터에 탑승하기, 3)브리 공의 궁전을 방문하기, 4)바다를 구경하고 적어도 손가락 하나를 바닷물에 담그기, 5)스리와 에토를 만나, 나스를 얼마나 좋아하고 존경했는지 말해주기, 6)토즈와 다시 만나 진지한 대화를 나누고, 코아가 그의 환대와 융숭한 대접을 고마워하며, 아비가 자신의 할아버지, 코드사바드 대모크바의 모크비 코에게 보낸 축하 편지를 답례로 주겠다고 제안했을 때 웃음을 터뜨린 이유도 물어보기.

이튿날 비오는 람이 몇몇 항목을 삭제하고 수정한 계획표를 들고 돌아왔다. 비오는 공항과 궁전이 울타리 철망 사이로 손가락 하나라도 통과하면 아무런 경고도 없이 충격이 가해질 정도로 무척 민감한 곳이기 때문에 누구도 가까이 접근하지 않고 아예 머릿속으로 생각조차 하지 않는 곳이라고 설명했다. 나머지 계획들은 별문제가 없었다. 하지만 스리와 에토를 만나는 계획을 추진하는 데는 약간의 시간이 걸렸다. 현재 남편들에게 부인을 방문하는 걸 허락해달라고 요청하면 남편들이 반대하며 부인들을 학대할 가능성이 있었고, 그렇다고 여자들에게 직접 물으면 자신들의 보호자이고 주인인 남편의 집에서 한 발짝도 나온 적이 없는 그녀들을 위험에 빠뜨릴 수 있었다. 더구나 애도 기간이 오래전에 지난 데다 그녀들이 이미 정식으로 결혼했는데 사망한 남편과 오빠의 친구를 자처하는 미지의 인물이 이제야 애도의 뜻을 전하겠다고 그녀들을 방문하려는 이유를 남편에게 설명해야 했기 때문에 문제가 간단하지 않았다. 그러나 큰 문제는 아니었고, 람은 누구에게도 해가 되는 않는 좋은 계획을 갖고 있었다. 그 미스터리한 인물, 토즈와 만나는 계획은 더더욱 걱정할 것이 없었다. 토즈는 목요일마다 가족과 함께 점심 식사를 함께하려고 영지를 방문했기 때문이다. 게다가 그의 형이 바로 브리 공이었고, 시종장 비즈가 그의 쌍둥이 형제, 람은 그의 조카였다. 한편 람은 당파 간의 극악한 전투에서 오래전에 불가사의한 이유로 사망한 또 다른 형제, 드로의 아들이기도 했다. 당파 전쟁으로 사망한 사람이 아비스탄 전역에서 수백만 명에 이르렀지만 누구도 그들을 기억하지 않았고, 역사도 그들에 대해 전혀 기록하지 않았다. 언젠가 평화가 되찾아졌고, 평화가 정착되려면 필연적으로 과거의 아픈 기억을 지워버리고 새로운 기반에서 처음부터 다시 시작해야 했다.

따라서 그들은 공동묘지로 향했다. 공동묘지는 순교자 구역과 고위층 구역 및 지배자 가문 구역으로 경계가 분명히 나뉘어졌고 경비도 삼엄했다. 특히 꽃으로 아름답게 꾸며진 작은 언덕 위에 자리잡은 지배자 가문 구역은 브리 공이 한 달에 한 번씩 참묘하는 까닭에 공동묘지 전체에 긴장감이 흘렀다. 일반 민중을 위한 구역은 출입이 자유로웠다. 공동묘지의 관리 상태는 완벽했다. 이곳에서 중요하게 생각하는 가치가 제대로 관리되고 있다는 좋은 징조였지만, 사실대로 말하면 이 영지에서는 모든 것이 완벽했다. 그야말로 아티가 낙원이라 생각하던 모습과 다를 바가 없었다. 신성한 카불이 이승의 삶에서 금지하지만, 피안의 삶에서 반드시 누리게 될 것이라고 명확히 약속한 안락함과 편안함, 예컨대 가벼운 행동과 자기만의 시간 등 두세 가지가 없을 뿐이었다.

코아의 무덤은 약간 외따로 떨어진 좁은 지역에 있었다. 당파에 속하지 않는 이방인의 시신이 매장되는 곳이었다. 아비스탄에서도 이 지역의 장례 전통에 따라, 무덤은 무척 초라했다. 분묘 위에 얹혀진, '코아'라고 고인의 이름이 새겨진 돌판이 전부였다.

아티는 가슴이 미어졌고⋯⋯ 온갖 의심이 밀려왔다. 저 무덤에는 실제로 누가 묻혀 있을까? 돌판에 새겨진 이름이 신원을 증명하고, 무덤이 죽음을 뜻한다고 단정할 수는 없지 않은가. 람이 아무것도 감추지 않고 진실되고 솔직하게 말한 듯했지만 썩 만족스럽지는 않았다. 람의 이야기에서 어디까지가 진실이었을까? 나스의 보고서가 정의로운 형제회에서 큰 동요를 불러일으켰다는 것은, 아비스탄의 영원불변한 완벽함을 능가하는 찬란한 문명이 존재했다는 가정이 쉽게 받아들여지지 않았다는 뜻이었다. 하기야 믿음의 신자들은 대체로 자신들이 최고라고 생각했다. 물론 이기심, 증오와 야망, 악행, 요컨대 인간을 피상적이고 악랄한 존재로 만드는 것들이 있었지만, 람은 자신의 바람대로 아티에게 구원의 천사로 보이기에는 영리한 데다 지나치게 많은 것을 알았고 지나치게 큰 권력을 보유하고 있었다. 게다가 람은 음모를 어떻게 끌어가야 하는지 훤히 알았고, 사무실에 꼼짝하지 않고 앉아 일거양득 이상의 효과를 거두기 위해 음모를 복잡하게 뒤얽는 방법까지 꿰뚫고 있었기 때문에 완벽한 음모자가 되는 데 필요한 모든 조건을 갖추고 있었다. 아티의 추측이 맞다면, 이번 사건에서 람의 야심은 실로 엄청났다. 단숨에 디아 공을 쓰러뜨리고, 호크 공을 진압함과 동시에 그의 아들 킬을 파멸시키고, 늙은 뒤크 공에게 감당하지 못할 걱정거리를 안겨 허약한 건강에 최후의 일격을 가함으로써 삼촌 브리가 하루라도 빨리 최고 지도자 지위를 이어받게 만들려는 것이었다. 그 후에는 휴식도 취하지 않고 가까운 시일 내에, 막연하고 주변적인 위협까지 위협이 될 만한 모든 것을 완전히 제거함으로써 카불의 완전한 질서를 회복하려는 게 람의 야심찬 계획이 아닐까 싶었다. 게다가 람은 끝없는 음모와 죽음의 도박판에서 에이스 넉 장까지 손에 쥔 예외적인 야심가인 데다 지식과 권력, 지성과 광기까지, 그것도 최고 수준으로 겸비한 사람이었다.

아티는 몸을 부르르 떨며, 상황에 맞추어 추론해낸 생각들을 머릿속에서 떨쳐내려 애썼고, 곧이어 무릎을 꿇고 앉아 두 손을 바닥에 문지르며 먼지로 더럽혔다. 그리고 탄원의 목요일에 많은 신도가 그렇듯이, 더럽혀진 두 손을 다소곳이 조아린 머리 위에 포개어 올리고는 나지막한 목소리로 중얼거리기 시작했다.

"이 무덤 속에 있는 사람, 당신이 누구든 간에 명복을 빌고, 내세가 선의의 사람들에게 제공하는 최고의 축복을 받으시길 바랍니다. 내 생각대로 당신이 코아가 아니라면 이처럼 당신을 찾아와 쓸데없는 말로 당신을 괴롭히는 나를 용서해주시기 바랍니다…… 하지만 속내를 털어놓고 마음의 짐을 조금이나마 덜어내고 싶습니다. 그러하니 불쌍한 내가 당신을 코아처럼 생각하며 당신에게 넋두리하는 걸 허락해주시기 바랍니다…… 우리가 믿듯이 고인들이 내세에서 만난다면 아무쪼록 내 말을 코아에게 전해주기 바랍니다.

코아, 보고 싶습니다. 정말 괴롭고 마음이 아픕니다. 당신에 대해 많은 생각을 해보았습니다. 허풍쟁이 람의 주장대로 당신이 도랑에 떨어져 죽었다는 게 믿기지 않습니다. 당신은 그렇게 죽을 사람이 아닙니다. 당신은 머리만큼이나 몸도 민첩한 사람이지 않습니까…… 게다가 당신은 용기도 있는 담대한 사람이었습니다. 설령 중대한 상처를 입었더라도 어떻게든 창고까지 찾아왔을 것이고, 그랬더라면 나는 어떤 짓을 해서라도 당신을 살려냈을 겁니다…… 창고로 오는 길에 가장 먼저 마주친 집의 대문을 두드리고 도움을 청했더라면 더 쉬웠겠지요…… 사람들은 당신을 돕는 걸 결코 거부하지 않았을 겁니다. 아비스탄의 하늘 아래에서 모두가 자기 집에서 죽는 건 아니잖습니까…… 사람들이 자식을 낳고 지붕 아래에서 비바람을 피하며 불을 지펴 난방하는 이유가 무엇이겠습니까? 생명이 그 안에 있고, 생명을 보호하려는 본능이 있기 때문입니다…… 코아, 나 자신이 너무 원망스럽습니다. 우리가 각자 다른 방향으로 도망쳐야 한다고 생각한 사람이 나였습니다. 그래야 난관을 벗어날 가능성이 두 배로 커진다고 생각했거든요. 그런데 오히려 내 생각은 가능성을 반으로 줄였고, 당신에게 나쁜 쪽을 떠넘겼습니다. 내가 왼쪽으로 갔고, 당신이 오른쪽으로 갔더라면…… 오른쪽에는 내 장딴지를 탐내며 코를 킁킁대던 들개들을 제외하면 어떤 장애물도 없었으니까요…… 창고에 도착해 당신이 없는 걸 확인했을 때 곧바로 당신을 찾아나섰어야 했습니다…… 그런데 내가 무엇을 했던가요? ……불쌍한 놈…… 나는 이불을 뒤집어쓰고 잠을 잤습니다…… 부끄럽습니다, 코아. 정말 부끄럽습니다. 나는 비겁한 겁쟁이입니다…… 내가 당신을 버렸습니다. 그래서 당신이 더러운 굴에서 비참하게 죽음을 맞았던 겁니다. 살인 청부업자에게 죽임을 당했더라도 순전히 내 잘못입니다. 내 잘못을 감추거나 줄이고 싶지는 않습니다. 하지만 당신이 어딘가에 감금되어 있더라도 아직 살아 있을 거라는 희망을 마음속으로 품게 되는 이유를 모르겠습니다. 게다가 이 가련한 세상을 지배하는 정의로운 형제회 위원들이 어떤 존재인지 조금이나마 알게 되었기 때문에 그런 희망이 결코 헛된 척가은 아닌 듯합니다. ……내가 당신에게 정말 소개해주고 싶었던 나스도 죽었다는 소식을 들었습니다…… 나스는 우리의 신성한 땅, 아비스탄과 아무런 관계도 없는 그 신비로운 마을에서 자살했다고 하더군요…… 나는 그 말을 한순간도 믿지 않았습니다. 나스는 학자였습니다. 새로운 것을 배우고 알아내기를 바랐을 뿐, 꿈이나 환상에 매몰되지 않았던 냉철한 사람이었습니다……나스는 자신이 찾아낸 것 때문에 곤경에 빠진 사람들에게 살해당한 게 분명합니다. ……게다가 나스는 사태가 이런 식으로 전개될 거라는 것도 알고 있었습니다. 어느 날 밤, 모닥불 옆에서 나에게 그렇게 말했으니까요. 이제 나는 죽어서 방황하는 영혼, 지옥의 고통을 겪고 있는 영혼과 다를 바가 없습니다…… 불행도 어떤 경우에는 약이 된다는 속담이 맞는 모양입니다…… 지금 내가 있는 곳에서, 브리 공 당파를 이용하면, 당신의 죽음과 나스의 죽음에 대해 조금이나마 알아낼 수 있을 것 같습니다…… 그들은 어떤 계획에서 나를 이용하려고 합니다. 그렇게 하려면 나에게 뭔가를 알려줄 수밖에 없겠지요…… 그들은 결국 나를 없애버릴 생각이기 때문에 신중하게 행동하지 않을 겁니다…… 하지만 나는 어떻게 되든 상관없습니다. 이제 이 세상에서 숨을 쉬는 것조차 괴롭습니다. 조금의 미련도 없고 원하는 것도 없습니다…… 곧 당신을 만나러 가겠습니다, 코아. 하늘나라에서 우리 모험, 불가능하더라도 진실의 추적을 계속하도록 하지요. 하늘나라에서는 어떤 처벌도 받지 않을 테니까요. 조금만 기다리십시오. 곧 찾아뵙겠습니다."

아티는 관례에 따라 네 번 엎드려 절했고, 상징적으로 먼지를 먼지에 되돌려준다는 뜻에서 먼지를 떨어냈다. 그러고는 좀 떨어진 곳의 나무 아래에서 축 늘어져 데이지 꼭지를 만족스럽게 우물우물 씹고 있던 비오에게 다가갔다.

"비오, 끈기 있게 기다려줘서 고맙네…… 이제 갑시다, 자신들이 살아 있다고 확신하는 사람들의 세계로 돌아갑시다. 내 친구 코아에 꼭 하고 싶었던 말을 했으니, 그 친구도 깊이 생각해보겠지. 람도 허락했으니 나를 바다로 데려가주게…… 바다가 어떻게 생겼는지 상상조차 할 수 없지만 그래도 바다라는 것이 존재한다고는 항상 생각했었네…… 하기야 바다가 어떤 모습인지 어떻게 상상할 수 있겠나. 어렵지, 그렇지 않나? 주변에서 모래와 흙먼지, 맥없는 샘물밖에 본 적이 없는데. 그런데 당신들은 이 광활한 영지에 어떻게 맑은 물이 밤낮으로 흐르게 하고, 하늘에서 떨어져 전혀 비용이 들지 않는 것처럼 물을 펑펑 써댈 수 있는지 궁금하기만 하네."

비오가 간악한 미소를 지으며 대답했다. "그거야 간단합니다. 강줄기를 돌렸습니다. 우리 쪽으로만 흐르게요. 또 물과 휘발유 등을 저장해두는 거대한 저수조들이 많습니다. 이곳에서는 삶이 결코 멈추지 않을 겁니다. 부족한 게 없거든요."

"정말 안심이 되는군, 비오! 내친김에 당장 바다로 가세. 서두르게. 바다가 우리가 올 때까지 기다리지 못할지도 모르니까."

그들은 영지를 통과하는 방향을 택했고, 그 길이 지름길이었다. 꽃이 곳곳에 만발한 잔디밭을 2샤비르 정도 잰걸음으로 걸었다. 숲의 그림자까지 드리워져 두려워할 것이 전혀 없었다.

바다가 수평선 위로 어렴풋이 보이기 시작했고, 하늘에서 시작되어 땅을 향해 내려오는 것처럼 보였다. 아티에게는 그것이 바다의 첫인상이었다. 바다를 향해 조금씩 다가가자, 하늘에 희미하게 흔들흔들 수평으로 그어진 선처럼 보였던 것이 명확히 구체화되며 드넓게 펼쳐졌고, 눈에 들어오는 공간 전체를 차지하는 거대한 물더미가 되었다. 그 물더미는 썰물처럼 공간 너머로 밀려나갔고, 다시 밀물처럼 거침없이 밀려와서는 최후의 순간에 그의 발 앞에서 멈추었다. 아티는 바다에 완전히 에워싸인 기분이었다. 바다의 마력과 두려움에서 벗어날 수 없었다. 바다는 모든 모순의 결합체였다. 바다는 단숨에 모든 것을 완전히 뒤엎고, 최선을 최악으로, 지극히 아름다운 것을 음산하기 짝이 없는 것으로, 삶을 죽음으로 뒤바꿔놓을 수 있을 것 같았고, 그렇게 확신하는 데는 몇 초면 충분했다.

그날, 아티가 생전 처음으로 찾아간 바다는 잔잔했다. 바다를 감싼 하늘도 맑았고, 바다의 잔물결과 노닥거리는 바람도 잠잠했다. 좋은 징조였다.

아티는 바다를 향해 용기 있게 다가갔다. 바다가 모래 안으로 사라지는 경계까지 한 걸음씩 다가갔다. 또 한 걸음을 내딛자, 경이로운 접촉이 이루어졌다. 아티가 내딛은 발의 압력에, 물과 모래가 발가락 사이로 스며나오며, 육감적이란 말이 무색할 정도로 황홀하게 발가락들을 마사지했다.

그러나 어찌 된 것일까? 모든 것이 움직였고, 모든 것이 흔들렸다. 아티는 땅바닥이 발밑에서 미끄러지듯 움직이고, 머리가 걷잡을 수 없이 빙글빙글 돌아가는 기분이었다. 게다가 구역질이 배속을 뒤집어놓았다. 하지만 경이로운 충만감이 온몸으로 퍼지는 듯한 기분도 동시에 맛보았다. 그는 바다와 하늘과 육지와 하나가 되었다. 더 이상 무엇을 바라겠는가?

아티는 뜨거운 모래사장 위에 누워 두 눈을 감고, 두 팔과 두 다리를 쭉 뻗었다. 얼굴을 따가운 햇살에 내주고 온몸을 파도의 물보라에 내맡긴 채 몽상에 젖어들었다.

경이롭게 뻗은 우아 산맥, 그곳의 산봉우리들과 수직으로 깎아지른 협곡들, 그런 험준함이 그에게 불러일으킨 악몽들과 순전한 두려움 등이 기억에 떠올랐다. 가혹한 환경이었지만 시간의 속박으로 멀리 벗어난 그곳의 경이로운 장엄함에 자극받던 흥분감도 잊히지 않았다. 그때까지 전혀 몰랐던 자유와 활력이란 체제전복적인 감정이 그의 내면에서 잉태된 곳도 바로 그곳이었다. 게다가 결핵이란 질병으로 고통에 시달리고 주변 사람들이 죽어가는 와중에도 그 감정은 아티에게 아비스탄이란 지독히 억압적이고 지독히 무기력한 세계에 대한 반항심을 조금씩 공개적으로 드러내게 만들었다.

바다였다면 십중팔구 다른 식으로 자각하고 다른 식으로 저항했겠지만, 그 방법이 무엇인지 누가 어찌 알겠는가.

"비오, 그만 돌아가세. 삶이 내게 넉넉한 휴식의 시간을 허락한다면 1년이라도 이곳에서 녹조류 냄새가 더해진 공기 냄새와 소금 냄새를 실컷 마셨을 거네. 이제 온몸이 맑은 공기로 채워지고, 적당히 햇볕에 그을려진 기분이네. 과거에 산악지역의 막막한 두려움을 경험했다면, 이번에는 소금기가 밴 피부를 통해 바다의 매력과 태양의 뜨거움을 알게 되었네. 원하던 모든 것을 이루었지만 여전히 마음 한구석에는 허전한 기분을 떨칠 수가 없군. 그래서 내 계획에서 다음 단계를 신속히 진행해 두 여인을 만나려고 하네. 아직 얼굴조차 모르지만 한 분의 남편과 한 분의 오빠에게 그들에 대한 말을 듣고는 그 이후로 줄곧 사랑했던 사람들이니까. 그들을 항상 내 곁에 두고 평생 지극히 사랑하며 알뜰살뜰 보살펴주고 싶었지만, 정의로운 형제회가 생명을 무한히 존중한다며 두 여인을 생면부지의 남자들에게 주었네. 한 명은 카포에 갇혀 사는 정직한 공무원이고, 다른 한 명은 못지않게 성실하지만 가게의 포로와 다름없는 상인이라 하더군. 성실과 사랑에 대한 모든 것을 알고 있다는 사람들이 선택했기 때문이겠지.

비오, 서두르세. 그런데 자네에 대해 말을 좀 해주겠나? 자네에게도 생활이란 게 있을 테니까. 가족과 친구, 어쩌면 적도 있지 않나? 당연히 꿈도 있을 테고. 어떤 꿈을 허락받았는지도. 브리 공의 백성은 하루하루 어떤 생각을 하는지 알고 싶군."

"뭐에 대해 생각하느냐고요?"

"뭐라도 상관없네. 뭐든 좋아…… 가령…… 자네가 하는 일에 대해…… 자네 일은 어떻게 이루어지는가? 행복한가? 우리가 즐겁게 보낸 오늘 하루에 대해 람에게 뭐라고 보고할 건가? 이런 것들에 대해 말해보게."

그들은 각자의 삶에 대해 이야기를 나누며 오후 시간을 보냈다. 불안감과 싸우며 광활하고 불가사의한 아비스탄의 땅을 끝에서 끝까지 횡단했고, 친구들을 죽음에 몰아넣었던 아티의 삶에 비교하면, 비오의 삶은 무미건조하기 짝이 없었다. 폭도 없고 길이도 없고 두께도 없는 증기와 같은 삶이어서 손에 쥐어지는 것이 없었다. 따라서 그는 별다른 이유도 없이 태어났고, 그의 삶은 아무런 재미도 없었다고 말해도 과언이 아닐 듯싶었다. 비오는 너털웃음을 터뜨리고는 영지의 표어를 큰 소리로 낭송

했다. "욜라를 경배하라. 카불을 존중하라. 아비를 공경하라. 그
대의 영주를 섬기라. 그대의 형제를 도우라. 그럼 그대의 삶이
아름다우리라!"

람의 결정에 따르면, 아티와 스리와 에토의 만남은 최대한 은밀하게 진행되어야 했고, 브리공의 당파 조직에서 뭔가 불미스런 사건이 있었다고 의심할 만한 근거를 전혀 남기지 않아야 했다. 그런데 람이 꾸민 계획은 아무짝에도 쓸모가 없을 것 같았다. 첫째로는 당파에 큰 악영향을 미칠 가능성이 컸기 때문이다. 두 번째로는 아비스탄의 모든 공적 경찰만이 아니라 사적 경찰까지 모두 아티를 추적하고 있어, 아티가 문밖으로 나가 두 걸음도 내딛기 전에 공적 경찰에게 체포되거나 사적 경찰에게 죽임을 당할 가능성이 컸기 때문이다. 멀리 떨어진 우아 산부터 시작해 전국을 횡단했고, 격리 지역과 밀거래했으며, 하느님의 도시에 몰래 들어가려고 코드사바드의 30구역을 불법적으로 돌아다녔다는 사실, 또 여기에서 사라졌다가 저기에서 다시 나타나는 신비로운 능력이 사악한 괴물이란 그의 이미지를 더욱 증폭시켰다. 아티는 공공의 적, 제1호였다. 따라서 모든 경찰이 아무런 이유도 모른 채 아티를 체포하고 싶어 했고, 설령 알았더라도 극히 일부만을 알았다. 하지만 그런 것은 중요하지 않았다. 아티를 체포하거나 죽이라는 명령이 그들에게 내려졌다.

수용소의 포로들이 그렇듯이, 일반 민중도 무척 예민해지면 지극히 사소한 소문에도 크게 동요하는 경향을 띤다. 예컨대 히르가 조만간 부족해지거나 1디디만큼 인상될 거라는 소문이 돌면, 온 세상이 큰 혼돈에 빠지고, 세상의 종말이 닥쳤다는 주장이 난무하며, 욜라가 자식들을 저버렸다고 비난하는 사람들이 곳곳에 생겨날 듯한 분위기였다.

A19 구역과 하느님의 도시에서 전반적인 분위기는 이미 위험한 지경을 향해 치달았고, 소문과 역소문이 경쟁하듯 확산되었다. 간첩과 선전원을 비롯해 어부지리를 노리는 사람들이 긴장을 고조시켰고, 민중은 대체 무슨 일이 일어나는 것인지 의아해 하며 어리둥절할 뿐이었다. 최고 지도자, 뒤크 공은 아무 말도 없었고, '나디르'에도 더는 보이지 않았다. 살아 있는 걸까? 이미 사망한 것은 아닐까? 대체 정의로운 형제회는 무엇을 하고 있는 것일까? 정의로운 형제회의 통치기구는 어디에 있는 것일까? 폐쇄된 사회에서 공기가 오염되고 탁해지면 구성원 모두가 독기에 중독되는 법이다. 원수와 발리스라는 이름이 모든 대화에서 오르내렸고, 결국에는 누가 원수이고 누가 발리스인지

구분하지 못하는 지경에 이르렀다. 분노가 폭력적인 형태로 걷잡을 수 없이 폭발했다. 람의 하수인들은 일사불란하고 치밀하게 움직이며 시의적절하게 알맞은 곳에 알맞은 양의 독을 주입했다. 그 효과는 놀라울 정도였다. 실험실에서 얻은 결과와 정확히 일치하는 반응을 멍청한 개 돼지들로부터 얻어냈다. 정의로운 형제회의 여러 위원과 정부 장관들이 범인으로 거론되었고, 그들 모두가 용의자로 의심받았다. 디아 공이나 호크 공은 평소의 평판 때문에 범인으로 의심받았다. 민중을 약탈하고, 히르의 무게와 성분을 창피할 정도로 속인 비열한 위원들, 예컨대 남 공과 조크 공과 고우 공을 의심하는 사람들도 많았고, 허영심이 강한 토크 공도 비난의 화살을 피할 수 없었다. 전투와 군대와 폭격이란 말을 입에 달고 살아가는 전쟁광 위원들로 H3라 일컬어지는 광폭한 미치광이들, 후와 훅스와 항크도 범인이라 의심받았다. 특히 사병(私兵) 조직을 끊임없이 보강하고 훈련소를 확대하며, 자신에게 도전하는 세력에는 언제라도 승리할 수 있다고 확신하며 어떤 도전도 회피하지 않았던 지르와 모스가 가장 강력한 용의자로 지목되었다. 더구나 지르는 전격전에 대한 환각적인 논문을 쓴 적이 있었고, 대대적인 전격전을 실행에 옮길 수 있기를 열망했다. 그에게 최대의 골칫거리는 코드사바드의 격리 지역이었다. 레그들이 존재한다는 생각만으로도 그는 편히 살 수 없다며, 격리 지역을 사흘 만에 완전히 지워버리는 계획까지 세워두고 있었다. 하루는 격리 지역 주민들을 공포에 몰아넣고, 또 하루는 모든 것을 파괴하며, 마지막 하루는 부상당한 사람들에게도 매몰차게 최후의 일격을 가해 목숨을 완전히 끊어놓겠다는 살벌한 계획이었다. 한편 모스도 자신의 이름으로 발표한 탁월한 논문에서, 중단과 휴식 및 절제를 인정하지 않는 항구적인 전면전만이 카불의 정신에 부합하며, 평화 상태는 강력한 믿음을 지닌 민족에게는 어울리지 않는 것이라 주장했다. 공격할 근거가 있느냐 없느냐는 중요하지 않았다. 욜라가 뭔가를 만들고 해체하는 데 꼭 이유가 있어야 하는가? 욜라는 죽여야 할 때 죽였다. 징벌에 망설임이 없었다. 단호했고 지독히 잔혹했다. 요컨대 욜라는 누구도 용서하지 않았다. 아비는 자신의 경전에서 이렇게 말했다.(제8권, 42장 210절과 211절) "눈을 감고 선잠에 빠지지 않도록 조심하라. 원수가 그 틈을 노리기 때문이니라. 원수와 전면전을 벌여라. 너희 힘을 아끼지 말고 너희 자식의 힘도 아끼지 말라. 휴식도 멀리하고 즐거움도 멀리하며, 살아서 고향에 돌아가겠다는 희망마저 버려라." 아비는 다음과 같은 말로도 전쟁을 향한 모스의 열망을 공고히 해주었다. "그대에게 적이 없다고 생각한다면, 적에게 완전히 진압되어 적의 멍에마저 행복하게 받아들이는 노예 상태로 전락한 뒤가 되리라. 이웃과 평화롭게 지내려고 노력하는 편보다 적을 찾아나서는 편이 더 나으리라."(제8권 42장 223절과 224절)

이 모든 것이 흔히 있던 현상이어서 대부분의 사람들에게는 따분하게 느껴졌지만, 예민한 귀와 날카로운 눈을 지닌 사람들은 공격과 반격에서 평소와 다른 면을 찾아냈다. 분명히 새로운 면이 있었다. 그들은 밟아 다져진 좁은 오솔길에서 나와, 드넓고 상상할 수 없고 불가능한 세계로 향했다. 람에게 박수를! 대대적인 공격을 펼쳐야 맞출 확률도 높아지는 법이다. 따라서 미지의 세계에서 불쑥 나타난 신비로운 존재, 욜라처럼 신도 아니고 발리스처럼 악마도 아닌 존재이지만 빛과 이성, 지성과 지혜를 겸비한 태양 같은 존재로서 당혹스럽게도 신성한 순종의 나라에 전혀 어울리지 않는 것, 즉 조화와 자유를 통한 혁명을 가르치려는 존재가 처음으로 입에 오르내리기 시작했다. 혁명은 욜라의 패권주의적인 폭력성과 발리스의 해악적인 음험함을 반대하며, 자비와 온정의 힘을 강조했다. 이런 차이는 무엇을 말하려는 것이고, 누가 그렇게 말하는 것일까? 한 이름이 군중들 사이에 떠돌았지만, 데모크…… 디무크…… 드모크…… 정확하지는 않았다.

게다가 한 인물에 대한 소문도 있었다. 비천하기 이를 데 없는 사람이어서, 비천하기 이를 데 없는 사람들과 무람없이 함께 어울리는 아비스탄 사람, 말하자면 태양 같은 존재의 전령이었다. 그는 재림을 선포했다. 당연히 "재림? 무엇의 재림?"이란 의문이 길거리 곳곳에서 제기되었다. 다른 신들이 지상을 지배하고 다른 사람들이 지상에서 살던 때, 즉 옛 시대가 되돌아온다는 뜻일까? 삶이 힘들고 괴로운 건 분명했고, 신과 인간은 워낙 까다로운 존재들이라 서로 사이좋게 지내지 못하지만, 고통과 권태에 짓눌린 지난 수천 년 동안 그 어떤 것도 희망을 완전히 없애버리지는 못했다. 희망은 태초부터 신와 인간 모두에게 자신에 대한 부정에 저항하게 해준 동력이었다. 희망을 잃지 않았던 까닭에, 신과 인간은 여기에서는 기적을 행하고, 저곳에서 혁명을 시도하고 다른 곳에서는 영웅적 행위를 해냈으며, 궁극적으로 삶이 살 만한 가치를 계속 유지하도록 해주는 결과로 이어지는 위대한 행위를 해낼 수 있었다. 심각한 지경까지 절망에 빠진 때에도 사람들은 "그래도 실낱같은 희망이 있어 산다!"라고 말했다. 그럼, 재림은 희망의 재림이었을까? 달리 말하면, 희망이 존재하고, 그 희망에서 힘을 얻어 우리는 삶을 계속 살아갈 수 있을 거라는 견해의 재림이었다. 하지만 우리는 죽음을 피할 수 없는 인간에 불과하므로 삶에게 지나치게 많은 것을 요구할 수는 없었다. 그 전령이 아비스탄 사람이고 이름이 이타이고, 오카라는 이름의 반도를 이미 첫 제자로 받아들였다는 소문이 있었다. 종교로 잉태된 세계에서 전령은 곧 예언자였고, 전령을 따르는 동반자는 먼 곳에서 온 제자였다. 이런 관계에 의문을 품고 계속 왈가왈부하는 사람은 이단이었다.

이런 혼돈 상태에서도 람은 자신의 역할을 정력적으로 해냈다. 그의 꿈, 그의 계획은 처음부터 끝까지 완벽하게 그의 세계를 통제하는 것이었다. 퍼즐 조각들은 최종적인 공격을 위해 오래전부터 적절한 위치에 놓여 있었지만, 결정적인 행동을 촉발하고 확실한 승리를 보장할 수 있는 작은 도화선이 부족했다. 람은 아티가 스리와 에토를 만나는 사건에서 합당한 기회를 엿볼 예정이었다. 모래알 하나로 인해 완벽한 기계조차 멈춰버릴 수 있지만, 이때 모래알을 제거하면 그 기계는 다시 완벽하게 굴러간다. 이것이 람의 계획에 담긴 기본 원리였다. 요컨대 먼저 기계를 멈춰버릴 만한 쐐기를 끼어넣고, 기계가 멈추면 그 쐐기를 제거하겠다는 것이 람의 계획이었고, 이런 식으로 계획은 추진될 예정이었다.

아티와 코아가 A19 구역에 도착한 날부터 람의 부하들은 신속하고 치밀하게 계획대로 움직였다. 람이 두 떠돌이 괴짜에 대해 알고 있는 정보는 한마디로 무가치한 것들이었다. 예컨대 전능한 부서를 자처하는 정신보건부와 유치한 부속 위원회들이 검토한 모호하기 그지없는 평가들, 아파레유의 세포조직으로 결코 실수를 범하지 않는다고 알려진 수십만 애국 감시단원― 감시하는 모든 현상을 기록하기 때문에 뜻을 명확히 알 수 없는 정보를 만들어내는 무명의 관료 집단―중 하나가 제공한 경보, 믿음의 경찰서라 할 수 있는 모크바가 놀랍게도 전체적으로 앵스펙시옹을 시행한 결과로 신자들의 신앙심 상태에 대해 기록한 엄청난 양의 점수표에서 끌어낸 함축된 의미, 지극히 하찮은 부분을 전문적으로 다루는 하위 부서들이 작성했지만 정확히 어느 부서에서 작성했는지도 파악하기 힘들 정도로 무시무시하게 많은 양의 보고서에서 찾아낸 두세 개의 지표 등이 전부였다. 하지만 각 당파에는 관련된 문제를 집중적으로 다루기 때문에 상당히 유용하게 쓰이는 고유한 수단들이 있었다. 브리 당파는 이런 점에서도 잘 갖춰져 있었고, 람은 조직의 완벽한 운영을 위해 개인적인 노력을 게을리하지 않았다. 위험을 무릅쓰지 않으면 모래알도 있을 수 없었다. 야만적인 병력과 호화로운 과시에 막대한 돈을 쏟아붓는 다른 당파들과 달리, 브리 당파는 미래에 대한 분석과 전망, 조직의 효율성 제고, 실험실 실험과 현실에의 적용에 많은 돈을 투자했다. 따라서 브리 당파는 열정으로 똘똘 뭉친 두 천방지축을 추적하며 그들을 적절한 방향으로 유도하는 게 이익이라는 걸 아주 일찍부터 깨달았다. 또 두 천방지축은 여러모로 쓸모 있을 것 같기도 했다. 호우라고 이름을 밝혔기 때문에 완전히 익명은 아닌 행인과, 눈여겨보았다면 성직을 성실히 행하는 성자보다 불법 이주자의 안내자와 더욱 비슷하게 보였을 로그라는 모크비의 인도를 받아 그들이 토즈를 찾아간 것도 역시 람의 계획에 따른 것이었다. 따라서 그들은 기다려졌던 사람들이었고, 그들이 코드사바드를 여행한 결과는 하느님이 원하는 운명의 형태로 이미 쓰여 있었다.

첫 단계는 그렇게 끝났다. 고약한 토즈는 그들을 완벽하게 속여 넘겼고, 그들의 탈출을 돕는다는 구실로 그들을 창고에 가둬두었다. 그들은 토즈를 철석같이 믿었고 진심으로 성원했다.

흥미로운 점은 두 괴짜가 어느 당파에도 속하지 않았고, 유일사상과 완전히 상반되는 개념을 주장했으며, 자발적이면서도 대담했고 어린아이처럼 순진했다는 것이다. 게다가 그들은 각자 나름대로 중요한 장점을 지닌 사람들이었다. 요컨대 아티는 나스에게 신비로운 마을의 존재에 대해 들어 알고 있는 사람이었고, 코아는 역사와 아비스탄의 상상계에 큰 족적을 남긴 위대한 인물, 모크비 코의 손자였다. 따라서 그들이라면 민중과 심판자들을 놀라게 하기에 충분한 신비롭고 종교적인 두려움을 계획에 약간이나마 더해줄 수 있으리라 생각했을 것이다. 이런 조력자들 덕분에 람의 부하들은 한 사람 한 사람에게 죽음을 맞이할 정확한 시간을 정해주는 시계 부품을 조립할 수 있었다.

여러 증인들 앞에서 아티와 스리가 만나게 하는 계획을 추진하면서도 그로 인해 브리 당파가 부수적인 피해를 입지 않으려면 제3자의 개입이 필요했고, 그 사람은 여러 까다로운 조건을 만족시키는 특별한 인물이 되어야 했다. 예컨대 디아 당파와 호크 당파에 비밀리에 관련된 인물로 알려지고, 브리 당파와는 눈곱만큼의 접촉도 과거에 없어야 했으며, 나스와 아티와 코아를 알아야 했고, 적어도 그들에게 접근한 적이 있어 그들에 대해 적잖게 알고 있어야 했고, 끝으로 타고난 연기자여야 했다. 이런 조건을 만족시키는 사람, 즉 이런 희귀조가 람의 휘하에 있었다. 지고한 믿음의 광장에서 서비스업에 종사하는 장사꾼이었고, 호크 당파와 디아 당파 모두를 위해 일하는 경비원들에게 아티와 코아를 고발한 밀정이 바로 그 희귀조였다. 정신을 마음대로 조작하는 전문적인 능력을 지닌 람의 부하들이 일찍부터 그의 마음을 바꿔놓은 까닭에, 그는 첫 단계부터 브리 당파를 위해 적극적으로 참여했다. 누구나 인정하겠지만 첫 단계가 계획 전체의 성패를 결정하는 주춧돌이지 않은가. 여하튼 편의상 그의 이름을 타르라고 하자. 타르는 무척 흔한 이름이어서 진짜 신분을 감추기에 충분하다. 타르는 H46 구역에 사무실과 창고를 둔 부유하고 야심찬 상인으로 위장한다. 가짜 부인도 준비해

둔다. 부인의 이름으로는 네프, 오레, 샤…… 그래, 미아가 더 좋겠다. 그래야 잔혹하면서도 배후에서 조종하는 이지적인 여자인 듯한 기운을 풍기지 않는가.

쉼표까지 세심하게 신경쓴 계획은 상인 타르와 상인 부크가 거래 관계를 맺는 형식으로 꾸며졌다. 부크는 놋쇠로 집단 부엌용 식기류와 냄비를 제작하는 전문가로 스리의 남편이었다. 계획에 따라, 타르는 성목요일에 부크를 찾아가, 디아와 킬이 공동으로 소유한 기업으로 순례와 대규모 야외 집회를 주관하는 조직들에게는 물론이고, 군부대와 당파들의 사병 조직, 지역 족장들에게도 구내식당과 이동식 주방용기를 주로 판매하고 임대하는 기업과 향후 10년 동안 계약을 맺었다며 그 기간 동안 특별 할인 가격으로 식기류를 구입하겠다고 제안할 예정이었다.(물론 모든 모임은 디아 당파나, 동맹 관계에 있어 광고와 선전을 책임진 당파의 비호 하에 이루었고, 기억이 맞다면 그들이 대외적으로 내건 유명한 표어는 '넘치지도 모자라지도 않게'였다.) 부크는 그 제안에 깜짝 놀라, 완벽하게 구워진 참새가 자신의 접시에 굴러떨어진 기분이어서, 동업을 축하하고 돈독히 할 목적에서 타르를 초대하고 싶어 할 게 뻔했다. 그럼 오랜 시간이 지나지 않아 타르와 부크는 항상 붙어 다니는 친구가 될 것이다. 사업가들이 약간 다급해지고 압력을 받으면 흔히 그렇게 하지 않는가. 따라서 타르는 필요한 경우에는 인위적인 조작까지 마다하지 않으며 부크와 만나는 기회를 늘려갈 것이고, 급기야 그들은 서로 집으로 초대하고 친구들의 모임에도 초대하며, 선물을 주고받는 관계로 발전할 것이다. 따라서 에토와 그녀의 남편도 초대되어, 하느님의 도시를 벗어나는 허가증을 받게 되면 가족 모임에 참석할 것이다. 미아는 스리와 에토를 세심하게 배려하며 상냥하게 행동하면 그것으로 충분하다. 사업 관계를 넘어 가족 관계도 돈독해지면 타르는 사업적인 문제로 다정하게도 자신을 찾아온 사촌, 노르(아티에게 맡겨진 역할)를 그들에게 소개한다. 더 나아가, 사촌의 아버지가 킬 당파와 관련 있고, 경우에 따라서는 디아 당파와도 거래하는 운좋은 상인이라고도 소개한다. 노르는 미아의 도움을 받아 스리를 몰래 만나고, 그때 스리에게 자신이 나스의 친구였다고 말한다. 또한 나스가 순례자들이 발견한 신비로운 마을의 유적에서 일한 것을 알고 있으며, 어느 날 그를 찾아와 어떤 보고서를 맡기며 새로운 질서가 도래할 때까지 꼭 간직하라고 부탁했다고도 스리에게 알려준다. 안타깝게도 새로운 질서는 도래하지 않았고, 나스가 뜻하지 않게 죽음을 맞았다는 소식을 들은 후로는 그 보고서를 어떻게 처리해야 하는지 끊임없이 고민했고, 그렇게 고민하던 와중에 타르에게 친구이자 동업자인 부크의 아내가 나스의 미망인이라는 걸 우연히 알게 되었다며, 섬뜩할 정도로 경이로운 우연의 일치가 아니냐고 덧붙인다. 그리고 이때부터 치밀하게 계획한 대로 모든 일을 차근차근 진행한다. 먼저 노르는 보고서를 스리에게 건네며, 나스의 소원이었다며 경우에 따라 시누이 에토를 제외하고는 누구에게도 말하지 말라고 부탁한다. 또한 혼자 다짐했던 약속도 잊지 않고, 거짓이라고 생각하지 않는 한 어떤 대가를 치르더라도 진실을 말해야 하고, 진실이라고 생각하지 않는 한 어떤 위험이 있더라도 거짓을 고발해야 한다는 올곧은 정신을 그에게 가르쳐준 양심적인 사람이었던 나스를 무척 존경했다고도 스리에게 알린다. 하지만 스리를 아름답고 매력적이라 생각한다고는 말하지 않을 것이다. 여자의 남편 집에서 그렇게 말하는 건 예절에 어긋나는 짓으로 보일 테니까.

아티가 부크의 집을 방문하고 임무를 끝내는 데는 2시간쯤 걸리겠지만, 스리를 은밀하게 만나 위에서 말한 보고서를 스리에게 건네는 데는 2분이면 충분할 것이다. 이때 보고서는 귀한 선물, 예컨대 아비스탄 북부 지역에서 생산된 비단, 즉 '실라'에 감추어 전달하도록 한다.

아티는 전체 계획이 은밀하기 그지없는 방식으로 끝없이 전개되며, 결국에는 세계 전쟁으로 끝나게 된다는 걸 몰랐다. 여하튼 저녁 식사가 끝나고 보고서가 건네지면, 작별 인사를 나눈 후에 아티는 H46 구역에서 빠져나와 브리 공의 영지로 귀환할 예정이었다.

두 번째 단계에서는 짙은 미스터리로 가득한 분위기를 조성하고, 아비와 최고 지도자에게 총애받는 아비스탄의 두 대영주가 상상조차 할 수 없는 파렴치한 짓을 저질렀다는 소문이 깊고 깊은 목구멍에서부터 의분에 부들부들 떠는 목소리로 세상에 고발된다. 그 목소리는 독사처럼 교활한 다아 공과 호크 공이 정의로운 형제회를 위험에 빠뜨리려는 음모를 꾸미고, 아비와 올라까지 모독하는 불경죄를 범한 조직의 우두머리라는 증거를 제시한다. 요컨대 그 파렴치한 범죄자들이 아비 지르가를 배신하며 나스의 보고서 사본을 보유하고 있을 뿐아니라, 자신들의 음흉한 흉계를 완성하려고 그들의 입맛대로 결론을 바꿔치기 하며 그의 보고서를 왜곡했고, 급기야 아비가 신성한 계시를 받은 마을에서 그 불쌍한 고고학자를 살해했다는 소문에 이어, 위대한 모크비 코의 자랑스러운 후손, 코아까지 없애버렸다는 소문이 끊이지 않는다. 목소리는 사건 자체를 고발하는 데 그치지 않고 사건에 연루된 범인들과 궁극적인 목표까지 폭로하며, 디아와 호크의 목적은 끔찍하기 이를 데 없는 방법으로 아비스탄을 파괴하는 동시에 카불의 진리에 의문을 제기하는 것이라고 속삭인다. 디아와 호크가 원수와 발리스를 섬기고 있다는 게 이런 주장의 절대적인 증거로 제시된다.

이쯤 되면 어떤 것도 디아와 호크를 구할 수 없을 것이고, 그들의 지지자들도 죽음을 벗어나지 못할 것이다. 그들의 당파에 속한 수백 명이 대운동장에 끌려갈 것이고, 수천 명이 세상에서 가장 음산한 수용소, 레그들을 위한 강제수용소에 수감될 것이다. 따라서 그들은 자신들이 세상에서 가장 미움받는 존재가 아닌 것을 알고 정신적 부담을 약간이나마 덜어내고, 삶의 마지막 여행을 위한 무거운 짐수레를 끄는 동반자로 레그들이 있다는 걸 알고는 조금이나마 안심할 것이다. 최고 지도자 뒤크 공은 정의로운 형제회를 제대로 보호하지 못하고, 두 독사가 키이바를 더럽히고 카불을 훼손하도록 방치하는 잘못을 속죄하기 위해서라도 지고한 믿음의 광장에서 의연히 자신을 '아키리'로 선포하라는 요구, 즉 가장 척박한 사막에 은둔하라는 요구를 받을 것이다.

목소리는 탄식하며, 브리 공이었다면 이런 음모를 결코 용납하지 않았을 것이라 아쉬워할 것이다. 진리는 진리이므로 진리를 떠받치는 질서는 한순간도 결코 약화되지 않아야 한다는 것이며, 그렇지 않으면 질서이기를 포기한 질서가 되므로 무질서가 되고 거짓의 본질로 전락한다는 걸 브리 공은 알고 있기 때문이다.

실제로 몇몇 사소한 부분을 제외하고는 모든 일이 계획하고 예상한 대로 진행되었다. 아티가 브리의 영지로 돌아오자마자, 나스의 보고서가 전국을 나돌며 독약처럼 민중의 피를 은밀하게 더럽히고 있으며, 그런 범죄적 행위의 뒤에는 디아 공과 호크 공 및 그들과 공범 관계에 있는 몇몇 인물이 도사리고 있다며 고발하는 편지가 익명의 우체국에서부터 당국에 배달되었다. 곧이어 역시 위치를 알아낼 수 없는 우체국에서 조사원들에게 두 번째 편지가 배달되었고, 그 편지에는 조사원들은 결코 알아내지 못할 정보, 하지만 확실한 정보가 담겨 있었다. 나스의 보고서가 타르의 공범인 노르를 통해 스리에게 전달되었고, 타르는 나스가 사망하기 직전에 그의 부탁을 받았다는 디아의 부하에게 그 보고서를 받았다는 정보였다. 게다가 그 편지로 인해, 디아와 호크의 계획이 권력을 독점적으로 장악해서 스스로 국왕과 부왕(副王)에 오르려고 한다는 것도 밝혀졌다. 또한 그 편지에는 그 유용한 바보들(정치 속어로, 서방 국가의 소련 동조자를 경멸해서 일컫는 말―옮긴이)이 원수와 발리스가 꾸미고 추진하는 종말론적인 계획에서 실제로는 소모품에 불과하다는 냉소까지 담겨 있었다. 발리스의 계획은, 궁극적으로 아비를 데모크로 대체하고 정의로운 형제회를 대표회의체로 대체함과 동시에 장기적으로는 욜라를 진심으로 동경하고 섬기는 아비스탄 사람들을 평범한 배교자들이나 이단자들, 한마디로 자유인으로 바꿔가려는 것으로 알려졌다.

람의 부하들은 계획의 진행 과정을 몇 번이고 머릿속으로 그려보았듯이, 모든 필요한 조치들을 차근차근 실행에 옮겼다. 타르는 이미 포섭되어, 그때쯤에는 화로와 냄비와 접시 등 식기류의 판매를 두고 부크와 협상하고 있었다. 죽어야 할 사람들의 명단은 이미 작성되었고, 집행자들도 각자의 임무를 행동에 옮기기에 적합한 위치에 배치되었다. 특히 그들 중 한 명(미아였을까?)에게는 보고서가 스리의 손에 넘겨지는 날, 타르가 총구를 머리에 대고 자살하는 걸 돕는 역할이 주어졌다. 첫 번째 고리가 가장 먼저 사라져야 배후 인물이 안전하게 지켜지지 않겠는가. 따라서 타르의 죽음이 종말의 시작을 알리는 신호가 되어, 곧이어 당파들이 인정사정없는 기나긴 전쟁에 돌입할 것 같았다.

이런 계획대로 진행되면 스리는 운명적으로 위험에 빠질 수밖에 없었다. 하지만 코아의 죽음을 막지 못한 걸 자책하던 아티는 스리에게까지 피해를 입히고 싶지 않았다. 하지만 람은 나스의 보고서를 그녀에게 전달하는 책임을 아티에게 맡길 때, 그 행위가 스리에게는 고인이 된 남편의 유언장을 뒤늦게나마 받는 즐거움을 안겨줄 거라고 단언했다. 또한 당연한 말이었겠지만, 현재 남편의 반감을 사지 않기 위해 신중하고 신사답게 행동해야 한다고도 당부했다. 그들 부부를 심문하고, 아비스탄 전역에서 대영주부터 말단의 하인까지 전 계급을 대상으로 대대적인 체포작전이 시작될 쯤 아티는 이곳에 있지 않을 가능성이 높았다.

인류의 역사에서 까마득한 옛날을 제외하면, 그처럼 짧은 시간 내에 대대적인 소탕이 벌어진 적은 없었을 것이다. 소탕 작전은 탄력이 붙어 금세 엄청난 규모로 발전할 것이고, 무수한 사람을 체포하고 처형하는 일이 더 이상 단순한 경찰의 업무가 아닐 것이다. 따라서 실행 계획 자체가 문제로 대두되며 모든 것을 결정할 것이다.

아티는 자신이 작은 역할을 맡은 계획에 어마어마한 결말이 예정되어 있다는 걸 전혀 몰랐을 것이다. 어리석음도 그렇지만, 순진함도 항구불변한 속성이다. 어린아이라도 계획의 결말에 대해 의문을 품을 만했지만 아티는 한순간도 그런 의문을 품지 않았다. 람이 꾸민 계략에는 오로지 하나의 목표, 즉 아티가 스리의 남편에게 반감을 사지 않고 스리를 만나 애도의 뜻을 전하고, 내친김에 람의 바람대로 나스의 보고서를 스리에게 건네주는 목표만이 있다는 것이라 생각했다. 그런데 어떻게 그 보고서가 람의 손에 들어가게 된 것일까? 훌륭하다는 브리 공이 복사본을 몰래 보관해두고는 아비 지르가에게 거짓말했던 것일까? 그런데 오랫동안 감춰두었던 복사본이 다시 꺼내지고, 람이 그 보고서가 세상을 완전히 뒤바꿔놓을 거라고 말하는 이유가 무엇일까? 스리에게 넘긴 복사본은 보고서 진본과 똑같은 것일까? 보고서의 결론이 대체 무엇일까? 하필이면 보고서를 선택해 스리에게 죽은 남편의 유언처럼 건네주었던 이유가 무엇일까? 아티를 부크에게 데려갔고 식탁에서 진짜 사촌처럼 행동했던 그 타르의 진짜 정체는 무엇일까? 다른 관점에서 보면, 아티는 약간의 기시감에 젖어 이런 의문들이 합리적이지 않은 것처럼 여겨졌을 수 있다. 부유한 상인의 아름다운 부르니 안에는 하찮고 하찮은 무뢰한이 감추어진 듯했다.

아티를 위해 변명한다면, 코아와 나스의 죽음으로 그의 경계심이 무너졌고, 그들의 죽음에서 그 자신의 죽음을 예감했던 것이 아닐까. 또 스리와 에토가 결혼했다는 소식에, 미망인과 고아가 된 누이를 위해 자신의 삶을 희생하며 혼신을 다하려던 은밀한 희망이 사라진 때문은 아니었을까.

앙크와 크로는 유명한 사람을 돕는 걸 무척 자랑스럽게 생각했다. H46 구역에 돌아온 아티는 람의 환대를 받았고, 람은 시종장의 칭찬과 브리 공의 격려를 대신 아티에게 전해주었다. 브리 당파가 사건에 직접적으로 연루되지 않도록 나스의 보고서를 미망인에게 전달하는 역할을 받아들인 것만으로도 아티는 브리 당파에 크게 공헌한 셈이었다. 람이 말했다. "그 물건 때문에 우리가 무척 난처했습니다. 아비 지르가와 정의로운 형제회에 면목이 없었으니까요. 브리 공은 아무것도 모르셨습니다. 시종장께서도 마찬가지였고요. 두 분은 사소한 문제까지 다루시지는 않으니까요. 그런 문제는 내 몫입니다. 하지만 우리는 실제로 두 종류의 보고서를 받았습니다. 하나는 우리가 최고 지도자의 요청에 반환한 공식적인 보고서였고, 다른 하나는 정신이 산만한 공무원이었는지, 아니면 우리에게 호의를 품은 용의주도한 친구였는지 몰라도 여하튼 정체불명의 인물에게 받은 보고서로 우리에게 전혀 필요하지 않은 보고서였습니다…… 보고서가 우리에게 아직 있는 걸 그런 식으로 변명할 수 있겠습니까? ……우리를 철석같이 믿는 정의로운 형제회의 친구들이 무엇이라 생각했겠습니까? ……우리는 그 보고서를 찢어 없애버릴 수도 있었지만, 없애버리는 게 능사일까? 이렇게 생각했습니다. 귀중한 자료였고, 단 하나밖에 없는 유적지에 대한 고고학적 조사 보고서였습니다. 더구나 다른 보고서들은 아비와 최고 지도자 및 위원 전원이 지켜보는 앞에서 태워졌으므로 유일하게 남겨진 보고서였던 까닭에 국가 유산에 대한 더더욱 소중한 자료였습니다…… 그 보고서를 미망인에게 돌려줘야겠다는 자연스러운 생각도 이런 관점에서 나온 것입니다. 나스의 유작이자, 미망인과 후손들에게 소중한 기념물이 될 테니까요…… 결국 무엇이든 끝이 좋아야 좋은 것이 아니겠습니다. 그래야 마음도 편하고요."

람은 모든 것을 단순하고 명확하게 정리하는 재주가 있었다. 결국, 하늘에서 낙하산을 타고 떨어진 후에 좁은 문을 통해 다시 빠져나간 두 번째 보고서와 관련된 사건을 이해하려면 약간의 설명이 필요했다

아티는 이방인인 데다 보잘것없는 가문 출신이었던 까닭에

그럴듯한 토지나 재산도 없었고 높은 관직에 있는 것도 아니었다. 또한 격식은 격식이었던 까닭에 아티는 품격 있는 대접을 받을 수 없었다. 브리 공과 시종장은 이 점을 안타깝게 생각했다. 아티를 경멸하지는 않았지만 예의범절에도 나름의 규칙이 있는 법이었다. 게다가 아티가 체면과 명예를 중요하게 생각하지 않았더라도 브리 공과 시종장을 직접 만나고 그들이 세상을 지배하는 모습을 옆에서 지켜보고 싶었을 것이다. 또한 그들의 아름다운 궁전이 묵직하고 호화로운 장식물로 가득할 것이라 상상하며 두 눈으로 직접 보고 감탄하고 싶기도 했을 것이다. 하지만 그들의 궁전은 전반적으로 단순함이 강조되었어도 아름답게 보였다.

그들은 한동안 철학적인 대화를 나누었다. 가혹한 시대였고, 민중의 마음을 지독히 아프게 하는 소문들이 끊이지 않았다. 행복을 떠올려줄 만한 것이 어디에도 없었다. 그들은 이 점에서 의견이 같았다. 아비스탄이 탄생한 때부터 항상 함께하던 세상의 종말이란 분위기가 그 어느 때보다 역하고 신랄하게 감돌았다. 아티와 람은 무절제한 모습이 피상적인 현상이 아니라, 세상의 근본적인 속성과 관계가 있다는 데 동의했다. 하지만 그들이 같은 세상을 두고 그렇게 말한 것일까? 람은 미래에 대해 힘주어 말하며, 조만간 아비스탄이 해묵은 악습을 떨쳐내고 바닥에서부터 꼭대기까지 철저하게 바뀔 것이라고 넌지시 말했다. 또한 새로운 아비스탄에는 새로운 사람이 필요할 것이고, 이런 맥락에서 아티는 국가의 심부름꾼, 즉 공무원에게 반드시 필요한 조건인 자유와 존엄의 심원한 의미를 알고 있기 때문에 원하면 브리 당파에서 선망의 지위를 얻을 수 있을 것이라고도 덧붙였다. 아티는 아무런 대답도 하지 않았다. 고개를 끄덕이고 입술을 살짝 깨물며 깊은 생각에 잠겼다. 내가 정말 원하는 게 무엇일까? 내가 기대하는 게 무엇일까? 아티는 머리로 생각하고, 마음의 대답을 들으려고 애썼다…… 하지만 어떤 대답도 얻지 못했다…… 어린 시절에 바랐던 것들이 기억에 떠올랐지만 헛된 공상에 불과했다…… 그는 두 팔을 하늘로 치켜들었다…… 어떤 대답도 얻지 못했다. 아니, 원하는 게 없었다…… 사실대로 말하면, 아비스탄으로부터 과거에 받았던 모든 것을 돌려주고 싶었을 것이다. 하지만 무엇을 돌려줄 수 있었을까? 그에게는 일자리도 없었고 집도 없었다. 신분도 없었고, 과거도 없었고 미래도 없었다. 종교와 습관까지…… 정말 아무것도 없었다…… 행정적인 업무에서 비롯되는 권태와, 여러 당파에서 가하는 죽음의 위협을 제외하면…… 어쩌면 아티는 하늘의 자유로운 공기를 마시고 성욕을 자극하는 바다 냄새를 들이마시는 데 할애할 수 있는 시간을 덤으로 얻은 것에 만족했을지도 모른다. 아티는 변덕과 변절을 일삼았지만 바다만은 뜨거운 열정으로 사랑할 수 있을 것 같았다. 람은 아비스탄이 변할 거라고 생각하는 낙관주의자였다. 오히려 병아리가 앞니를 갖고 아빌랑어로 노래하기를 기대하는 편이 나았다. 아비스탄을 바꿀 수 있는 것은 없었다. 누구도 아비스탄을 바꿀 수 없었다. 아비스탄은 욜라의 손에 있었고, 욜라는 불변의 존재였다. 게다가 욜라의 대리인, 아비의 책에도 "이미 결정된 것은 어쩔 수 없다"라고 쓰여 있지 않은가.

람은 아티에게 곰곰이 생각해볼 기회를 주었다. "나중에 또 뵙겠습니다. 당장 처리해야 할 일들이 많습니다. 변화는 조만간 시작될 겁니다." 람은 이렇게 말하며 일어섰고, 아티의 등을 손바닥으로 살짝 때리고는 이렇게 덧붙였다. "어쨌든 숙소 밖으로 나가는 위험을 무릅쓰지 않는 편이 나을 겁니다…… 여기가 당신 집이라 생각하십시오." 람은 농담처럼 그렇게 말했지만, 그의 눈빛은 매섭게 반짝였고 그의 목소리에는 군가와 같은 결연함이 담겨 있었다.

그날 아침, 앙크와 크로가 함께 그의 침실까지 들어와서는 비오가 뜻밖의 소식을 갖고 찾아와 현관에서 기다리고 있다고 전해주었다. 그들은 합창하듯 말했다. "토즈 님이 영광스럽게도 당신을 박물관에 초대하셨습니다."

"박물관? ……박물관이 뭔가?"

그 불쌍한 사람들은 박물관이 무엇인지 몰랐다. ……아티도 그 단어를 생전 처음 들었다는 점에서 다를 바가 없었다. 아빌랑어가 아닌 것은 분명했다. 저명한 언어학자로 상대주의와 불신앙의 근원인 다중언어 사용을 극렬하게 반대하는 아라 공이 주재하는 고등판무관실이 아빌랑어와 아빌랑어화에 관련해 최근에 공포한 칙령에 따르면, 지금도 사용되는 옛 언어에서 파생된 보통명사에는 경우에 따라 접두어나 접미사로 '아비'나 '압',

'욜'이나 '요', '카'나 '크'를 덧붙여야 했기 때문이다. 생물과 무생물, 심지어 이름까지 모든 것이 종교에 속한 것이므로 그렇게 표기하는 게 당연했다. '박물관'은 칙령을 통해 일정한 기간 동안 유예를 허락받은 예외적인 단어였거나, 여전히 몇몇 구역에서 사용되었지만 금지된 까닭에 지침서도 없고 사전도 없는 옛 언어 중 하나에서 파생된 단어였을 가능성도 있었다. 자식들이나 가정부 혹은 이웃이 고발할 위험이 있었지만 사적인 삶에서 원하면 언제라도 사용하는 언어가 있었을 것이고, 영지는 사적이면서도 절대적인 권력이 지배하는 공간이었다.

"그런데 그 뜻밖의 소식이 뭔지 아나? 토즈라면 나도 알지. A19 구역에 있는 그의 숙소에서 커피를 마신 적이 있지. 자네들은 영지에서 벗어난 적이 없어 모르겠지만, 토즈의 어두컴컴한 창고에서 며칠을 보낸 적도 있네." 아티가 부르니를 입으며 말했다.

"하지만…… 하지만 토즈 님은 지금까지 누구도 박물관에 초대한 적이 없었습니다…… 아, 딱 한 번, 처음 박물관을 개장했을 때 형제들인 브리 공과 시종장, 조카인 람을 초대했을 뿐 그 이후로는…… 누구도 초대한 적이 없습니다…… 누구도."

그래? 그렇다면 점점 흥미진진해지는데.

비오는 여전히 상기된 표정이었다. 그 불쌍한 심부름꾼은 아티의 그림자에 자신의 모습을 감추고 아티를 따라 박물관에 들어가, 오래전부터 박물관에 차곡차곡 채워진 보물들을 볼 수 있으리라 생각한 모양이었다. 트럭들이 수시로 박물관을 들락거리며, 상자들을 내려놓고 포장된 꾸러미를 싣고 떠났다. 또한 멀리 떨어진 도시들에서 고용되어 트럭에 실려온 일꾼들은 일하는 시간에만 건물 안으로 들어갔고 외출이 엄격히 금지되었다.

시샘의 기운이 분명히 느껴졌다. 박물관을 향해 가는 동안, 아티의 눈에 사람들의 표정이 친절하고 호기심으로 가득하게 보였지만 눈빛만은 달랐다. "이방인, 너는 정말 운이 좋군! 우리는 지금껏 구경조차 못한 걸 보러 가는 거잖아…… 너는 되고, 같은 당파에 속한 우리는 안 되는 이유가 대체 뭐야?"

비오와 아티는 뒷다리가 뻐근하고 묵직하게 느껴질 정도로 씩씩하게 한 시간을 꼬박 걸었다. 비오가 알려준 바에 따르면, 전기를 만드는 수력 발전소에서 일하는 기술자들에게 할당된 땅이라는 널찍하게 조성된 땅을 지났고, 그 후에는 시끌벅적하고 분주하게 움직이는 공장들이 줄지어 늘어선 공업지구를 지났으며, 울타리가 단단히 둘러진 드넓은 공터 옆을 지났다. 공터에서는 브리 공의 군대가 훈련하고 있었다. 비오의 수학적 계산이 맞다면 공터는 적어도 세 개의 마을이 너끈히 들어설 만한 면적이었고, 드넓은 초록빛 공간의 끝, 정확히 말하면 공터의 중앙에는 완전무결한 잔디에 둘러싸인 흰색의 웅장한 석조 건물이 우뚝 서 있었다. 아티는 나중에 토즈에게 직접 들어 알았지만, 그 건물은 과거에 루브르 혹은 루프르라 불렸던 웅장하고 매혹적인 박물관을 5분의 1의 크기로 똑같이 복제한 건물이었다. 안타깝게도 그 박물관은 아비스탄이 '리그', 즉 북고원 연합을 병합하던 제1차 대성전의 기간에 약탈되고 무너졌으며, 당시 이비스탄의 무력에 저항한 유일한 국가는 앙소크 혹은 안소크였고, 그곳을 지배하던 빅브러더라는 미치광이 독재자는 아비스탄과의 전투에 모든 핵무기를 쏟아부었지만, 결국에는 쓰러져 자신의 피에 익사하는 최후를 맞았다는 것도 아티는 알게 되었다.

토즈는 박물관 입구에, 이상하게 생긴 의자에 반쯤은 앉고 반쯤은 누운 자세로 있었다. 네 개의 나무토막 위로 길쭉한 천이 씌워진 모양의 그 의자를 토즈는 단순히 '긴 의자'라고 칭했다. 저렇게 앉는 게 편할까? 아티는 자신도 그렇게 한 번 앉아보고 싶었다. 토즈는 빙그레 미소를 지었고, 그의 눈빛에서는 "코아와 당신, 둘 모두가 안전하기를 원했는데 유감입니다. 하지만 당신도 아다시피 나쁜 의도는 없었습니다."라고 말하는 듯한 약간의 빈정거림이 읽혔다. 그의 눈빛이 흐려졌고, 얼굴을 일그러뜨리며 입술을 삐죽거렸다. 아티는 그가 불쌍한 코아를 생각하고, 얼마 전에 있었던 일을 어떤 식으로든 후회하는 것이라 이해했다.

토즈는 아티의 어깨를 살짝 치고는 건물의 입구 쪽으로 그를 데려가며 말했다. "노스탤지어 박물관에 오신 것을 환영합니다!" 토즈가 아티만을 박물관 안으로 밀고 들어가자 불쌍한 비오의 그림자만이 건물 밖에 덩그러니 남았고, 비오는 육중한 문의 틈새로라도 안쪽으로 보려고 온몸을 비틀었다. 그가 무엇을 볼 수 있었을까? 아무것도 보지 못했다. 문 뒤쪽의 거대한 전실(前室)은 텅 비어 있었다. 아무것도 없었다. 곧이어 육중한 문은 그의 코앞에서 닫혔다.

"들어오십시오, 아티, 들어와…… 잘 오셨습니다…… 당신을 속인 죄를 용서받고 싶어 내 비밀 정원에 초대한 겁니다…… 물론 내게 당신이 필요하다는 것도 인정하겠습니다…… 내가 당신에게 보여주려는 시대와 모순을 둘러보는 것만으로도 나를 돕는 것입니다. 이제 나는 나 자신을 필두로 모든 것을 의심하는 지경에 이르렀습니다. 잠시 앉읍시다…… 예, 거기 바닥에…… 당신이 앞으로 보게 될 것에 대해 미리 약간 말씀드리고 싶습니다…… 박물관이 뭔지 모르실 겁니다. 아비스탄에는 박물관이란 게 없으니까요…… 우리 지역도 마찬가지입니다. 카불의 도래 이전에 존재한 것은 모두 거짓되고 위험한 것이므로 파괴되고 지워지고 잊혀야 마땅한 것이란 부조리한 생각에서 우리 지역도 탄생했으니까요. 결국 카불에 순종하지 않으면 우리 지역도 다른 모든 지역들과 마찬가지로 기억에서 지워져야 할 겁니다. 어떤 의미에서 박물관은 이런 불합리의 거부를 뜻합니다. 따라서 이 박물관은 불합리에 대한 내 저항을 상징하는 곳입니다. 세상은 카불이 있든 없든 존재합니다. 카불을 부정하고 파기한다고 카불이 없어지지는 않습니다. 카불이 사라지면 오히려 카불에 대한 추억이 더욱 강렬해지고, 카불의 가르침이 마음속으로 더욱 깊이 새겨질 겁니다. 따라서 카불이 지배하던 과거가 이상화되고 신성화되기 때문에 장기적으로 위험해질 겁니다…… 하지만 당신도 잠시 후에는 느끼겠지만, 박물관은 모순 덩어리, 속임수, 한마디로 카불만큼 위험한 환각이기도 합니다.

사라진 세계의 복원은 그 세계를 이상화하는 방법인 동시에, 그 세계를 다시 한 번 파괴하는 짓이기도 합니다. 복원은 그 세계를 본래의 환경에서 끌어내 다른 환경에 옮겨놓음으로써, 침묵과 부동의 상태로 꼼짝하지 못하게 만들거나, 그 세계가 실제로 말하지도 않았고 행하지도 않았을 것을 말하고 행하도록 꾸미는 작업이기 때문입니다. 어떤 사라진 세계를 이런 관점에서 관찰하면 어떤 사람의 시신을 뜯어보는 기분일 겁니다. 예컨대 그 사람에 관련된 많은 자료를 보게 될 겁니다. 그 사람이 살아 있을 때의 사진을 볼 수 있을 것이고, 그 사람에 대해 쓰인 모든 자료도 읽을 수 있을 겁니다. 하지만 그의 내면과 주변의 삶까지 실감나게 느낄 수는 없을 겁니다. 그런데 내 박물관에는 어떤 시대와 관련된 많은 유물이 있습니다. 당시 사람들은 20세기라고 불렀던 시대의 유물들이 기능과 용도에 따라 배치되어 있습니다. 또한 당시 남자와 여자의 일상을 세세한 부분까지 놀라울 정도로 똑같은 모습으로 재현해놓은 밀랍 인형들도 보시게 될 겁니다. 하지만 항상 뭔가가 부족합니다. 움직임과 호흡과 체온이 없는 까닭에 정물(靜物)의 수준을 넘어설 수 없습니다. 상상력은 제아무리 대단하더라도 생명을 줄 수 없습니다…… 내가 조금 전에 앉은 것도 아니고 누운 것도 아닌 자세로 당신을 놀라게 해주었던 긴 의자를 예로 들어볼까요? 그 의자도 당시의 유행을 따라 만들어진 것입니다. 달리 말하면, 삶에 대한 어떤 의견으로부터 잉태된 것입니다…… 만약 당신이 긴 의자를 보고 휴가와 여가, 취미와 향상된 삶의 질을 언급할 정도로 긴 의자가 무엇인지 알고 있다면, 그래서 당시에 긴 의자와 관련된 모든 것을 감각적으로 느낄 수 있다면, 당신에게는 긴 의자가 실제로 사용되던 때처럼 와 닿을 겁니다. 당신이 처음 긴 의자를 보았을 때는 네 개의 나무토막 위에 씌워진 천조각에 불과한 것으로 생각했겠지만.

박물관을 둘러본 후에 당신의 느낌을 솔직하게 말해주면 고맙겠습니다. 또 전시물을 보고 어떤 생각을 떠올렸는지도 말씀해주십시오. 나도 전시물들을 마지막으로 본 게 상당히 오래전이어서, 그럴리야 없겠지만 우리 사이에도 거리감이 생겼을지 모르겠습니다…… 때로는 길을 걷다가 우연히 마주친 공동묘지를 둘러보는 기분에 젖기도 합니다. 무덤을 보고 이름까지 읽어보지만, 그 망자에 대해 아는 것은 전혀 없습니다. 그가 살았을 때 어떤 사람이었는지도 모르고, 그가 살았던 장소와 시대에 대해서도 전혀 모릅니다.

물론 기억하시겠지만, 이 모든 것이 우리 종교와 우리 정부에서는 금지된 것입니다. 이런 이유에서 내가 이곳에, 우리 영지에 박물관을 세운 겁니다. 내가 사람들과 어울려 살고 있는 A19 구역이 아니라…… 내가 골동품점을 운영하는 이유도 그 때문입니다. 그래야 은밀하게 고대 유물을 다룰 수 있고, 자칫하면

내 형제들인 브리와 비즈만이 아니라, 젊고 영리하며 야심찬 조카 람까지 위험에 빠뜨릴 수 있으니까요. 여하튼 브리와 비즈는 내가 신분에 걸맞지 않게 처신한다고 생각합니다. 그래도 나름대로 안전을 확보하고 경제적 활동에 도움을 받으려고 람에게 많은 일을 떠넘기고 있습니다. 물론 람이 일에 부대낀다는 걸 알고 있지만, 그런 하소연을 차단하려고 모른 척하고 지냅니다…… 이제 나는 A19 구역의 대부로 여겨지고 있으며, 주변의 자질구레한 일들을 도맡아 처리하는 부하들도 있습니다. 골동품점을 운영하며 은밀히 고대 유물을 취급하는 게 재밌기도 합니다. 덕분에 아비스탄을 잠시나마 잊고, 20세기를 내 박물관에 꾸며놓으려는 계획에 열중할 수 있으니까요. 자, 이제 과거로 여행을 떠나볼까요 불신앙과 환각의 세계로…… 나는 반대편 끝에서 기다리겠습니다. 당신이 감상하는 데 영향을 주고 싶지 않으니까요."

　박물관은 한쪽으로 쭉 늘어선 다소 널찍한 전시실들로 이루어졌고, 각 전시실은 인간의 삶에서 특정한 단계를 집중적으로 다루고 있었다. 인간이 그런 단계들을 독립적이고 독자적인 세계로 예부터 줄곧 인정해왔다는 점에서, 토즈도 그런 분류 방법에 따라 전시실을 구분했고, 출입문을 열쇠로 잠근 후에는 열쇠를 뒤죽박죽 난잡한 전시실의 어딘가에 감춰두었다. 따라서 인류의 삶에서 다음 단계를 다룬 다음 전시실로 넘어가려면 열쇠부터 찾아내야 했기 때문에 시간을 느긋하게 사용할 수 없었다.

삶은 움직이는 것이므로 기다려주지 않는다는 뜻이 함축된 장난이었지만, 이런 까다로운 장난을 배치한 데는 토즈의 분명한 의도가 있었다. 요컨대 미래를 모르는 상태에서 항상 절박한 심정으로 난관을 극복하며 미래를 찾아나서야 하는 인간의 자연스러운 상황을 방문객에게 경험하게 하려는 의도였다.(하지만 그 자신 이외에 다른 방문객이 있었을까?)

첫 번째 전시실의 주제는 해산, 즉 탄생과 유아기였다. 아티는 마치 분만실에 있는 기분이었을 것이다. 섬뜩할 정도로 사실적이어서, 산모의 비명과 아기의 첫 울음이 귓가에 들리는 듯했다. 진열대와 탁자, 심지어 바닥에도 이 단계의 삶과 관련된 물건들이 놓여 있었다. 요람과 요강, 유모차와 보행기, 딸랑이와 장난감…… 벽에는 일상의 삶을 묘사한 그림과 사진이 걸려 있었다. 부모들이 지켜보는 앞에서 놀고 먹으며, 잠자고 목욕하며 그림을 그리는 어린아이들의 모습이 담긴 그림이고 사진이었다.

그 이후에는 환경과 시대. 직업과 계급에 따라 고유한 특징을 띤 청소년기와 황혼기를 주제로 다룬 전시실들이 이어졌다. 아티의 마음을 특히 사로잡은 전시실이 있었다. 질퍽한 참호, 믿기지 않을 정도로 치밀하게 뒤얽힌 철조망, 말박이 방책, 지친 표정이 역력한 데도 진격하는 병사들 등 참혹한 전쟁터의 모습을 섬뜩할 정도로 사실적으로 묘사한 축소 모형이 있는 전시실이었다. 파괴된 도시, 연기가 피어오르는 시신들, 죽음의 수용소에 갇혀 뼈만 남은 앙상한 포로들, 적을 피해 도주하는 멍한 표정의 민중들, 요컨대 전쟁의 다른 참혹한 모습들을 고발하는 그림과 사진도 눈에 띄었다.

운동과 여가에 필요한 장비들이 전시된 곳도 있었다. 그 전시실의 벽을 장식한 사진들에는 영화관과 스케이트장, 열기구와 패러글라이딩, 사격장과 서커스장 등이 담겨 있었다. 놀이와 여흥 등 강렬한 감각은 이 시대의 꿈이었다. 이런 것들은 승리와 대소탕 이후로 아비스탄에서 자취를 감추었기 때문에 아티는 토즈가 어디에서 어떻게 이것들을 구했는지 궁금했다. 또 얼마에 구입했는지도!

고문과 사형에 사용된 도구들을 집중적으로 다룬 어둑한 전시실, 상업과 공업과 운송 및 경제 활동과 관련된 전시실도 있었다. 옆 전시실에는 아티와 코아가 레그들의 격리 지역에서 자주 보았던 것들, 예컨대 계산대, 곡예하듯이 테이블 사이를 뛰어다니는 웨이터, 천천히 음료를 마시는 사람들, 이삿짐 운송업자처럼 문신과 콧수염과 굵은 팔뚝을 자랑하며 상냥한 여자들을 유혹하려는 멍청이들이 정감 있게 배치되어 있었다. 그 전시실 한구석에서는 좁은 계단이 희미한 빛 속으로 신비하게 사라졌고, 벽에는 전시실의 배치에서 표본으로 사용된 것이 분명한 에칭이 걸려 있었다. 벽에 부착된 판지에는 "프랑스 술집: 바람기 있는 여자들에게 짓궂게 구는 과거의 불량배들"이란 설명글이 프랑스어로 쓰여 있었다.

에칭판에는 '레오 르 폴(1924)'이라는 서명이 있었다. 황금시대의 유물이란 증거였다.

끝에서 두 번째 전시실의 주제는 노년과 죽음이었다. 죽음은 누구에게나 똑같았지만 장례의식은 무척 다양하고 다채로웠다. 아티는 그 전시실에서 오랜 시간을 보내지는 않았다. 관과 영구차, 화장터와 영안실 및 그런 분위기를 즐기는 듯한 뼈대를 보았지만 아티는 아무런 감흥도 없었다.

아티는 시간의 흐름을 의식한 적도 없었지만, 새로운 발견과 의문으로 가득한 한 세기를 온전히 여행한 적도 없었다. 박물관을 둘러보는 과정에서, 아티는 신에서부터 코드사바드까지 아비스탄을 지루하게 횡단할 때 느꼈던 것들이 기억에 떠올랐다. 아비스탄은 수천 샤비르에 이르는 살아 있는 박물관이었다. 지역과 명소, 사막과 숲, 허물어진 건물과 사라진 진지가 전시실처럼 끝없이 이어진 공간이었고, (통행증에 검인을 받는 걸 잊은 사람에게는) 맹꽁이 자물쇠로 잠긴 대문만큼 굳게 닫힌 보이지 않는 경계들로 구분된 공간이었다. 다양한 모습의 민중들, 다양한 관습과 거주지, 다양한 형태의 도구와 연장을 보며 여행하는 과정에서 아티는 아비스탄에 대한 생각이 조금씩 바뀌었고, 자신의 삶에 대한 관점도 달라졌다. 코드사바드에 도착했을 때 아티는 완전히 다른 사람이 되어 있었다. 그 자신도 사람들을 알아보지 못했지만, 그를 알아보는 사람도 없었다. 폐병환자였지만 신 요양원에서 기적적으로 치유된 사람, 요컨대 욜라에게 사랑받는 사람이란 소문으로만 인식될 뿐이었다. 박물관에서 기대하는 것은 이런 것이 것이 아닐까? 삶을 책처럼 말하고, 삶을 재

있게 모방해 표현함으로써 사람들에게 변화를 주려는 것일까? 유물과 그림과 사진 및 그것들의 배치에는 삶과 인간 자신에 대한 관점을 변화시키는 힘이 정말 있을까?

박물관의 반대편 끝에 있는 널찍한 빈방에서 아티는 토즈를 다시 만났다. 토즈는 아티에게 박물관 구조의 상징적 의미를 설명해주었다. 아티는 빈방을 통해 박물관에 들어갔고, 박물관을 나올 때도 역시 빈방을 거쳤다. 두 공허, 즉 창조 이전의 공허와 죽음 이후의 공허 사이에 삶이 존재함을 의미하는 상징적 표현이었다. 삶에는 시작과 끝이 있기 마련이므로 일정한 시간만이 허용된다. 또한 그 시간은 인간이 삶을 시작하는 순간부터 끝내는 순간까지 항상 갖고 다니는 것, 즉 과거에 대한 불분명한 기억과 미래에 대한 막연한 기대를 제외하면 서로 아무런 관계도 없는 조각들로 나뉘어진다. 한 조각에서 다른 조각으로의 전환은 분명하지도 않을뿐더러 그야말로 미스터리다. 예컨대 잠만 자던 예쁜 아기가 어느 날 갑자기 사라지지만 누구도 놀라지 않고, 그 대신 부산스럽고 호기심 많은 꼬마 장난꾸러기가 나타나더라도 엄마는 조금도 놀라지 않으며 묵직한 젖가슴이 쓸데없어진 것을 아쉬워한다. 그 이후에도 이런 대체는 은밀하게 진행된다. 얼마 전까지 옆에 있던 날씬하고 상냥한 청년이 사라지고, 뚱뚱하고 걱정에 사로잡힌 어른이 아무런 예고도 없이 빈자리를 차지한다. 그 어른도 두통에 시달리다가 결국에는 등이 굽고 과묵한 노인에게 자리를 넘겨준다. 창문 앞에 놓인 의자에 꼼짝하지 않고 앉아 말없이 시간을 보내던 노인이 갑자기 따뜻한 시신으로 변하면, 그때서야 사람들은 놀란다. 죽음은 잉여적인 변화이지만 때로는 환영받는 변화이다.

그래서 많은 사람이 공동묘지로 가는 길에 "삶이 너무 빨리 지나가 아무것도 보지 못했다."라고 말할지도 모르겠다.

토즈와 아티는 서글피 철학적 담론을 나누며 오후 시간을 보냈다. 토즈는 전혀 몰랐지만 한 폭의 정물화처럼 정확히 재현해 낼 수 있으리라 생각했던 세계에 대한 향수에 젖어 살았고, 마침내 그 정물들에 생명의 기운을 불어넣기를 바랐다. 그렇게 해서 무슨 소용이 있을까? 이런 의문은 아무런 의미가 없다는 데 두 사람의 의견은 같았다. 공허는 세상의 본질이지만, 그렇다고 세상이 존재하는 걸 방해하거나, 하찮은 것들로 채워지는 걸 방해하지는 않는다. 영(零)의 신비로움이 여기에 있다. 영은 존재하지 않는다는 걸 말하기 위해 존재하지 않는가. 이런 관점에서 보면, 카불은 완벽한 응답이었다. 세상의 절대적인 무용성에 대응하려면, 공허에 절대적으로 순종함으로써 마음의 위안을 얻어야 했다. 먼지는 먼지로 돌아가듯이 인간은 공허한 존재로 태어나 공허한 존재로서 죽어간다. 한때 아티는 그 의문을 다른 방식으로 곱씹어본 적이 있었고, 생명의 고고지성은 죽음의 첫 숨결이란 생각에 세상의 종말은 세상이 잉태되는 순간부터 시작되었다는 결론에 이르렀었다. 시간이 지나고 고통을 조금씩 견뎌감에 따라, 아티는 해묵은 불행일수록 더 빨리 끝나고, 생명은 더 일찍 새로운 순환을 시작한다고 확신하기에 이르렀다. 따라서 의문을 한가득 품고 마냥 기다리는 것보다, 과정의 속도를 높여야 할 필요가 있었다. 그래도 새로운 삶을 기대하며 죽는 편이, 자신의 죽음을 지켜봐야 한다는 절망에 사로잡혀 사는 것보다야 훨씬 낫지 않았겠는가.

　그들은 아비스탄을 짓누르는 불행이 카불에 있다는 걸 서로 솔직히 인정했다. 카불은 무지를 신성화함으로써, 공허에 내재하는 폭력성에 대응하는 방법으로 무지에의 순종을 요구했다. 또한 카불은 예속을 자기부정, 즉 무조건적인 자기파괴로까지 승화함으로써, 어떤 세계를 자기만의 방식으로 만들어가는 힘으로 반항과 저항을 인정하지 않았다. 그런 세계가 가능하다면 주변의 광기로 반항심을 보호할 수 있겠지만, 종교는 반항심을 확실하게 죽이는 신경안정제이다.

　토즈는 한때 카불의 역사에 관심이 많았다. 그는 카불 안에서 태어난 까닭에 구태여 카불을 찾아보려고 하지 않았다. 카불은 그가 호흡하는 공기였고, 그가 마시는 물이었다. 부르니를 항상 어깨에 걸쳤듯이 카불은 항상 그의 머릿속에 있었다. 하지만 일찍부터 카불이 거북하게 느껴졌다. 학창시절, 그에게 공교육은 그야말로 재앙이었고, 모든 불행의 원인이었다. 지독히 기만적이었지만, 죽음처럼 피할 수 없는 냉혹한 것이었다. 그런 공교육 덕분에, 토즈는 강박적이고 조급한 성격을 거침없이 드러내고, 음험한 설화와 유치한 전설에 탐닉하며, 엉뚱하고 해괴한 성구(聖句)와 둔감한 구호를 늘어놓거나, 모욕적인 비판을 서슴

지 않는 꼬마 대장이 되었고, 체육 활동에서도 온갖 종류의 학
대와 폭행을 완벽하게 구사해냈다. 그 밖의 것, 예컨대 시학과
음악, 도예와 체조 등과 같은 선택과목에 대해서는 관심도 없었
고 시간을 할애하지도 않았다. 게다가 정의로운 형제회 위원의
아들이었고, 또 위원의 동생으로서 언젠가 자신도 위원이 될 가
능성이 있었기 때문에 토즈는 자신의 행위와 기계를 철석같이
믿는 수석 운전자처럼 맹목적인 무분별에 사로잡혀 있었다. 그
는 걸음걸이를 바로잡고 마음을 다시 다듬기 위해 카불을 공부
했지만 오히려 희망과 기대감을 잃고 말았다. 카불은 불행한 사
람에게 용기를 북돋워주는 종교가 아니었다. 오히려 불행한 사
람을 바닥까지 끌고 내려가는 무거운 바닥짐이었다. 여기에서
학교는 아무런 역할도 하지 못했다. 가엾은 선생은 상부로부터
가르치라고 지시받은 것만을 가르쳤고, 그 역할을 썩 훌륭히 해
냈다. 그런 교육의 영향을 받지 않는 사람은 극히 드물었고, 흐름
을 되돌리기에는 너무 늦은 때였다. 카불이 민중의 육체와 영혼
에 무력감을 깊이 주입한 지 오래였고, 절대적인 주인으로서 민
중을 지배해왔기 때문이다. 따라서 진실로 남은 의문은 하나뿐이
었다. 카불의 최면에서 풀려나려면 몇 세기의 시간이 필요할까?
    그는 내색하지 않고, 금지된 길을 열고 철저히 파고들었다.
정말 하나의 길밖에 없었다. 달리 말하면, 시간을 거슬러 올라
가는 수밖에 없었다. 카불이 고금을 통해 현재를 완전히 장악한
까닭에, 카불에서 벗어나려면 과거, 즉 카불이 도래하기 전의
시대로 도피하는 수밖에 없었다. 우리 이전의 인간이 모두 편협

하고 악의로 가득한 야만적인 짐승은 아니었다. 토즈는 도중에 잠시나마 방향을 상실했고, 역사 자체도 잡목림 속으로 자취를 감추었다. 뚜렷한 발자취는 어디에도 없었다. 모든 발자취가 끊어지거나 지워진 지 오래였다. 노련한 역사학자들은 2084년까지는 꾸역꾸역 거슬러 올라갔지만, 그 너머까지 올라가지는 못했다. 무지를 신성화하고 사유 능력을 무력화하는 과정이 없었더라면, 아비스탄이 세워지기 전에는 원래부터 존재하며 형태를 알 수 없는 욜라의 우주만이 존재했다고 가엾은 백성들을 어떻게 설득할 수 있었겠는가? 그 방법은 무척 간단했다. 어떤 날짜를 선택해서 시간을 그 날짜에 중단하면 그만이었다. 이미 죽은 사람처럼 공허에 빠진 까닭에 사람들은 주변의 말을 곧이곧대로 믿었고, 더구나 그들이 2084년에 다시 태어났다는 말에 박수치며 환호했다. 하기야 그들에게는 다른 선택이 없었다. 카불의 책력에 따라 살거나, 최초 상태의 공허로 되돌아가야 했다.

과거의 발견에 충격을 받아 토즈는 숨이 막혀 죽을 뻔하기도 했다. 토즈는 무척 박학다식했지만 2083년이 존재했다는 걸 몰랐고, 그 이전으로 거슬러 올라갈 수 있다는 것도 몰랐다. 지구가 평평하고 끝에 절벽이 있다고 생각하던 사람들에게 둥근 지구가 얼마나 큰 충격이었을지 상상해보라. 그야말로 현기증을 일으키는 대참사였을 것이다. 따라서 과거의 발견으로 '우리는 누구인가?'라는 질문이 갑자기 '우리는 누구였던가?'로 돌변했다. 그때부터 어둠과 생소한 것으로 뒤덮인 완전히 다른 것을 상상해야 했다. 우주를 떠받치던 주춧돌이 산산조각난 셈이었다. 수많은 늙은 유령들 틈에 내던져진 새로운 유령처럼, 토즈는 산 채로 공중에 내던져진 기분이었다. 누구도 시간의 긴밀한 선적(線的) 속성을 되살려내지 못했다. 따라서 토즈는 자신이 어느 시대에 있는지 정확히 몰랐고, 어제와 오늘 사이의 어느 시점에 있었다.

많은 연구와 끈질긴 노력 끝에, 어느 날 토즈는 시간이란 장벽을 무너뜨리고 20세기 전체를 거슬러 올라가는 데 성공했다. 믿음의 신자는 살아 있는 동안에 카불의 비상한 인력에서 벗어날 수 없었기 때문에 경이로운 성과였다. 토즈가 감탄에 사로잡힌 것은 당연했고, 눈을 뜨고 깨우친 사람에게만 자명한 진리로 들리는 명제를 깨달았다. 현 세상 이전에도 세상이 있었고, 이후에도 여전히 세상은 존재할 것이란 명제였다. 토즈는 부족한 것이 없이 몹시 풍요로웠던 세기를 찾아냈다. 수백 가지의 언어와 수십 개의 종교, 다양한 국가와 문화, 여러 형태의 모순과 광기, 제약 없는 지나친 자유와 극복할 수 없는 위험도 있었지만 확고한 희망과 완벽한 상태로 조율된 조직, 일탈을 호의적인 눈으로 감독하는 사람들, 양심적인 병역거부자들, 노력의 과정에서 반감을 갖기는커녕 용기를 얻은 선의의 사람들도 있는 한 세기였다. 삶은 좋은 점에서나 나쁜 점에서나 생동감 넘치고 탐욕스럽다는 것이 20세기에 여실히 증명되었다. 20세기에 단 하나 부족한 것이 있었다면, 별나라를 정복하려고 비행하는 기계적인 수단이었다.

　모두가 일찍이 인지했지만 부담감과 두려움, 이해타산과 느슨한 관리 때문에, 혹은 경고해야 할 사람들이 명철하지도 못한 데다 영향력도 없었기 때문에, 전반적인 상황을 재정비하지 않으면 조만간 새로운 세계가 닥칠 거라는 전조가 과소평가되고 상대화되었지만, 토즈는 그런 전조도 찾아냈다. 토즈가 추적한 결과에 따르면, 2084년이 도래하고 대대적인 성전(聖戰)과 핵무기로 인한 대학살이 뒤따랐다. 구입할 필요도 없고 제작할 필요는 없는 치명적인 무기까지 만들어졌고, 온 민중은 공포스러운 폭력의 포로가 되었다. 모든 것이 명백했고 충분히 예측되었지만, "결코!"라고 말하는 사람들, "두 번 다시는!"이라고 절규하는 사람들의 하소연은 들리지 않았다. 1914년, 1939년, 2014년과 2022년과 2050년에 그랬듯이 그 현상이 다시 시작되었다. 이번에는 2084년이었고, 다행스러운 결과를 맞았다. 옛 세계는 사라졌고, 새로운 세계, 아비스탄이 지상을 영원히 지배하는 시대가 열렸다.

　과거를 돌이켜볼 때 역사에서 우리보다 앞선 세대를 덮친 위험한 현상을 지금도 보게 되면, 어떻게 해야 할까? 그 위험을 어떻게 알려야 할까? 과거의 재앙이 조만간 이 시대에도 닥칠 거라는 걸 이 시대 사람들에게 어떻게 해야 알릴 수 있을까? 종교가 그들에게 죽음을 믿지 말라고 가르치고, 그들은 하늘나라에 자리가 이미 예약되어 호화 호텔의 스위트룸처럼 그들을 기다리고 있다고 확신하는데 어떻게 그들을 설득할 수 있을까?

놀랍게도 토즈는 카불의 기원까지 찾아냈다. 카불은 자연발생적으로 생긴 것이 아니었다. 카불의 기원은 단순했고, 기적이라 할 것이 전혀 없었다. 2084년 이후로 진지하고 근엄하게 가르치고 있듯이 카불은 아비가 욜라에게 깨우침을 받아 만들어낸 종교가 아니라, 오래전에는 사막과 초원의 많은 부족들에게 행복과 영광을 주었던 옛 종교의 내부적 타락에서 생겨난 것이었다. 옛 종교는 폭력적이고 부적절한 사용이 수세기 동안 계속된 데다 유능한 수리공과 세심한 지침서가 없어 용수철과 톱니바퀴가 모두 깨진 기계와 비슷한 지경에 떨어졌다. 카불은 과거에 존재한 모든 종교의 총체이자 정수로서 세상의 미래가 되기를 바랐던 어떤 종교의 태만과 부주의에서 잉태된 것이었다.

병든 것은 약하기 때문에 무뢰한들에게 휘둘린다. 종말이 눈앞에 닥친 것을 직감한 협잡꾼들은 '전달자 형제들'이란 패당을 결성하고, 옛 종교의 잔해들로 새로운 종교를 만들어내기로 작정했다. 그들은 옛 종교에서 그럴듯한 것들을 빌려와 새로운 종교에 덧붙이는 기발한 방법을 동원했다. 새로운 종교는 참신한 가르침과 참신한 전술, 상업적인 마케팅과 호전적인 공격성으로 군중을 유인했다. 그들의 후계자들은 훨씬 더 효과적으로 일하며 핵심적인 상징물까지 바꿔나갔다. 예컨대 아비와 욜라를 창조해냈고 『카불』을 썼으며, 키이바와 하느님의 도시를 세웠다. 또한 정의로운 형제회를 설립했고, 조잡한 '전달자 형제들'과 자신들을 구분짓기 위해 '공'(公)이란 뜻의 '시크'라는 직함을 자신들에게 부여했다. 강력한 상징들과 충분한 군대를 갖춘 후, 그들은 옛 종교와의 모든 관계를 끊었다. 그쯤에는 옛 종교가 아무짝에도 소용이 없었기 때문이다. 그때부터 옛 종교는 늙은 노인과 노파, 부활의 기적과 회춘의 가능성을 믿는 몇몇 정신 나간 학자들의 머릿속으로 사그라질 운명이었다. 이 모든 것을 망각의 늪에 던져버리고, 향수를 불러일으키는 것을 추적해 없애버려야 했다. 그런 것들은 죽은 사람들을 되살려내고 싶어 할 수 있었기 때문에 위험한 것이었다.

"물론 아직은 작업가설에 불과합니다. 종교와 군사 전략에는 항상 많은 비밀과 기만이 있기 마련이고, 엄격히 말하면 비밀과 기만은 동일한 사안의 두 얼굴입니다…… 지속적인 연구가 필요합니다." 토즈가 말했다.

아티는 낯선 감정이 마음속에서 꿈틀대는 기분이었지만, 머릿속을 꽉 채운 의문에 대해서는 조금도 관심이 없었다. 토즈는 역사에 대한 개인적인 연구와 삶에 대한 자신의 생각을 말했지만, 그의 발언은 그 자체로 하나의 대답이었다. 토즈가 그런 식으로 아티에게 대답하기로 마음먹은 이유는 그때가 기회이고, 그런 기회가 다시는 찾아오지 않으리라 생각한 때문이었을 것이다.

"토즈, 당신도 틀림없이 나스의 보고서를 읽었을 텐데…… 그 보고서에 대해 말씀해주실 수 있습니까?"

"음…… 어떻게 말해야 할지 모르겠습니다…… 그것은 국가 기밀이고, 나는 국가 기밀을 아는 위치에 있지 않습니다. 브리 공의 동생이란 점을 제외하면 어떤 공식적인 지위도 없으니까요…… 솔직히 말하면 무척 복잡한 문제입니다…… 예, 보고서는 존재하지 않습니다…… 예, 나스의 보고서는 애초부터 존재한 적이 없었습니다. 가상의 계획에 따라…… 상황의 변화에 맞추어 점진적으로 쓰인 가상의 문서에 불과했습니다…… 임무를 마치고 돌아온 나스는 그 마을의 발견이 뜻하는 위험을 알았던 까닭에 장관에게만 은밀히 구두로 보고했을 것이고, 내 생각이지만 장관은 그 결과를 누구에게도 발설하지 말라고 나스에게 명령했을 겁니다…… 나스는 장관에게 곰곰이 생각해보겠다고 또 조심하겠다고 대답했을 겁니다. 그 후에 나스는 사라졌습니다. 그런데 그때부터 보고서에 대한 이야기가 나오기 시작했습니다…… 결국 보고서는 나중에야…… 어떤 의견에 대해 본격적으로 언급된 때문에 그 의견이 현실이 되는 경우가 많지 않습니까…… 그래서 나스의 보고서가 나타났고…… 나스의 보고서가 사람들의 입에 오르내리게 된 겁니다…… 나스의 보고서를 두고 어떤 분위기, 어떤 전설이 인위적으로 조작되었습니다…… 그 지경에 이르자 이 문제를 치밀하게 처리해야 했습니다. 그래서 존재하지도 않는 보고서의 복사본이 만들어졌고, 정의로운 형제회의 의결에 맡긴다는 명목상의 이유로 위원들에게 전달되었습니다…… 정의로운 형제회나 아파레유에 소속된 익명의 인물이 작성한 그 보고서에서 정확성은 중요하지 않았습니다…… 문제의 마을은 원수의 전초기지였고, 악명 높은 데모크가 그곳에 숨어 지냈고, 이단자들이 발리스에게 복종하는 공동체를 그곳에 세웠다는 내용이 포함되면 그것으로 충분했습니다. 나는 그 사건을 명확히 정리하라는 최고 지도자의 명령을 받은 전문가들과 함께 그 마을을 방문했습니다…… 각 당파가 그 전문가 위원회에 대표를 파견하기를 바랐고, 브리가 나를 우리 당파의 대표로 임명했거든요. 최고 지도자의 비서실장인 타트의 지휘 하에 우리는 전문적인 보고서를 작성했고, 그 보고서는 곧바로 절대적인 비밀문서가 되었고, 그 자체로 나스의 보고서가 되었습니다. 정확히 말씀드릴 수 없어, 우리가 그 마을에서 당혹스러운 증거를 적잖게 발견했다는 정도로만 말씀드리겠습니다. 구성원들이 각자 자유의지에 따라 자율적으로 살아가는 방법을 실험한 공동체가 그 마을에 있었던 것으로 보입니다. 우리에게는 좀처럼 이해되지 않는 삶의 방식이지요. 우리는 한 명의 지도자, 하나의 종교, 하나의 군대를 중심으로 미리 결성된 조직이 없으면, 조직적으로 움직이는 것조차 불가능하다고 생각하니까요. 아비스탄의 비극을 단적으로 보여주는 사건이었습니다. 우리가 만들어낸 세계는 부조리하기 그지없어, 전날 우리가 차지한 위치를 되찾기 위해서라도 매일 조금 더 부조리해져야 하는 실정입니다. 요컨대 무엇이 우리에게 겁을 주고, 우리가 어떤 말을 듣고 싶지 않은지에 대한 보고서를 결국에는 꾸며내야 한다는 뜻입니다. 역사가 우리를 비이성적인 광기로 끌고가는 셈입니다. 또 하나의 비극적인 결과는 이 사건으로 인해 정의로운 형제회가 분열되어, 정의로운 형제회 내의 역학관계가 달라진 겁니다. 그 결과는 하나밖에 없습니다. 전쟁."

당면한 상황에 대해 충분히 논의하고 토론한 후, 아비스탄의 영혼을 추적하는 두 탐험가는 하나의 진정한 의문을 제기하기에 이르렀다. "이제 무엇을 해야 하는가?"

토즈에게는 오래전부터 마음속에 품어온 계획이 있었다. "연구를 계속할 계획입니다. 내 연구가 언젠가는 유용하리라고 확신하니까요. 물론 선의의 사람들이 서로 인정하며 힘을 결집하면, 내가 몹시 힘들게 수집한 자료들의 쓰임새를 알아낼 것이란 기대감도 있습니다. 나머지 시간에는 조카 람을 도울 생각입니다. 겉으로는 람이 치밀한 계획하에 중요한 요직을 차지하려는 집요한 음모자로 보이겠지만, 실제로는 개혁가입니다. 다시 말하면, 개혁을 말로만 부르짖지 않고 실제로 실천에 옮기는 진정한 혁명가라 할 수 있습니다. 우리 둘은 많은 점에서 의견이 일치합니다. 정의로운 형제를 없애고, 아파레유를 해체하며, 하느님의 도시를 모두에게 개방하고, 키이바를 역사 박물관으로 만들며, 영생을 누린다는 아비에 대한 터무니없는 신화를 깨뜨려버리고, 민중들을 계몽하고, 민의를 대변하는 사람들의 모임과 그 모임에 책임을 지는 통치기구를 설립해야 한다는 점에서 우리는 의견이 같습니다. 정말 하나하나가 흥미진진한 계획이지 않습니까! 이런 계획들을 실현하는 과정에서 지금 어른들은 죽겠지요. 더구나 어른들은 지금 믿는 신을 고집하고, 불행까지도 달갑게 받아들입니다. 하지만 어린아이들이 있습니다. 어린아이들은 그야말로 순진무구합니다. 따라서 다른 식으로 꿈을 꾸고 전쟁하는 방법을 금세 배울 겁니다. 우리는 어린아이들에게 우리 행성을 구하고, 담배장사꾼들에 맞서 가열차게 싸워달라고 촉구할 겁니다. 물론 람이 무시무시한 칼리프가 될 위험성은 분명히 존재하며, 람 자신도 그런 가능성을 잘 알고 있습니다. 하지만 람은 끈질기고 유능한 경쟁자들이 부상하는 전환기를 관리하고 싶어 하기도 합니다…… 모두가 현재의 인물을 대신해 그 자리를 차지하려 한다면, 상황을 악화시키지 않기 위해서라도 중립을 지키며 서로 이해하려고 노력해야 할 겁니다. 그래야 실패하더라도 반드시 암살을 당해 죽는 것은 아니며, 성공하더라도 반드시 경쟁자를 죽여야 하는 것은 아니라는 걸 깨닫게 될 겁니다…… 그들이 꿈을 꾸지 못하도록 방해해서는 안 됩니다…… 가장 위험한 사람은 꿈을 꾸지 않는 사람, 얼어붙은 영혼을 가진 사람입니다."

……

토즈는 계속해 자신의 생각을 펼쳐놓았다. 그의 생각은 건전하고 현실적이었지만, 실현될 수 없는 꿈이라는 걸 그도 잘 알고 있었다. 그래도 토즈는 확신을 얻으려고 애썼다. "람이 원하는 혁명은 대학살로 끝나고 어떤 변화도 이끌어내지 못한 채 아비스탄이 앞으로도 똑같은 모습에서 벗어나지 못할 가능성이 크기 때문입니다. 정의로운 형제회의 위원들과, 이미 아버지를 대신해 위원 노릇을 하고 있는 아들들도 꿈을 꾸며, 더 높은 자리를 차지하려고 삼삼오오 짝을 이뤄 은밀히 모의하고 있습니다. 상대를 자신보다 더 낫다고 인정하며 요직을 흔쾌히 양보할 사람이 있을까요? 모두가 가장 나은 사람보다 자신이 더 낫다고 생각하며, 모두가 민중이 학수고대하며 기다리는 수호신이라 착각하고 살아갑니다."

갑자기 토즈가 말을 끊었다. 너무 많은 말을 했다는 걸 그때서야 깨달은 듯했다. 더는 할 말이 없기도 했겠지만, 실제로는 자신이 내뱉은 말을 그 자신도 전혀 믿지 않았기 때문이다. 토즈가 아티에게 물었다. "그래, 아티, 당신은 무얼 하고 싶습니까?"

아티는 되짚어 생각할 필요가 없었다. 오래전부터, 더 정확히 말하면 수개월 전부터 그가 원했던 것이 무엇인지 알고 있다고 생각했…… 신 요양원에서 지낼 때부터 아티는 한순간도 그것을 생각하지 않은 적이 없었다. 그는 자신의 선택이 부적절하고 실현 불가능하며, 돌이킬 수 없는 것이란 것도 잘 알고 있었다. 자칫하면 그에게 끔찍한 환멸과 견디기 힘든 고통, 심지어 확실한 죽음을 안겨줄 수 있는 선택이었다…… 하지만 상관 없었다. 그의 선택이었고, 누구에게도 강요받지 않는 자유로운 선택이었다.

토즈가 아티의 대답을 기다렸다.

"그래, 말씀해보십시오…… 무얼 하고 싶습니까? 어디에 가고 싶습니까?"

"토즈, 당신은 람이 나에게 영지를 떠나는 걸 허락할 거라고 생각하십니까…… 그가 계획한 혁명이 끝나기 전에?"

"물론입니다…… 그건 내가 보증하지요."

"그럼 람에게 나를 아비스탄의 어딘가에서 살게 해달라고 부탁하면 람이 그렇게 해줄 거라고 생각하십니까?"

"물론입니다. 당신의 태도가 람의 계획을 위험에 빠뜨릴 염려
가 없다면, 허락하지 않을 이유가 없지요. 또 람이 당신 부탁을
받아들이도록 나도 최선을 다해 돕겠습니다."

아티는 한동안 침묵을 지킨 후에 조심스레 입을 열었다.

"토즈…… 얼마 전에 당신은 우리에게, 코아와 나에게 물었
습니다. 데모크를 아느냐고…… 존재하지 않으면서도 존재하
는 듯하지만 그 반대일 수도 있다고…… 이번에는 내가 비슷한
질문을 하고 싶습니다."

"아, 기억합니다…… 어떤 질문입니까?"

"혹시 국경에 대해 들어본 적이 있습니까? ……그런 경계에
대해 알고 있습니까?"

"경계요? ……어떤…… 아, 국경…… 예, 알고 있습니다……
국경에 대한 이야기는 얌전하지 않은 어린아이들에게 해주는
늑대 이야기와 다를 바가 없습니다. 그러니까 밀수업자와 불법
노동자, 허가증 없이 돌아다니는 떠돌이에게 겁을 주려고 만들
어낸 속임수이고 허풍입니다…… 국경에 가면 원수가 갑자기
나타나서, 목을 잘라 죽인다는 말이 있지 않습니까……."

"그럼 국경이 존재할 가능성은 거의 없다는 뜻입니까?"

"거의 없는 게 아니라 전혀 없습니다…… 지상에는 아비스탄
밖에 없습니다. 당신도 잘 알고 있지 않습니까……."

"정말입니까?"

"그렇다니까요…… 물론 아직 아비스탄의 관할권에 속하지 않은 섬이 여기저기에 있을 수는 있겠지요."

"격리 지역도 있습니다…… 황폐한 일곱 자매라는 커다란 격리 지역을 직접 본 적도 있습니다…… 격리 지역이라 칭하지만 하나의 국가였습니다…… 무척 작지만 그래도 국가였습니다. 그곳 사람들도 우리와 똑같은 남자와 여자, 똑같이 살아 있는 사람들이었지 돌연변이를 일으킨 박쥐가 아니었습니다…… 그곳에는 견고하게 지켜지는 국경이 분명히 있었습니다…… 하느님의 도시를 외부와 차단하는 경계에 대해 말하는 게 아닙니다. 코드사바드의 60개 구역과 아비스탄의 60개 주를 느슨하게 구분짓는 경계에 대해 말하는 게 아닙니다."

"아티, 별것 아닙니다. 발가락의 때만도 못한 겁니다. 무분별한 짓을 되풀이한 까닭에 정신이 완전히 마비된 상태에서 모든 것을 바둑판 모양으로 선을 그어 구획을 정한 아파레유의 시대착오적인 어리석음과 무능함을 여실히 드러내는 증거라 할 수 있을 겁니다…… 레그에 관해 말하자면…… 음, 그들도 아비스탄의 일부입니다. 우리 국민과 체제를 위해 그들이 필요합니다. 증오와 분노를 해소하고, 기생충 같은 존재들에게 위협받는 순수하고 통일된 우월한 종족이란 개념을 강화하기 위해서도 그처럼 불안을 조장하는 불순분자들이 필요합니다. 인류의 역사만큼이나 오래된 존재들입니다. ……그래서 당신 생각은 무엇입니까? 내 짐작이 맞을까 겁납니다…… 미친 짓일 뿐입니다!"

"그럴지도 모르겠습니다, 토즈…… 람이 우아 산맥, 신 산의 어딘가에 나를 데려다주면 좋겠습니다…… 국경을 발견할 확률이 백만 분의 일이라도 있는 곳에…… 그래서 기적적으로 국경이 존재한다면 나는 그 국경을 찾아내 넘어가렵니다…… 당시 충실하게 재구성해놓은 그 20세기를 내 눈으로 직접 보고 싶습니다……."

"미친 짓입니다…… 어떻게 그런 생각을 할 수 있단 말입니까?"

"이렇게 생각하는 데는 많은 이유가 있습니다. 무엇보다 아비스탄이 거짓말로 존재해왔기 때문입니다. 아비스탄이 왜곡하지 않은 것은 하나도 없습니다. 역사를 뒤바꿔버렸기 때문에 새로운 지리적 지형까지 조작해낼 수 있었습니다. 자신이 속한 구역을 한 번도 벗어난 적이 없는 사람들에게 당신이 원하는 방향으로 믿게 만들기는 그다지 어렵지 않습니다…… 토즈, 당신을 알게 된 이후로 내 생각을 더욱더 확신하게 되었습니다…… 당신은 20세기가 존재했다고 철석같이 믿었고, 그 시대를 되살려냈습니다. 그 결과가 바로 이곳이고요. 이 기적의 박물관에 있는 모든 것이 아름답고 매력적입니다…… 당신은 20세기를 잘 알고 있습니다. 당시 사람들에게는 과학과 테크놀로지가 있었고, 감정을 겉으로 드러내지는 않았지만 다원주의를 보전하는 수준을 넘어 힘든 때에도 다원주의를 실천하는 미덕이 있었다는 것도 알고 있습니다. 물론 아비스탄에도 테크놀로지 장비가 없는건 아닙니다. 그런데 우리가 테크놀로지 장비를 만들지 않는데 그 물건들이 어디에서 오는 것일까요? 혹시 테크놀로지 장비가 우리 땅에 들어오는 걸 허용하는 경계가 어딘가에 있는 것은 아닐까요? ……토즈, 당신은 아비스탄에도 선의의 사람들이 있기 때문에 언젠가 그들이 서로 인정하며 힘을 결집하면 그들의 조국과 영혼을 구할 수 있을 것이라고 생각했습니다…… 당신이 그런 선의의 사람 중 한 명입니다. 하느님의 도시에서 가깝고도 먼 A19 구역의 많은 사람이 그렇게 생각할 겁니다…… 그런데 20세기 사람들이 대성전과 대량학살, 강제 개종 등으로 완전히 사라지지 않았을 거라는 생각이 내 머릿속에서 맴도는 이유가 무엇일까요? 우리 세계와 다른 세계를 관련짓는 데 힘을 보탤 만한 선의의 사람이 내 안에서는 찾아지지 않는 이유가 무엇일까요? ……왜 없을까요? 토즈, 왜 나는 선의의 사람이 될 수 없는 걸까요? ……나는 신 요양원에서, 카라반 전체가 때때로 그…… 국경 너머로 사라지는 걸 봤습니다. 현장에서 직접 봤기 때문에 알고 있는 겁니다. 카라반이 길을 잘못 든 것이었다면 결국에는 길을 찾고 되돌아왔어야 하지 않을까요? 국경이 어린 아이들과 밀수입자들을 겁주려고 지어낸 이야기라면, 국경이란 것이 존재한다는 걸 알았기 때문에 그런 이야기를 지어낼 수 있었던 게 아닐까요? 어쩌면 지금도 우아 산맥의 얼어붙은 끝자락의 어딘가에 국경이 작은 조각처럼 남아 있을지 모르지요…… 모험을 해보고 싶습니다. 그곳에 도착하면 나는 선택할 수 있는 길은 하나밖에 없겠지요…… 내가 원하는 것으로 이 세계에서의 삶을 끝내고, 국경 너머에서 다른 삶을 시작하고 싶을 따름입니다."

토즈는 한동안 침묵을 지켰다. 아티에게 대답하는 그의 입술이 눈에 띄게 떨렸다.

"람에게 부탁해보겠습니다…… 예, 그렇게 하겠습니다. 최선을 다해 람을 설득해보겠습니다. 국경 너머에 있게 되면 어떻게 나에게 알려주시고, 내 박물관을 완성할 수 있도록 도와주십시오…… 그래야 언젠가 내가 박물관에 생명의 기운을 불어넣을 수 있을 테니까요."

오랜 침묵, 지루하도록 오랜 침묵이 이어졌고 아티가 그 침묵을 깨뜨리며 말했다.

"토즈, 바보처럼 죽고 싶지는 않습니다. 세 가지만 간단히 대답해주십시오. 첫째, 수많은 젊은이를 죽음의 전쟁터로 보낸 공로를 치하하려고 아비가 모크비 코에게 보낸 편지를 코아가 당신에게 주겠다고 제안했을 때 웃음을 터뜨린 이유가 무엇입니까?"

"모크비 코는 우리 가문의 친구여서, 모크비 코가 명예에 지나치게 집착한다는 것을 알고 있었습니다. 코는 직접 작성하고, 최고 지도자에게 보내 아비의 서명까지 받은 그 편지로 온 나라를 눈물바다로 만들었습니다. 브리 공은 축복과 시성(諡聖)을 책임진 위원으로서 그 공로를 인정한다는 뜻에서 모크비 코를 복자로 추천했습니다. 따라서 언젠가 틀림없이 복자품을 얻겠지만, 그 과정이 무척 느릿하게 진척되고 있기 때문에 웃었던 겁니다. 또 알고 싶은 게 뭡니까?"

"우리가 지고한 믿음의 광장에서 경비원들에게 공격을 받았다는 걸 어떻게 금방 알 수 있었습니까? 지금까지도 궁금해 미칠 지경입니다."

"전에도 말씀드렸듯이, 람은 내 주변에 모든 안전장치를 해두었습니다. 나에게 접근하는 사람은 정밀하게 조사되고, 조금이라도 의심스러운 경우에는 가차없이 제거됩니다. 당신들은 나에게 보호받는 사람들, 말하자면 감시받는 사람들이었습니다…… 누가 감시했냐고요? 나도 모릅니다. 이웃집 여자, 그녀의 남편, 허드렛일을 도맡아 처리하는 모우였을까요? 다른 사람이었을지도 모르죠. 여하튼 두 분이 경솔하게 자초한 재앙을 알려주려고 달려와 내 단잠을 깨운 사람은 내 직원, 데르였습니다."

"그럼 시종장 집무실 부근에서 신호체계로 사용된 언어는 어떤 언어입니까?"

"그걸 봤습니까? ……대단한 눈썰미입니다…… 카불 이전에 존재한 성서에 쓰인 언어입니다…… 무척 아름답고 호화롭고 욕정을 자극하는 언어로 시적이고 수사적인 경향을 띠었기 때문에 아비스탄에서는 소멸되었습니다. 그 언어보다 아빌랑어를 더 선호했으니까요. 의무감과 완전한 순종을 강요하는 아빌랑어의 기본 개념은 앙소크의 신어(新語)에서 영감을 받은 겁니다. 앙소크를 점령했을 때 당시의 우리 지도자들은, 앙소크의 놀라운 지배체제가 강력한 군대만이 언어의 놀라운 힘에 기반을 두고 있다는 걸 알아냈습니다. 그 언어는 실험실에서 만들어낸 신어로, 사용자의 자유의지와 호기심을 말살하는 힘을 지닌 언어였습니다. 게다가 당시 우리 지도자들은 앙소크의 지배체제와 밀접한 관계가 있는 세 가지 원칙―'전쟁은 곧 평화다', '자유는 곧 예속이다', '무지는 곧 힘이다'―까지 그들의 기본 철학으로 받아들였고, 자신들이 생각해낸 세 가지 원칙을 덧붙였습니다. '죽음이 곧 삶이다', '거짓이 곧 진실이다', '논리적인 것은 곧 부조리한 것이다'. 이런 곳이 바로 아비스탄입니다. 정말 광기에 사로잡힌 나라입니다."

토즈는 잠시 말을 멈추었다.

"브리와 비즈는 20세기를 향한 내 향수를 나무라지만, 그들도 20세기 언어와 그 매력을 그리워합니다…… 그래서 20세기 언어로 시를 지어 가족들에게 낭송해주곤 합니다…… 하지만 누구에게도 발설하지 마십시오. 국가기밀입니다. 영지 밖으로 새어나가면 안 됩니다…… 이제 만족하십니까?"

"완전하지는 않지만, 국경 너머의 삶을 위해 몇몇 비밀은 남겨둬야 하겠지요. 그런 삶이 존재하고, 그곳에서는 자신의 생각을 자유롭게 표현하는 게 허락된다면 말입니다."

에필로그

아비스탄의 최근 소식이 소개된다. 이 소식은 《키이바의 소리》, 《코드사바드, 나디르 제1방송국》, 《전선 소식》, 《영웅》이라 일컬어지는 《자발적으로 정의를 수호하는 신도회 잡지》, 《모크바의 목소리》, 《시비크 상호부조회》, 《잡지 군(軍)》을 비롯해 다양한 매체에서 수집한 것이다. 당연한 말이겠지만 매체를 선택하고 기사를 읽을 때는 무척 조심해야 한다. 아비스탄의 매체는 관련된 당파를 위해 정신을 조작하는 첨병 역할을 하기 때문이다.

소식은 《키이바의 소리》를 통해 가장 먼저 전해졌다. 하지만 그 소식은 정의로운 형제회의 최고회의 간부국, 라스의 성명을 전달한 것일 뿐이었다.

오늘 아침, 신성한 키이바 내각은 신자들의 최고 지도자이고 정의로운 형제회 의장이며, 아비스탄의 60개 주에 분산된 영주권의 절대적인 주인이신 뒤크 공께서 몸이 약간 편찮은 관계로 잠시 업무에서 손을 떼고 휴식을 취하실 것이라 발표했다.

뒤크 공께서 부재하는 동안, 정의로운 형제회의 임시 지휘부는 브리 공에게 맡겨질 예정이다. 욜라의 대리인 아비의 지시와, 전원이 참석한 정의로운 형제회가 신속하게 결정한 명령에 따라 민중과 기관은 브리 공에게 충직하게 순종하고, 브리 공이 임무를 원만히 수행할 수 있도록 최선을 다해야 할 것이다.

서명: 임시회의로 소집한 정의로운 형제회를 대신하고, 신자들의 임시 최고 지도자 브리 공의 위임을 받아 비서실장 타트가 서명함.

일주일 후에 《코드사바드, 나디르 제1방송국》은 대량학살이 시행되는 대운동장을 고정된 배경으로 삼은 화면 위에 다음과 같은 소식을 전했다.

윤리정의부로부터 확인받은 바에 따르면, 정의로운 형제회의 대배심이 내린 종교적 명령에 의해 250명의 죄인이 사형에 처해질 예정이다. 단기간에 그 범인들을 색출해 무력하게 만든 아파레유의 우수한 요원들에게 박수를 보내는 바이다. 그들이 임시 최고 지도자이신 브리 공에게 제출한 사면 요청이 기각된다면, 탄원의 목요일 이후에 수도의 여러 대운동장에서 참수될 것이다. 키이바와 관련된 소식통에 따르면, 그 죄인들의 죄목은 지금까지 성스러운 땅, 아비스탄에 떠돌았던 많은 소문 중 가장 이해할 수 없고, 가장 비열하며 가장 우스꽝스러운 소문, 즉 최고 지도자 뒤크 공의 건강 상태가 갑자기 악화되어 대통령 전용기로 밤새 미지의 장소로 옮겨졌다는 소문을 퍼뜨렸다는 것이다. 그 미지의 장소를 죄인들은 무의미한 단어 '외국'이라 지칭했으며, 그곳에서 뒤크 공이 아비스탄에서는 제공되지 않는 특별한 치료를 받게 될 것이라 주장했다. 이런 모욕이 어디에 있는가! 대체 외국이 무엇이고 어디에 있는 것이며, 누구인가? 아비스탄 사람이라면 누구도 그 위험한 마쿠프들에게 대배심이 공정하게 내린 참수형을 집행하는 데 일순간도 망설이지 않을 것이다. 아비스탄 백성은 최고 지도자가 그들의 사면 요구를 단번에 거절하기를 한마음으로 기도하고 있다. 참수도 그놈들에게는 관대한 형벌이다. 그런 망할 놈들은 말뚝으로 박고 능지처참하고 끓는 물에 처넣어야 마땅할 것이다. 욜라님, 우리의 최고 지도자 뒤크 공의 건강을 회복시켜주시고, 임시 최고 지도자 브리 공의 건강도 지켜주소서!

한편 《전선 소식》은 얼마 전에 발행한 최근호에서 다음과 같은 소식을 보도했다.

전쟁 및 평화부와 관련된 소식통에 따르면, 아비스탄 동남부의 사막 지역에서 현재 치열한 전투가 전개되고 있는 듯하다. 우리 기자들은 국무위원들과 관계가 있는 조직이 운영하는 자유 민병대가 이 전투에 연루되어 있다고 생각한다. 이 전투가 얼마 전부터 떠도는 소문, 즉 정의로운 형제회가 새로운 최고 지도자를 선출하기 위한 비공개회의, 콘클라베를 시작했다는 소문을 확인해주는 것일까? 다른 소식통에 따르면, 상황은 훨씬 더 복잡하다. 정의로운 형제회가 분열되어 두 곳의 비밀 장소에서 따로 콘클라베를 개최할 것이란 예측도 있다. 현 상황에서, 모두에게 온갖 악행으로 비판받고 있는 군부는 주둔지의 병영에 머물고 있는 것으로 판단된다. 모순되는 명령을 받는 경우, 군부는 어느 쪽의 손을 들어줄까? 현재 우리 조사원들이 핵심 권력자로부터 정보를 수집하고 있으므로 다음 호에서는 한층 확실한 정보를 제공할 수 있을 것이다. 또한 오늘 밤 최종 편집이 끝나고 몇 분 후 정의로운 형제회의 공항 담당 직원이 우리에게 누설한 소식, 즉 정의로운 형제회 내각이 선정한 의료팀이 최고 지도자의 서거를 확인하고 존엄한 유해를 본국으로 모시려고 요즘 많은 사람들의 입에서 오르내리는 '외국'에 가기 위해 항공기에 탑승했다는 소문의 진위도 더욱 자세히 전할 수 있을 것이다. 율라님, 우리의 최고 지도자를 천국에서 맞아주소서.

《잡지 군(軍)》에는 참모장의 다음과 같은 성명이 실렸다.(하지만 참모장 본인의 서명은 없었다.)

아비스탄의 안정을 위협하는 소문들이 걷잡을 수 없이 폭발하자, 군 지휘부는 임시 최고 지도자, 브리 공의 권위 하에 모인 국가 최고기관으로서 정부와 정의로운 형제회에 적극적으로 협조하겠다는 견해를 명백히 밝혔다. 또한 군은 지상의 일부 지역에서 치열한 전투가 벌어지고 있다는 사실도 강력히 부인했다. 군정보국이 확인한 바에 따르면, 간혹 지나친 수준까지 치닫는 지방 세력가들 간의 일상적인 대립, 우리 군대와 밀수업자들 간의 교전, 폭도들과 기동대 간의 충돌, 경쟁관계에 있는 범죄집단들의 세력 다툼이 전부였다. 참모장은 관련자들에게 냉정을 되찾고, 신자들의 임시 최고 지도자이신 브리 공의 현명한 지휘 하에 있는 정의로운 형제회를 위해 혼신의 노력을 다해달라고 촉구했다.

'시비크 자유연합'이 발행하는 쓰레기 같은 잡지 《시비크 상호부조회》에는 다음과 같은 이상한 장문의 글이 실렸다. 이런 엉터리 잡지에 마구잡이로 글을 써대는 사람의 지독한 무지함을 고려하면, 집안에 틀어박혀 살아가는 유령이 이 글을 작성한 것이 태양처럼 명백하다.

  일정한 직업도 없이 떠돌아다니는 부랑자, 아프르라는 작자는 시비크에게 여러 차례 심하게 두들겨 맞았지만 행실이 조금도 나아지지 않았다. 그런데 어느 날, 아프르가 H46 구역 제8지구에 있는 시비크 본부를 제 발로 찾아와서는 수주 전부터 그가 속한 S21 구역에서 추적하던 아티라는 변절자를 보았다고 알렸다. S21 구역에서 멀리 떨어진 곳에서 아티를 보자, 의아하게 생각한 아프르는 아티를 추적하기 시작했다. 미지의 동반자가 있었고, 체구가 무척 당당했다. 아프르는 두 사람이 정직하다고 소문난 상인, 놋쇠 제품을 제작해 판매하는 부크의 집으로 들어가는 걸 보았다. 경솔하고 무례하기 이를 데 없는 본성을 억누르지 못하고 아프르는 그 집의 정원에 몰래 들어가 창문으로 집 안을 들여다보았고, 변절자 아티가 부크의 아내와 대화를 나누며, 아름다운 비단에 싸인 선물까지 건네는 이상한 장면을 목격했다. 남편 부크가 그 방에 없어, 아프르는 불륜을 의심했다. 따라서 변절자를 찾아내 고발하는 동시에 간통 범죄를 현장에서 적발했기 때문에, 아프르는 다음 번의 조례에 이중으로 보상을 받을 수 있을 것이란 꿈에 부풀었고 십중팔구 그런 보상을 받았을 것이다. 민중과 더불어 지내며 민중에게 전폭적으로 신뢰를 받았기 때문에 모든 것을 안다고 자부하던 시비크는 그 사건을 명백히 밝히고 싶었지만, 변절자 아티와 공범은 감쪽같이 사라져 버린 뒤였다. 결국 소환령을 받고 사건의 자초지종을 해명하라는 독촉을 받은 부크는 엄청난 사기극에 넘어간 것이라고 하소연했다. 그의 증언에 따르면, 부자 상인으로 변장한 타르가 디아 공과 관련된 기업에 맞은 계약을 충실히 이행하기 위해 10년 동안 냄비와 접시 등 식기류를 구입하겠다며 그에게 접근했다. 부크는 그 제안에 감사하며 타르에게 성대한 저녁 식사를 대접했고, 그날 타르는 H46 구역에 잠시 들렀다는 사촌을 데려왔지만, 그 사촌의 이름은 아티가 아니라 노르였다고 주장했다.

시비크는 마땅한 자격을 지닌 사람에게 보고했지만 감사의 격려를 받은 적도 없었고, 사건의 후속 조치에 대한 정보를 제공받은 적도 없었다. 얼마 후, 두 명의 수상쩍은 인물이 하느님의 도시에 잠입했고 그중 한 명이 A19 구역에서 경비원들에게 쫓기다 죽임을 당했다는 소식을 듣고 시비크는 두 인물을 변절자 아티와 그 공범에 결부시켰다. 시비크는 당국에 보충으로 보낸 보고서에서, H46 구역의 사기꾼들과 A19 구역의 무뢰한들이 동일인물이라 추정하며 관련 자료들을 A19 구역의 시비크에게 전달하는 게 효과적일 것이라고 주장했다. 따라서 관련 자료가 A19 구역의 시비크에게도 전달되었지만, 경비원들에게 살해된 사람의 시신이 사라진 까닭에 그곳의 시비크도 조사를 더 깊이 진행할 수 없었다. 시신이 없으면 범죄도 없었던 것이므로 당연히 사건도 종결되었다. 한편 다른 용의자는 연기처럼 사라졌다. 더구나 유감스럽지만, A19 구역에서 시비크의 권한은 그 구역의 사령관이며 경찰청장인 브리 공의 칙령에 의해 크게 제한되었다는 점을 지적해두고 싶다.

위험한 변절자가 이 구역 저 구역을 자유롭게 돌아다니고, 놋쇠 제품을 제작해 판매하는 정직한 사람이 상인을 사칭한 사기꾼들에게 농락 당했다. 우리 나라의 안보 상태가 이런 지경이다. 게다가 신원미상의 경비원들에게 어떤 사람이 살해되었고, 공터에서 놀던 아이들이 그 사람을 분명히 목격했을 것이므로 그를 조사하려는 순간 시신이 사라졌고, 그의 공범은 흔적도 남기지 않고 연기처럼 사라졌…… 이런 상황인 데도 고위 당국은 아무런 조치를 취하지 않고 수수방관하며, 긴급사태도 선포하지 않는다. 수색도 하지 않고 검거 작전도 전개하지 않고 한 명도 체포하지 않았다. 아비스탄은 정의로워야 한다. 이런 나라에서 시비크가 되는 게 무슨 소용이 있는지 묻고 싶다!

《모크바의 목소리》도 경각심을 촉구하는 기사를 게재했다.

요즘 불안하기 그지없는 새로운 현상이 자주 목격된다. 정체를 알 수 없는 사람들이 우리 나라 곳곳에 등장해서는 우리의 신성한 종교에 정통성을 더욱 강화해야 한다고 목소리를 높이고 있지 않은가. 소규모 모크바는 감시가 없거나 감시가 있더라도 느슨한 편이기 때문에, 그들이 지금은 작은 모크바를 주로 공략하고 있지만 점점 대담하게 온갖 틈새를 파고들어 아비스탄이 위태로운 지경이다. 자신들이 무슨 짓을 하는지도 모른 채 약간의 표현만 바꿔 똑같은 말을 꼭두각시처럼 늘어놓는 이 영특한 원숭이들을 조련한 주인이 있는 게 분명하다. 안타깝게도 우리의 젊은 성도들은 무기를 들고 성실한 사람들을 죽이라고 선동하는 이 악마들을 높이 평가하는 듯하다. 이 악마들은 진짜 신분이 노출되거나 궁지에 몰리면 곧바로 터뜨릴 수 있는 폭탄을 갖고 다니는 것으로 밝혀져 한층 두려움을 더해준다. 이런 악랄한 자기방어 때문에 그들이 누구이고, 어디에서 왔으며 누구를 위해 일하는지 밝히기 위한 조사가 거의 불가능하다. 모크비 연합회는 회원들, 특히 소규모 모크바에서 예배를 집전하는 회원 모크비들에게 경계심을 배가하는 동시에 그런 사악한 무리로 의심되는 사람이 눈에 띄면 신중하게 경찰에 알리라고 촉구했고, 정의로운 신도회에는 길거리의 젊은이들에 대한 영향력을 강화해야 할 것이라며, 그렇지 않으면 공공장소에서 종교 경찰로서 활동하는 권한을 박탈할 수밖에 없다고 엄포를 놓았다. 정의로운 신도회의 회원들이 집 안에서 자식들에게는 종교 경찰로서 충분한 역할을 하고 있는지 모르지만, 집 안에서 어슬렁대며 자족하는 고양이로는 부족하다. 고양이라면 쥐를 잡아야 한다.

자발적으로 정의를 수호하는 신도회가 발행하는 잡지 《영웅》은 《모크바의 목소리》에 실린 기사를 거론하며 그 잡지를 맹비난했다.

《모크바의 목소리》가 우리에게 경계심을 높이라고 촉구한다. 물론 우리는 그들이 촉구하는 이유를 충분히 이해한다. 우리가 모르는 사이에 많은 사건이 벌어지기 때문이다. 그러나 《모크바의 목소리》는 우리에게 주의력이 부족할 수 있으니 경계심을 늦추지 말라고 충고하는 것에 그치지 않고, 우리가 해악을 확산시킴으로써 우리의 신성한 종교를 위험에 빠뜨리는 음모에 우리도 모르는 사이에 공범자가 되었다고 비난한다. 게다가 우리는 순수한 신자로서 종교 경찰과 윤리 검열관 등을 도우려는 마음에 기꺼이 개인적인 시간을 할애하지만, 그 야만적인 무리가 우리 나라에서 획책하는 테러에 맞서 싸우지 않는다고 우리를 나무란다. 결국 우리도 군인이 되고 경찰이 되어야 하는가? 우리는 존경하는 모크비들에게 무엇을 신세지고 있는지 알지만,《모크바의 목소리》이든 모크비의 목소리이든 다를 바가 없지만 여하튼 그런 식으로 불리기 때문에 그들을 대변하는 기관지에게 감사의 뜻을 표하고 싶지는 않다. 오히려 이번에는 우리가 그 잡지에게 경계심만이 아니라 진지함마저 부족하다고 나무라고 싶다. 도대체 누가 우리의 신성한 종교를 국민에게 가르쳐야 하는가? 모크바, 말하자면 그들이다! 또 누가 구역과 관할구에서 신자의 믿음 수준을 평가하는가? 역시 모크바, 다시 말하면 그들이다! 끝으로 하나 더, '리하드'를 선포하고 풍습과 정신의 대대적인 정화 작전을 시행할 적법한 권리가 누구에게 있는가? 물론 모크바, 즉 그들에게 있다! 그런데 모크바는 지금껏 무엇을 했는가? 지금이라도 모크바가 제 역할을 하고 있는가? 앞으로는 어떠할까? 이 질문들에 굳이 대답하자면 모두 부정적이다. 부디 모크바가 우리를 근거없이 비난하지 않기를 바랄 뿐이다. 우리는 자원봉사자들이다. 우리는 종교를 위해 밤낮으로 우리 자신을 희생한다. 이런 노력이 인정받고 존중받기를 바란다. 말귀를 잘 알아듣는 사람에게 축복을!

　신 지역의 부유한 상인이 등사기로 등사해 무료로 배포한 인쇄물이 카라반을 통해 전국에 적잖게 퍼졌다. 그 인쇄물에는 산악지역의 설화와 유사한 짤막한 이야기가 실려 있었다.

　드뤼족 마을의 시민 경비대가 보고한 바에 따르면, 브리 공의 문장 (紋章)이 그려진 헬리콥터 한 대가 유명한 신 요양원 북서쪽에 위치한 지브 고갯길 주위에서 비행하는 게 목격되었다. 욜라가 돕고 보호하는 임시 최고 지도자, 브리 공이 그 지역에 관심이 있는 줄은 전혀 몰랐다. 그분이 직접 왔더라면 우리는 박수와 환호를 맞이했을 것이고, 형제로서 정중히 그분의 일을 도왔을 것이다. 그런데 헬리콥터는 주변을 선회하고, 높은 산을 등반하는 데 필요한 장비를 갖춘 한 남자를 고원에 내려놓았을 뿐이다. 그날 이후로 매일, 그 사람의 모습이 언뜻언뜻 경비대의 눈에 띄었다. 그의 옷차림은 무척 색다른 편, 달리 말하면 무척 옛날식이었다. 그는 뭔가를 찾는 듯 여기저기에서 모습을 드러냈다. 예컨대 사라진 산길이나 전설이 된 폐허, 비밀 통로 혹은 금지된 숲길을 찾는 듯했다. 드뤼족 마을의 시민 경비대는 그의 행동에 의아심을 품고 그를 찾아가 궁금증을 해소할 생각으로 청년들로 수색조를 황급히 결성했다. 내친김에 그에게 도움이 필요하면 도움을 주고, 그가 조금이라도 악의를 품고 있다면 곧바로 내쫓을 생각이기도 했다. 하지만 그들은 그를 어디에서도 찾아낼 수 없었다. 그는 연기처럼 사라져 버렸다. 그들은 수색하고 또 수색했고, 외진 마을들에도 도움을 청했지만 그의 흔적조차 찾아낼 수 없었다. 결국 드뤼족 마을의 시민 경비대는 그 남자가 전설로 떠돌던 국경을 찾으려 왔던 것이고, 그가 협곡 바닥에 떨어져 죽거나 급류에 휩쓸려가지 않았다면, 혹은 낙반과 침하와 사태로 목숨을 잃지 않았다면 국경을 발견했을 가능성도 있지만, 기가 죽어 고향으로 돌아갔을 수도 있다고 결론지었다. 청년들은 모닥불 주변에 앉아 차를 마시며 그 남자를 조롱하는 사이에 눈이 다시 펑펑 내리기 시작했고, 인간의 모든 흔적을 지워버렸다. 굴에 꼼짝없이 갇힌 채 그들은 자신들과 부모들이 그 전설적인 국경을 찾아내려 애썼지만 아무런 성과를 거두지 못한 까닭에, 결국 국경이 적어도 이쪽에는 없고, 국경이 있다면 고갯길의 반대편, 즉 남동쪽으로 부드족이나 라크족의 땅, 혹은 구르 산 너머에 있는 게 분명하다는 결론에 이르렀다. 한편 부드족과 라크족은 국경이 드뤼족의 땅을 지나거나, 훨씬 위쪽으로 하늘을 두고 독수리와 다투는 셰르족의 땅을 지난다고 거의 확신하고 있었다.

국경에 대한 이 이야기는 가장 색다른 편에 속하는 것이다. 국경이 정말 존재하지 않더라도 국경에 대한 전설은 예부터 꾸준히 존재하고 소문으로 떠돌았다. 우리의 아득히 먼 조상부터 국경에 대한 전설이 있었지만, 세상의 지붕에 해당하는 산악지역에서 경계는 선과 악을 나누는 경계이다. 그런데 유목민과 밀수업자는 어떤 경계도 산과 산을 나누지 않고, 고갯길과 고갯길을 나누지 않으며, 유목민 무리를 갈라놓지 않는다는 것을 알고 있다. 오히려 경계는 그들을 잇는 끈이다. 때로는 카라반이 사라지고, 때로는 공격을 받아 죽임을 당하는 카라반이 있지만, 그들은 그 책임이 누구에게 있는지 알고 있었다. 그들이 절도와 범죄의 유혹에 빠져 신성한 법칙을 깨뜨렸으니까.

옮긴이의 말
금지된 왕국

    유일신을 향한 맹목적인 순종, 망각과 무력증, 전체주의적이
고 당파주의적인 체제, 개인적인 사유와 의심의 금지, 전면적인
감시 체제…… 인권이란 개념도 없다. 이동의 자유도 없다. 아
니, 자유라는 단어 자체가 존재하지 않는다. 그럼에도 대외적으
로는 모든 국민이 아무런 의심도 없이 맹목적인 믿음으로 행복
하게 살고 있다. 여하튼 그곳을 지상낙원이라 믿으며 살고 있다.
    2084년에 종말을 맞고 새롭게 세워진 아비스탄이란 거대한
제국의 대략적인 모습이다. 하지만 먼 훗날을 생각할 것도 없이
우리와 지리적으로 가까운 어딘가가 생각나는 이유가 무엇일까?
    신정국가, 종교적 근본주의를 비판하는 소설이다. 저자가 사
용한 어휘에서 어떤 종교를 겨냥하고 있는지 충분히 짐작할 수

있지만, 그 특정 종교를 지칭하는 단어는 한 번도 사용되지 않는다. 현대 사회의 부정적인 측면이 극단화된 경우의 암울한 미래상을 염려한 소설로서, 조지 오웰의『1984』에서 영감을 받았다는 증거가 곳곳에서 눈에 띈다.『1984』를 읽은 독자라면 그 증거를 찾아보는 것도 재밌을 것이다.

철저하게 통제된 세계이지만 틈새가 있기 마련이다. 주인공은 작은 틈새를 목격하고 의문을 품기 시작한다. 호기심이 사라진 세계에서 호기심이 생긴 셈이며, 그 세계에서는 범법 행위이다. 따라서 주인공은 범법자가 되고, 발각되면 대운동장에서 공개적으로 참수되는 형벌을 받게 된다. 그래도 호기심을 억누르지 못한다. 그 과정에서 자유를 알게 되고, 경계를 알게 된다. 주인공은 그 경계를 찾아나선다. 하지만 그에게 경계는 구분짓는 선이 아니라 같은 종류이지만 다른 것들을 이어주는 끈이다.

'종교적 믿음은 두려움에서 시작되고 순종으로 끝난다.' 종교적 믿음을 맹목적 믿음으로 바꿔놓으면 어떻게 될까? 경계가 지리적 경계만이 아니라 마음의 경계로도 확대되면 어떻게 될까? 2015년 이 소설은 이슬람 극단주의와 맞물리며 발표됨과 동시에 큰 주목을 받았고, 많은 문학상 후보로 선정되었다. 결국 아카데미 프랑세즈 소설 부문 대상을 받았고, 문학잡지《리르》에서 올해의 책으로 선정되기도 했다. 프랑스 최고 문학상이라 일컬어지는 공쿠르상은 수상하지 못했지만, 본상을 수상한 소설보다 프랑스 독자에게 더 많은 주목을 받았다. 왜 그랬을까? 아전인수의 해석일 수 있겠지만, 극단적 신정주의에 대한 상실의 비판은 우리의 사회 현상에 그대로 적용되기 때문이 아닐까 싶다. 경계는 피아를 구분짓는 선이 아니라, 피아를 이어주는 끈이란 사실을 망각한 사회에 대한 호된 비판으로도 읽힌다. 소설은 그래서 재밌고 위대한 것이 아닐까.

충주에서
강주헌

조어 사전

나디르 옥외 전광판

디디 화폐 단위

라스 정의로운 형제회의 최고회의 간부국

리그 북고원 연합

리바 믿음의 평가를 받은 점수 책

리하드 풍습과 정신을 정화하기 위한 조직적인 활동

마쿠프 불신당의 선전꾼

모크바 예배하는 건물

모크비 예배를 주도하는 설교자

무생 광고권

미드라 도매 시장

발리스 악마, 시탄, 배교당 등으로 불리던 마귀의 최종적인 명칭

부르니 남성용 옷

부르니캅 여성용 부르니

비가예 아비의 별칭

비아 흑사병을 옮기는 쥐 혹은 반품된 인간

사모 정신보건위원회

샤르 위대한 성전(聖戰)

샤비르 거리 단위

소쿠 도매 시장

시비크 구역 시민위원회

시암 절대적으로 금식하는 성주간

시카 거리 단위

시크 정의로운 형제회의 위원들을 가리키는 '공'(公)을 뜻하는 직함

시탄 두려움을 주관하는 악마

실라 아비스탄 북부 지역에서 생산된 비단

아비 지르가 최고 지도자를 비롯해 정의로운 형제회의 모든 위원이 아비의 집에
서 갖는 엄숙한 모임

아비 욜라의 대리인

아빌랑어 아비스탄에서 사용되는 공식 언어

아키리 척박한 사막에 은둔한 은자

앵스펙시옹 신앙심의 평가를 위한 점검

옴니 대법관

욜라 유일신, 하느님

조레 보상의 날

조베 축복받은 날

카불 아비스탄의 성스러운 종교의 명칭이자, 아비가 자신의 신성한 가르침을 기
록한 성서(聖書)의 명칭

카포 공무원 거주 지역

코레 교정위원회

히르 하루에 5번 먹는 죽

2084
세상의 종말

1판 1쇄 인쇄 2017년 6월 5일
1판 1쇄 발행 2017년 6월 12일

지은이 부알렘 상살
옮긴이 강주헌
펴낸이 김영곤
펴낸곳 아르테
문학사업본부 이사 신우섭
문학사업본부 본부장 원미선
책임편집 양한나 　**해외문학팀** 손미선 임정우 정혜경 　**디자인** 김형균
문학마케팅팀 정유선 임동렬 김별 　**문학영업팀** 권장규 오서영
제휴마케팅팀 류승은 　**프로모션팀** 김한성 최성환 김선영 정지은
홍보팀장 이혜연 　**제작팀장** 이영민

출판등록 2000년 5월 6일 제406-2003-061호
주소 (우 10881) 경기도 파주시 회동길 201(문발동)
대표전화 031-955-2100 　**팩스** 031-955-2151

ISBN 978-89-509-6800-7 03860

아르테는 (주)북이십일의 문학 브랜드입니다.

(주)북이십일 경계를 허무는 콘텐츠 리더

아르테 채널에서 도서 정보와 다양한 영상자료, 이벤트를 만나세요!
가수 요조, 김관 기자가 진행하는 팟캐스트 '[북팟21] 이게 뭐라고'
페이스북 facebook.com/21arte 　**블로그** arte.kro.kr
인스타그램 instagram.com/21_arte 　**홈페이지** arte.book21.com